# 护宝寻踪

上

灵羲 著

青岛出版集团 | 青岛出版社

图书在版编目（CIP）数据

护宝寻踪 / 灵羲著. -- 青岛：青岛出版社，2025.
6. -- ISBN 978-7-5736-3241-8

Ⅰ. K87-49

中国国家版本馆CIP数据核字第2025VZ2603号

HUBAO XUNZONG

| 书　　　名 | 护宝寻踪 |
|---|---|
| 著　　　者 | 灵　羲 |
| 出版发行 | 青岛出版社（青岛市崂山区海尔路182号，266061） |
| 本社网址 | http://www.qdpub.com |
| 邮购电话 | 0532-68068091 |
| 策　　　划 | 刘　坤 |
| 责任编辑 | 刘　冰　李　丹 |
| 特约监制 | 陈　辉　陆　乐 |
| 特约策划 | 韩建蕊　刘卮言 |
| 内文排版 | 戊戌同文 |
| 印　　　刷 | 青岛国彩印刷股份有限公司 |
| 插　　　页 | 6 |
| 出版日期 | 2025年6月第1版　2025年6月第1次印刷 |
| 开　　　本 | 16开（710 mm×1000 mm） |
| 印　　　张 | 50 |
| 字　　　数 | 1000千 |
| 书　　　号 | ISBN 978-7-5736-3241-8 |
| 定　　　价 | 98.00元（全2册） |

编校印装质量、盗版监督服务电话　4006532017　0532-68068050

白宇帆 / 饰 方堃

辛柏青 / 饰 穆见晖

王鹤润 / 饰 雏青

富大龙 / 饰 齐大仓

尤勇智 饰 齐有粮

# 目录

**卷一 黑俑追踪**

第一章 社火……*003*

第二章 惊雷……*009*

第三章 唐墓……*014*

第四章 初探……*021*

第五章 起色……*027*

第六章 惊喜……*032*

第七章 积淀……*036*

第八章 危机……*041*

第九章 应战……*047*

第十章 围堵……*055*

第十一章 风声……*061*

第十二章 起疑……*066*

第十三章 诡道……*073*

第十四章 险招……*080*

第十五章 虚惊……*086*

第十六章 分头……*092*

第十七章 识破……*098*

第十八章 留下……*103*

第十九章 落网……*111*

第二十章 败露……*119*

第二十一章 活埋……*125*

第二十二章 兄弟……*133*

第二十三章 线索……*139*

第二十四章 闹剧……*144*

第二十五章 运筹……*152*

第二十六章 夜战……*160*

第二十七章 真相……*166*

第二十八章 往事……*171*

第二十九章 和解……*178*

第三十章 陨落……*184*

第三十一章 远行……*189*

卷二 卵石谜题

第三十二章 经年……199
第三十三章 青梅……206
第三十四章 重逢……212
第三十五章 伏击……219
第三十六章 群众……225
第三十七章 卵石……232
第三十八章 踏查……239
第三十九章 明德……246

第四十章 误会……252
第四十一章 中计……259
第四十二章 盟友……266
第四十三章 隐瞒……272
第四十四章 拨云……278
第四十五章 冤家……285
第四十六章 盗祖……292
第四十七章 轻敌……299
第四十八章 心声……306
第四十九章 揭秘……314
第五十章 对峙……321
第五十一章 落空……327

卷三 吕墓疑云

第五十二章 空墓……337
第五十三章 逼近……343
第五十四章 老友……349
第五十五章 联合……355
第五十六章 逮捕……361
第五十七章 绝路……368
第五十八章 逃亡……374
第五十九章 阋墙……380
第六十章 追击……386
第六十一章 心意……393
第六十二章 窘境……400
第六十三章 技工……407

第六十四章 分道……412
第六十五章 盯梢……419
第六十六章 意外……425
第六十七章 经营……434
第六十八章 乡情……440
第六十九章 拒绝……447
第七十章 阻碍……454
第七十一章 转机……461
第七十二章 难题……468
第七十三章 错信……475
第七十四章 陷害……483
第七十五章 冲突……490
第七十六章 捉贼……496
第七十七章 恻隐……502
第七十八章 寻根……509
第七十九章 交手……515
第八十章 赝品……521

## 卷四 兹陵现世

第八十一章 疑址……531
第八十二章 佳节……537
第八十三章 哄骗……544
第八十四章 泄密……550
第八十五章 乱象……558
第八十六章 困顿……564
第八十七章 思过……570
第八十八章 炸药……577
第八十九章 借喻……584
第九十章 遇险……590
第九十一章 家人……596
第九十二章 决心……602
第九十三章 明朗……608
第九十四章 离别……614
第九十五章 凝聚……619
第九十六章 收养……626
第九十七章 偷袭……635
第九十八章 残损……641
第九十九章 归队……649
第一百章 振作……656

第一百〇一章 问渡……662
第一百〇二章 私藏……668
第一百〇三章 引咎……676
第一百〇四章 证伪……683
第一百〇五章 动员……691
第一百〇六章 较劲……698
第一百〇七章 新人……705
第一百〇八章 风波……713
第一百〇九章 外墙……719
第一百一十章 坦白……725
第一百一十一章 出狱……734
第一百一十二章 人心……741
第一百一十三章 官印……748
第一百一十四章 孤狼……756
第一百一十五章 报仇……763
第一百一十六章 疯魔……770
第一百一十七章 胜利……777
第一百一十八章 收网……782
第一百一十九章 再会……789

## 卷一

### 黑俑追踪

# 第一章 社火

正月初，原上漫长的寒冬尚未退却，庄稼地里隐约可见一抹新绿。平整开阔的原面上，一座山岭高高耸起，其形势如凤凰，两侧坡地恰似双翼，沟壑、山梁则类其筋骨。此山名唤"凤凰山"，是众所周知的汉太宗兹陵所在。

沿凤凰山南行约两千米，便是一覆斗状封土大墓，为汉太宗发妻窦皇后之陵寝，人称"窦陵"。经此折向西南，行约两千米，又横卧一覆斗状封土大墓，人称"南陵"，墓主为汉太宗生母薄太后。

窦陵西侧一千五百米处，一小山村点缀黄土台原上，是为尹村，炊烟袅袅，一派祥和。当此时，一声震天撼地的秦腔自尹村划破长空，嘹亮热烈，回荡在壮阔山间："女娲娘娘补了天，剩块石头就成了华山。太上老君犁了地，豁出条犁沟就成了黄河……"

晴空万里，一支二三百人的社火队伍，按早已排好的队形迤逦前行，浩浩荡荡向尹村百戏楼开来。

四里八乡的村民们纷纷赶来凑热闹。人群中，三个城里人装扮的年轻人正踮脚张望着社火队伍。

其中一青年模样周正，俊秀爽朗，目光中却透着些许狡黠和顽皮。他伸手指着社火队伍，笑嘻嘻看向身侧女孩："北京来的朋友，没骗你吧，这场面咋样？"

女孩操着一口京腔，连声感叹："好家伙，早就听说关中过年热闹，没想到阵仗这么大！"

青年顿时颇为得意，挑了挑眉："这就叫阵仗大？我和郭士林小时候见过的社火才叫热闹咧。除了这些，还有狮子、龙舞、秧歌……"

未等语毕，一旁质朴的青年抢过话头，声音隐约透着无奈："方堃，你消停会儿，以后有的是时间吹牛，咱今天的任务就是让雒青玩好，吃好。"

方堃微张嘴唇，刚想说什么，一声哨音响起，刹那间吸引了三人的注意。

年届五十的光棍严守村，脖子上挂了个泥叫叫，正兴奋地混入表演队伍，胡乱挥舞他那两条胳膊。他着实是想出出风头，时不时便会吹上一声哨。

"这老汉脖子上挂的是……"方堃若有所思。

雒青抢话："泥叫叫，也叫娃娃哨，对不？"

"你咋知道？"

她微微一笑："你真当我不做功课？"

此刻，严守村的秦腔再度唱了起来："贼娃子绺娃子都是瞎休公，黑敬德黄秦琼都是英雄，白绸子黑缎子都闪贼光，长袍子短褂子都是衣裳……"

众人纷纷叫好。尹村村长齐有粮不想被严守村这老头抢了风头，硬是挤到队伍最前面，大喊道："伙计们！这是我尹村头回做东耍社火，要是弄好咧，大家酒喝好，饭咥饱，不白到咱尹村走一遭！要是给我弄塌火了……"

未等齐有粮说完，人群中有好事的村民打趣："村长！塌火了能咋？"

"——那就秦砖汉瓦数过去，从哪儿来，滚哪儿去！"

众人于是哈哈大笑。

齐有粮也笑了起来，目光却在人群中来回扫过，最终落在一位七十上下的长者身上。那长者不矜而庄，不厉而威，一看便知来头不小。

他连忙上前，把长者迎到人前，态度恭敬道："严六爷，给咱吹上一曲，开个场。"

严六爷略微摇头，半开玩笑地推辞道："让娃们闹去，我成阳昏子咧，谱子都记不下。要是吹错，你还不得让我从哪儿来滚哪儿去。"

齐有粮咧嘴一笑："嗨！这些个娃娃哪个不是你教下的？管它啥瞎瞎谱，你吹啥啥就是谱。乡党们来捧咱尹村的场，你六爷不亮绝活，说得过去？"

众人也应声起哄："说不过去！"

见此情形，严六爷的徒弟李春来赶忙奉上唢呐："师父，我早就备好咧。"

自知再难推辞，严六爷只好点点头，接过唢呐，轻含哨片，左手握唢呐上把，右手握唢呐下把。唢呐声起，高亢激昂，穿云裂石。嘈杂的人群刹那间归于沉寂，而后便是如雷鸣般的掌声。

方堃三人也被这唢呐声深深震撼，情不自禁地鼓掌叫好。

开场反响热烈，齐有粮趁热打铁，扬手大喝："伙计们，抄家伙，耍起来咧！"

话音刚落，队尾负责放铳的几个后生立刻麻利地装上火药，点燃引孔。炮声轰鸣，震耳欲聋。队首的锣鼓队也随之敲打起来，一时间，炮声、鼓声、锣声，还有围观群众的叫好声，汇成了一片喧闹的海洋。

周围几个村镇的能人不遑多让，举着自家的村旗、横幅，亮出了绝活。

尹村和陈家坡出的是锣鼓队，锣在中间，鼓在两边，最外边是两排镲。两村的锣鼓后生，一队腰间扎红绸，一队腰间扎绿绸，分明是要一争高下。

两村各出了一个领队，站在队首。尹村的领队瞧着年约三十，精明干练，两道剑眉英气十足，打起鼓来又蹦又跳，洒脱飘逸。他叫齐大仓，是村长齐有粮的侄子，也是秦川市公安局文物稽查大队副队长。

锣鼓队后面是跑竹马和划旱船。竹马队伍随锣鼓声由慢到快，驰骋跳跃，只见马首，不见人影。赶船老汉和坐船婆姨调着情，羞得一旁带娃的女人们连连捂住了小孩儿的眼睛。

再后面便是社火，今天来的是双龙村的车社火。四辆农用车的车斗上面搭着三寸厚的木板，板上又铺了一张苇席，装社火的人站在车上，依据所扮演的角色扎起势子。

"这是车社火吧？"

雏青打量社火队伍片刻，转头看向方堃。

方堃闻言一笑，故作高深地问道："那你知道，关中社火除了车社火还有啥？"

"按照形式，可分为地社火、山社火、马社火和血社火。就拿车社火来说，每台社火都展示一个故事。"雏青从容应答。

说着，车社火队伍正好依次从她眼前经过，她又道："这是沉香救母、唐僧取经、桃园结义和黄帝战蚩尤。"

郭士林竖起大拇指："堃，没显摆的机会了吧。这知识面，真不愧是北大的研究生。我们秦北大比北大就多了一个'秦'字，可这差距一下子就拉开咧。"

"错！咱不是差在这个'秦'上，而是赢在这个'秦'上。"方堃的傲劲儿一下子上来了，他微抬下颌，难掩得意之色，"就因为这个'秦'字，咱秦川的历史一竿子捅到了两千多年前。百年中国看北京，千年中国看秦川。管它东西南北哪个大的，没来秦川铲一铲，刷一刷，你就不算入了考古门。"

郭士林无奈道："雏青，别见怪，这就是个好斗的公鸡。"

雏青耸耸肩："挺好……看来在阳陵实习的日子不会闷了。"

她的目光又从方堃身上回到社火队伍。车社火身后是高台芯子，此为尹村的拿手好戏。芯子高达七八米，分四层，被四个黄褂轿夫扛起。每层系三四个小孩，孩子们演了一出嫦娥奔月。

方堃问雏青："这是啥？"

"高台芯子。"她果断回答。

"能得很呀，这都知道。"

雏青瞥了方堃一眼，不打算继续和他斗嘴。

高台芯子队伍中有个女孩，装扮成嫦娥的样子，清丽娟秀。她跟着队伍慢慢走在后面,身旁还有一只狗。

齐有粮跑过来,冲着她喊:"小满,咋还不上去?"

她不情不愿道:"爸,我都十八了,还跟一群娃娃胡搅,丢人咧。"

齐有粮皱起眉头,立刻反驳:"这哪是胡搅?是露脸!"

"……再说,我一上去腿就发软咧!"齐小满撇撇嘴。

齐有粮恨铁不成钢:"碎女子真是马尾穿豆腐——提不起来,天天就知道跟狗胡耍。黑撒,走!"

被唤作"黑撒"的狗顿时跑开,未承想直奔雒青而来。方才还侃侃而谈的雒青瞬间吓得花容失色,死死抓住离她最近的方堃,躲到他身后。

"妈呀!"她惊叫起来。

方堃见状哈哈大笑:"咋的北大同学,怕狗啊?"

雒青瞥他一眼,没好气道:"快把它赶走!"

虽嬉笑着脸,但他还是依言照做,挥挥手将黑撒赶走,又转身揶揄道:"看来你这功课做得还不够啊,白鹿原上的狗可不少。"

尹村百戏楼搭在一处高台上,前面是一片空地,四里八乡的小贩们早就在空地上占好了位置。姑娘、小伙围着小吃摊,孩子们则聚在耍活的旁边。小竹笛、泥娃娃、风车……要什么有什么。

郭士林早就等不及,领着方堃和雒青直奔饸饹面摊。

他竖起手指:"老板,一碗饸饹面!"

雒青没听清,问道:"什么,活啦面?"

郭士林被逗乐,扑哧一声笑了出来:"你说的倒也没错。据说这面是苏妲己的嫂子发明的,有一天她去给妲己送面,撞见石矶上了妲己的身,石矶问她这是啥面,妲己的嫂子吓坏了,一个劲地说活啦活啦,后来这面就被叫成了'饸饹面'。"

雒青点头:"有意思。"

方堃不放过这个与她较劲的机会,又问:"北大高才生,这个功课没做?"

雒青扫他一眼:"我看你也不像知道的样子。"

"学海无边,书囊无底,我要是啥都知道,还学考古干啥?"

"这我倒是认同。"

"两位休会儿战,来一口?"郭士林端着面站到他俩面前,"来俺们秦川不吃美食,那可亏大咧!"

雒青指着旁边的摊位:"那都是啥?"

"冒着热气漂着辣子的是羊杂碎,又白又酥的是坨坨馍,再旁边是炸油糕,还有太后饼……"郭士林如数家珍地一一介绍。

她的眼睛顿时亮了:"太后饼?有意思,尝尝去!"

三人于是奔向太后饼摊。

转眼间,社火队伍行至百戏楼,锣鼓声戛然而止。各村的表演队伍围成一圈,将锣鼓队围于中心。尹村和陈家坡的锣鼓队相向而立,呈对垒之势。

齐有粮站在两队中间,清了清嗓:"去年陈家坡耍社火,我们尹村锣鼓队输了。今年我们做东,不能在家门口塌火。咱俩村的把式都在这儿,比画比画?"

陈家坡锣鼓领队立即接话:"没麻达!别看你家大仓在外领导千军万马,今天他肯定赢不了我!"

齐大仓在对面拉起架势,笑道:"陈四哥,我不像你,我是鼓把式,不是嘴把式!"

一时间场上弥漫起十足的火药味,看客们纷纷吹起口哨。只见齐大仓先起了个头,敲锣的、打镲的随即和着鼓声时急时缓、时轻时重地敲打起来,只消一刻,便吸引了四面八方的人。

方堃三人来到太后饼摊前。

"师傅,我要三个太后饼!"雒青朝烙饼师傅喊道。

"话说,"等待过程中,雒青随口发问,"这太后,是哪个太后?"

方堃故意卖关子:"你猜。"

"这怎么猜得到,中华历史五千年,哪朝哪代都有太后,秦川也不下几十个。快,给点提示。"

方堃思索片刻,抿嘴微笑,娓娓道出线索:"这个太后有个儿子,不是嫡出,是庶出。早年间,她的儿子被分封到外地,母子俩过了一段很安乐的日子。后来,她的儿子成了皇帝,励精图治,还成了一代明君。太后去世之后,因为礼制,不能和先皇合葬,她儿子就给她另辟了一处陵墓。她儿子孝顺得很,自己去世后,也没有葬到先皇所在的原上,而是葬在了这个太后陵墓不远处。"

闻言,原本还有些迷惑的雒青顿时眉开眼笑道:"太简单了,西汉十一座帝陵,九座在五陵原,一座在白鹿原,一座在杜东原。这个皇帝又是一代明君,又是出了名的孝顺,除了葬在白鹿原的汉太宗还有谁?这个太后正是汉太宗的母亲——薄太后。"

三人身后不远处,严守村一听到他们聊到"薄太后",便悄悄竖起了耳朵。

"我知道这个难不倒你,那你知道,汉太宗兹陵和薄太后南陵在白鹿原哪里吗?"方堃又不急不慢地抛出问题。

"不会……就在这附近吧?"

郭士林接话:"不然你以为堃为啥带你来这儿看社火?"

方堃点点头,道:"五陵原上的九个帝陵你已经看过了,我今天就带你长长见识,看看咱西汉十一陵里最特殊的一个,因山为陵的兹陵。"

"汉太宗的兹陵、薄太后的南陵,还有窦皇后的窦陵,我都要看!"雒青兴致勃勃,"听说,南陵还出土过大熊猫的骨头呢。"

"除了大熊猫,还有不少好东西咧,我路上给你慢慢谝。"

两人说着就往外走,郭士林连忙追上。

"这就走?我还没吃够咧。"他忍不住小声嘟囔。

方堃揶揄好友:"就知道个吃。"

三人边说笑边走远,声音渐小,严守村立马警觉地紧跟其后。

百戏楼空地上的激烈对战仍在进行,齐大仓越敲越起劲。

就在此时,有个男人悄悄从竹马队退出,他叫邢兆虎。与他一同离去的还有放铳后生里的精瘦青年,名为黎远光。两人假装不认识,朝尹村外走去。

待二人走远后,看客里的"大头"和"山娃"也跟了上去。

## 第二章 惊雷

邢兆虎、黎远光在前,山娃和大头在后,依次经过了小吃摊。

匿在炸糕摊的食客燕小五和王太平见邢兆虎远去,互相使了个眼色。燕小五三十五岁,肿着眼泡,面色发白。与他对视的王太平则一副憨样,脸上的大痦子颇为显眼。

尹村外的麦子尚未返青,麦地里光秃秃一片,略显萧瑟沉寂。

邢兆虎疾步走到垄边,给其他人递了个眼色:"拿家伙!"

大头和山娃赶紧分头去找前几天藏在这里的工具。按照行规,若活未干完,离开时则不带工具,而是找个地方各自藏好自己手头的工具。

黎远光负责爆破,和邢兆虎同属于"腿子"。他不疾不徐地走到一个枯草堆前,将其掀开后,里面露出他早已备好的蛇皮袋装的炸药和雷管。

大头也很快找到了他藏的洛阳铲、手电和绳索。

唯有山娃,来来回回走了两圈,也没有找到他藏的工具。

"没找着?"邢兆虎见状,皱了皱眉。

山娃面露难色。

邢兆虎凶巴巴地啐了一口:"瓜皮,藏哪儿记得不?"

山娃战战兢兢,急得只冒冷汗:"我做了个标记,咋不见咧?"

"你个瓜怂,猪都比你灵醒!"邢兆虎一脚踹过去,"找!"

百戏楼外,齐小满卸了行头,和狗子黑撒一道挤进人群,看两村锣鼓队打擂台。轮到陈家坡了。这边的小伙子个个如同打了鸡血,两片镲在手上翻出了花,一张一合速度快得惊人。还有那几个鼓手,鼓敲得花样百出,赢得了一波接一波的掌声。

齐小满正躲在人群后面看热闹,腰上忽被人拧了一把。她惊得扭头,见是李春来。

"来娃,你干啥?!"齐小满嗔道。

李春来嘿嘿一笑,惋惜地打量她:"咋把行头卸了,留着多好,美得很。"

说不清是羞还是恼,她捂了捂脸:"别胡说,你不去吹唢呐,跑这儿来干啥?"

"我来给大仓哥加油咧,"李春来答道,又冲人群前头挥手大喊,"大仓哥,加油!"

只见齐大仓将衣服一脱，丢给堂妹小满，露出结实的胸肌，看来是要上大活儿了。

尹村外，眼看就要掘地三尺了，山娃终于找到了他藏的铁锹和钎等，便立刻跟在三人后面走到一块田里。大头铲净表面的浮土，地里露出了一块木板，掀开木板后，便是一个拳头大小的炮眼。

他把洛阳铲上一节节的钢管连起来，顺炮眼下铲，忙活完后退到一旁。

黎远光也没闲着，娴熟地往炮眼里塞炸药，将电雷管安装好，然后停下了手。

邢兆虎不解地呵斥："愣着干啥？点火呀！"

黎远光却并未着急，他沉吟片刻，说："再等等。"

百戏楼前，齐大仓出了一身汗，鼓槌抡得越来越欢实，敲得如同一阵暴风疾雨。

黎远光终于引爆了电雷管。

伴随一声巨响，四人躲闪到一边，眼见炮眼里泛起一阵白烟。

刹那间，爆炸声、锣鼓声融为一片。

百戏楼前，那声巨响，完全淹没在了锣鼓声和如潮的掌声、喝彩声中。

只有小狗黑撒有所察觉，它动动耳朵，趁齐小满没注意，撒腿便跑往尹村外。

白烟散尽，四人凑过来。原先拳头大的炮眼，已被炸成一个半米见方的盗洞。

表演结束，齐小满挤上前，给齐大仓递过衣服："哥，咱是不是赢了？"

齐大仓得意扬扬地挺起胸膛："火车不是推的，你哥的牛皮可不是吹的！"

"行咧，"齐有粮在一旁打趣，"人家陈家坡让你二两姜，你娃可别不识秤。"

众人哄笑。

陈家坡领队虽不服气，却也不愿丢了面子："客再大大不过主，我在你尹村地盘输，那也不叫个输。"

"陈四哥这话就外道了，"齐大仓爽朗一笑，"咱尹村跟陈家坡都是一个先人的子孙，哪分啥主跟客。"

"对，都是一个窝出的，一会儿咱俩村还得排并排祭祖咧。"齐有粮附和道，对齐大仓的话赞许有加。随后，他又看向众人，朗声道："严六爷已经把东西备好咧，后生们，鞭、炮、铳，都给我响起来，咱给先人磕头去！"

男女老少渐渐散开，纷纷去准备接下来的祭祖，齐小满这时才留意到黑撒不见了。

"黑撒！黑撒！你在哪儿？"她穿梭在人群里，大声呼喊着。

严守村跟丢了方堃三人，正四处踅摸，却被齐小满一把拉住："守村叔，看到黑撒了吗？"

严守村一愣："啥黑鬼？"

齐小满急得直跺脚："黑撒！我的狗！"

严守村不以为意，摇头道："没看见……对了，你看见三个人了吗，两男一女。"

"哎呀，这到处都是男男女女，我哪知道你说的是谁？！"

齐小满不耐烦地敷衍过后，便又急急跑开去找黑撒了。

黑撒穿过土路，远处又传来一阵闷闷的"雷响"。它循声奔向盗洞的方向。

看着炸出来的洞，黎远光拿起一块石子丢进去，又俯身趴在地上听了听。过了片刻，他起身拍了拍手："行了。先把洞盖上，等天黑。"

众人这便开始行动。

却见，山娃晃来晃去似不安稳，皱着眉头，却不动弹。

邢兆虎啐一口："你晃啥呢？能安静一会不！"

"虎哥，大过年的干这事，眼皮子一直跳来跳去的，我心里发毛……"山娃讪讪道。

邢兆虎一脚踢过去："尿样子还想发财，吃屎都赶不上热乎的。"

见邢兆虎面有愠色，大头连忙圆场："虎哥，今天确实点背，山娃藏好的家伙什寻了半天才寻见。我看咱要不给先人磕个头？"

山娃连忙附和，点头如捣蒜："对对，咱给先人磕个头！"

邢兆虎一言不发，抿着嘴唇，似乎被说动了。

百戏楼正对戏台的位置摆有一张祭桌，桌上放了一碗热气腾腾的臊子面。这是关中特有的祭品，体现了当地事死如事生的文化传统。尹村和陈家坡同出一祖，两村后生整整齐齐地立于戏台下。齐有粮叔侄二人和陈家坡领队站在前面，严六爷则侍立祭桌一侧，主持祭祀典礼。

当此时，齐小满慌慌张张地挤到齐大仓跟前："哥，出事咧！"

"咋咧？"齐大仓压低声音。

"我的黑撒不见咧！"

"家里寻了吗？"

"寻了，没有。"

· 011 ·

齐有粮咳了一声,两眼一瞪,暗示齐小满闭嘴。

见妹妹如此沮丧,齐大仓低声安慰道:"小满别急,等哥完事哥跟你一起寻。"

齐小满无奈,只好匆匆退出人群。

严六爷见众人安静下来,这才将一份已逝先人的宗谱陈上祭桌,并燃上了三炷香。

他声如洪钟:"今日我族上百人汇聚一堂,实乃一大盛事。先人迁居到原上六百余年,子孙牢记祖训,克勤克俭,耕读传家。今日我们祭拜先人,就是要把这些优良品德发扬光大,让祖德宗功万古流芳,子孝孙贤世代忠良——上香!"

三炷香插进香炉,严六爷后退几步,和族人站在一排。大家一道长揖,又跪下拜了三拜。

盗洞旁,四人也一齐跪下,各自磕了仨头。

邢兆虎嘴中念念有词:"先人在上,惊扰您咧。金疙瘩、银疙瘩,不如原上的冢疙瘩,您老借我们几个钱花花。保佑我们不塌坑,出大货,回头我们孝敬您,水果、干果都摆齐,核桃、花生、大红枣,再献一碗梆梆肉,让您一次咥个饱!"

拜完,他便带大家离开了。

日头西沉,暮色四合,齐小满在尹村外的田间小路上边寻边喊黑撒的名字,她那颤抖的回音荡在原上,久久不散。

齐小满不住抽噎:"黑撒,你去哪儿咧?"

忽然间,一声狗吠传来。

她一惊:"黑撒?"

又一声狗吠。这下,齐小满立即朝果园方向跑去。

鼓风机呼呼运行,大头和山娃已经下去了。

邢兆虎朝盗洞喊话:"到墓室了吗?"

"没!"大头的声音从下方传来。

"狗日的,咋那么慢?"邢兆虎咧嘴念叨。

正说着,一声狗吠吓得他一激灵。他一转身,瞪着黑撒:"贼他妈,真来了个狗日的!"

他跺了跺脚,本想喝住它,未承想黑撒又是一声吠,反而朝他逼近。

邢兆虎随即抄起钢钎。

齐小满跑到果园,四下一片漆黑,着实瘆得慌。

· 012 ·

"黑撒？"

果园废弃的窝棚里传来了一阵窸窸窣窣的响动。

齐小满压低声音试探道："……是黑撒吗？"她蹑手蹑脚地走上前，推开窝棚门一看，只见两个男人蹲在一起，便立刻吓得尖叫起来。

燕小五没好气地瞥了她一眼："躲远点，拉屎咧。"

齐小满羞得背过身去，抚着胸口："你们……见到一只狗没？"

王太平随口敷衍道："上大路咧。"

"不可能！"小满急得涨红了脸，"我就从大路来。"

燕小五翻了个白眼："我们骗你有啥好处？"

见二人态度如此，确实不像见过黑撒，齐小满将信将疑，又转身折回了大路。

夜已深，邢兆虎圪蹴在盗洞口，等待洞下回复。

终于，底下传来大头兴奋的声音："看见啦！"

邢兆虎也兴奋起来，方才漫长等待的无聊和疲乏一扫而空："快起货！"

突然间，五束强光从远处射了过来，照得他睁不开眼睛。

燕小五从远处高喊道："狗日的，谁在那儿挖坟掘墓？！"

"坏了！"邢兆虎一凛，"像是文保的！"

黎远光反应极快，立刻向洞里丢石头："大头、山娃，快上来！"

光束逐渐逼近，黎远光和邢兆虎三下五除二，把人拉了上来，顾不得收拾家伙什，四人连滚带爬赶紧窜逃。

燕小五和王太平撵上来，穷追不舍。

一辆面包车停在路边，邢兆虎跳进驾驶室，未等三人上车便立马发动。余下三人追着车跑，逮到机会拉开车门才跳进去，然后大口大口喘着粗气。

紧跟其后的燕小五和王太平手持五把手电筒追了过来，见车已开走，这才停下。两人对视一眼，狡黠一笑。

回到洞口后，他们拾起邢兆虎团伙遗落的钢钎、铁锹。燕小五带上手电，在王太平的帮助下，顺着绳子下去了。

盗洞深近三十米，打在墓室边缘。片刻后，汗流浃背的燕小五终于到了墓室，侧身进入其中。只见墓室约三十平方米，地上有不少坠落的泥土。

甫一进来，燕小五便一吸鼻子，自言自语道："……咋还有股香味？"

他低头搜寻，发觉角落里似有一堆被土覆盖的陪葬品，扒开土一看，里面竟是上百个没有胳膊的裸体黑陶俑！燕小五面露大喜之色，如获至宝。

# 第三章 唐墓

日光透过窗格,将光影斑点投落在阳陵考古基地的文物存放室内,忽明忽暗。从考古工地发掘出来的文物,堆得地上、桌上到处是。除了陶俑和马、牛、羊等陶塑动物,还有一些模型明器,如陶灶、陶井圈等,及陶甑、陶罐这类实用器。文物中有不少已残损,需要清理和拼对后,再转运出去。

外面寒风凛冽,屋里又没生炉子,方堃、雒青和郭士林三人裹得像熊一样,只露出双手干活。

方堃的工作是绘制器物图,他的工作台上摆着三角板、铅笔和米格纸,还有一个陶甑。好不容易画了一半,他却顿住了,愁得眉头紧皱。

雒青也在对着一个陶罐绘制器物图。与方堃不同,她倒显得颇为享受,乐在其中。

一旁,郭士林的工作台上摆了一个残损陶罐和满台面的碎陶片,他抓耳挠腮,不知道选哪片。

方堃无法忍受这沉默气氛,开口道:"你们说,冬天咋这么长咧?"

无人理会他。

"春天在哪里啊,春天在哪里?"他又唱了起来。

郭士林放下这片,拿起那片,思路一下子被方堃的歌声打断,当即抱怨:"你抽啥风,把我思路都唱没咧。"

方堃还嘴:"我不唱你就有思路咧?一个月了,你拼出了个啥?"

郭士林不甘示弱,扬声道:"你还好意思说我,八个月了,你画出了个啥?"

这下方堃不服气了,立刻从一旁抽出一沓纸,上面全是他绘制的器物图。

"我画的还少吗?要我说,昝老头就是成心的,器物图绘制、室内整理,这都是本科生干的事,凭啥让咱们研究生浪费这个时间?"

"这怎么是浪费时间呢?"雒青蹙了蹙眉,从陶罐间抬眸,争辩道,"本科教育一般只是教授基础知识,专门技能需要在进一步深造中习得,昝教授这是给我们机会,让我们再夯一把基础。"

方堃大咧咧往后一仰:"夯这有啥用?"

雒青并未回答,而是从郭士林面前的陶片中选出一个,放在陶罐上比量了比量，恰好合适："看见没，节省时间。"

郭士林佩服得五体投地："堃，看看人家这眼力，不愧是北大的。"

方堃冷哼一声，十分不屑："不好意思，我将来是要下田野的，就算需要绘图，还有技工咧，节省这个时间对我而言半点意义也没有。"

此时，五十多岁的昝茂昌进了院，他放轻脚步，走到文物存放室的窗外，悄悄观察这帮年轻气盛的学生们。看了一会，昝茂昌推门走了进去。

方堃立马低下头去，装作在认真画图。

"我说个事，"昝茂昌清清嗓子，"雒青、士林，你俩收拾一下，跟我出个任务。"

"昝教授，出什么任务？"雒青不由好奇。

"阳陵不远发现了一个被盗的唐墓，文物局让我们去做抢救性发掘。"

方堃一听来了精神，噌地举起手："我也去！"

昝茂昌不紧不慢地伸手："把你绘的图拿来。"

方堃心虚地递上去。

"别说艺术性了，你连科学性都做不到，"昝茂昌正色道，"你留在这里接着画，画好为止。"

雒青和郭士林拼命憋笑，肩膀不住颤抖。

方堃又气又急："凭啥呀？雒青才来了半个月，她能去，我为啥不能去？"

昝茂昌毫不留情地点出关键："凭她画得比你好，雒青的图能做到误差不超两毫米，你呢？"

"昝教授，我的手都快冻僵了！"方堃委屈地摊开手，"你看我这茧子，都是用功的见证。"

昝茂昌只扫了一眼："没花心思的用功，叫作无用功。"

"那老郭咧，我俩一块来阳陵实习，他都下过多少次坑了。我呢，别说下坑，您连坑边都不让我去，这不公平！"方堃一下子来气了，顾不上师徒关系便抱怨起来，"昝教授，我怀疑您是故意的，您对我有意见。"

未承想昝茂昌并不否认："画了八个月还是这个德行，天天想着抄近道走捷径，我是对你有意见。"

这下方堃被说得哑口无言。

秦川南市，一座气势宏伟的石牌楼上洋洋洒洒书着五个烫金大字——"南市古玩城"。进去后，两侧商铺鳞次栉比，古香古色，内里卖品不乏瓷器、书画、玉器等。

盘不起铺子的小老板，往往会在别家店前支起摊床，卖些金石文玩等。穆见晖正是其中之一。

他四十上下，戴副眼镜，身形清瘦，像个文化人。此刻，他正手捧一本《西清古鉴》读得津津有味。

对面博文斋的洪老板忽地探出头："老穆，来一下。"

走入博文斋内，穆见晖留意到有张生面孔，猜测应是卖主，便向对方点了点头。

洪老板关上门，指了指柜台上的木匣子："老穆，给咱瞅瞅货色。"

木匣内躺着一个洛神纹铜镜。穆见晖从怀里掏出放大镜，仔细看了一遭，又用手轻轻摩挲了一把。

"咋样？"洪老板搓搓手，急问道。

"清代的。"

听闻穆见晖的判断，卖主顿时火上心头："这是我元代先人传下来的洛神纹铜镜，你会不会看？"

穆见晖挑眉："真是先人传下来的？"

卖主提高音量："这能有假？"

穆见晖缓缓道："我说句冒犯的话，要么是你先人哄人，要么是你哄人。这铜镜是清代仿元代的。"

卖主彻底恼了："你这说的啥话？"

"我要是说得不对，你随时来找我，我的摊位就在对面。"

见他微微蹙眉，洪老板连忙掏出两百块塞过去，他便不再言语，甩手离去。

"洪老板，他一个摆地摊的，懂啥古董！笨狗扎狼狗势！"卖主骂骂咧咧了几句，又道，"这样吧，我也不跟你磨牙咧，你再找个懂行的人，咱这生意还有得做。"

洪老板笑了："他要是不懂行，这南市就没人懂咧。老穆眼毒，一件东西放在那儿哪个朝代的，他一眼就能看出来。"

卖主听罢，心里一慌。但毕竟把铜镜卖出去才是要紧事，这样想着，他压下心中的羞愧和恼怒，走出店去，将木匣往穆见晖摊上一放。

"穆哥，"他赔着笑脸，"要不你进去给我当个中人，谈个合适的价。"

穆见晖淡淡一笑："估价的钱我不赚。"

"为啥？"卖主不解。

"估多了洪老板吃亏，估少了老哥你委屈。你们做的是一锤子买卖，可我还得在这南市混。"

卖主只好悻悻离开。

这时，穆见晖的手机响了。

妻弟刘树生慌慌张张的声音传来："姐夫，出事了，坑被人抢了！"

基地内，方堃在宿舍床上愤愤不平地嘀咕。这时，外面突然传来了郭士林的声音："师母好！雒青，这是咱昝教授的夫人项老师。"

"师母好，久仰您大名，幸会幸会！"

闻言，方堃噌地坐起身。师母，师母居然来了……啊，对了，一定和唐墓有关！

他可得把握好这个机会，不能叫人看扁了去。脑子一转，他有了主意。

项昕之五十岁左右，但看上去比同龄人年轻很多。她裹着个大衣，脚上踏着皮鞋，知性中透着时尚，优雅而大方。很难想象她是一个常年泡在田野的考古人。

她一进屋，便一拉脸，说话带点上海腔："侬真是有意思哦，主意都打到我身上来了。"

昝茂昌一改平日的严肃，在妻子面前和颜悦色："咋，我又犯啥错咧？"

"明知故问。"

"唐墓的事？"

"你说呢？"项昕之抿唇，"你一个研究秦汉的，手都伸到我隋唐的地界了。"

昝茂昌连忙解释："昕之，你可别以为这个唐墓跟我们无关。你看看它的位置，离我们近得很，它对我们研究历史上阳陵地理位置的变迁相当有帮助。"

"老昝，这话你骗骗外人就好啦，我是谁？是和你过了二十多年的项昕之呀！"她笑了起来，"你那点小九九，非要让我点出来？你研究阳陵缺经费，把唐墓抢救性发掘的活儿接了，钱的问题不就解决了。"

"昕之，你就当照顾一下我们！"昝茂昌心虚一笑，"再说，这次发掘是省院牵头，你做领队，我和娃娃们打下手。大事你做主，小事我搭把手。俗话说，夫妻同心，其利断金嘛。"

项昕之秀眉微挑，玩味道："哦，今朝有事求我，嘴像抹了蜜，平时脸长的哟，像谁欠你八吊钱。"

昝茂昌摸摸自己的脸："……有吗？"

就在此时，方堃敲门进来，将手背在身后："师母好，昝教授好！"

"你有啥事？"昝茂昌没好气道。

项昕之立刻数落："看看，刚说完你就拉脸子。"

方堃笑嘻嘻地从背后端出一杯咖啡，故意学着上海腔："师母，没啥好招待的，给您端杯咖啡。速溶的，您将就一下。"

这一招很好使，项昕之当即接过咖啡："速溶的也好呀，方堃，你比你导师有眼力。我坐下半天了，连杯水都没的喝。"

方堃趁她心情不错，连忙眼巴巴地央求："师母，我想求您个事。"

"讲就是啦。"

"我想参与唐墓的发掘工作。"

还未等项昕之回复，昝茂昌一口拒绝："不行。"

方堃没脸没皮地一笑："昝教授，不好意思，我问的是师母。"

项昕之爽快地挥手："来吧。"

"昕之！"昝茂昌急唤道。

她狡黠一笑："老昝你这记性太差啦，刚才说啥来着，大事我做主。"

昝茂昌辩驳："这是小事。"

"是大是小我说了算。"

昝茂昌没办法，说不过她，只好默认。

方堃顿时得意起来："谢谢师母！"

刘家的自建房坐落在城郊，很是气派。正房是两层小楼，东、西厢房一个是灶房，一个是库房。

穆见晖正卷起袖子，在院里挥刀追着鸡跑，鸡被吓得咕咕直叫。

与此同时，西厢房里也传来了一声声凄厉惨叫。内有四人跪在地上，赤裸上身，双臂被麻绳缚在身后。

刘树生挥着一根长鞭，挨个抽过去，血淋淋的鞭痕一道接一道。他三十五岁，个头不高，一脸横肉。

"说吧，你们四个谁勾结了外人？"

邢兆虎一把鼻涕一把泪地喊冤："生哥，真不是我，我跟了你这些年，哪干过这背信弃义的事。如果是我们干的，干啥还回去看，再回来报告给你，直接把东西拿走不就得咧。"

刘树生啐了一口："狗日的，你是不是跟外人说过我刘树生抠？是不是说过想当'支锅'？"

"我那是喝醉了胡咧咧，我真没起过二心！"

刘树生懒得听他狡辩，一脚踹倒邢兆虎，将鞭子抽了过去："狗日的，再不说尿给你打出来！"

院落里，穆见晖抓住鸡脖子，一刀下去，鸡血淌了一地。

邢兆虎被打了个半死，瞪着布满红血丝的眼睛看向山娃："是山娃！一定是这狗日的吃里爬外。"

山娃哆嗦着："虎哥，可不敢胡说！"

"我早就觉得你不对劲，那天又是丢家伙什，又是非要我们给先人下跪，肯定是你狗日的心虚。"邢兆虎愤愤道。

刘树生于是直勾勾盯着山娃，山娃被吓得词不成句："生……生哥，我就是……过年……年动土害怕，怕得罪先人。我一个'下苦'，哪敢……敢抢支锅的坑。"

邢兆虎又看向另一人："大头，是他！他天天嚷嚷搞票大的娶媳妇。"

"虎哥，可不敢乱咬人！"大头连忙为自己辩解，反咬邢兆虎一口，"那天对面人一来，你就说是文保员。我看你是早就知道，你们才是一伙的。"

"放你娘的屁！"

刘树生眼一瞪，没人敢再言语。他看向黎远光："'炮手'，咋不说话？"

"没啥说的。"

"你看像谁？"

"我不知道。"

"那你知道咱的规矩不？"刘树生冷笑。

黎远光平静道："私藏刹手，吃里爬外，活埋，报警的杀他全家。"

"既然都不说，那就都按私藏算，一人一根手指头。"

刘树生从身后抽出一把刀。

灶房案板上摆着一只白条鸡，穆见晖举刀，手却迟迟没有落下，而是停在半空，若有所思。

刘树生按住山娃的手指，右手的刀就要落下。这时，门口传来了穆见晖的声音："树生，年还没过完，舞枪弄棒的不吉利，别把咱的财运吓跑了。"

刘树生似被说动，手悬在半空。

邢兆虎顺势求情："对对，大过年的不能见血，不能坏了咱的运。"

穆见晖见刘树生不动，上前拿走了他的刀。

"先吃饭吧。"他说。

四人感激涕零地看着穆见晖。

大家围桌而坐，桌上摆了不少鸡鸭鱼肉，香气四溢。中间有个汤碗，被盖子盖住。

穆见晖为大家满上酒："树生，给大家伙讲两句。"

"讲啥？谢他狗日的抢老子的坑？"刘树生冷哼一声。

穆见晖连忙打圆场："树生，别说是你，这口气我也咽不下。要是没出事，今天这顿饭应该是顿庆功宴。老话说，年前年后地气萌动，宝物现形。相传，当年军阀党玉琨在斗鸡台盗宝，眼看就要过年了，也不让下苦们停下来回家，理由就是大年三十后宝物会现形。果然正月十四那天，他们挖到了一套价值连城的西周青铜禁。原上这个点，是树生花了十五万买的。弄好了开一次张，够咱兄弟吃上一年。"

刘树生闷闷不乐："现在说这些还有球用。"

"树生是'支锅'，有句话按理也轮不到我说。可大家吃的是一锅饭，就是自家兄弟，兄弟我今天自作主张备了道菜。"

说着，穆见晖拿开汤碗上的盖子，碗里装的竟然是土，众人顿时瞠目结舌。

邢兆虎率先发问："老穆，你这是啥意思？"

"咱是土里刨食，不能坏了规矩。树生心善，没让大家见血，这个情得记住，但这个教训也不能忘！"穆见晖声音不大，却态度坚定，隐隐透着不容置疑的威严，"不管是吃里爬外的人，还是觉得委屈的人，都得明白秦川市场不藏人不藏货，内鬼迟早现原形。"

刘树生对穆见晖这番话颇为满意，遂看了一圈众人："还愣着干啥，吃！"

四人连忙上手，抓了一把土送入口中。

## 第四章 初探

考古队一行往待发掘的唐墓走去。野外碎石密布，杂草丛生于密实的黄土上，悄然掩映了其间零星散落的小洞。洞周围沙土凌乱，明显有活动的痕迹。

项昕之边走边说："这个唐墓被盗的情况很严重，文保部门已经来看过了，不止一次被盗。而且附近的小孩子经常来玩，很危险。"

方堃若有所思："……看来，是个贵族墓。"

"你凭啥下这个论断？"昝茂昌问。

"普通唐墓形制一般不大，没有墓门、神道这些装饰性建筑，中央起墩，很难被发现，更不容易被盗。"他答得头头是道。

昝茂昌回头："郭士林，方堃说得对吗？"

郭士林犯难，挠挠头，随口应付："对着咧。"

"那，雒青，"昝茂昌略微一顿，"你也觉得对吗？"

"对了一半。方堃说的普通唐墓的特点没问题，但是……"她思索片刻，又道，"我觉得不应该光凭普通墓不容易被盗，而咱们要发掘的这个唐墓被盗多次就断定这是个贵族墓。"

方堃听罢，果断接道："如果你觉得理由不充分，那我还可以在陪葬品方面继续补充。唐代平民陪葬不好奢，比较随意，一个墓多次被盗，你觉得里面陪葬品会少吗？"

昝茂昌见他如此高傲张扬，不由摇头："你太武断了，到了里面少说话，多看。"

项昕之连忙打圆场："不要搞得这么严肃，想说就说，想问就问。况且他说得对，这确实不是一个平民墓。此墓有前、后两室，等级相对较高。"

"他这是蒙对。"昝茂昌语气仍然生硬。

"不管是不是蒙，就算他说错话能有什么后果？"

"现在是没后果，以后说不准。"

"以后再说以后，我看方堃挺聪明，你要不想要我就收走了。"项昕之无奈，只得如此把昝茂昌的话给堵回去。

有了项昕之的支持，方堃在一旁得意得很，略微耸了耸鼻子。

说话间，他们已走到了唐墓入口，只见墓道已然裸露在外，青砖点缀在黄土间，古旧斑驳。

项昕之见状说："这片一到夏天就容易被雨水冲刷，所以你们现在可以看到，墓道已经裸露在外了。"

昝茂昌不忘提醒："大家注意安全。"

应了几声后，众人或满怀憧憬与期待，或暗含紧张与谨慎，依次走了进去。墓道狭窄逼仄，墙壁被侵蚀破坏得厉害，虽残存着些壁画，壁画中人物的眼睛却被抹除。甚至墙上还有小孩幼稚的字，如"红红大坏蛋"之类的话。

大家看到这一幕，不免痛心。

项昕之深深叹了口气，眼神坚定："壁画我们要尽早处理，能揭取保护的尽量揭取，不能让壁画再被损坏了。"

"这些小孩太坏了，乱涂乱画，还把壁画的眼睛毁坏了！"雏青惋惜道。

听了她的话，方堃眼神一凛："不，这些人物的眼睛不是小孩毁坏的……是盗墓贼。"

"你怎么知道？"

"大多盗墓贼下坑的时候，看到壁画会害怕，觉得这些人在盯着他们。所以能带走的壁画就带走，带不走的就毁掉，他们怕遭报应。"

昝茂昌难得对他露出肯定之色："这点你倒是说对了。"

一行人沿着墓道继续往里走，在穿过甬道、进入前室后，发现里面早被洗劫一空。

"前室、后室都被盗空了。"

项昕之眉头紧蹙，神情凝重。

看到后室也惨遭洗劫，雏青亦痛心疾首："太可恶了！这么多珍贵的文物全被盗了，这些盗墓分子怎么下得去手？"

"盗墓贼连命都豁得出去，才不管文物的价值。"项昕之无奈摇头，"关中是'文物重地'，随便一抔土都有上千年的历史，我们这几年接手的抢救性发掘项目越来越多，简直是跟在盗墓贼屁股后面跑。"

气氛正沉重时，郭士林突然发问："哎，咋没见棺椁？"

雏青环顾一周，猜测道："是不是被盗墓贼偷走了？"

"有这个可能。墓主的身份也没法确定，所以，做完基础的清理工作后，我们就得把墓回填。"项昕之略一沉吟，做出了决定。

"昕之，"方才一直没说话的昝茂昌忽然开口，"有个地方，我想让你再看一下。"

"行。"

"……哎？"郭士林揉了揉眼睛，又忍不住惊讶地问，"方堃呢？"

众人这才发现，后室中压根不见方堃的身影。

昝茂昌一行重新回到了墓道。只见方堃站立于墓道墙壁前，聚精会神地盯着壁面，眼神发直。

昝茂昌大喊："方堃！"

而他看入了神，压根没听见老师的呼唤，只是兀自支着下颌思考，并未理会。

郭士林压低声音："不会中邪了吧？"

这时，方堃忽然抬起手，敲了敲墙壁，紧接着居然开始抠墙壁上的土。

"住手！"昝茂昌大步过去，一把拉住他悬在半空的手臂，"干啥呢你？！"

方堃摊开手，展示着手心里的土，说道："昝教授，大收获！您让我说不？"

昝茂昌无奈道："有话快说。"

方堃于是认真说道："这墙壁上的土和生土比起来颜色偏黄，也没生土那么紧实，这里会不会有建筑痕迹？"

项昕之闻言看向昝茂昌："老昝，你刚才也是想带我来这里吧？"

昝茂昌点了点头。

项昕之对方堃扬起一个明丽的笑容："行啊方堃，眼力不输你老师！"

"我觉得这里倒是可以继续挖一挖，看看这个墓里是不是还有我们未知的东西。"昝茂昌道。

方堃笑嘻嘻："昝教授，咱俩真是心有灵犀，我也觉得要挖。"

昝茂昌瞥他一眼："你不是手僵了吗？我看挖土的时候灵活得很。"

"这不是一时激动，太忘我了嘛！"方堃挠了挠头，又甩手道，"您看，现在又僵了。"

"下次动手前打个报告，"昝茂昌收起说笑，语重心长道，"墓里的一切都不能随意乱动，这是铁律。"

方堃则不以为意，仍旧语气轻松："知道咧，说话要请示，动手要请示。"

项昕之环顾墓道，说："老昝，回去咱俩商量一下发掘计划。"

"行。"

方堃忙不迭举手："我能参加不？"

昝茂昌没回答，兀自离开。

方堃不解地问："师母，这啥意思？"

项昕之扑哧一笑,也大步流星走了出去:"傻小子,同意了呗。"

秦川市的夜空里闪烁着绚烂刺目的霓虹灯光,酒精发酵欲望,幽暗掩埋肮脏。心怀不轨的人隐匿在灯红酒绿背后,伺机而动。

西装革履的"华南王"夹着公文包,拥着浓妆艳抹的坐台女露露蹿进一家小宾馆,轻车熟路地摸到房间门口,进了屋。

女人双手勾着他的脖颈,艳唇上挑:"你可是答应我了,明天带我去买项链。"

华南王操着一口广东普通话,一手摸到她背后的衣服系带,一手搂住她的细腰:"知道啦,哪次答应你的事没办到?"

两人亲热了一通后,华南王无意中一抬眼,忽然瞧见门口有个信封。他顿时警惕地推开露露,赶忙上前捡起。

信封里有张照片,照片上是一个黑陶俑。照片背面有行小字:晚上十点,东郊雅茗茶馆外。

华南王把照片一撕,若有所思。

露露见他不语,凑过来问:"啥东西?"

华南王沉思片刻,迅速丢下几张百元大钞,便着手收拾行李:"今晚你回去吧,我有事要办。"

夜色愈深,一辆出租车在东郊雅茗茶馆外兜了两圈才停下,华南王警惕地从车上下来。他四下看了看,瞥见身侧一辆桑塔纳亮起了闪光灯。

他放轻脚步凑近车前。车窗拉下,里面坐的正是穆见晖。

穆见晖开门见山:"信是我塞的。"

华南王面露防备之色:"乜信?"

"放心,"穆见晖轻笑,"我不是条子。"他从怀里掏出一个用报纸包裹住的东西,那东西只露出一角,隐隐能看出是黑陶俑。

他将东西递给华南王,后者却只扫了一眼,并没有接。

穆见晖并不着急:"剩下的都在车上。你要是不放心我,地方你定,我跟你去。"

华南王沉默,而后招停了一辆出租车,示意穆见晖跟着。

出租车在秦川的黑夜中穿梭,最后停在了一片无人的郊野。此时已过凌晨,万籁俱寂,厚云遮蔽皎月,树上传来鸦鸣,偶尔伴随一两声狗吠。

华南王下了车,见穆见晖也把车停下后,走到了他面前:"报下家门吧。"

"叫我'表叔'。"

"表叔?"

"跟你华南王做生意的，都是秦川的大'支锅'，大'掌眼'。我在这行是无名之辈，你指定没听说过我，可我一直知道你。"穆见晖淡淡一笑。

"知道我的人是不少，但能找到我的只有几个。"华南王依旧警觉，上下打量他，"你是怎么找到我的？"

"刘树生，你跟他做过生意。去年十月，你收了他一套彩绘灰陶甬钟，那物件上有条裂缝。前年六月，你收过他一个青铜卣。"

"你跟刘树生飞关系？"

"我跟他啥关系不重要，我来是想跟你做成这笔生意。"

华南王渐渐打消疑虑，接过了穆见晖递来的手电筒，仔仔细细地查验起他带来的那只黑陶俑。

穆见晖在一旁补充道："这是着衣俑，给皇家贵族陪葬的，还是罕见的黑色。"

"你不用给我上课。"华南王不耐烦地打断。

穆见晖自嘲："对不住，我真是关公面前耍大刀咧。你华南王吃过见过，肯定知道这东西的分量。"

"有多少？"

"两百多个。"

"报个价。"

"一个一千。"

"六百。"

穆见晖想了想，咬咬牙："六百就六百。"

华南王挑眉，轻蔑一笑："这么爽快？"

穆见晖则不卑不亢："我是带着诚意来的，我就认你华南王这个人。"

华南王瞥他一眼，又道："我只要一百个。"

穆见晖一愣。

华南王耸耸肩："不同意无所谓，你找别人卖。"

穆见晖连忙收敛心神，唇角上扬，态度温和："没麻达，东西好不好，不是我说了算。一百个，拿到市场试试水。成了，还有下次。不成，我欠你华南王一个人情。剩下的这些，我等你的消息，就算别人想要，我也不卖。"

华南王听罢这一番话，心里倒觉得很舒服："表叔，好，你这个名我记住咗。"

次日，暖日当空。

秦川城郊一个集市里热闹非凡，人声鼎沸，陈着不少摊位，燕小五的辣子摊就在其中。他老婆付小丽,一个尖脸、细高挑儿的女人,正招呼来往顾客。

"新到的辣子看一看啊,羊肉泡馍大碗卖,有了辣子不吃菜!"

付小丽大声吆喝,但喊了半天也没有生意上门。

她正憋了一肚子火,就见丈夫燕小五牵着儿子,端着一碗热气腾腾的条子肉走了过来。

燕小五笑嘻嘻地示好,将碗递过去:"媳妇,新出锅的条子肉,香得很,尝尝!"

付小丽一甩手,把碗掀翻在地:"咥咥咥,长着嘴就知道咥。"

燕小五又蒙又惊:"谁又惹你了?"

不提还好,一提就窝气。付小丽没好气道:"你还好意思问,挨千刀的货,连个窝都没给我置下。过个年,连西北风都没得喝。"

燕小五被媳妇骂得脸上没光,弱弱回了一句:"生意不好,能赖我?"

付小丽白他一眼:"不赖你赖谁?别家男人能赚钱,咋就你不行?"

旁边的摊贩听到他们的对话,趁机调笑:"姐,你家燕小五不行,我行啊!"

"狗日的闭嘴,有你球事!"燕小五啐他,又放柔声音委屈地看向妻子,"老婆,说话别那么难听嘛!"

"没钱还想听好话,爱过过,不爱过拉倒。"

付小丽拉着长脸,直接拉着儿子走远。

燕小五像霜打的茄子耷拉着脑袋,而就在这时,他的呼机响了。

## 第五章 起色

燕小五一进餐馆，就看到穆见晖独自一人坐在角落，身影清瘦颀长，给人一种内敛而稳重的感觉。

他快步走过去，粗着嗓子喊："穆哥！"

"来，快坐！"听到燕小五的呼唤，穆见晖招了招手，又把菜单推到他面前，"点菜，想吃啥随便点。"

燕小五无心看菜单，还没翻便迫不及待地问道："哎，穆哥，咱那事咋样了？"

穆见晖微微一笑："穆哥能请你来这里吃饭，你说呢？"

"成了？"

燕小五声音里透着克制不住的兴奋。

穆见晖从包里掏出一个鼓鼓囊囊的信封："不多，一万块，给那个下苦分多少，你看着办。"

燕小五接过信封，摸了又摸，跟捧着宝贝似的："哥，不怕你笑话，你弟弟我口袋快比脸干净了。"

穆见晖失笑："知道你日子恓惶，这不拿到钱就给你送来了。"

"哥，咱这买卖行，弄一次抵我卖一年的辣子。要不我那辣子摊黄球算了，以后就跟你干。"

"别急，还得慢慢来，咱的好日子在后头。"

"哥，你说啥是啥，我全听你的！"燕小五眼中闪烁着光芒，"在表厂那会儿，我就知道你能成大事，以后是个人物咧。"

这番恭维穆见晖很喜欢，他微笑："你说谁算个人物？"

燕小五竖起大拇指："那肯定是秦皇汉武、唐宗宋祖嘞。"

"行，"穆见晖点点头，唇边笑意越发深沉，"以后帝王将相享用的宝贝，咱看上啥拿啥。"

回到家中后，付小丽和儿子一起收拾好东西，正要回娘家，忽然见燕小五一脚踹开门。他双手提着大包小包，包里头塞满了衣服、点心，好像恨不得脚上也勾几个袋子。

他故意不理睬媳妇惊讶的目光，径直掏出十元钱塞给儿子："儿子，压岁钱，拿着。你爸能不能？"

儿子笑眯眯地喊："能！"

燕小五被逗乐，拍了拍儿子的肩："去，自己买糖去。"

儿子高兴地跑了出去。燕小五又将一沓钞票甩在桌子上，双手插兜往沙发上一躺，又跷起二郎腿，抬起下颌，斜眼瞅媳妇。

付小丽诧异："你哪来的钱？"

"你男人回来了你瞅不见？"燕小五十分硬气，"去，给我弄碗条子肉去。"付小丽愣了一瞬，并未动。

"咋，我说话你没听见？想挨打呢？"

他见媳妇并不发作，又补了一句。他不禁心想，嗨，在家里耍威风原来这么爽！

付小丽看他一眼，又看了看桌上的钱，便沉默着拿起钱往外走。

燕小五朝正在换鞋的付小丽大喊："再给弄瓶太白回来！"

看着付小丽一声不吭地出门，燕小五得意不已，又忍不住抖了几下腿。

秦川南市。

天色渐黑，行人匆匆，穆见晖准备收摊回家，把所有东西都打包放进了两个纸箱。

略一思索后，他抱着纸箱走进博文斋："洪老板，东西先放这儿咧。"

洪老板大手一挥："行。"

"麻烦你咧。"

"说这干啥，又不是头一天往这儿放。你要真怕麻烦我，就早点发大财，盘个店。"洪老板调侃道。

穆见晖闻言微微一笑，却并未接话。出了博文斋，穆见晖望了一眼亮堂门店对面他那局促可怜的摊位，低垂的睫毛遮住了他眼中复杂难辨的情绪。而后，他转身往家的方向走去。

还得做更多……要往上爬，越爬越高。高到无人可与他争辉，高到他的光亮足以刺破黑夜。

破旧的路灯忽闪着惨白灯光，布满污渍的地砖边爬着稀疏的青苔。穿过南市的街道，经过走了无数次的门洞，他回到那栋无比熟悉的老式矮层小楼。那里常年有一种陈腐、沉闷、令人窒息的气氛，唯有从楼道透出的暖色微光能稍稍安抚他疲惫的心。

他登上了嘎吱作响的铁制楼梯。

推开家门，一间不到二十平方米的开间宿舍被收拾得整洁有序。房间里陈设简陋，除却两张单人床拼起的床，仅有一张沙发、一个书架。与泛黄老旧的床单和沙发相比，书架深受重视，上面满满当当全是书，多是史籍、考古报告与专著。

看穆见晖回来，半躺在沙发上的妻子艰难起身。她面色发黄，身体瘦削，一副病恹恹的模样，饶是如此，眉眼间仍可见年轻时是个清水出芙蓉般的美人。

"回来咧，吃饭。"她唤他。

"不急，树兰，"穆见晖今日格外温柔，"我先出去给你把药煎咧。"

刘树兰叹口气："今天算咧。"

"咋，对门的老冯又说不中听的咧？"见妻子面露难色，穆见晖立马想起之前邻居总嫌他们屋周围飘着一股难闻的中药味，于是开口安抚她，"没事，咱在屋里煎。"

刘树兰愧疚地看着自己的手："就因为这该死的风湿病，把街坊邻居都得罪咧。"

穆见晖支起炉子煎药，回头冲她笑了笑："明年咱就搬到大房子去住。咱找个带阳台的，你天天晒太阳。"

"哪有钱搬家。"

"这话说的。"他舒展眉眼，清瘦的身躯似能迸发无尽力量，支撑一方天空，"别人能发家，咱也能。"

她听罢，脸上浮现忧虑："你今天去哪搭咧？"

"我能去哪搭，摆摊卖货。"

"你哄我！"刘树兰语气急了几分，"我中午去南市寻你，没寻见。"

穆见晖并不着急，而是从包里掏出一个新手机递给她："中午我去给你买了个这，往后有事你直接给我打电话。"

刘树兰见到新手机，愣怔一瞬，眼中迅速渗出晶莹泪珠，背过身去低声啜泣。

穆见晖慌了："树兰，你咋了？我真是去给你买手机咧，你不会以为我……"

刘树兰哭得更大声了："我以为你啥？我倒真希望你能去找个女人，给你生个娃，续上老穆家的香火。"

说出来后，一股巨大的怅然若失感仿佛攫住了她的心房，让她难以控制自己的情绪。

就算她喜欢小孩，以前也不会这样想，可现在她竟然……竟然说出了这样的话。

这望不到头的病痛，竟把她折磨到如此地步，她好累好累啊。

"你这说的啥糊涂话？"穆见晖这才发觉妻子今天有点奇怪，像是知道了什么，又像是一定想从他这里知道什么，"树兰，你到底咋了？"

他内心忽然生出几分忐忑，该不会……

不，他只能这样做，只有这样，他才能给这个小家带来希望，他才能看着妻子恢复昔日的自信大方，而不是在愧疚与自责中度日——他的选择绝不会错。

他的眼神愈加坚定。

"当初你说去生娃那边帮忙，我咋跟你说的？"

"我只给他看看货，掌掌眼，别的不掺和。"

"床底下那堆陶俑是咋回事？"刘树兰的声音有点颤抖，"你是不是下坑了？"

穆见晖叹了口气，道出了早就盘算好的说辞："那是我从乡下收来的。"

"我不傻，我这个药罐子都快把家吃出窟窿了，你哪有钱收货？还有这手机、这中药，你哪来的钱？这脏活亏先人，干这个的迟早遭报应。刘树生是狗脾气，不听人劝，我管不了，可我不能看着你走歪路。"素来温柔的刘树兰头一回有了怒意，她从枕头底下抽出一份手写的离婚协议书，"签了吧，我不想再拖累你了。"

爬满泪水的脸上除了怒意，更多的是担心、焦虑与些许失望。

说不清是对他的失望，还是对自己的。

穆见晖看都不看离婚协议书，只是双手扶住妻子的肩膀，柔声安抚她："树兰，你也知道生娃是啥人，一分一厘都要算计，这赚钱的买卖他能让我插手？再说，我肩不能挑，手不能提，下苦、腿子哪个能干了？你男人最近走了小运，乡下那个兄弟愿意把货赊给我，让我赚个差价。"

"真的？"刘树兰心中仍有疑惑，但已平复许多。她是爱着他且不愿与他分离的，穆见晖对此了然于胸。

他也不愿离了她。

"真的。"穆见晖唰唰两下把协议撕了，"药差不多了。"

中药罐上空水汽蒸腾，白雾将周遭变得朦胧，也让刘树兰有点神思恍惚。

穆见晖把药倒出来，小心翼翼地端到她面前："树兰，小心烫。"

秦川郊外，艳阳高照，黄土被晒得干燥甚至皲裂。唐墓内尽管稍显阴冷，但比起时不时呼啸一阵大风的外头还是舒适些，只不过空间狭小，众人挤在墓内，早就湿透了后背。

墓道里已经接通了电，发掘工作步入正轨。众人正井然有序地工作着：甬道前，技工老鹿指挥工人用小推车从甬道里一筐筐取土，运土；昝茂昌指导技工测量、记录墓葬数据，绘制图纸，清理壁龛，额头渗出细汗也浑然不觉；项昕之正全神贯注地在墓道里揭取壁画，方堃、雒青和郭士林乖乖跟在旁边学习。

项昕之和技工身穿白大褂，正用小棉签蘸着蒸馏水，一点点地将壁画表面的泥土、霉菌清理干净。

"师母，我能试一下吗？"方堃跃跃欲试。

"哎哟，求之不得，正好这是个慢活儿，缺人手。"项昕之热切招呼，"雒青、小郭，你们也试试。"

雒青连连摆手："我没弄过，怕伤了壁画。"

项昕之极力鼓励："没关系，总有第一次嘛，咱们用的是蒸馏水，一切操作都是在对壁画无害的基础上进行的，手底下轻一点就行。"

方堃也在旁边连连点头应和："就是，有师母教咱，怕什么，就当是给壁画洗脸了。"

如此一来，心里也有些痒痒的雒青和郭士林便不再推辞，小心翼翼、一丝不苟地开始上手清理。项昕之看了看他们，由衷赞许了几句。

不久后，她已清理好了一块壁画，准备进行下一步加固工作，于是边做边教给方堃、雒青和郭士林。

方堃从项昕之手里接过加固设备，略有点紧张，他深呼吸后，开始上手操作，倒是学得有模有样。

不多时，整块壁画已经加固完毕，仿佛可见千年前那色泽亮丽的原貌。

随后，项昕之和技工又开始一层又一层地为壁画刷胶，铺纱布。壁画面积较大，墓道却相对逼仄，他们得不停地变换姿势、角度，干一会儿就腰酸背痛。

## 第六章 惊喜

项昕之擦一把额头上的汗，耐心讲道："我们这个工作，就是做一辈子，也不敢怠慢。因为不管多不起眼的文物，都承载着重要的意义。有点不小心，下手重一点，都可能造成无法估量的损失。"

雒青和郭士林忙不迭地点头。

正在这时，一个灰头土脸的民工从甬道里爬了出来，累得好一阵喘息："昝师，挖了将近十米了，越挖越窄，里头过个娃都费劲，我们只能猫着个身子，气也喘不上。可不敢再挖了，再挖得出人命咧。"

站在他对面的昝茂昌想了想，道："行，大家先撤出来吧。"

方堃过来一看，见大家都撤了，疑惑不已："咋都出来咧？"

民工还在大口大口顺气："太窄了，挖不成咧。"

方堃回头看着幽暗的甬道，有些不甘心。

响午，大家围坐在唐墓外，一起吃饭，老鹿端着几大盘冒热气的韭菜饺子走上前来。

"又是韭菜饺子？咱都吃了几个月了！"郭士林一看，立刻叫嚷起来。

雒青随口答："还不是怪你，偏偏征用了人家村里的韭菜地。"

老鹿也摆出嫌弃神色，大咧咧道："就是的，吃几个月韭菜就不乐意了？你们知不知道我们挖了两个星期都还没把耕土层的韭菜根挖干净是啥感觉？"

"鹿师，我就想问一句，"郭士林举手，"咱工地的冰箱里到底还冻着多少韭菜饺子？"

老鹿故作淡定："差不多……再吃一个月吧。"

郭士林听罢都快吐了，五官皱成一团，大家纷纷被他的表情逗笑。

与这欢声笑语格格不入的是昝茂昌，他独自沉默，也没怎么动碗里的饭菜，瞧着颇有些愁眉不展。

项昕之察觉到他脸色不太好，半关切半揶揄道："怎么了昝教授，你也吃腻了？"

"唉，甬道挖了近十米都还没到头，"妻子的发问让他打开了话匣，他絮叨着，"我看了，里头现在挖出来的都还是填土，说明还没到头……"

"你在纠结该不该继续挖？"项昕之对他的烦恼了然于心，"挖的话里头空气不流通，还有塌方危险，不挖又不甘心？"

昝茂昌点头。

项昕之剥了一个蒜放他碗里:"天塌下来也得先吃完饭对伐?吃完我们一起商量商量。"

有了她这句话,昝茂昌安心不少,这才微微颔首,闷头大口吃起来。

雒青吃得差不多了,刚放下筷子,却感觉有些奇怪,她环顾四周:"方堃呢?"

大家这才发现方堃不在。

郭士林并不担心,一边痛苦地往嘴里塞韭菜饺子,一边随口回道:"应该是活没干完,熬夜点灯补裤裆呢。"

雒青想了想,索性站起身:"我去看看。"

"方堃……方堃……"雒青走进墓里,一路喊着,四下张望,生怕他蹲在什么光线照不到的幽暗角落被自己错过了。

但无人应答。

她来到甬道前,看到甬道口堆了一堆衣服,提起一看,正是方堃的棉衣,底下还有棉裤、毛衣。她猛地意识到不对,把头伸进甬道,大喊:"方堃!"

始终无人回答。

这下雒青慌了,提高音量,不知疲倦地一遍又一遍大喊方堃的名字,喊到嗓子都开始干涩,可甬道里却没有任何回应,她心急如焚,都快哭出来了。

所幸这时昝教授他们也踏入了甬道。

昝茂昌一看雒青,再看看地上方堃的衣服,瞬间明白了是怎么回事,怒火腾一下蹿上头:"真是不让人省心!"

郭士林动作利索,一边准备脱衣服一边劝道:"大家别急,我进去看看。"

"你这身型费劲,"昝茂昌伸手阻拦,"我去。"说着他就要脱外套。

就在此刻,方堃的声音突然传出来:"雒青——"

"是方堃!"雒青大喜,又唤道,"——方堃!"

里面再次传来方堃的回应:"马上出来咧。"

大家拼命把头往甬道口凑,只见一道亮光正一点点地向洞口靠近,众人这才放下了悬着的心。

过了好一会儿,方堃的头终于从洞里钻了出来。他费劲地拖着两大筐土,整张脸被泥土和汗水的混合物冲刷得脏污不堪,几乎看不清五官。

"谁让你私自进去的?你给谁打报告了?工地施工安全制度你忘了?安全教育教到猪脑子里了?万一出了事你负得起责吗?……"昝茂昌火气上来,

皱着眉便大声呵斥起来，额上青筋突突地跳。

不等他骂完，方堃却咧着一口白牙笑得很灿烂："拐弯了。"

"就不应该带你来工地！……"昝茂昌正继续数落着，突然反应过来，"等等，啥拐弯了？"

"甬道挖到头了，里头还有一个天井。"

方堃平静地叙述，眼神中却难掩喜悦。

项昕之不可置信："第七个天井？"

方堃连忙应道："对！"

项昕之惊呼："天哪，懿德太子墓也才七个天井。"

昝茂昌还有些发蒙："拐弯是啥意思？"

"天井里还有一个甬道，不再向西，向北边拐过去了。"

大家听完方堃的话，都震惊了。

昝茂昌早已忘了骂方堃，和项昕之对视一眼，点了点头，双方无声地达成了共识。

"这个墓的规格远超我们的想象，这种形制也是头一回见，我们有必要继续发掘下去。"昝茂昌清清嗓子，正色道，"老鹿，你给大家说一声，得再辛苦一下，继续沿着这条北向的甬道挖掘。千万记得安全第一！"

老鹿果断说道："好！"

方堃自顾自放下筐子，又弯下腰，准备往甬道里钻。

昝茂昌一把拽住他："你干啥去？"

方堃似乎对导师的怒气浑然不觉："打头阵啊，里头的情况我清楚。"

昝茂昌无语，只好说："既然你力气用不完，就把大家挖出来的土全搬出去。"

"啊？又运土？"方堃急忙转身，试图搪塞过去，"我得去里头，要不他们找不见……"

昝茂昌一口回绝："用不上。你运土，顺便把工地施工安全制度背十遍，背给所有人，尤其是你自己听！"

方堃见他态度坚决，难有转圜之机，只好极不情愿地开始照办。

大家依旧各忙各的，唯有方堃一个人运着土，背诵的声音传遍整个墓道。

大家都笑着看方堃，方堃像人来疯，人越多，越是背诵得更大声……

是夜，阳陵考古基地的男生宿舍内，郭士林扭着身子往腰上贴膏药，贴完后一手捶着酸疼的腰，一手继续写当天的考古日记：

今天继续学揭壁画，想对昝师母说，太牛了！也想对自己说，太难了！
　　中午又吃韭菜馅饺子，吃韭菜饺子的第 6 个月零 8 天，真的很想吃肉！羊肉泡、酱肘子、葫芦鸡、水煮鱼、臊子面、灌汤包……不能再写了，再写就饿死了。
　　下午方堃又出幺蛾子了。

刚画上句号，方堃就搬着一摞资料书走进来，他一眼瞥见郭士林的日记。
"又写你的三段日记呢。"方堃笑嘻嘻道。
郭士林白他一眼，合上日记本："三段日记咋咧，人生不就三件事吗，吃饭，干活，出岔子。"
"精辟。"方堃说罢坐下，开始翻阅那一摞厚厚的唐代历史及墓葬资料。
郭士林伸展四肢，瞅他一眼："你搬了一天土，还有精神看书啊？"
方堃眼皮都没抬："看书又不用腿看。"
"我得睡了，"郭士林打个哈欠，不忘提醒，"桌上有膏药，想用自己拿。"
他躺下后，很快便进入了梦乡，发出微微的鼾声。
借着台灯的一方光亮，方堃则全神贯注地阅读资料和做笔记。莹白月华在他的背上静静流淌，猫头鹰的低鸣漏进窗缝，而他浑然不觉时间流逝，思绪早已驰骋到千年之前……
雒青宿舍中的灯也亮着。
她的考古日记写得非常周全，工作部分细致记录了揭壁画的过程，生活部分也写得密密麻麻，偶尔还配有漫画随笔，显得很是生动。
写到日记最后一句时，雒青忽然想起了什么，唇边绽放了两个小酒窝，笔尖立刻于纸上沙沙跃动：

　　学考古这么多年，今天因为某人，头一回完整地背下了考古工地施工安全制度。

## 第七章 积淀

黄土碎块中新发的嫩芽将凛冬的寒意渐渐驱散，辛勤劳动的汗水滴落在小推车中，随骨碌骨碌声往返于唐墓内外。

壁画的揭取工作已基本完成。工人们不断挖土、运土，无暇谈笑，一步步靠近千年前的古老智慧与精巧技艺已使他们心中充满了难以名状的欣喜。

甬道终于挖到尽头，一个砖封门的墓室隐隐出露，映入眼帘的是一具带有线刻画的大型石椁。

昝茂昌擦一把汗："这儿应该就是真正的墓室了。"

"墓主这么做……"雒青见这怪异形制，不由疑惑，"是为了防盗吗？"

"是，以往任何一个唐墓都不是这种形制。"项昕之叹气，"可惜，即便做得这么隐秘，还是没能防住盗墓贼。"

她看着被挪开的石盖，内里空空如也。墓室上方还残留一个年代久远的盗洞，周遭松动的沙土和雨水淌下的深痕如同被割裂的血肉般触目惊心，项昕之看了痛心不已。

突然，郭士林大喊起来："这里也有好多壁画！"

项昕之闻言环顾周围墙壁，嘴巴微微张大，眼中多了些光亮——只是，片刻后眼神又黯淡下来。

她确实看到了很多壁画，只是它们都已破损不堪。

雒青观察到有些壁画的人物眼睛被严重毁坏，愤愤然道："可恶，又是做贼心虚！"

"除了做贼心虚外，还有一种更可气的……"项昕之顿了顿，深呼吸一口气，"有的盗墓贼会故意毁掉文物，制造供小于求、物以稀为贵的局面，以抬高文物的价格。"

雒青不由瞪大双眼："天哪，太可恨了！"

他们说话时，方堃和昝茂昌一直在旁边仔细察看墓室，沉默不语。方堃眼尖，忽然瞧见了石盖旁边的唐三彩碎片。

昝茂昌注意到他的异样，走过去，两人蹲下一起研究。昝茂昌微微皱眉，发现有一个唐三彩俑是被石盖拦腰压断的。

他立刻喊道："快，把盖子抬起来！"

大家闻声纷纷凑过来，所有技工、民工合力把石盖抬了起来，此时能清晰看到下面还压着一些唐三彩碎片。

不多时，唐三彩碎片上方便搭起了木架子，方堃、雒青、郭士林和技工们一起跪于木架上清理碎片上的浮土。他们小心翼翼，不敢有丝毫怠慢，每清理出一件，便运出一件。

阳陵文物修复室内，桌上、架上摆满了从唐墓里运回来的唐三彩碎片，项昕之正带着方堃、雒青、郭士林拼接。

项昕之手下动作又快又准，已经拼好了好几座骑马俑，雒青和方堃拼接的是绿衣幞头俑、黄衣幞头俑和风帽俑，郭士林拼的是骆驼俑。

项昕之怅然感叹："还好这些盗墓贼为了偷里面的东西，把盖子挪到一边，这才帮我们保住了这些唐三彩。"

郭士林拼得眼酸背累，伸了伸懒腰，忽然发现项昕之手边已经摆了好几座拼好的俑，就连雒青面前都端正立着一座拼好的黄衣幞头俑。

"不是吧，师母？"郭士林大声嚷嚷，"您手上是安了风火轮吗？这速度也太快了吧！"

项昕之笑笑，并未接话。她拿出一块新的碎片，不急于拼接，而是先闭上眼睛，用手仔细摩挲。

方堃、雒青、郭士林皆好奇地盯着她，三人也各自拿起一个三彩碎片，学着她的模样用指腹摩挲。

摸完，项昕之睁开眼，见他们模样如此，不禁好笑："摸出什么了吗？"

"挺光滑的，边缘有三道棱，应该是衣角。"方堃闭眼答道。

郭士林听罢调侃："你搁这儿摸牌九呢？"

"还真跟摸牌道理差不多！"项昕之抿抿唇，略一沉思，说，"我看这些唐三彩不像是长安烧造的，倒像是河南烧的。"

雒青惊讶："这是咋看出来的？"

"坯土呈色不一样，陕西的呈黄白色或者粉红色，河南高岭土做出来的大都偏白。"项昕之解释道，"另外，手感也不太一样。"

方堃闻言反而更加不解："我也摸过陕西产的唐三彩，没感觉到有什么区别啊。"

项昕之笑道："那说明还是摸得少。我这个习惯也是跟老昝学的。"

"昝教授？"方堃脱口而出。

"很早之前，老昝天天对着那些陶器反复琢磨，他发现每个陶器的外形和纹路都有非常细微的差别。也是从那个时候起，他养成了摸陶器的习惯。那时候我们刚结婚，他从家门口路过都不回家，直接奔工地去摸陶片。这些年，不管去哪里考察还是工作，他总是第一时间去库房里闭着眼睛摸陶片……"项昕之神情柔和，整个人都沉浸在回忆中，唇边挂着浅浅的笑意。

方堃听罢，挠了挠头："非要摸吗？陶片的区别看也能看出来啊。"

项昕之严肃道："你们的眼睛永远代替不了手。眼看一万遍，也不如手摸一遍。"

郭士林伸展双臂："我总算知道，昝教授为啥老让我们拼陶片、绘器物图了。"

方堃不再追问，一副若有所思的模样。

正在此时，电话铃响。

"项老师您太厉害了！"雒青挂了电话，兴奋地望向项昕之，"刚才鉴定中心打来电话，说这批唐三彩的实验数据出来了，胎料确实是高岭土，它们就像您说的，产自河南黄冶窑！"

方堃深受震撼。

考古基地院子里，已至晌午，日头高悬。

"老鸹撒来咯！"

老鹿端着一大盆老鸹撒出来，桌上已经摆上了一大盘酱牛肉。

郭士林兴奋地举起筷子："终于摆脱韭菜饺子的噩梦了！"

雒青好奇地问："老鸹撒是什么？"

"就跟疙瘩汤差不多，只不过面疙瘩长得像老鸹，这个可是你们昝教授的拿手饭！"项昕之笑意盈盈地朝她伸手，"来，我给你盛一碗，这个特别养胃。"

昝茂昌也爽朗地笑了起来："还得感谢项老师，让我们有机会参与这座唐墓发掘工作，也解决了一部分经费问题！"

郭士林抢话："最主要是有肉咥咧！"

"对，还是小郭实在。"项昕之忍俊不禁。

大家哈哈大笑，热热闹闹地吃了起来。

夜已深，文物修复室的灯还亮着。

方堃坐在桌前，拾起了之前让他深恶痛绝的碎陶片，认认真真地摸着，感受着，拼接着……

"想让这些哑材料开口，就得有考古学家的手感，这手感可不就纯靠摸嘛。"

项昕之的话犹在耳畔。

他沉思片刻，旋即画起了器物图，比以前任何一次都要认真。

窗外月色更皎洁了些。

大洋彼岸的潮流之都车水马龙，高楼大厦直冲云霄，欲与天公试比高，巨大的落地玻璃折射日光，晃得人睁不开眼。人们步履匆匆地穿梭其间，喇叭声与谈笑声不绝于耳，又混杂在汽车尾气的烟尘中渐渐消散。

一座富丽堂皇的大楼上挂着写有"Winthrop"（"温索普"）的招牌，这正是大名鼎鼎的温索普拍卖行。它的门口还竖着一幅海报，上面印着几个大大的单词"Oriental Art Auction"（"东方艺术品拍卖"）。

一辆辆名贵的车停在门口，数十名文物商和艺术品收藏家手持邀请函陆陆续续进场。

此时，一名中国人匆匆走到门口。

工作人员拦下他："不好意思，您有邀请函吗？"

"我叫高文华，是中国大使馆的工作人员，"那中国人直接用英文回答，虽有些着急，却仍从容有礼，落落大方，"我想见一下你们的负责人。"

工作人员一脸歉意："对不起，我们的拍卖会即将开始，负责人恐怕没有时间。"

高文华的态度愈发强硬："不，请您听清楚，我有非常重要的公务，需要立即见你们的负责人！"

深夜，一阵急促的电话铃声突然响了起来，在空寂的客厅中尤为刺耳。几声过后，客厅的灯被打开，披着睡衣的秦川市文物局文物督察与安全处处长尤介辉走了出来。

睡眼惺忪的尤介辉接起电话："喂，你好。"

"小尤，我是成志。"电话那头的人直接表明身份。

"哦，成局啊……啥事？"

"国家文物局刚刚来电，有六件来自秦川市的西汉裸体黑陶俑被走私出境，将在凌晨十二点拍卖。使馆的工作人员已经前往拍卖行交涉，但恐怕外方会想法刁难。"

"什么？！"

这下尤介辉顿时睡意全无。

"需要我们干些啥？"

"拍卖的详情我马上给你传真过去，你抓紧时间安排一位秦汉文史专家，做好内容协助工作，以防外方提出无理要求。这事省里也很重视，省文物局王副局长跟你一块去找专家。"

"好的，我马上安排。"

挂断电话，他看了看表，已经快十点了，他不禁惊出一身冷汗。

高文华被请进了经理办公室。除了经理，拍卖行的法律主管也在。

高文华开门见山："先生，我方大使馆接到中国警方信函，说海关查获了一批被盗掘的裸体黑陶俑，其中六件已经被非法走私到海外，就是你们拍卖名录上序号为32号的六件黑陶俑。请你们立即停止拍卖，将这批非法文物交还中方。"

经理不以为然，淡淡道："非法？那请我们的法律主管给您讲讲法律。"

法律主管心领神会，高傲地开口："我们有这六件裸体陶俑的合法产权证明和文物鉴定书，这些东西你们有吗？既然你们说陶俑是被盗的，那具体的案情简介、法律文书、非法走私证据，你们有吗？"

"你所说的法律文件，待我们查清楚这个案子后都会提交给你方！"高文华皱皱眉，忍下刁难，继续据理力争，"但是现在，我们要求你们暂停拍卖。"

法律主管冷哼一声："如果没有确凿的证据材料，我们无法停止拍卖。"

"如果拍卖行在接到中国通报后，仍坚持拍卖中国的被盗文物，我们将会考虑将这件事公布于世。这不仅会给拍卖行今后的商业活动造成十分不利的影响，还会使人们认为你的拍卖行是一个走私文物、销赃的场所，甚至严重损害拍卖行在国际上的声誉。"高文华义正词严，字字铿锵。

似乎被高文华的坚决态度所震慑，也可能考虑到了自身长远利益，经理闭口不言，面露几分犹豫。许久后，他才开口："想让我们暂停拍卖，你们至少要拿出证据，为什么说这六件拍品是来自中国？为什么是来自秦川？为什么是西汉时期的？"

高文华被这番话气到险些失态，他直接抄起拍卖名录，伸手指给对方："贵行在拍卖品简介里清清楚楚地写着这六件黑陶俑来自中国，来自秦川，还需要我再多说什么吗？"

未承想经理却轻蔑一笑："先生，如果因为我们写着中国，你就说陶俑是你们的。那我们拍卖行所有和中国沾边的拍卖品，难道都要任你拿走吗？"

## 第八章 危机

寂静无人时分，一辆车在夜色里疾驰，空旷道路上的轰鸣声直达五陵原上的阳陵。

"王局，我看国家文物局传真过来的资料，说这些黑陶俑先是在古越海关被查获的？"尤介辉按捺不住，发问道。

王副局点头："对，古越海关截获了三十四件差点被走私出境的黑陶俑，他们调查发现有六件已经被运出境，出现在了温索普的拍卖名录上。省文物局已经跟省公安厅沟通过了，他们马上安排秦川市公安局的同志去古越海关接回三十四件黑陶俑。"

正说着，他又接到一通国家文物局的电话，沉默片刻后立马回应："嗯……我明白，我们现在正在去阳陵的路上，等和秦北大学的昝教授汇合，立马组织材料。"

尤介辉见他神色凝重，不安地问："咋咧？"

"国家文物局刚来电话，说外方需要咱们组织材料回答三个问题，为啥说黑陶俑来自中国，为啥说来自秦川，为啥说是西汉时期的。"王副局气愤得眉毛拧到一起，"这简直是强盗逻辑！小尤，你再给昝教授打个电话。"

尤介辉赶紧掏出手机打给昝教授，然而对方手机居然关机了。

"还没联系上？"王副局催促，"小尤，这事从国家到地方可都重视得很，你可不能掉链子。"

尤介辉擦了擦汗："昝教授这几个月都在阳陵考古基地，省考古研究院的几个专家也在那边做课题，应该不会出岔子……"

王副局不置一词，只是抬手看了一眼时间，开口叮嘱司机："小孙，开快点，咱们时间不多了。"

阳陵考古基地文物修复室内，方堃正专注地清理一只少了一条腿的陶塑猪，未料雒青风风火火地闯了进来："一会儿放电影，大家都去，你去不去？"

方堃心思全在陶塑猪上，眼皮也不抬便随口答道："我不去，我得陪朱三。"

"朱三？"雒青莫名其妙，"谁？"

"喏，它。刚起的名。"

雏青环抱胳膊，意有所指地讥讽道："有些猪总是特立独行，别人吃饭它睡觉，别人睡觉它遛弯，整个猪圈就它不一样。猪见猪烦，人见人厌。"

方堃一脸认真："你不觉得这只猪很有想法吗？"

雏青失笑："我看是行为乖张，自以为是。"

"这你就狭隘咧。看过王小波的《一只特立独行的猪》吗？人家说得多好。"方堃摇头晃脑地回忆起来。

雏青撇嘴："歪理一堆。"

她拿起了自己的陶狗开始清理，此时方堃却把风扇转过去，对着她。

"你这狗我也给取了个名字，叫苟四。"他咧嘴大笑。

雏青翻了个白眼："难听死了。"

方堃不以为意，自顾自念叨着："一个朱三，一个苟四，多和谐。要不让它俩结亲算了。"

"你想结，我家苟四还不乐意呢。"

"这可由不得你，早在被埋进这阳陵时，朱三、苟四就私定了终身。"

"私没私定终身你咋知道？"雏青虽对他的小孩子心性感到无奈，却也被他这故作认真的神态引得好奇，便接着往下追问。

"每一件残损的文物都是历史用密语写给未来的信。朱三写信告诉我的。"分明是在胡说八道，可他那双眼睛认真注视着她，盯得久了，雏青忽然不自在起来。

"信里还说啥？"她感觉自己的脸颊微微发热。

方堃却故意凑近，低头盯着雏青，扬起了唇："朱三让我问问苟四，她咋脸红了？"

"……我热不行吗？！"她急急转头。

"我问苟四，又没问你，"方堃忍俊不禁，"咋，你把自己当成苟四咧？"

雏青顿觉被他戏耍，瞪他一眼："去你的！"

他玩味地继续注视她，而她不想再搭理，侧过头去，兀自生起了闷气。

雏青心道，真是的，她干吗要接这家伙的玩笑话，他本来就一天到晚没个正形……赶快回神，赶快回神，工作要紧！

夜深人静，方堃、雏青、郭士林一人端着一碗米皮，在基地院子里摆小马扎，坐成一排，望着无际的五陵原。

"不赖，"雏青吃下一筷子米皮，品味了片刻，"不过……还是我们老北京炸酱面好吃。"

方堃闻言瞥她一眼："没良心，等你回了北京，再想吃这口，看你上哪儿寻去。"

"米皮又不是什么稀罕玩意儿，我听说社科院旁边就有。"郭士林不以为然，"雏青，你之前不是说毕业以后想进社科院考古所吗？"

方堃抢话："进啥社科院考古所，做考古当然是来秦川！十三朝古都，闭着眼睛一摸，都能摸到宝。"

郭士林只觉方堃有些奇怪，忍不住帮雏青说几句："人雏青家在北京，谁不愿在家门口工作。"

"那就把家安在秦川，找个秦川男人嫁了！"方堃好似调侃般随意说道，"反正我也单着，不介意跟你搭个伙。"

郭士林狐疑地盯着方堃，试图从他脸上看到些端倪。他这哥们儿平时净和雏青拌嘴，所以自己还以为两人互相看不对眼，但这次方堃话却说得令人不禁怀疑……他恐怕有点小心思吧！

方堃故意忽略郭士林的目光，望向远方漆黑的丘壑。

"我介意！"雏青白了他一眼，而后者顿时又恢复了惯常的吊儿郎当模样，笑嘻嘻地回看她。

雏青正想说什么，却见远处一辆车开了过来，灯光晃眼。车停下后，两位衣着体面但行色匆匆的中年男人走来，正是尤介辉和王副局。

尤介辉率先发问："同学，昝教授在吗？"

郭士林随口应道："去北京开研讨会了，下午刚走。"

尤介辉皱紧了眉头。

温索普拍卖场内。

拍卖会已经开始，身着黑色西装的拍卖师正在介绍17号拍品，现场的大屏幕上旋即出现了一只青花如意双耳瓶。

另一端，高文华正在拍卖行经理办公室内坐立难安。

经理挑衅道："先生，我想我有必要提醒您，还有半个小时，那六件黑陶俑就要被拍卖。"

高文华抬眸，据理力争："经理先生，我也想提醒您，2000年3月，克里斯蒂拍卖行的中国艺术品拍卖会上，出现了一件从中国王处直墓盗掘的武士浮雕。根据国际公约和中国法律，它已经成功被追索回国。如果只在乎商业利益而不顾国际信誉，你们也不会走得长远。"

闻言，经理和法律主管却不以为意地耸了耸肩，仿佛听了个笑话一般。

此时，方堃和雏青凑在基地办公室内一起低头翻阅尤介辉带来的传真资料，郭士林则忙着联系昝教授。

郭士林拨通一个电话，焦急询问："请问是北京金越宾馆吗？请问秦北大学的昝茂昌教授有没有入住？"

听完电话那端的反馈，他失落地挂断电话。

雒青抬头："没有？"

郭士林叹气，胡乱抓了抓头发："教授是晚上的飞机，就怕航班延误还没落地。"

"你们考古基地现在还有没有其他专家教授？"王副局在一旁思索对策，问道。

雒青遗憾地摇头："北京有个秦汉考古学术研讨会，专家们几乎都去了。"

"王局，"尤介辉说，"我联系一下市里，看看还能不能找到其他合适的人。"

正在此时，方堃的声音突兀响起："这三个问题，我们可以回答。"

众人纷纷将或诧异或狐疑的目光投向他。

"你们三个学生娃？"尤介辉当他在开玩笑，有些愠怒，音量不自觉抬高了不少，"你知不知道这事有多重要？"

方堃却点点头，面不改色："我知道，只要错一点，六个黑陶俑就再也回不来了。"

"你小子充大个儿分分时候，"郭士林压低声音，"这事不是咱能碰的！"

"两位领导，现在这个点恐怕也找不到别的教授了，"方堃坚持道，"还有十分钟，决定权在你们。"

见他态度坚决，似乎胸有成竹，尤介辉和王副局犹豫起来。正在此时，昝茂昌的电话打了过来。

"是昝教授！"郭士林顿时激动地接起电话。

昝茂昌的声音从那头传来："我这飞机晚点了……出啥事了？"

六件黑陶俑的照片已经出现在了拍卖场的大屏幕上，拍卖师介绍："女士们，先生们，这是我们的第32号拍品，来自中国秦川市的裸体黑陶俑。大家请看，这些黑陶俑造型精美，工艺精湛，不仅男、女的性征明显，面部也非常写实，属于高等级陪葬品，艺术价值极高。"

台下众人无不惊叹。

更深露重，基地办公室却灯火通明，亮如白昼。

免提开着，电话那端的昝茂昌仿佛给大家吃了定心丸："王局、尤处，方堃和郭士林是我们秦北大学考古系的研究生，雒青是北大考古系的研究生，来阳陵实习。这三个学生都很优秀，这事可以放心地交给他们。"

听罢，王副局咬咬牙，转头看着三个学生娃："那就干吧。"

昝茂昌严肃嘱托："方堃、雒青、郭士林，你们干，我陪着你们，绝对不能出一点差错。"

电话开着，众人已经在方堃的指挥下开始寻找资料，雒青负责翻阅文献，郭士林负责将资料输入电脑，两位领导则打下手。

方堃想了一下，说："这种裸体陶俑在阳陵出土最多……雒青，你去书架第二排靠右一侧，把阳陵外藏坑和陪葬墓的发掘简报找出来，里面有裸体陶俑的出土情况和照片。"

雒青小跑到书架一侧，翻了片刻，惊呼："找到了！"

"王局、尤处，"方堃又转头，"抽屉有相机，麻烦你们拍照。"

两位领导在方堃的指挥下，连连点头，像小学生一样按部就班地配合。

"郭士林，我说你写。"

方堃清了清嗓子，与双手放在键盘上的郭士林对视一眼："这些文物是皇家陵墓陪葬物品，制作于约两千年前的中国西汉时期。这种陶俑本是着衣式陶俑，制作时需要先把头部、身体、脚三部分进行拼接，烘干后再上色，接着用木头制作肩膀和手，使得人俑完整，最后为其穿上丝质或麻质的衣服。所以，这批陶俑入葬时曾身着华丽的服饰，也有持各种器物的木制上肢，目前可见的陶俑肩部两侧孔洞即是木制上肢的插孔，但服饰和木制上肢因年代久远已经化为尘土。因此我们现在见到的陶俑是没有上肢的裸体陶俑。"

墙上的时钟指针指向了十二点零五分。

雒青对着电话问："昝教授，要不要把裸体陶俑发掘记录写上？"

在疾驰的车上，五十多岁的昝茂昌还未来得及回答，就听到电话那端传来了方堃的声音："写，当然写！"

郭士林的声音紧随其后，他震惊地问："这谁能记得？"

"首先，汉景帝阳陵陵园从葬坑和陪葬墓出土陶俑的数量最多，品类最全，男女皆有，不同角色均有发现。其次，20世纪80年代在西汉宣帝杜陵也发现了一批陶俑，但数量不如阳陵。"

方堃有条不紊地说道。昝茂昌一旁同行的教授们听罢他的叙述，纷纷竖起了大拇指，由衷佩服昝教授这几个聪慧果敢的学生。

何教授拍了拍他的肩："老昝，后生可畏，吾衰矣。"

昝茂昌脸上也露出了欣慰的笑容。

"……第三批陶俑是80年代初和后期在汉武帝茂陵陵园发掘的，第四批是90年代在汉高祖长陵发掘的，大小基本一致，但都是男俑。第五批裸体陶俑残片是在汉长安城遗址西北角一带发现的,后来考古学家在这里发掘出了几个烧造裸体陶俑的作坊,其中还有未出窑的裸体俑。"

方堃一手支着下颌,一边回想一边说,几乎没有一点犹豫。

"慢点儿,慢点儿!"郭士林飞速打字,"我都追不上了!"

王副局和尤介辉在一旁深深震惊,他们无论如何都想不到,这个身穿奇装异服的年轻人,竟有如此庞大的知识储备,无异于一个行走的文献库。

"几次了?"方堃忽然顿住,眉头一皱。

郭士林回应:"五次了。"

"我记得一共有六次,还有一次是在哪儿?"

情急之下,方堃锤了自己一拳:"想到了,是汉梁王陵园!"

雏青反应迅速:"梁王陵的资料我知道在哪儿!"

两个人同时奔向了书架一角,共同翻出了梁王陵的资料。

他们异口同声道:"第六批是芒砀山梁王陵园中的少量裸体俑,有男有女,还有骑马俑!"

此时,墙上的时钟指针指向了十二点十五分。

## 第九章 应战

温索普拍卖场内，拍卖师已经介绍完黑陶俑。
"本次 32 号拍品，起拍价格为单件八百美金，请各位举牌竞价。"
随着拍卖师话音一落，台下的收藏家陆续举牌。
牌上的数字不停地跃动，带来了拍卖师一阵又一阵的惊呼。
"八百五十美金……九百美金……九百五十美金！……"
高文华在经理办公室内忍住了踱步的冲动，压住内心的紧张和焦躁，死死盯着手机。忽然间，铃声响起，他几乎是一瞬间接通电话，在听清电话那头的声音后顿时眼睛一亮："明白！"

他挂断电话，看向经理，不卑不亢道："经理先生，我能借一下您的电脑吗？"

经理和法律主管刹那间紧张起来，但又不好拒绝，对视一眼后，只能心不甘情不愿地点头。

高文华快速从邮箱里找出了一封邮件，对经理说道："您请看，看不懂我可以给您翻译。"

几轮竞价后，拍卖场内人声鼎沸，拍卖显然已进入高潮阶段。
"现场已经有人出到了一千五百美金！"拍卖师兴奋地呐喊，"女士们、先生们，现在是一千五，还有出价更高的吗？"

有人接着举牌，上面写着一千六百美金。
"还没结束，一千六百美金！"拍卖师的心脏怦怦直跳，眉飞色舞道，"这一套罕见的黑色裸体陶俑，还有跟价的吗？"

无人举牌。

拍卖师见好就收，连忙看向举一千六百美金的顾客："先生，非常感谢您的出价，单价一件一千六百美金卖出。"

即将落锤时，经理却匆匆跑上台，接过话筒："女士们、先生们，非常抱歉，32 号拍品暂时停止拍卖。"

台下一片喧哗。

考古基地办公室内的空气似乎已然凝固，所有人都在焦急地等待国家文物局的电话。

这时，王副局的手机终于响了。

他激动地接起电话："……是，好的……都是应该的。"

"王局，咋样？"尤介辉火急火燎地凑上前。

王副局看着众人，眼眶欲湿，张了张唇，这才发出声音："娃娃们，你们立功了！"

方堃、雏青和郭士林三人欢呼着抱在了一起，激动得说不出话来。

次日，在三辆警车的护卫之下，一辆文物运输车驶入了秦川市公安局。

省文物局王副局长、秦川市文物局局长成志、秦川市公安局副局长赵丰、秦川市文物保护考古所所长张逢春、秦川市文物局文物稽查队队长杨青石和文物督查与安全处处长尤介辉等人早已等在此处，车辆一停下，他们便赶紧迎了上去。

秦川市公安局文物稽查大队副队长齐大仓率先下车，他双眼通红，眼眶下泛着青黑，胡子拉碴，显得疲惫不堪。紧随他下车的还有警员周永福、小杜、小贾。

"齐队辛苦了！"王副局长伸出手，"看来你们这次南下穗州收获不小啊。"

齐大仓回握他的手，略微摇了摇头："王局，惭愧，我们只追回了三十四件黑陶俑，还有很大一部分流失了。"

说罢，他轻叹一声，目光中流露出深深的遗憾和不甘。

王副局长宽慰道："你们已经尽力了。"

他看向不远处，只见运输车打开，几个包装严实的大木箱被小心翼翼地抬了下来。

三十四件陶俑被临时安放在了秦川市公安局的文物存放室内。

所有人的目光都集中在黑陶俑上，大家都被其精细的做工和近乎完美的保存状态所深深震撼。张逢春和鉴定中心的侯月来等专家亦认真弯腰打量，时不时发出惊叹声。

很快，各部门相关人员便已就座。

"三十四件黑陶俑已被追回，"王副局长清了清嗓子，朗声道，"我知道大家都很关心在温索普拍卖行被撤拍的六件黑陶俑的现状，我们刚刚得到大使馆的消息，这批文物出境时被扣押，外方的理由是我们提供的证据过于简单。"

语毕，众人议论纷纷。

"简单？"成志蹙眉，"他们还想要什么样的证据？"

"对方提出了更多的问题，比如，能否说明墓穴里一共有多少件陶俑，除此之外墓里还有什么东西。这些都需要我们来回答。"

尤介辉不解："可是我们连盗洞都不知道在哪儿，咋会知道墓里的情况？"

"这分明就是笃定我们找不到盗洞！"成志愤愤然。

"归根结底还是要找到出土黑陶俑的盗洞，并且证明黑陶俑确实出自那个盗洞。"王副局长又看向赵丰，"赵局，能不能追回那六件黑陶俑，就要看咱公安干警能不能拿下这个案子了。"

登时，大家的目光纷纷聚焦到赵丰和齐大仓二人身上。

赵丰缓缓开口："期限呢？"

"……一个月。"

"才一个月？！"大家又是一阵激愤。

赵丰无奈点头，望向齐大仓："大仓，这次是你去接的这批黑陶俑，穗州能提供更多的线索吗？"

"目前只知道那六件黑陶俑和这三十四件黑陶俑都是由一个外号叫'华南王'的人从秦川收的货，然后被卖去穗州，又经香港销往海外的。"齐大仓立刻汇报调查成果。

"这么顺利地就卖到了海外的拍卖行……"成志叹气，"可见这条地下文物交易链已经非常成熟。"

"只要找到华南王，我们就能摸到给他供货的盗墓团伙。"齐大仓脸上倒没有半分沮丧，整个人干劲十足，精力充沛，双目炯炯有神，似乎任何困难都无法撼动他的心志，反倒使他越战越勇。

他又问杨青石："对了杨队，你人脉广，你们文物局稽查队在各大文物市场也都有文保员，有没有听说过华南王这号人？"

"这几天都在打听，是有这么一个人，但是他非常狡猾，跟道上的支锅都是单向联系，而且一张手机卡就用一次。所以我们目前也没打听到更多信息，只知道他的外号是华南王，古越口音。"杨青石答。

"期限是一个月，咱不能在一棵树上吊死，得从别处找突破口。"齐大仓若有所思，又道，"张所，能从这批黑陶俑身上推出他们出自哪个朝代的哪个墓吗？"

张逢春扶了扶镜框："只能推测出黑陶俑可能出自西汉年间，可能出自帝陵。但西汉有十一座帝陵，还有很多后妃、王公陵，范围太广，具体哪个墓，很难说。"

杨青石追问："温索普拍卖行一般会对文物的来源进行标注，那边有提供信息吗？"

王副局长点头："提供了，他们称这六件黑陶俑出自咱秦川市西郊的三庙村。"

"三庙村？"

杨青石起身走到地图前仔细寻找。

"拍卖行标注的也不见得就完全准确，对他们来说，也就是糊弄糊弄，能卖个好价钱就行。"王副局长也走上前，并未对找到确切地点抱什么希望。

齐大仓倒咧嘴一笑："眼下也没别的线索了，啥都得试活一下。"

"找到了！"杨青石低呼一声，手指地图某处，"就在五陵原边上，汉帝陵大部分都在五陵原上。"

齐大仓立刻凑上前去："这么看，他们提供的信息很可能是真的。"

杨青石和齐大仓对视一眼，达成共识："只能碰碰运气了。"

会议结束后，齐大仓和杨青石随众人一起走出会议室。

杨青石关切地看着他："齐队，你们赶了一夜的路，赶紧去睡会儿。"

齐大仓摆摆手："没事，我扛得住。"

杨青石却示意他往走廊看，只见小杜和小贾已经歪在椅子上睡着了，齐大仓微微一愣。

"文物案子熬人，接下来的一个月要打场硬仗，得把精神攒足了。"杨青石拍了拍他的肩，"我先去三庙村看看，有情况给你打电话。"

说罢，杨青石往外走去，周永福却在此时追了上来。

"杨队，我跟你一起去！"周永福小跑上前，朝身后齐大仓的方向努嘴，"我们齐队说了，办文物案子，他是我师父，您是他师父。"

一向寡言少语的杨青石被夸得有些不好意思，只好微微抿唇，算作同意。

考古基地院子里摆放的盆栽已萌发新绿，缠绕在木架上的藤蔓也逐渐舒展枝芽。几张斑驳的矮方桌泛着油光，几把年龄跟它们差不多的木凳子、木椅子围在四周，有的椅子靠背中间的木头早已丢失，倒与基地那些古旧的陶片、瓦片相衬。

桌上摆放了一盘韭菜鸡蛋馅的饺子，静静冒着热气。

"我的天，又是韭菜？"雒青走近一看，快哭出来了，"去年的韭菜饺子上个月刚吃完……"

技工老鹿也是哭笑不得："去年挖的那块韭菜地回填了，刘大妈又种上韭菜了，特意给咱送来的。"

"算了，不管韭菜……你们听说了没？"郭士林神秘地说道，"警察从古越追回了好多黑陶俑，你们猜有多少？足足三十四件！咱们看得跟心头肉一样的东西，人家盗墓贼像搞批发一样。"

"三十四件？"方堃来了兴趣，"不是六件吗？"

"那六件还在温索普拍卖行呢，"郭士林说，"听说这三十四件跟那六件差不多，估计是同一批被盗卖出去的。"

方堃追问："差不多？怎么个差不多法？一模一样？"

"好像说是都一样，都是黑色裸体俑。"

"这么多全是黑的？你听谁说的啊？"

"我有个发小的哥哥的同学的弟弟在文物局上班，他说的。"

方堃斜他一眼："什么哥哥、弟弟的，说绕口令呢，有谱吗？"

"你爱信不信，反正听他说温索普那边又提出了很多问题，咱要是回答不上来，他们就不还了。"郭士林摊开手，"咱们那一通忙活算是白瞎了。"

方堃连忙哄道："信，咋能不信，你'包打听'的名号不是白叫的。八百里秦川的风从你两只招风耳边过，不留下点秘密都走不了。"

郭士林顿时被捧得喜笑颜开。

方堃趁机捅他肩膀："包打听同学，你在公安局里有没有熟人，能不能让咱一睹黑陶俑的风采？"

郭士林翻了个白眼："就知道你没憋好屁！那是公安局，你当是我家开的，哪个没名没姓的阿猫阿狗都能进去看？你咋不问我鉴定中心有没有熟人，能不能带你去看。"

"鉴定中心？"

"肯定要先送几个追回的文物去鉴定中心鉴定啊。"

"那你有熟人吗？"

"……没有！"

方堃无语，余光瞥见正望着韭菜饺子发愁的雒青，猛然想到什么："鉴定中心……有门。"

他挪挪身子，凑到雒青旁边，一脸坏笑："雒同学，韭菜吃腻了吧？"

她不明其意，并未立刻接话。

"明天带你去市里狠咥一顿，改善改善伙食。"

秦川市某小面馆内，几碗热气腾腾的面被端了上来，上面撒着葱花、香菜，浇头荤素搭配，浓香四溢，令人食指大动。

饭桌上还多了一个人，正是之前在文物局开会的文物鉴定中心的专家侯月来。

雏青狠狠剜了一眼方垄。方垄正跟侯月来套着近乎："侯学长，您是雏青的学长，就是我们的前辈，您看学长、学长的太矫情，我叫你侯哥行吗？"

侯月来耳朵虽听着方垄说话，眼睛却不时含情脉脉地瞄向雏青。

雏青没好气："他是猴哥，你就是二弟，猪八戒。"

郭士林笑嘻嘻搭话："雏青这话还真没错，方垄确实新得了一个外号——猪三。"

方垄却并未理睬同伴的讽刺，而是厚着脸皮继续道："没错，侯哥，你以后叫我二师弟就成。"

侯月来被逗得大笑："行，二师弟。"

"来，侯哥，吃面。"方垄递过碗筷。

"方垄，你可真抠，"雏青故意数落起来，"打着给我改善伙食的旗号拿碗面糊弄我也就算了，求别人办事也想用一碗面就对付过去？"

"此言差矣，"方垄晃了晃手指，"面是咱老秦人的命，一天不吃心里不舒坦。侯哥虽然是北大毕业的，但也在秦川待了挺久，你说我这话对不？"

侯月来说："没问题，二师弟，你想找我办啥事？"

"也不是啥大事，就是听说公安局追回了一批陶俑，有一部分在咱们鉴定中心？"方垄眼中藏不住欢喜。

"对，你办的事跟这个有关系？"

"我们跟黑陶俑也算有点缘分，想关心关心。"

"别提了，我们正忙着出鉴定报告呢，"侯月来却摇头，苦恼道，"看看能不能为追回海外那六件提供点有用线索。哎，头大得很。"

方垄不解："温索普那边还不打算还？"

"上次你们不是回答了几个问题吗？他们这次又提出了很多刁钻的问题。"

郭士林抢话："啥问题？"

"简单来讲，就是得弄清楚这些陶俑出自哪个盗洞。"侯月来皱了皱眉，"这不是难为人吗？咱们都不知道这些陶俑是啥时候被盗卖出去的，怎么可能在一个月内就找到盗洞。"

雏青疑惑道："温索普拍卖时一般不是要标明出处吗？"

"你说三庙村啊？"

方垄一惊："三庙村？"

侯月来点头："他们标注的是出自西郊的三庙村。"

"西郊?"方堃问,"五陵原吗?"

"还没西到那里。"

方堃皱眉,思索片刻后继续追问:"……侯哥,这批陶俑有啥特点?跟温索普那六件一样吗?"

"除了人物表情、形态不太一样,其他地方几乎是一模一样。"

"都是裸体黑陶俑?"

"对。"

"奇了怪了,我们现在接触到的,有塑衣俑、半塑衣俑、着衣俑、彩绘俑,但啥时候见过这么多裸体黑陶俑?"

"也有可能是那个时代的某个特殊形制吧。"侯月来亦是一脸凝重。

"要是某种特殊形制,史料里也多少会有记载,"方堃抬眸看向同伴,"我不记得有哪些史料提过,你们有印象吗?"

大家想了想,都摇头。

"对了,还有点不太一样的地方,"侯月来补充道,"这些黑陶俑黑的程度不太一样,有的浅,有的深。"

"侯哥,你这是故意钓我们考古人肚里的馋虫呢,越说我越好奇!"方堃央求道,"我有个小小的请求,百闻不如一见,你能不能带我跟雏青、士林去鉴定中心看看黑陶俑?"

雏青又剜了他一眼:"你想看就你想看,别扯我。"

侯月来有点为难:"这个……恐怕不行,我们有规定,我没有这个权限。真要出点岔子,我就得收拾铺盖卷滚回家了。"

"能出啥岔子,就看一眼,我们保证不碰,你盯着我们。三个臭皮匠顶个诸葛亮。说不定咱们运气好能找到点线索,推出它们的出处!"方堃试图动之以情,晓之以理。

侯月来却态度坚决,不为所动:"不行不行,绝对不行!除非你有上面的批条。"

"你咋比唐僧还轴!你不放心我,还不放心雏青吗?"

方堃此话一出,侯月来面露难色,他看了看方堃,又看了看雏青,明显有所动摇。

雏青忍无可忍,啪的一声放下筷子:"我吃饱了,先回去了。"

说罢,她起身就走。

"雏青……"

见侯月来依依不舍,方堃故意叹了口气:"唉,侯哥,你刚刚亲手埋葬了你的爱情。"

侯月来哭丧着脸。

调侃归调侃,见雒青真的头也不回、怒气冲冲地快速离开面馆,方堃和郭士林也不犹豫,跟侯月来简单告辞后便小跑着追了上去。

"方堃,这出美人计够可以的。你为了看黑陶俑,连我都算计上了。"雒青气不过,停下脚步回头冷冷道。

方堃立马赔笑:"我哪舍得真把你当计给献了,穿针还要个引线人呢。你看你想问题的角度就错了,看不看黑陶俑另说,我这不也帮你'鉴定'了这个鉴定中心的追求者嘛!"

郭士林无情嘲讽:"啧啧,方堃,舌头底下没骨头,你是啥话都说得出,啥事都干得出。"

秦川市公安局,稽查大队办公室。

日头西沉,昏黄的光线斜射进屋内,浮尘在一片金光中翻飞。这里既是办公室也是宿舍,简易的架子床支在角落里,齐大仓正酣睡得昏天暗地。

电话铃乍响,他眼睛一时还睁不开,手却已经条件反射式地接起电话:"喂?"

## 第十章 围堵

与此同时，秦川市西郊三庙村地头，周永福和杨青石正蹲在一片庄稼地里，他们面前是一个很浅的土坑，坑里埋着用尿素化肥袋包裹的洛阳铲、绳子、钎等工具。

"齐队，寻见了！"周永福兴奋地朝电话大喊。

电话那头，齐大仓腾一下坐起："寻见盗洞了？"

"不是，我和杨队在三庙村附近的庄稼里寻见盗墓贼藏的工具了。"

"咋寻见的？"

"要不说杨队经验丰富呢，他领着我在村里打听了一下，有个村民说自己地里叫人偷了，但就偷了一小块。杨队一听就觉得古怪，拉着我跑过来看了一下，就一小块庄稼地被人弄平了，地上土还是虚的，我们挖开就看见盗墓工具了。"

周永福说话的时候，杨青石仍警惕地观望着四周。

"说明埋的时间不长。这墓不是还没开挖，就是挖到一半了。"齐大仓略一沉思，"你们在周围寻见盗洞了吗？"

"还没寻呢。杨队说盗洞肯定离得不远，工具都还在，说明这伙儿贼还没得手，很快还会来。"周永福说。

"杨队说的对，你们赶紧把工具重新埋好，然后在附近猫着，千万别打草惊蛇，我现在就过去。有什么情况听杨队指挥。"

齐大仓嘱咐完，赶紧挂了电话，夺门而出。

周永福和杨青石圪蹴在庄稼地里。

这时，一片白晃晃的车灯光猛地照了过来，杨青石一把将周永福的头压得更低，两人完全伏入庄稼茬里。只见那片灯光在路边骤然停下，光线背后是一辆破旧的面包车，车上下来了三个人，一个圆胖，一个精瘦，还有一个也是干瘦干瘦的，三人猫着腰鬼鬼祟祟地向庄稼地走去，而那里，正是埋盗墓工具的地方。

杨青石和周永福屏住呼吸，目不转睛地盯着他们。三人很快挖出了盗墓工具，随后向不远处的另一片地走去。

杨青石见状，跟周永福打了个手势，两人也悄悄从庄稼地里匍匐过去。

那三人走到一处地方后停下了脚步。两个精瘦的是下苦，他俩用铁锹把地上的土铲到一边，又将藏在土下的木板拿开，一个很深的圆形盗洞出现在三人眼前。

圆胖的腿子拽着绳子，把两个下苦放进洞里，再把绳拉上来，绑在一个篮子上，而后便坐在地面上等待。

周永福压低声音："坑都挖好了，他们今天是来起货的。"

杨青石回看他一眼："幸好咱今天来咧，迟一天都毕了。"

夜市上灯火通明，人来人往，肉串在火炉上冒着油，浓烈的孜然味弥漫在空中。

"腰子要不？……肥瘦要不？……肉筋来几个？"

服务员端着满盘子烤肉转着圈儿地问客人。

郭士林两眼放光："来把肉，再来点腰子……格格，还得是跟着你有口福。"

服务员又问："烤韭菜要不要？"

"不要不要不要！"郭士林连连摆手，接着问雏青，"你说说这个方堃，要吃饭了，他跑网吧去干啥？"

雏青随意扫了一眼外面："他啊，肯定还惦记三庙村呢。"

"惦记三庙村干啥？"

"不信你看着，"雏青扬唇，"敢不敢赌一顿贵的？"

"赌就赌。"

话音刚落，方堃跑了回来，气喘吁吁道："我查了整个秦川，只有一个三庙村，应该就是侯哥说的西郊那个，离咱们考古工地不算远。明天我想去一趟，大伙一起吧！"

郭士林无奈。

方堃见他好像并不支持，不解道："咋样？去不去？"

"去那儿干啥啊？"雏青抛出问题，"以什么名义去？"

"就当踏查嘛。"

"踏查也轮不着我们，咱分内的事儿都干完了，你还追着黑陶俑不放。"她接着劝阻，试图打消方堃折腾的念头，"实在想看黑陶俑，等昝教授回来了，跟他申请一起去看嘛。"

"这个三庙村独门独户的，既不在五陵原，也不在杜陵原。你们就不好奇这些黑陶俑到底是从西汉谁的墓里出来的？"

此话在理。雏青听罢，显然犹豫了。

方堃见她闭口不言，正在揣度，便知有了希望。于是又赶紧看向郭士林，打算采用激将法："老郭，不去的话咱这趟秦川就白回了。"

护宝寻踪

他身处黑暗中,
但这黑暗似乎被撕开了一道裂缝,
透进了一些熹微的光亮……

护宝寻踪

盗墓贼偷走的只是一件器物吗?
不,他们偷走的是历史的见证,
是文明的钥匙!

"……去！"郭士林下定决心，"我那顿贵饭可不能白请！"

秦川市西郊，三庙村盗洞旁。

深蓝转黑的夜色模糊了山野中的树木杂草，腿子一人坐在黄土上，四周空旷寂寥，偶尔掠过冷风。许久后，洞里终于传来信号，腿子大喜过望，赶紧把篮子放了下去。

不远处，周永福看到他的举动，不由焦急："你说，齐队咋还没来？"

"他们要出货了。货到手就该跑了，他们仨人，咱就俩人，追都没法追。"杨青石也面色凝重。

"那咋办？"

"趁现在那两个下苦还没上来，咱们二对一，抓他个人赃并获！"杨青石提议道，"要不然等他们都上来了，三对二，咱就不占优势了。"

"不等齐队啦？"

"等不了了。"

正说着，腿子已经把篮子拉了上来，看见满满当当一篮子文物，他高兴不已。然后把篮子上的绳结解开，准备把空绳子放进洞里，拉同伙上来。

说时迟，那时快，周永福迅速拔出枪，和杨青石一起摸了上去。尽管他们脚步很轻，但还是被腿子听到了。他回头一看，见杨青石正要扑上来，心下一慌，扔下绳子，随手捡起一把土朝两人扬过去，撒腿就跑。

周永福眼睛里进了土，忍痛对杨青石说："杨队，你守着洞口！"

说罢，他撒腿便追，但就这一小会儿，那个盗墓贼已然快跑到路边了。

眼见追不上，周永福朝直奔面包车的人影举枪大喊："再跑开枪了！"

腿子一听，更是吓得迅速打开车门便跳了上去。

周永福加速追了上去。

腿子正要驶离，两道强光突然从前面照射过来，一辆警车开着大灯在他眼前急停，把面包车堵死在树下。

车上，齐大仓和小杜、小贾下来，拔枪对准了面包车车窗："停车！"

驾驶室窗边，周永福也追了上来，举枪对准驾驶室："停车！"

腿子整个人瘫软下来，只好束手就擒。

将腿子安置到警车里后，齐大仓和周永福又小跑去盗洞口，只见杨青石还守着洞口。

齐大仓点头致意："杨队。"

"那个腿子逮着了吧？"

"跑不了。"

周永福又问杨青石："人还在里边吧？"

"在呢。"

齐大仓拿手电筒往盗洞里面照，洞底却丝毫看不到人。

"伙计，底下闷，出来吧！"

齐大仓冲洞底喊，里面却无任何动静。他扭头："确定是俩人吗？"

杨青石应声："确定，我跟小周看得一清二楚。"

"那咋一点动静都没有？"

"肯定是听见上面的动静了，不敢出声。"杨青石答完，在洞口边蹲下，也冲洞里喊了两声，"兄弟，你们那伙计啥都撂了，你们也跑不了，没必要再窝到坑里受罪。我给你们搭把手，赶紧上来吧。"

还是没有回应。

"他们没带鼓风机，这底下氧气没多少，恐怕……"齐大仓面露担忧，"周永福，你联系一下村上和派出所，看有没有鼓风机。"

"我已经打过电话了。"杨青石说完又继续冲洞里喊话，"你们是行家，应该知道底下的氧气撑不了多长时间，再耗下去把命搭上就不值当了。只要你们肯上来，我就算你们自首，从宽处理，成不？"

下面仍然无人搭腔。

杨青石无奈，又恼又急："这样吧，你们可以再考虑一下，但至少言传一声，叫我知道你们是安全的。"

洞里依旧沉默。

这时，杨青石的手机响了，他只好先到一边去接电话。

"该不会已经出事了吧？"齐大仓有些不放心，提高音量冲洞里喊，"兄弟！……兄弟！"

但传来的只有他自己的回音。

杨青石打完电话赶紧跑回来："齐队，村上和派出所都没有鼓风机，但村长说可以到邻村厂里借一台。"

"这哪来得及！"齐大仓惊呼，无奈叹气，"算了……我下去看看。"

周永福急急接话："要下去也是我下去。"

齐大仓挑眉："你对付过几个盗墓贼？"

"你俩谁都不能下去，"杨青石说着，欲伸手阻拦，"下面氧气不足不说，那俩手上还有工具……"

然而齐大仓已经将一旁的绳子绑在了自己腰上："无论如何，咱不能让他们死在下面。"

杨青石无奈，只能和周永福拽着绳子，把齐大仓放了下去。

盗洞底部，一侧的墓穴里，尖嘴猴腮的"耗子"和干瘦的"铁娃"正藏在此处。

下面的氧气显然已经不多，两人都很虚弱。听到齐大仓下来的动静，耗子仍然保持着高度紧张，紧紧握着铁锹，做好防备动作，嘴里念念有词："一会儿人一下来，咱们就拍他，下来几个拍几个！把这几个都拍了，咱就能想法出去咧。还叫俺们自首，当俺们是瓜怂！人赃并获，自首了也得判。听见了没，铁娃？"

然而铁娃却没有回答。

耗子转头一看，铁娃已经因为缺氧而晕了。

"铁娃！铁娃！……"

他蹲下探了探铁娃的鼻息，还好对方尚有呼吸，他这才松口气，使劲摇晃铁娃。

"铁娃，你别睡，睡了就歇气咧。你要是歇气，你姐得打死我。"

见铁娃迷迷糊糊睁开眼，他重新拿起铁锹："再坚持一会儿，我把人拍了就先把你弄上去！"

这时，齐大仓终于到了洞底，耗子趁他还未来得及转身，急忙一铁锹拍在了他的脑袋上。

但幸好耗子已经因缺氧而力气不足，所以这一锹并没有把齐大仓拍晕。第二锹正要下来，齐大仓反手一把攥住铁锹，给夺了下来。他这才看清眼前的形势，发现其中一个盗墓贼已经晕倒。

齐大仓顾不上许多，撂了锹，解开身上的绳子。

耗子见状，偷偷溜过去重新拿起铁锹，正要再次拍齐大仓，却发现齐大仓把绳子绑在了铁娃身上。

齐大仓用尽最后一丝力气冲上面喊道："拉人！"

洞外，周永福、杨青石闻言赶紧往上拉人。

耗子正纠结该怎么办时，却见铁娃刚被拉上去，人高马大的齐大仓便晕了过去，他忽然愣住了。

他直直地盯着昏迷的齐大仓片刻，最终还是放下了手里的铁锹。

翌日早晨。

一辆出租车停下，方堃、雒青、郭士林下车，朝三庙村走去。

"你说你俩来就来吧，还非得把我拉下水！"雒青随口抱怨，"老猫不在耗子窜，昝教授回来不得骂死我们。"

"你是方堃的定海神针，你要走了，他三魂七魄都跟着走了。"郭士林打趣道。

雒青不以为然："呸，你就不怕他拿着定海神针把天捅个窟窿。"

方堃并未搭理他们，而是走向一位刚下完地的大爷："大爷，这儿得是三庙村？"

"就是的。"

"咱这村里得是有古墓呢？"

大爷忽然警惕起来："你们是干啥的？"

方堃连忙解释："俺们是考古队来的，做调查。"

"哦，考古队……"大爷显然松了口气，"夜黑儿刚抓了一伙盗墓贼，这儿肯定是有古墓嘛，要不贼娃子来咱这儿鼓捣啥嘛。"

方堃竖起耳朵："在哪儿抓的？"

"就在南头地里，不过那儿都叫警察给围上了。"

雒青微笑："谢谢大爷。"

"咱居然刚过来就碰上盗墓……"郭士林略一思索，忽然大喊起来，"这么巧，该不会就是偷黑陶俑那伙人吧？"

"不会吧？"雒青狐疑道，"现在风头这么紧，他们还敢顶风作案？"

正说着，一辆车在不远处停下，尤介辉、张逢春几人从车上下来，杨青石立刻走过来迎接。

"给咱解题的人来了。"

方堃见状赶紧凑了上去："尤处！"

尤介辉听到呼喊，惊讶道："方堃？你们怎么在这儿？"

"听说黑陶俑出自这里，我们想来看看。"

"张所，"尤介辉向身旁的中年男人介绍道，"六件黑陶俑撤拍那天，协助回答问题的就是这几位考古界的小将。"

张逢春啧啧赞叹："这么年轻，果然英雄出少年。"

"尤处，"方堃又问，"你们也是来看黑陶俑是不是出自这里的吗？"

"算是吧。"

"这么巧，既然顺路，那咱一起吧。"

"行啊。"

## 第十一章 风声

秦川市西郊三庙村卫生室里，齐大仓躺在病床上，结实的胳膊上吊着点滴，睡得昏昏沉沉。

迷糊中，他听到有脚步声，缓缓睁眼一看，一个熟悉的男人站在床侧。此人鬓角泛白，却仍然精神矍铄，正是他在警校的师父赵丰。

"师父，你咋在这儿？"

他一说话，才注意到脑袋生疼，下意识地捂了一下，又环顾四周："这是哪儿？"

赵丰直接开口一顿数落："你说这是哪儿？干了几年警察了，咋还能这么争头欠脑的，跟个二杆子一样，知不知道你差点把命搭里头？"

齐大仓这才想起昨晚的一切，他苦恼地挠了挠头："确实是脑子热了……不过我要是再不下去，那两个下苦就没命了！"

"还狡辩！你难道忘了你是咋受伤的？"赵丰斜他一眼，目光中尽是责备与担忧，"要不是缺氧，盗墓贼手劲亏了，后果是啥你知道不？杨队都拦不住你！"

齐大仓嘿嘿笑了："这不是全仰仗师父福德庇佑嘛。"

"少跟我嬉皮笑脸，又想糊弄过去是吧？没门儿！"赵丰厉声道，"我已经下了命令，给你来了个全队通报批评。"

齐大仓长叹一声："上学全校批评，当警察又全队批评，无法将功补过了。"

赵丰挑眉："哪儿来的功？黑陶俑案破了吗？"

"两个案子都跟三庙村有关，你不觉得很巧吗？"齐大仓越说越激动，双手一拍，"反正人也抓到了，蠓虫飞过去都有影，我就不信这一锤打不响。"

"齐大仓！"赵丰一瞪眼，"啥时候能把你身上这股子浮躁劲儿给去干净？"

"接受师父批评！"齐大仓敬礼，试探道，"至少这次不用写检讨了吧？"

"你回去就给我写检讨，不能少于三千字。"

齐大仓顿时意识到说错话，懊悔地给了自己一嘴巴。

赵丰见状不由发笑，眉头终于舒展开来。他拿出一个餐盒："饿了吧？你师母包的。"

齐大仓赶紧打开餐盒，里面躺着几个皮薄馅多的包子："早馋我师母包的包子了。"

他一口吞了一个。

"齐队醒了啊。"

齐大仓正美滋滋吃着，杨青石走了进来。

"赵局，我们尤处把张所带来了。"

盗洞周围已经拉上了警戒线，方堃、雒青、郭士林三人站在警戒线外，张逢春被绳子吊着准备下洞。

此时，杨青石领着齐大仓和赵丰过来。

赵丰伸手："尤处，辛苦你们跑一趟。"

"辛苦的是你们，没想到效率这么高。"尤介辉回握他的手，"张所很激动，刚刚下了盗洞。"

赵丰点点头："要是能确定这墓跟黑陶俑的关系，咱们就可以给温索普拍卖行一个漂亮的回应了。"

"不可能跟黑陶俑有关系的。"方堃突然对雒青小声说。

他的话被不远处的齐大仓听到了，齐大仓好奇地看了过来。

雒青用胳膊肘撞了他一下："专家在呢，别多嘴。"

"没事没事，"齐大仓摆手，"小伙子，你接着说。"

"我认为黑陶俑根本就不可能出自三庙村一带。"

"你的依据是啥？"

"一般来说，黑陶俑的制作工艺是以模制、组装为主。这次发现的黑陶俑形态各异，体型也比秦俑小，比例适度，面部丰满，神态逼真……这些特征跟西汉帝陵出土的其他陶俑特征极其相似，因此基本可以确定它是出自西汉帝陵。我们脚下的三庙村，虽然靠近五陵原，但离着几座汉帝陵还远得很，根本不可能出土这种形制的黑陶俑。"

他坚定而自信地娓娓道来，从容不迫，不禁让齐大仓暗叹人才辈出："小伙子很专业啊。"

尤介辉听到他俩的对话，赶紧介绍："齐队，他是秦北大学考古系的方堃，就是帮我们回答温索普拍卖行的问题，让他们撤拍的那位同学。"

齐大仓称赞道："难怪，后生可畏！我就喜欢这有脑子、嘴也直的小伙子。"

正说着，张逢春被吊了上来。

"这应该就是个清代的普通墓。"他推测道。

尤介辉看着昨天缴获的文物："这些陪葬品也是一些清代的低规格墓葬品。"

"张所，"齐大仓接话，"排除这个盗洞，单说三庙村，有没有可能是黑陶俑的出土地？"

"这个不好下论断啊，"张逢春看上去有点苦恼，"虽然从形制上说，我倾向于黑陶俑跟西汉帝陵出土的陶俑一致的观点，但是在考古学界，要用证据说话，毕竟目前没有任何两座帝陵里出土过一模一样的黑陶俑……万一这只是我个人的主观臆断呢。方向错了，反而会让真相越来越远。"

齐大仓听蒙了，看向杨青石，后者同样，眼神迷茫，不好说什么。

过了一会儿，送尤介辉等人离开后，齐大仓就忍不住跟杨青石吐槽："三人当家，七扯八拉，说了半天谁都不敢下定论。但听话听音，我算听出来了，这三庙村真跟那个小伙子说的一样，跟黑陶俑八竿子都打不着。"

杨青石叹了口气："专家都谨慎。"

"紧睁眼，慢张嘴。你以为谁都跟你一样愣？一锤打在虱子上，这么大阵仗也没个响。"说完，赵丰也开车离开了。

齐大仓郁闷不已："三庙村这条线算是断了。"

"还是得从华南王下手，"杨青石略一沉吟，道，"我先回去，搞一次突击检查。"

齐大仓点点头："我看行。"

他说罢，刚出了村委会院子的门，却见方堃迎了上来："齐队。"

"方堃，你们没走？"

"没走。齐队，我是这么想的，海里寻针难，咱还不如在针上下下功夫。"

"啥意思？"

方堃嬉皮笑脸："我们想看看黑陶俑，说不定门道就藏在黑陶俑身上。"

齐大仓扫视三人片刻，见他们态度诚恳，目光真挚，想了一下，下定决心，说："跟我来吧。"

多件黑陶俑被整齐地摆放在文物存放室，方堃正俯身全神贯注地看着。

郭士林打趣："还真是个个都黑得不太一样。"

"年轻人眼睛尖，能看出个啥名堂不？"齐大仓探过头，"说出来也不怕你们笑话，时间紧，任务重，我们确实在方向上有些迷茫，不知道该从哪儿下手。"

方堃言之凿凿："我建议你们从汉十一陵开始查。"

"汉十一陵？"齐大仓感觉头又开始疼，"那么大范围，我们只有一个月时间，锅小煮不烂牛头啊！范围还能再缩小不？"

"我目测了一下，这些陶俑的下肢是实心的，有些夹有多棱角的铁芯，以提高下肢的承受力……总之，从陶俑的形象、材料、制作技术来看，它们应该是西汉中期的作品……只是为啥是黑色的，我还没找到原因。"

"目测？"齐大仓问，"准确吗？"

"确实会有误差，但热释光断代法是可以把误差缩到最小的。"

"热释光？"

此时的秦川南市，穆见晖正在摆摊，突然听到不远处传来嘈杂声，很多人都往那边聚拢过去。他随手抓住一个正要凑过去的人问道："咋啦？"

那人回答："好像有个'土耗子'让人给逮了。"

穆见晖一愣，旋即对旁边摊位的主人说："老张，帮我盯一下。"

"你啥时候也凑这个热闹了？"

穆见晖淡淡一笑："长长见识呗。"

他凑到人堆里，看到几个便衣民警正押着一个人往前走，那人的手背在身后，身上搭了个外套，但仍然能瞧见漏出来的一小部分手铐。

"咋回事啊？"他问身旁的人。

路人压低声音："鬼知道咋好好的就盯上咱南市咧，警察这两天逮了不少人。"

"逮的啥人？"

"都是些土耗子。"

"挖土耗子咋还挖到咱南市来了？"

"那谁知道，看样子事儿不小。咱南市这潭水又不干净，啥事不是先拿咱开刀？"

这时，另一路人也插话过来："唉，你看咱南市的店都关了一半了，再折腾下去，谁还敢开店！"

"咱就卖几个手串，人家那牛刀都不值当往咱这鸡脖子上凑，把心放肚子里头。"

纵然嘴上这么说，穆见晖还是不动声色地挑了挑眉，略微攥紧了手心，试图压下心中升起的那股不安。

人群散去，他也往回走，注意到不少店铺确实关了。其中有一家店铺门口挂着写有"低价转让"的牌子，穆见晖心中一动，走了过去。

刚走进店铺，老板便认出他："老穆，你咋来咧？我可没货寻你掌眼啊。"

"吴老板,你这店咋要往外转了?"

"唉,没法干了!三天两头抓人,哪儿还有生意。"

"你这家大业大的,才两天就撑不下去了?该不是怕人家警察查偏了,拐到你门口吧?"

店铺老板忙摆手:"你别说笑咧,咱都是合法经营,身正不怕影子歪。"

"你影子都快歪到商县咧。"

两人都笑了。

"说正事,你打算多少钱出?"

"三十五万。"

"能低吗?"

店铺老板怀疑地打量他一眼:"你要收?"

穆见晖笑道:"我哪儿收得起,我帮一个亲戚问问。"

"我就说嘛。咱邻居一场,既然是你介绍的,我再让一万。"

"感谢感谢。"穆见晖仍微笑着,只是目光深邃,"对了,吴老板,你消息灵通,你知道警察为啥突然盯上咱南市了吗?要真是生意没法干,我估计我那亲戚也不敢盘店。"

店铺老板随口答道:"听说是坑里的事,警察在找一个叫华南王的人。"

穆见晖身形一震。

店铺老板并未察觉他的异常,而是自顾自地说:"他应该是个古越人,跟咱关系不大,等案子破了咱的生意就正常了。"

"原来如此……"穆见晖回过神来,"我晚上回去给亲戚说一下。"

"好。"

告别吴老板后,穆见晖快步来到一个僻静处的公用电话亭,看四下无人,连忙匆匆进去。

他从手机通讯录调出华南王的电话号,拨了过去,但那边却传来"对不起,您拨打的电话暂时无法接通"的女声,而后便是长长的忙音。

他又打了两遍,仍是如此,不由更加担忧。

## 第十二章 起疑

秦川市公安局文物稽查大队的公告栏前，几个人正围在一起读一张公告。

"针对齐大仓同志的通报批评……齐大仓同志执行任务时，未经认真考虑……"

正读着，齐大仓走了进来，他们浑然不觉，而齐大仓站在他们后面，跟他们一起看通告。

"擅自进入盗洞，险些损害其个人生命安全。该行为极其鲁莽、冲动。经研究，决定给予齐大仓同志通报批评处理……"

"这通报谁写的？"齐大仓冷不丁出声。

几人抖了抖，被吓得魂儿差点飞了："齐队……"

"批评得不够彻底。"

齐大仓摸了摸下颔，像品鉴文本那样说着，便离开了，留那几人在原地战战兢兢。

"齐队。"

齐大仓过来，正碰上刚从讯问室出来、熬出了两只熊猫眼的周永福。

"人都审完了没有？"

"审完咧。竹筒倒豆子，全撂咧。"周永福说，"但就是一点，光撂眼跟前的，过往一概不提，这伙儿贼都能得很。"

齐大仓倒并不意外："那肯定，都知道人赃并获才能定罪。咱只抓了人家脸皮，人家还能主动给你露腚？眼跟前就眼跟前的吧，有咱用得上的没？"

周永福摇头："都没听说过黑陶俑，问有认得华南王的不，也没人认得。"

"知道了，这几天不是在黑市抓了不少人吗？你去告诉他们一声，有啥马上通知我。"

"知道咧。"

"永福，"齐大仓想了想，又喊住他，"让人把那个给了我一锨的耗子带过来。"

耗子被带进了讯问室，看到审讯桌后坐着齐大仓，顿时有些不好意思地低头。

"齐队。"

齐大仓正吃着一个肉夹馍,吃得很香,耗子嗅到味儿,不由得咽口水。

"耗子,手劲儿不小啊,"齐大仓调侃道,"不过我得谢谢你,你这一锨让我美美地睡了一觉。"

耗子头越发低了:"齐队,你别再花搅我了,我知道错咧。"

"你瘦归瘦,身上肌肉倒是疙里疙瘩的,平时没少挖坑吧?"

耗子立刻把头摇得跟拨浪鼓一样:"没有没有,这都是伺候庄稼弄的。"

"饿了吧?"齐大仓看他眼睛一直盯着自己的馍,关切问道。

耗子忍不住舔了下嘴唇:"不饿。"

齐大仓却躬身,从旁边的袋子里拿出一个肉夹馍放在了他跟前。

耗子惊喜:"给我的?"

"咋,不想吃?"

"想,想!"

说着他就要动手,但想起什么,又抬头看齐大仓:"齐队,我该说的真都说咧,裤衩子都交代干净了。"

齐大仓摆手,一副满不在乎模样:"你别日弄我就行。"

见他并未如自己想象中那般愤怒和苛刻,耗子终于松了口气,也说笑起来:"你不记我的仇,还给我买饭,我再日弄你,我还是人不?"

"快吃吧。"

耗子感恩戴德,大声感慨:"唉!好久没咥过肉夹馍咧。"

说着,他无比珍惜地啃起来。吃着吃着,他又像突然想起了什么,抬头看齐大仓:"你们说的那个华南王,听名字,得是古越的?"

齐大仓不动声色地问:"对,古越的咋咧?"

"古越的一般都是收货的,那帮人都贼得很!那个成语叫啥,啥兔爱窟?"

"……狡兔三窟?"

"对对对,狡兔三窟,文化人就是不一样!"耗子嘿嘿一笑,"我也是听一个支锅说过,那伙人来秦川一般都住旅社,而且专门挑那种城中村里头的小旅社,还经常换地方。"

"这种地方人多眼杂,他们好藏身。"

"对,还是你齐队灵醒。不光好藏,有啥情况还方便跑路。你要是有他的相片,多转几个城中村的旅社,说不定就能寻见那人咧。"

齐大仓听罢沉默片刻,看了他几眼,开口道:"耗子,以后你每天的肉夹馍我包圆了。"说着便匆匆出门。

他一路跑进办公室,大喊:"小杜!"

小杜赶紧应声:"在,齐队!"

"马上联系穗州警方,让他们把华南王的画像发过来。然后把画像派发给各派出所,让他们重点摸排城中村的小旅社。"

"是!"

有了方向后,行动开展得很快。一时间,城内众多小旅社皆涌入了便衣侦查员,他们拿着华南王的画像询问前台,同时核查记有住客身份证号的本子,马不停蹄地摸排了一家又一家,甚至顾不上喝口水。

日头高升又落下,在天幕划出一道火红的弧线。随着最后一缕夕晖没入老式居民楼的铁栅栏背后,霓虹灯纷纷亮起,照亮了地上的烟头、浓痰、塑料包装袋,还有那匆匆步履。

便衣民警们进入了一家亮着粉色灯光的旅社里,前台坐着两位浓妆艳抹、穿着性感的"小姐"。她们一见有人进来,立刻起身热情迎客,却在看到对方亮出的证件后吓得连连后退,脸上笑容早转变为惊恐。

民警们拿出华南王的画像询问她们,她们不住摇头。民警们对视一眼后,把画像发给她们,又交代了几句才离开。

又是一天。

朝晖初洒,穆见晖正开着自己那辆桑塔纳快速往刘树生的别墅赶去。

到了高耸的大门外,他停好车,正要敲门,门却已经从里面开了。开门的人是邢兆虎,他警惕地看了看四周,把穆见晖放了进来,随后插好门。

刘树生家的客厅非常气派,装修得金碧辉煌,随处可见古董,但奢华和古朴之间充满矛盾感。

此时客厅的灯亮着,刘树生已坐在茶几前,茶几上摆着几件青铜器和玉器。他正手肘撑在膝盖上,把玩着其中一件最大的青铜器。

穆见晖远远看到青铜器,眼睛先亮了,急忙戴上花镜和手套,上前去看。

"这是青铜兽面纹方彝,这两只鼎上也是兽面纹,这只是青玉材质的凤鸟纹玉柄……这些都是西周早期的,虎娃在哪儿起的坑?"他只瞧了几眼,便絮絮说了起来。

邢兆虎正要回话,刘树生却直接轻蔑道:"你又不下坑,问了也是闲问。这些货,你给估个价。"

穆见晖想了想,伸出一根食指。

"十万?"

"再加个零。"

听罢，刘树生两眼放光，一旁的邢兆虎也高兴得眉飞色舞。

"生娃，这坑货出给谁？"穆见晖似无意问道，"……还是华南王吗？"

刘树生似乎在审视他："你咋突然对出货感兴趣了？"

"你没听说？这几天南市很多人被抓了。"

"啊？"刘树生装不知道，"啥时候的事？"

穆见晖有些意外："你一点儿风声都没听到？"

"我应该闻见吗？"刘树生忽然抬眸凝视他。穆见晖被两道凌厉的目光盯得发毛。

半晌后，他才收回眼神，懒散道："公司忙得很，我上哪儿知道这些没屁眼的事，到底咋回事？"

穆见晖答："听说警察在寻华南王。"

"是吗？为啥寻他？"刘树生故作吃惊，扭头看向邢兆虎，"虎娃，你知道吗？"

邢兆虎突然被点名，有些慌："我、我只管地底下的事儿，不清楚地面上的事。"

穆见晖见状，叹口气："不管啥事，我觉得你最好还是先安生一阵，等这股歪风刮过了再走货。"

"打铁还需自身硬，只要咱自己不漏风，歪风就刮不到咱跟前。"刘树生不紧不慢，似乎胸有成竹。然后玩味地打量他，"你说呢，姐夫？"

穆见晖干笑两声："对。"

刘树生又拿出两百块钱，扔到了穆见晖跟前的茶几上。

穆见晖目光一凛，但随即堆笑，收起钱："那我先走咧。"

刘树生摆手："虎娃忙了一晚上，也早点回去歇着吧。"

"知道了，生哥。"

两人立即离开。

刘树生看着他俩逐渐远去的背影，目光变得极其阴冷，整个人如同潜伏于丛林中的猛兽。

这时，一个比刘树生年轻几岁的漂亮女人从卧室走了出来，她正是刘树生的老婆何小凤。

"背后捅刀子的万一真是姐夫，你还真剁他的手啊？"

刘树生面露杀气，冷哼道："他做得初一，就别怪老子做十五。"

穆见晖心事重重地拎着早餐回到家中，看到刘树兰已经起床，赶紧收起心事，调整状态。

他笑道："起来啦？正好吃饭。我买的豆腐脑、油条，还热着呢。"

刘树兰盯了他一会儿，疑惑道："你天不亮就出去干啥了？"

"除了给人家掌眼，我还会干个啥。"

"从来没见有人这么早寻你掌眼。"

"这行又不是朝九晚五，哪还有个时辰早晚。"

他将早餐摆在桌上，神情自若。

刘树兰还是不放心："没啥事吧？"

"能有啥事。"

她接过穆见晖给她拿的勺子，忽然问道："你得是想盘店？"

"有这个想法，"穆见晖一愣，"你咋知道的？"

"生娃打电话问的。"

穆见晖心中一惊，但强装镇定："他咋问的？"

"就是问咱是不是要开店，手头紧不紧，要不要帮忙。"

穆见晖琢磨着刘树生这通电话，眉头微微蹙起，并未立刻接话。

"生娃咋突然转性关心起你了？"刘树兰直视他的双眼，"你该不会替他干那些不见光的事了吧？"

穆见晖低头笑道："咋可能。"

"那他好好的咋舍得给咱钱了？"

"你听他胡咧咧，他给了吗？没给吧！他就是耍耍嘴皮，想面上好看。这么多年，你看病最缺钱的时候，他都不肯借咱，咱开店要真拿他的钱，那还不跟要他的命一样？"穆见晖一边安抚她，一边起身，"你先吃着，我得去出摊了。"

他转身离开，脸上笑意逐渐冰冷。

麻将馆里，狭小的房间里挤满了麻将桌，乌烟瘴气。

一张桌前，燕小五双眼布满红血丝，手边烟灰缸里的烟灰已经堆积成山，但筹码却没剩多少了。

燕小五思索良久，长叹一声，咬牙把一张牌扔进锅里。

没承想，其他三人同时大叫："胡了！"

燕小五懊恼地把最后一点筹码分给了三人。

"这还差着数呢。"瘦子撇撇嘴。

燕小五随口道："先欠下，下一把算。"

另一牌友挑眉："规矩是把把清，你夜黑儿都借了俺们不少了，再欠就没意思咧。"

"破烦得很，你仨是貔貅啊，光进不出！你没算算夜黑儿从我这搭赢了多少？"燕小五越说越烦。

"账不能这么算，那是俺们赢的，又不是抢的。"

"再欠一把，就一把。"

几人僵持之际，对着门口的瘦子忽然看到了什么："哎，小五，那不是你那口子吗？提着包袱领你娃去哪搭啊？"

燕小五回头一看，果然看到老婆提着包袱带着孩子从门口经过。

他赶紧追了出去，一把拽住妻子："你干啥去？"

付小丽眼皮都没多抬："我干啥跟你有啥关系？"

"你是我媳妇，咋能跟我没关系？"

"我是你媳妇？"付小丽冷笑一声，"那我问你，你一晚上干啥去咧？我的钱呢？"

燕小五顿时心虚起来："啥……啥钱？"

"装傻是吧？我放衣柜里的那五千块钱呢？"付小丽提高了嗓门，"前两天你才给了我，昨天就偷了去。我原当你只是没出息，没想到你还是个贼，家贼！"

两人吵架引来了围观的人，燕小五不耐烦地挥舞手臂赶人："看啥看！没见过你参跟你妈打情骂俏？"

他又压低声音觍着脸："丢不丢人？有啥事回家说。"

付小丽本就有理，她见人多起来，反而嗓门更大了："谁丢人？丢人的是你！燕小五，我受够咧！你窝囊就算了，还糟践钱，多厚的家底能架得住你天天这么个赌法啊？"

"……我还不是想多弄点钱嘛。"

"日弄鬼去吧！烂泥扶不上墙！离婚！"

她越骂越气，挣脱开燕小五，拉着孩子便利落离开。

燕小五无能为力，只得在原地一边跺脚，一边骂骂咧咧："滚！滚了就别回来！臭婆娘，你爷有钱了，你舔爷爷都不搭理你！"

虽耍了嘴皮子威风，但待付小丽和儿子的身影消失在远处的地平线上，人群四散开去，燕小五孤零零站在街上回想了一下这些时日的处境，心中的怒火很快被浓浓的担忧取代。

钱……钱根本不够啊！

他得拿到更多钱，多到撒地上都不心疼。他得让所有瞧不起他的人后悔！

他脑海中骤然浮现一个清瘦高挑的身影。

对，去找那人，他一定有办法！

南市地摊前，穆见晖手拿一本《商周彝器通考》，眼睛虽看着书，脑子却在想别的。

"就是问咱是不是要开店，手头紧不紧，要不要帮忙。"

树兰早上的话仍萦绕耳畔，他抿了抿唇，陷入深思。

树兰温柔却不懦弱，一向是个有主见的坚韧之人。那样的病痛都没有彻底使她折腰，她仍然活得有尊严，甚至……比他要更有原则和底线。而她心思如此细腻，自然也能敏锐地察觉到他和刘树生之间的微妙关系。

可他能怎么办呢？他难道该看着树兰继续痛苦下去吗？见识过刘树生那金灿灿的别墅后，他难道不能觉得凭自己的学识和能力，理应拥有比那更好更大的房子吗？

"打铁还需自身硬，只要咱自己不漏风，歪风就刮不到咱跟前。"

刘树生这样对他说过。

是啊，没错，这样狭隘又急躁的人都能成功，他穆见晖怎么可能做不好。

"听说了吗？有一批被走私到海外的黑陶俑在拍卖的时候被截下来了。"

旁边摊位的窃窃私语打断了穆见晖的思路。

他放下书："啥黑陶俑？"

"你不知道啊？今早大家都在说这事儿。"

"你说，警察在南市抓人得是跟这事儿有关系？"

两位摊主你一言我一句地聊着，穆见晖的脑子却轰然"炸开"。

"这烛台多少钱？"

正在此时，一个熟悉的声音突然出现。

正分神的穆见晖突然被吓了一跳，见来人是燕小五，更是恼火。他下意识地先环顾四周，然后故作镇定地回答："五百。这烛台其实是一对，还有一个在我车上，你要不要看？"

"看。"

## 第十三章 诡道

两人来到停车场，确定四下无人后，穆见晖带燕小五上了自己的桑塔纳。

"谁让你主动寻我的，还敢来南市？"刚关上车门，穆见晖便没忍住，低声斥责，"人多眼杂，要是姓刘的看见了，咱俩都别想活命！"

"穆哥，有那么劲大吗？"燕小五心虚地打着哈哈，"我是生面孔，又没人认得我。要不是日子实在没法过了，我咋会寻你？"

穆见晖瞥他一眼："咋咧？"

"我媳妇要跟我闹离婚。"

"又去赌了？"

被他一眼看穿，燕小五很是窘迫，只好打起精神说："哥，咱再干一票吧。"

"你也不挑挑时候，正乱着呢。"

"咋乱咧？"

穆见晖叹气："那批黑陶俑出事了。"

"啥？出啥事咧？"

"我把那批货卖给了一个叫华南王的，警察正在寻他。"

燕小五有点蒙："啊？那寻见了没有？"

"你得是脑子瓜咧？"穆见晖无奈道，"要是寻见他了，咱俩还能在这儿说话？"

"也对，"燕小五点头，"那警察寻不见不就行咧？"

"公安局是你开的？你让寻不见就寻不见啊？"

"那咋整？总得想办法嘛！"

"咱先活到华南王被抓再说。"

穆见晖神情凝重，燕小五被吓得愣住："啥意思？"

"姓刘的开始怀疑我了。他刚开了一坑货，我估摸他还是要出给华南王，他俩一旦见上面，姓刘的上点手段，华南王肯定就把我撂了。"

燕小五仍然不太理解："撂就撂了嘛，你是他姐夫，不看僧面看佛面，姓刘的还能把你咋样？"

"姐夫？"穆见晖冷笑一声，"他叔以前跟他抢过一个坑，他让人把他叔

· 073 ·

的一只手卸了。"

"这么狠？！"燕小五瞪大了眼睛。

"你以为！"

"那……实在不行，咱先给华南王上点手段，堵了他的嘴。弄不过刘树生，还收拾不了一个古越佬？"燕小五胡乱抓一把头发。

"想得容易，"穆见晖说，"这个人油得很，一个电话号码就用一回，你根本联系不上。"

燕小五啐一口："破烦得很！才挣一万块钱！"

穆见晖冷冷盯着燕小五，燕小五顿时感到浑身发毛。

"小五，咱俩拿了一辈子烂牌，这次挖坟掘墓不就是不认命吗？没摸到最后一张牌，这局就定不了输赢。"

后视镜中的穆见晖如同一条阴冷的蛇，幽幽吐着芯子。

"咱们兵分两路，你去盯着姓刘的，我想办法去寻华南王，咱们绝对不能让他们见这个面。"

日头高挂，燕小五蹲在一辆破摩托旁边，死死盯着刘树生家门口。

过了好一会儿，刘树生终于开车出门，燕小五赶紧戴头盔骑摩托跟上。

而此时，还是之前华南王住的小宾馆，穆见晖跟前台打听了什么，然后失望离开。

刘树生的车停下，不一会儿，燕小五的摩托也停在了不远处，他看见刘树生进了一家饭店。

燕小五跟过去，透过饭店的玻璃窗看过去，发现刘树生在一张桌前坐下。不一会儿来了个女人，两个人搂搂抱抱很是亲密。

燕小五大失所望。

深夜。

燕小五把摩托停在不远处，自己则装成流浪汉，随便睡在几张报纸上，暗中死盯着刘树生家。为了防止睡着，他狠狠掐自己大腿。

穆见晖则坐在一家网吧里，放着电影，他的双眼却透过网吧玻璃窗盯着对面的宾馆。

翌日。

燕小五正啃着皱巴巴的锅盔，突然瞧见刘树生家的门开了，他赶紧躲到一边。

只见刘树生出来，手里拎着一个大包，左顾右盼一会儿后准备上车。

燕小五来了精神。

与此同时，穆见晖已在网吧熬得双眼布满血丝，他突然看到两个民警走进了小宾馆，于是赶紧冲了出去。

他轻手轻脚地来到宾馆门口，只见警察正在跟前台交代着什么。

手机突然响了，他接起电话："喂？"

"是我，"燕小五躲在刘树生家不远处的电话亭里，"我看见他提了个包出去了，那包看着又大又沉，里面装的应该就是那坑货。"

穆见晖吩咐道："你赶紧跟上他，我这就过去。"

语毕，两个民警正好从宾馆往外走，穆见晖瞅见两人手上拿的正是华南王的画像。

燕小五挂了电话，跑过去骑着摩托赶紧追了上去。

穆见晖也上了自己的桑塔纳。

日暮西沉，刘树生的车停在了一家旅馆门口，他下车，从后备厢拿出那包东西，走进了旅馆。

燕小五的摩托也拐了过来，他的目光停留在旅馆招牌上。

刘树生来到209房间门口，有规律地敲了几下门。门只开了一道缝，缝里露出了华南王警惕的脸。

见是刘树生，他这才拔下防盗链，迎刘树生入内。

"刘老板，有冇搞错啦，乜时候啦，还敢找我出货。"华南王随口抱怨道。

刘树生却不说话，只是嘶啦一声拉开包链，露出里面的青铜方彝和两尊青铜鼎。

华南王眼睛一亮："青铜！……"

他正想上手，刘树生却拉上了包链。

"搞乜啊？"

华南王有些不满，刘树生仍旧不言，啪地把一张纸拍在了桌上。

华南王一看，竟是自己的画像，呆在了原地。

"到哪儿了？"燕小五在旅馆门口焦急地打电话，"人都进门了！"

"快了快了，最多五分钟。"

209房间内。

"知不知道你是咋被条子盯上的？"刘树生皱眉。

华南王有些心虚："唔知呀。"

突然间，刘树生猛地拔出一把匕首插在桌上，刀柄距离华南王鼻子仅仅几厘米。

075

华南王面不改色："你吓我啊？当我华南王是被吓大的？"

"这刀冲谁你清楚。你跟谁做生意，我管不着，但有一点，我刘树生最恨吃里爬外的东西！请你帮个忙，把卖你黑陶俑那货的名字漏一下。"

见他态度坚决，毫不留情，华南王面露难色。

路上有些堵车，穆见晖见前面的车一动不动，心急如焚。忽然他想到了什么，连忙给燕小五打去电话："小五，我怕赶不上。这样，我给你支个招。"

房间内。

华南王讪笑着摆手："刘老板，你知道行规的，我不能出卖人家的啦。"

"你打听过秦川的行规是谁定的不？"刘树生狂妄大笑起来，"我刘树生就是行规！"

华南王犹豫着。

"我不是跟你商量，是通知你。今天你说，生意照做；不说，今后秦川的货你连个铜钱都收不走。"

一听自己的饭碗要被砸了，华南王急忙重新堆笑："开玩笑啦，谁会为了个小马仔得罪大佬……"

他张了张嘴，刚要说名字，却听外面突然传来声音："出来，出来，都出来，警察查房！"

两人一惊。

正是燕小五站在宾馆走廊角落里大声喊着。

刘树生迅速拿起包夺门而出，把华南王一个人丢下。华南王不由大骂："扑街仔！"

很快，华南王拖着行李，火急火燎地从旅馆中跑了出来。招手打车的工夫，正好有一辆警车朝他这边开来。

他后背直冒冷汗，赶紧躲到路边摊位，佯装买东西。还未定神，身后传来了一阵汽车喇叭声。他吓了一跳，不敢回头看，整个人僵在原地。

"是我！"

华南王回头一看，竟然是穆见晖开着桑塔纳来了。

"上车！"

华南王像是抓住了救命稻草，忙不迭上了车。

车开出去一段，华南王这才松了口气，揩了揩额头上的汗，又扭头看穆见晖："你怎么来了？"

"我在南市听到一些风声，怕你这边有事。"

"表叔，你来得太及时了，我谢谢你。晚一步，我可能就栽了。"

"不说见外的话,我先送你出城!"穆见晖沉稳道,"县道查得松,我带你抄小路。"

华南王感激地点点头。

两个民警赶到旅馆,把画像拿给服务员看:"我们是派出所的,这个人见过吗?"

服务员眯了眯眼:"有点眼熟。"

"看仔细咧,这人古越口音。"

"哦,哦!"服务员这才想起来,"是有这号人。"

"住哪个房间?"

"209,晚上出去就再没见回来咧。"

民警们对视一眼,其中一个朝服务员道:"把他的登记信息调出来。"

秦川市公安局文物稽查大队会议室里,气压很低,齐大仓的眉头已然拧成了一个疙瘩。

"摸排工作才开始,人居然就跑了。"小杜若有所思,"是不是有人走漏了风声?"

周永福点头:"不排除这个可能。华南王牵扯的人太多了,这条利益链上的人都怕他出事,肯定有人给他通风报信。而且这个人很狡猾,他住的旅馆,一般人都找不到。还有他用的身份证,全是假的。"

"打击文物犯罪,难就难在这儿!"齐大仓重重地叹气,"咱们对面的不是单个人,是一群人,是一张大网。华南王这张网上的人,咱啥也不清楚,光有个画像。从昨晚到今天,他要是想跑估计早就出省了。人一跑,咱更是雾里看花,越看越花。"

周永福不甘心道:"那他要是一跑,咱不就彻底被动咧?"

"这个案子往上查是华南王这条线,往下查是盗洞这条线。现在往上查,只能跟着华南王屁股后面跑,咱是被动了。"

言及此,齐大仓提高音量:"那咱就往下,集中力量查盗洞。盗洞是死的,我不信找不到!"

"咋找?"周永福摊开手,"秦川那么大,咱总不能一寸一寸地找吧。"

"我觉得那个方堃说得有几分道理,这个黑陶俑是高等级的陪葬品,一般出自帝后墓,咱就盯着西汉帝陵查。"齐大仓回忆道。

周永福只觉头大:"齐队,我以为你有啥好办法,结果是个笨办法。"

"笨办法用好了,那也是好办法。"

小杜却也忧心忡忡:"咱就这么几个人,别说一个月,十个月也找不完。"

周永福点头:"对啊,而且万一黑陶俑不是出自帝陵咋办?那个啥硕士也不是百分百确定。"

正说着,杨青石拿了一份文件进来。

齐大仓眼睛一亮,几乎站起来:"杨队,是不是热释光检测有结果了?"

杨青石点点头:"是有结果了,不过这个结果可能要让你失望了。市所选了两个陶俑,一男一女。谁知道两个西汉风格的陶俑,测出来的结果却差代了,男俑是西晋的,女俑是西汉中期的。"

"呀,这可麻缠咧!咋一个窝里的崽月份还不一样咧?"齐大仓接过来一看,简直让人头大,"杨队,咱跑一趟,问问这到底咋回事。"

秦川市文物保护考古所。

杨青石领着齐大仓走进张逢春的办公室。张逢春一身的泥还未来得及洗掉,活像一个民工。

"不好意思,刚下工地了,脸都没来得及洗。那个黑陶俑的鉴定结果,杨队,我不是给你了吗?"张逢春说。

"我和齐队就是为这个鉴定结果来的。"

"张所,我是急性子,这黑陶俑鉴定结果是咋回事?"齐大仓接话,"一个西晋,一个西汉,是不是弄错咧?"

张逢春略一沉吟,道:"不好说。原则上是不可能弄错的,这个实验是咱省里做的,人家严谨得很。不过,这热释光断代法也确实有局限,实验结果跟真实情况可能也会有误差。"

"这西晋和西汉差的可是好几百年,那还是实验出错咧。"

"不能说是实验出错。"张逢春摇头。

"张所,跟你们文化人说话真是累,我就想听个结论,这实验结果靠谱不靠谱?"

"不好说。严格说来……这个事情我不能下论断……还是等专家们看完再说吧。"

齐大仓还想追问,被杨青石一把拦住。

"那行,张所,您忙。"杨青石笑道,将齐大仓拉了出去。

两人找了个面馆坐下。

杨青石端来两碗面,齐大仓却愁得一点胃口都没有。

"说了一堆,好像又啥也没说,啥都是'不好说'。这些文化人说话怎么……"

"专家都严谨。"

齐大仓抓狂："一个月,咱只有一个月的时间!"

"吃饭,吃饭。"

齐大仓干脆把筷子撂下。

杨青石吃完,擦了擦嘴："就用你的笨办法!西汉帝陵一共十一座,我调几个人过来,咱就一寸一寸找!"

齐大仓眼里放光："得行!"

这时,周永福给齐大仓打来了电话。

"齐队,那三个研究生又来咧,他们听说了实验结果,想再看一下黑陶俑。咱现在忙得焦头烂额,要不我找个理由把他们打发走?"

"先别,我看那个方堃说话挺直接,也挺专业,没准真能给咱提供点线索。"齐大仓面露喜色,"你去办个手续,我马上回来。"

齐大仓把三人带到了公安局的文物存放室。

三人直直地盯着黑陶俑,百思不得其解。

"咋样?"齐大仓好奇地问。

雒青迟疑着说："一个墓出的,怎么会差几百年……"

郭士林挠头："会不会是方堃看走眼了?"

"郭士林,你好歹是个研究生,"没想到这回雒青反而数落起他来,"从制作工艺上讲,这些黑陶俑明显是西汉的。"

"那就是采样环节出了问题?"

"不可能,"雒青果断摇头,"省鉴定中心在全国可都是数一数二的!你以为谁都像你一样,做事毛手毛脚啊。"

"得咧,"郭士林耸耸肩,"我这吊车尾,说啥都是错,我闭嘴。"

正当两人在一旁斗嘴时,方堃戴上白手套,拿起女俑,仔细看了看,随后用大拇指在接口缝隙处一擦,白手套上便留下一些黑渍,而被擦的位置露出一点点色彩。方堃深知此举严重违规,便又不动声色地把女俑放回原处。

"小方,看出啥了?"齐大仓凑上前来。

方堃笑了笑："齐队,等我回去查查资料,再给你一个答复。"

# 第十四章 险招

出了公安局之后，雒青和郭士林走在前面，方堃满怀心事地落在后面。

"你咋了？"郭士林回头，"咋跟丢了魂一样？"

方堃充耳不闻，沉浸在自己的思绪里。

雒青也问："你刚说回去要查资料，是不是有啥发现？"

方堃想了想，摊开了手，手套上面残留了一些黑渍。

郭士林顿时惊恐起来："你个万货，把陶俑擦掉色了？！"

"天……你闯大祸了，"雒青也急了，"你要受处分的！"

"只要你们不告发我，我受啥处分。"方堃小声念叨。

"你！"雒青被他的强词夺理惊到一时间说不出话，"你凭啥这么肯定我不会告发你？"

方堃却神秘一笑："走，去图书馆。"

郭士林不解："去图书馆干啥？"

方堃跨上自行车："一两句说不清，等我找完资料，再跟你们说。"

秦北大学图书馆。

方堃跑到历史类古籍区，埋头找了起来。

郭士林在一旁嘟囔："你有啥想法别藏着掖着，我们都成了你的共犯，好歹也让我们死个明白。"

"谁是他的共犯！"雒青没好气地抢话，"他要是没有一个合理的解释，我现在就去告发他！"

"你们想想看，热释光断代法的原理是啥？"方堃并未理会他们的数落，而是抬头提问。

雒青一愣，旋即答道："陶俑在制作过程中吸收、储存辐射能，在测试的时候，这些能量重新以光子的形式释放出来。测试人员凭此断定陶俑最后受热的时间，从而确定制作时间。"

"没错，"方堃点头，"关键是最后受热的时间。"

"对啊！"雒青恍然大悟，"最后受热的时间！我咋把这么简单的道理忽略了。"

郭士林一头雾水："那个，你俩能不能说点人话，照顾一下吊车尾。"

雒青耐心讲道："你还记不记得昝教授讲过一个案例，有个收藏家拿一件西周的陶器去做热释光检测，结果报告显示那个陶器是明代仿西周的。这是因为那件陶器在明代被火烧过，所以才会出现这样的误差。"

郭士林一拍脑门："我懂了！如果男俑在西晋时期被火烧过，那么用热释光断代法检测出来的年代就是西晋。"

"没错。"方堃继续道，"其实，我一直好奇这批陶俑为啥是黑色的，尤其在断裂处，眼、鼻那些有孔的地方全是黑色。"

"这个我留意了，"郭士林认真点头，"那些黑陶俑连屁眼都是黑色的。"

"你都关注些啥？"雒青无奈。

"如果是上黑釉，很难做到连孔都是黑的，"方堃说，"我当时就在心里猜是不是火烧的。"

雒青转念一想，又发现了尚存疑点的地方："可如果是火烧的，男俑和女俑应该都被烧过，为啥只测出男俑是西晋的？按道理应该测出两个都是西晋的。"

方堃看了看她："你注意到了吗，男俑全都漆黑发亮，黑色深入胎体层，非常均匀。而女俑黑色没那么重，分布不均。"

"这个我知道！"郭士林举起手抢话，"那男俑肯定是离火近，没准还像烤土豆一样在火堆里烧过，所以全身黑亮。而女俑没准离火源比较远，只是像熏鸡一样被熏黑，所以黑得不均匀。"

方堃咧嘴笑了笑："果然一想到吃的你就开窍了。"

郭士林不服地扬起下颌："哼，我也是秦北大学正经招进来的研究生好不？"

"所以你刚才一擦，就擦出了她的真容——彩绘俑。"雒青抿唇思考后说道。

"对。"

"那你来找资料又是为了啥？"

"我记得一本文献里提过，魏晋时期盗掘成风，有盗墓贼进入过帝陵。我想这个火是盗墓贼放的，如果能找到他们进入的是哪个帝陵，也许就能确定盗洞的位置。"

方堃说罢，雒青和郭士林二人皆愣住。几秒之后，郭士林才激动大喊："这可是个大发现！方堃，你要是能帮忙找到盗洞，没准就能将功补过咧。"

雒青却没说话，立刻转身开始动手找资料。

方堃和郭士林对视了一眼，也立即行动。

秦川市公安局门口。

一辆车停下，昝茂昌和两位同行教授下了车。三个人风尘仆仆，手里还提着行李，一看就是刚回来。

赵丰和齐大仓连忙前来迎接。

"总算把你们盼回来咧，昝教授，得是刚到秦川，还没回家？"赵丰关切道。

昝茂昌精神矍铄，掩饰不住内心的激动："对，一开完会我们就连夜往回赶。黑陶俑，单是听到这三个字我就坐不住了，它们是谁的陪葬品？又为啥是黑色的？我巴不得一脚迈回来赶紧瞅上几眼。"

"快请进，"齐大仓侧身让道，"我们现在满脑子官司，就等专家们给拨云见日咧。"

一进文物存放室，昝茂昌便迫不及待地直奔黑陶俑，他戴上白手套，拿起放大镜，挨个看过去，丝毫掩饰不住内心的兴奋。

他一边看，一边连连夸赞："这批黑陶俑，身体修长，体魄健硕。你看他们的头，前额饱满，脸如满月，肉乎乎的鼻头，眉弓稍突，眼睑紧绷。神形兼备，一个个美得很咧！"

陆教授笑了起来："昝教授，不知道的还以为您在夸自家娃娃咧。"

"你说错了，这比我那几个娃好看多了。"昝茂昌哈哈一笑，又拿起一只女俑，"你看这只女俑，长发绾束于脑后，面目清秀，性别特征明显。足后跟底部有小孔，脚趾也刻画得很细。这些陶俑初看上去，好像千人一面，没啥区别；但如果细看，则会发现其实各不相同。说明啥，说明这批黑陶俑正是精品中的精品！"

图书馆内。

各类资料满满铺了一桌，方堃还在翻找，雒青和郭士林却已经累得呼呼大睡起来。

方堃翻着翻着，突然眼前一亮，推了推郭士林："士林，快醒醒！你快看这段，盗发汉兹、杜二陵，多获珍宝……"

"豆腐脑？"郭士林睡眼惺忪，"哪有豆腐脑？"

方堃无奈失笑："啥豆腐脑，是我找到文献了！"

听到动静，雒青揉揉眼睛，也凑了过去。

文物存放室内。

"昝教授，"齐大仓问，"那您能不能判断出黑陶俑的年份？"

昝茂昌没有立即给出答案，而是又专注地观察了起来。

就在这时，周永福带着方堃三人来了。许是因为太过激动，方堃一进来就迫不及待地公布他的发现，丝毫没注意到昝茂昌也在场。

"齐队，黑陶俑不是出自兹陵就是杜陵！"

话刚说完，方堃被雏青拉了拉衣角，这才留意到昝茂昌回来了。

雏青和郭士林齐声说："昝教授。"

方堃声音稍小点："昝教授……"

昝茂昌脸一沉："你们怎么在这儿？"

齐大仓一听破案有门，也不顾及昝茂昌在场，赶紧催方堃："方堃，你接着说。"

方堃从书包里掏出《晋书》，一五一十道来："黑陶俑之所以发黑，是因为被火烧过。热释光断代检测结果说男俑是西晋的，女俑是西汉的，我猜这误差也跟火烧有关，肯定是西晋的时候墓里起了一场火。我想到有本书写过，西晋时有帝王墓被盗，也许就是盗墓贼放的这场火。于是我就去找了文献，史料记载，西晋末年，战乱不已，长安饥民盗发汉兹、杜二陵，多获珍宝。也就是说，兹陵陵区和杜陵陵区在西晋的时候被盗过，黑陶俑很可能就出自这两个陵区。"

昝茂昌却并不高兴，反而冷冷地问道："你怎么知道黑陶俑是被火烧黑的？"

方堃略显心虚："我一直想不明白黑陶俑为啥是黑的，后来我看那女俑黑得不均匀，好像有彩绘的痕迹。我就猜想是不是火烧的，就……擦了擦……结果真是黑炭。"

此话一出，在场的所有专家都面面相觑。

昝茂昌火冒三丈："滚出去！"

方堃被这当头一喝震住了，一时竟不知作何反应。幸好郭士林和雏青反应快，赶紧拉着方堃灰溜溜地逃了出去。

"赵局、齐队，"昝茂昌压下愤怒，说道，"黑陶俑到底是啥年代的，我现在不能给定论，这事还得跟其他老师探讨。刚才我那学生说的话，你们不要放在心上，该咋查咋查，千万不要被他影响。"

夜深了，可阳陵考古基地昝茂昌办公室里的灯仍在一片漆黑中亮着，方堃等三人垂手低头地站在昝茂昌面前。

昝茂昌的目光一一扫过他们："答了三个问题，尾巴就翘上天咧？"

方堃刚要反驳，却被雏青一把拉住。

"说说，我在第一堂课上教了你们啥！"

昝茂昌语毕，郭士林一脸迷惑地看向方堃。

方垄不情不愿地开口:"第一课,考古学术规范和学术道德。考古遗存是不可再生的资源,保护意识应贯穿考古工作的始终,我们要严格按照考古工作章程,妥善保护文物,以维持其原状。"

"知道为啥把这些只是放第一课不?"昝茂昌盯着他,"因为这是考古人的根,考古人的本!破坏了文物,你跟盗墓贼还有啥区别?"

雒青和郭士林被昝茂昌骂得面红耳赤,方垄却依旧梗着脖子。

"昝教授,擦陶俑这事跟他俩没关系,我一人干的,你怎么处分我都行。"方垄往前站了一步,"但我坚持认为我的结论没有错,黑陶俑的出土地不是在兹陵一带,就是在杜陵一带。"

昝茂昌并未接他的话,而是问道:"你们昨晚吃的啥?"

众人一下子被他问蒙了。

"羊肉泡。"郭士林嘿嘿一笑。

"昨晚吃的羊肉泡,那是不是今晚、明晚还吃羊肉泡?"

"那不一定,兴许吃水盆羊肉、葫芦头、臊子面,还有……"

雒青明白了昝茂昌的言外之意,递给郭士林一个眼神:"别说了,昝教授根本不是想问你吃啥。"

昝茂昌又看向她:"那你说说,我想说啥?"

"昨晚吃羊肉泡,不代表今晚还吃羊肉泡。"雒青格外沉稳镇定,"文献里记载兹陵和杜陵在西晋被盗过,并不代表黑陶俑就一定出自兹陵和杜陵。也许还有其他帝陵在西晋被盗过,只是没被记在文献里。"

"原来是这个意思!"郭士林一副恍然大悟的样子,他挠挠头,"我说昝教授咋突然关心咱吃啥。"

昝茂昌的怒火稍微平息了几分,他语重心长道:"凭直觉对发现的文物做出想当然的解释,这是啥?是经验主义。我跟你们强调过多少遍,考古是一门实证科学,最怕的就是凭主观判断阐释历史。方垄,饭要一口口吃,路要一步步走,你是聪明,但不要聪明反被聪明误。"

方垄依然把脖子伸得老长,不肯认错。

雒青则立刻接话:"昝教授,我们知道错了。"

昝茂昌点头:"把我说的话好好想想,交一份检查。"

院子里,郭士林和雒青正对着稿纸发愁,不知如何下笔。

雒青随口打趣:"稿纸都快让你盯出窟窿来了,你不是最擅长写检查吗,咋无从下笔了?"

郭士林一脸痛苦表情:"检讨悔过也得有个由头啊!我啥也没干,纯粹是被方垄拉下水。我看我错就错在交了这号朋友。"

"哎,"雒青环顾四周,"他去哪儿了?"

郭士林耸耸肩:"鬼知道。"

"你知道为啥昝教授跟方垄的关系那么僵吗?"

"倒不是僵,我看这俩一个像须菩提祖师,一个像孙猴子。"郭士林说,"孙猴子跨越千山万水来拜师,师父看他天资聪颖,教了他七十二变,又教了他长生妙法。谁知道孙猴子学成之后当众卖弄,须菩提师祖能不生气吗?索性就把他赶走了。"

雒青有感而发:"来之前,导师嘱咐我到了阳陵好好跟昝教授学,不光学术,还得学道。方垄真是身在福中不知福。"

正说着,方垄背着书包从二人面前走过。

郭士林连忙开口,生怕他脚底抹油跑了:"哎哎,你上哪儿?"

"白鹿原,寻盗洞!"方垄言简意赅,"检查帮我写一份,反正你得心应手。"

雒青气不打一处来:"昝教授的话你一句也没听进去?咋还抱着你那些想当然的推断不撒手?我看昝教授骂你骂得太轻了,你就是自作聪明,急功近利!"

"方垄,人雒青说得对,你现在的主要任务是好好反省!"郭士林也没想到这次方垄竟然这样倔,"该干啥,能干啥,咱得有数。"

"我有数,我就是要证明黑陶俑不是在兹陵就是在杜陵。"

说完,方垄便骑上自行车,头也不回地走了。

## 第十五章 虚惊

齐大仓和杨青石来走访坝柳文管所。这里乍看是一座农家小院，但麻雀虽小，五脏俱全，里面几间屋子分作安全科、文物科和办公室。

所长唐少华迎出来："杨队，你来咋不提前打声招呼？"

杨青石开玩笑："我寻思打你个措手不及，看看你唐所长有没有干事，是不是玩忽职守。"

"看来你这是来问我的责。"唐少华笑着伸手往前走，"走，屋里说。"

文管所办公室内。

接过唐少华倒的水，杨青石介绍起来："唐所，这是市公安局文物稽查大队的齐队。黑陶俑的案子你应该听说了，咱坝柳文管所管着兹陵和杜陵，我们来就是想问，年初那会儿，咱这边有没有啥异常情况？"

"杨队，你这话说得，有异常情况我能不上报？"

齐大仓生怕错过什么蛛丝马迹："您再好好想想，有没有见到啥生面孔，听到啥响声。"

唐少华失笑："你放心，兹陵和杜陵都是全国重点文物保护单位，所里的人也是接受过文保培训的，要是有异常我们早就发现了。黑陶俑跟我这儿肯定没关系。"

齐大仓有些急。杨青石把茶递给他，示意他缓缓。

杨青石翻了翻墙上挂着的巡逻日志，当即皱起了眉头："唐所，你这巡逻是咋个安排的？"

唐少华回答："我们所守着杜陵近，一天巡两次，兹陵离得远，巡得没有那么勤。"

"一周才巡一次，咱市里开会是咋说的？离得远你起码保证三天一巡吧？"

"我的哥，你也是在基层待过的，俺这啥情况你还不清楚？"被这么一问，唐少华摊手诉苦，"外面挂着的牌子是两个科、一个办公室，好像挺热闹，但实际上除了我这个所长，就有三个人。杜陵离得近，巡一趟也得三小时。兹陵离我四十里，光骑车子过去就得俩钟头。再说兹陵陵区只有一个陵吗？我巡完凤凰山下的汉太宗兹陵，还得巡他妈的南陵，还有他媳妇的窦陵，这一圈下来得五六个小时。你说俺这四个人咋安排，劈成两半也顾不过来呀。"

杨青石委婉地说："难处我知道……"

"你光知道不行，得给我们解决啊。"本来就为经费发愁，唐少华总算找到个机会掰扯起来，"别说人，就说咱这自行车，今年骑坏两辆了，没有经费，我们吴科长把自家的车都骑过来咧。就为这事，还跟他屋里的吵了一架……"

齐大仓憋不住了，把话题扯了回来："唐所，困难咱先不说。我这听下来，确实是咱兹陵这边没巡到位，特别是南陵和窦陵，还是有案发的可能。"

"南陵和窦陵离村子近，要真有风吹草动，老百姓肯定能察觉。"

"这话我不认同，老百姓也忙得很，哪能时时刻刻盯着这事！"齐大仓对他的态度略有不满，语气不客气了些，"再说这是你们的活，哪能都指着老百姓。"

唐少华撇撇嘴："谁说我们光指着老百姓？我们在旁边的尹村也找了群众文保员，人尽心尽责得很。"

齐大仓挑眉："我就是尹村的，你说的群众文保员是谁？"

"就你村那个光棍，严守村。"

"啥？"齐大仓一愣，"让他当群众文保员？"

"咋？"唐少华不解。

齐大仓哭笑不得："他是个二愣子，咋能让他看陵守墓？别说陵让人偷了，就是他家让人偷了他都不一定发现。"

原上窦陵陵区。

方堃骑着自行车，四下打量。周边果林茂密，单靠眼睛看很难看出盗洞。

他下了车，往果林深处走去。

村民看见方堃穿着奇装异服，问道："干啥的？"

方堃朝里张望："大叔，你这林子里有哪块不长草吗？"

"你这问的啥问题？"村民只觉莫名其妙，"走走走，把我的苗都踩坏咧。"

方堃环顾四周，见没有异样，只好又折返回去，继续骑车往前。

骑了几里地后，忽然一个人影嗖地出现在他眼前。来人正是严守村，他举起一把农用铁叉，直直地叉向自行车。方堃来不及避闪，连人带车一股脑跌到了沟里。

严守村直接跳下沟，从破裤兜里掏出麻绳，将方堃反剪双手，捆得结结实实。

方垫疼得直叫:"你干啥?!"

"贼娃子,你爷等你半天咧。"

方垫挣扎不过,大喊救命:"来人啊!"

严守村取下缠绕在脖子间的一条不知道用了多久的黑毛巾,直接塞进方垫的嘴中:"闭死嘴,让你再叫唤!"

村委会的门被一脚踹开,严守村押着浑身脏泥的方垫走了进来。

齐有粮一惊:"守村,你这是唱的哪一出?"

严守村一脸得意:"给你侄打电话,告诉他我抓住盗墓贼咧。"

"这是盗墓贼?"齐有粮打量着方垫,"单枪匹马,又没带工具,我看着不太像。"

"耍社火那天他就来过,还带了俩同伙,当时我就觉得他不对劲,今天又让我遇着了!"严守村眉飞色舞地说着,一副信心满满的样子,"我跟了他一路,他在窦陵瞎晃,见林子就钻,偷偷摸摸的,一看就是盗墓的。"

方垫奋力挣扎。

齐有粮继续盯着他:"我看他有话要说咧。"

齐有粮刚想替方垫拽下塞嘴的毛巾,就被严守村拦住。

"弄啥?"严守村大声叫嚷,"这是我抓住的盗墓贼,你想跟我抢?"

齐有粮眉头拧在一起:"狗日的吃枪药咧,跟我吼啥?"

严守村不依不饶:"你侄败坏我名声,说我是个二愣子,啥事也干不成,现在我把盗墓贼抓了,你给他打电话。你要不打,我今天就不走咧。"

齐大仓一回自己办公室,就看见里面挤了十几个各处抓来的嫌疑人。

齐大仓反而笑了:"这咋回事,几天的光景,咱这儿成贼窝了?"

"杨队那边送来的,"小贾摸摸下巴,"没想到一次突击检查,抓出这么多地老鼠。"

齐大仓问:"那审出个啥没有?"

小贾叹气:"鸡零狗碎的事审出不少,可是跟黑陶俑有关的线索一点也没有。"

这时,周永福和小杜愁眉苦脸地回来了。

齐大仓又看向他们:"你俩五陵原摸得咋样?"

"我们和杨队的人把九个陵跑了个遍,"小杜直摇头,"结果陵墓负责人都说没盗洞。"

齐大仓皱眉:"光听他们说也不行,得实地去看看。"

"齐队,我们这两天不知道挨了多少白眼,人家都以为咱是兴师问罪的……"周永福委屈巴巴,"要不是杨队的人在前面顶着,都没人搭理我们。"

齐大仓笑着摆手:"都一样,我也是万人嫌。"

这时,一个同事走过来:"齐队,赵局喊你过去一下。"

"知道咧。"

齐大仓敲门进了赵丰的办公室,赵丰却自顾自地倒水,没有理他。

"师父,咋了?"

"你个二瓜子,"赵丰瞥他一眼,"上人文管所要威风咧?"

"得是那个唐所告状咧?"齐大仓顿时明白了,也抱怨起来,"哼,正经事不办,这事倒是办得快。"

"你这个直杠杠、犟脾气,你上人家门上干啥去咧?你是走访,是调查,不是给人家指导工作!"

"你是没看见,窦陵和南陵一个星期巡一次,能防住盗墓贼才怪!"

"你麻缠不麻缠?唐所也跟你解释了,人家也有难处。"

"我不管他有啥难处,现在案子破不了,咱们公安的难处最大。我们这一圈走下来,就数这南陵和窦陵漏洞大。要不给我几个人,我去实地看一看。"

"外面忙成啥样子你看不见?你当我是耍杂耍的,能给你大变几个活人?"

齐大仓笑嘻嘻地献殷勤:"师父,就您这排兵布阵的功力,给我调出几个人还不是分分钟的事?"

"你甭给我骚情。"赵丰没好气地摆手,"白鹿原那片有多大,你小子不清楚?那能是几个人的事?"

这时,齐大仓的手机响了。

"看我干啥?"赵丰斜他一眼,叹口气,"接吧。"

"喂,叔……"齐大仓接起电话,忽然大叫起来,"啥?抓了个盗墓贼?"

严守村圪蹴在村委会墙角,将方堃挡在身后,生怕他跑了。

"守村,你那毛巾得有个把月没洗了吧,我怕大仓还没来,这娃就得让这毛巾熏死。"齐有粮不停说好话,"我跟你商量一下,先把你那臭毛巾拿下来,得行?"

严守村扭头:"这是我抓的贼娃子,谁碰我跟谁急。"

"你看你㞗式子,平时这儿晃那儿晃,这个时候你倒尽职尽责像个人物咧。"

"我跟你说不着,我跟你侄说。"

话音刚落，齐大仓风风火火地赶到了。

严守村扯着嗓子喊："齐大仓，我把盗墓贼给你抓来了！"

方堃一见到齐大仓，激动得脸通红。

齐大仓走过去定睛一看，越看越觉得眼熟，赶紧拽下毛巾。

方堃咳嗽了几声才缓过劲来："齐队，是我。"

齐大仓气得差点背过气去："呀！赶紧松绑，简直胡闹。"他急忙上手，给方堃解绑。

"这咋回事？"齐有粮一惊，"大仓，你认识这人？"

齐大仓不好意思道："这是秦北大学考古专业的研究生……误会闹大咧。"

齐有粮在一旁笑道："呀，真看不出你这个样子，还是个研究生咧？"

严守村不乐意，偏要拦着："我不管他是沙僧还是唐僧，这就是我抓的盗墓贼，我看谁敢放！"

"去去去，瞎说啥，"齐有粮把严守村拽到一边，"人家是大学生，是学考古的，来做研究的。"

齐大仓向方堃道歉："实在对不起，这事你甭计较了，得成？咱是文化人，他是个二瓜子。"

"……"方堃嘴唇泛白，"给我口水。"

齐大仓连忙扶起他："走走，咱赶紧回家去。"

齐有粮家的院子里，方堃用力刷着牙，刷完扭头问齐大仓："齐队，你闻闻我这嘴还有臭味吗？"

"我不用闻，你都刷三遍了，肯定没味咧。"齐大仓憋住笑，又正色道，"你咋突然来原上咧？"

"还不是帮你们找盗洞。"

齐大仓哭笑不得："这是警察的事，你一个研究生掺和这干啥？"

方堃挺直身板："为了证明我的猜测是对的。"

齐大仓挑眉："和你导师置气？"

"这不叫置气，叫学术争论，是知识的展现，智慧的张扬！"方堃胸有成竹道，"我打算在兹陵寻一下，如果没有我再去杜陵。"

这时，齐有粮走了过来："小方，我让小满给你找几件衣裳，你一会儿换上。"

"谢谢有粮伯。"

"快别说谢，幸亏大仓来得及时，要不这事还不知道咋收场……"齐有粮不好意思地笑了笑，"我让屋里人给你做点好饭，算是赔礼道歉。"

齐大仓顺便问道："叔，我们在查一个盗墓案，详情我不方便跟你说。我就想问问你，你听没听说咱兹陵一带有盗洞？"

"兹陵的事，你去凤凰山问嘛，"齐有粮歪着脑袋想了想，"咱尹村离凤凰山还有两三里咧，那搭的事我咋知道。"

"不是，我说的这个兹陵不光是汉太宗的陵。"

"你这把我说糊涂了，兹陵不是汉太宗的陵，那还能是啥？"

方堃解释："叔，我们说的这个兹陵陵区是个大概念，包括汉太宗的兹陵、薄太后的南陵和窦皇后的窦陵。"

"哦，"齐有粮这才明白，"咱尹村离窦陵近，但盗洞我没听说。"

齐大仓自知很难深挖下去，只好挥挥手："行了，叔，你去把方堃的自行车找回来，我一会儿跟他说点案子上的事。"

"行，那你们忙。"

齐有粮走后，齐大仓继续和方堃说盗洞的事："你知道坝柳文管所吗？杜陵和兹陵都在他们文保范围内。杜陵一天两巡，要是有盗洞，他们肯定能发现。但兹陵陵区大，离得远，可能巡逻没那么勤，平时主要靠一个二瓜子……对了，就是今天绑你那个，他是这一片的群众文保员。"

方堃略一沉思："照你这么说，盗洞出现在兹陵的概率更大一些。"

## 第十六章 分头

齐有粮家灶房里，妻子曹凤英正忙着擀面，下面，齐小满切菜，把蒜末、葱花碎和辣椒面等平铺在面上，热油一浇，香味直钻鼻孔。

过了一会儿，面下好了。齐小满走进屋，笑吟吟吆喝道："方哥，来吃饭了。"

方堃正仔细端详着墙上的一个玻璃相框，里面有张黑白老照片，上面是一老一少，写着"尹村地头留念"。背景上的土地像龟背一样隆起，高出周围将近两米。

齐小满顺着方堃的视线望过去，解释道："那是我爸跟我太爷。"

"哦，还挺像的。"

"方哥，赶紧去吃饭，要不面坨咧。"

正房内，齐小满给大家端来面："哥、方哥，吃面。"

"小满，我来半天咋没见你那只黑撒？"齐大仓环顾四周，疑惑不已，"以往我一来它就叫个不停，今天倒是安静。"

说到黑撒，齐小满神色黯淡："哥，你还好意思问，那天闹社火我黑撒丢了，我跟你说咧，你也没管……这么长时间了，我黑撒还没回来。"

见她难过，齐大仓一拍脑袋，愧疚道："唉！这事我给忘了。"

正说着，齐有粮扛着方堃的自行车回来了。

齐有粮随口道："找啥找，那憨狗肯定是跑丢了。"

"不可能，我黑撒灵醒得很。"齐小满委屈地辩解，"闹社火那天我在地里听见它叫，然后看见两个人鬼鬼祟祟不像好人，黑撒肯定是让他俩偷咧。"

担心父女俩吵起来，齐大仓赶紧开口："等我忙完这阵子，一定给你找。"

"小方啊，"齐有粮转头对方堃不好意思地说，"你这车胎爆了，辐条也断了，我看一时半会也修不好，要不今晚就让大仓送你回去？"

未承想方堃直接摇头："有粮伯，我明天还要去原上找盗洞，今晚就不走咧。"

齐有粮一愣："那你住哪儿？"

"你就在我叔家住下。不过这么大的陵区，你一个人肯定找不完……"齐大仓看向齐有粮，"叔，你明天给方堃找几个帮手，大家围着周边转转，看有没有盗洞。"

· 092 ·

"自家的事都忙不过来，上哪儿找帮手？"

"文物重要还是庄稼重要？"

齐有粮随口说道："当然是庄稼重要，文物又不能当饭吃。"

齐大仓顿时泄了气："叔！你好歹是个村长，咋觉悟这么低咧？"

"啥叫觉悟低？我带着乡党保生产、过好日子还有错咧？"齐有粮拍拍胸膛，"你知道我当村长这几年，咱尹村多交了多少公粮？"

齐大仓无奈："扯到哪儿去咧，咋又扯到交公粮。"

齐有粮直接骂骂咧咧地走开："你才端上公家碗几年，就忘了咱农民的本咧？我不跟你说，你们这些人心里就没数。"

齐大仓和方堃面面相觑，不知该说些什么。

次日早晨。

方堃正往窦陵方向去，身后忽然传来一阵农用三轮车的轰鸣声。转眼间，车已在他旁边停住了。

严守村盯着他："小伙子。"

"咋，"方堃开玩笑，"你又要弄啥？"

"上车！你不是要寻盗洞吗，我让你看看，在咱严守村眼皮子底下谁敢盗！"严守村没好气道，"要是真有洞，我把脑袋揪下来当球踢！"

方堃倒也不客气，爬上车："守村叔，你甭气，这地界就你一个群众文保员，大家伙儿都说你风里来雨里去尽职尽责，给你竖大拇哥咧。"

一通马屁拍到了严守村的心坎里，他乐滋滋地往前开，跟方堃介绍起了文保情况。

"不是你叔吹牛皮，这些年，我每天都围着凤凰山、窦陵和南陵转上一圈，就算他汉太宗的子孙，也没我尽心。就为了这事，我连终身大事都误下咧，没有空相亲。要不你说像你叔这样的人，咋会寻不下媳妇子嘛。"

方堃笑道："对，守村叔有格局，我看有粮伯这个村长也比不上你。"

"他算个球。"严守村翻个白眼，"他知道汉太宗是个谁，窦猗房是个谁，薄姬从哪儿来，刘邦、刘盈、刘恒，谁是谁的大，谁是谁的儿？"

"叔，你懂得怪多咧，有空给咱讲讲，不过现在咱们先去南陵。"

此时，省文物局正组织昝教授等专家开会。

王副局清了清嗓子："今天把各位老师请来，还是谈谈黑陶俑的事。一个月的时间很紧张，但是希望各位老师克服一下困难，拿出一份翔实的证据材料，一定得让外方无话可说。"

昝茂昌想了想，道："热释光断代检测的结果有争议，我建议再多做几次实验……结果出来之前，我们先去寻一下文献里有没有黑陶俑的记录。"

那个聪明却倔强的青年在他脑海中挥之不去，他轻声叹了口气。

一堆文献摊在桌上，一群专家埋头寻找。人人脸上透着焦虑，似乎没有头绪。

"何教授，"昝茂昌问，"你那边咋样？"

何教授遗憾摇头："没有找到黑陶俑的记录。"

严守村载着方堃来到一处筑有封土、形如覆斗的大墓前，说道："这就是汉太宗他妈的坟，南陵。"

方堃点头，同严守村一起进入南陵巡逻。

方堃和严守村两人又来到另一处大墓前。

严守村介绍道："堃娃，这就是汉太宗他媳妇子的墓，窦陵。南陵你都看过了，没有盗洞吧，窦陵更不可能有。这个陵挨着我村近，我来得也最勤。"

李春来骑车经过，拿严守村开涮："守村叔，给大学生讲课咧？我也听听！"

严守村甩手："去去去，你知道个球。一天到晚瞎晃荡，不干个正事，严六爷咋收下你这号徒弟。"

李春来跟他斗起嘴来："你是乌鸦站在煤堆上，光看见别人黑，看不见自己黑。咱村红白喜事、大小节日，哪个少得了你？一看见大姑娘、小媳妇，眼珠子恨不得挂在人家身上。我看你没少耍奸偷懒，胡吹个啥？盗墓贼指不定来过多少回。"

"狗日的！"严守村拾起土块丢向李春来，"你再胡说一句，我撕烂你的嘴。"

"守村叔，盗墓贼盗完墓很可能把洞填了。"方堃解释道，"一会儿你看仔细，要是哪搭不长庄稼，很可能就有盗洞。"

严守村生怕他误会自己不干事，急急辩驳："你甭听来娃胡诌，我真是每天都巡！"

大概摸透了严守村的脾性，方堃只得好言好语地安抚："我知道你认真负责，咱多留意一下总没错。"

阳陵考古基地宿舍里，郭士林把两份检讨交给了雒青。

"一会儿你帮咱把检讨交上去，昝教授卖你面子，肯定不追究咧，我去还得挨一顿骂。"

雒青翻了翻，直接把方堃那份检讨撕了。

郭士林瞪大眼睛："你这是干啥？"

雒青瞥他一眼："你当昝教授傻吗，看不出是你替他写的？"

"昝教授忙黑陶俑的事，哪顾得上咱，你以为他真会看？"

"看不看是他的事，有没有认真检讨是我们的事。"雒青没好气道，"把咱俩的交上，方堃活该，他自作自受！咱们躲远点，省得血溅身上。"

郭士林忽然眯眼凑到她面前："这绝情话从你嘴里说出来，我咋听出在乎的味儿咧？"

雒青一愣："谁……谁在乎他？"

"又没外人，你就承认吧！"郭士林笑嘻嘻道，"这货模样不错，狂是狂点，不过有真才实学。嘴虽然贱，但是知道疼人。我要是女的，保不齐也相中这货了。"

"你放心，就算天底下的男人死绝了，我也不会看上他。"说完，雒青气呼呼地走了。

秦川市公安局文物稽查大队讯问室。

"耗子咱不是审过了吗？"小贾不解地问齐大仓。

"原来咱审，都是大海里捞虾米，没有个方向。现在有了原上这条线，咱审起来也有抓手咧。"齐大仓解释道。

"你还真信那个学生娃的话？"小贾却面露犹疑，"昝教授不是说了嘛，他那个结论不严谨，还得推敲。"

此时，耗子被带了进来，一看桌上摆了一份烧鸡，咽了咽口水。

齐大仓把烧鸡往前推："吃，都是你的。"

"齐队，"耗子却不动手，"你还是先说事吧。"

"跟个大姑娘似的，咋还害起羞来咧？"

"看你今天这排场，肯定是问我个大事。我该交代的都交代咧，不能为了你几口饭胡诌吧。"

"肚里没冷病，不怕吃西瓜。"齐大仓爽朗道，"你要是真坦荡，还怕吃我一顿饭？"

耗子眼珠子骨碌一转，想想也对，遂一通狼吞虎咽起来。

"这就对了！"齐大仓点头，"我问你，原上出过货没？"

耗子寻思："前沟村出过，支锅姓成，叫个成……成啥？"

"成四强。"

"对对，就叫个这。"

"对你个头，"齐大仓无语，"这都是十年前的老皇历咧，成四强还是我抓的，人都出狱咧。"

"你抓的？"耗子惊讶道，又一顿溜须拍马，"要不说你齐队是精干人。"

"少耍嘴皮子，就说最近这段时间，凡是原上地界跟盗墓相干的，你随便说。"

耗子摸摸后脑勺："你尹村不是有个老光棍，天天在地里转，我看他不简单，是不是夜里盗墓咧？"

"他是群众文保员！"齐大仓咬牙切齿，"让你随便说，你还真随便。"

耗子连连求饶："我错咧，我这也是脑子乱，一时半会想不起。"

齐大仓把吃食拿到一边："想，啥时候想起来啥时候吃。"

耗子沉默了几秒，又猛地一拍脑门："我咋把眼巴前的人给忘咧！有个下苦叫'狗剩'，以前跟我干过一次。年前我喊他出来搞一票，他说他没空，要跟人在原上弄一票。"

齐大仓眸光一闪："在原上哪搭弄？啥时候弄？"

"我不知道，他没说。"

"这个狗剩家住哪儿？真名叫啥？多大岁数？"

"家住原上清水口村，三十来岁，真名不知道。"

齐大仓双手撑着下巴，盯着他看："真名到底叫啥？"

"我真不知道，他到底在原上干没干我也不知道……"耗子支支吾吾，一副为难模样，"齐队，这事你可得查清楚，要是因为我冤枉了人家，我以后……"

"你以后咋？还想在道上混？"齐大仓打断他。

耗子不言语了。

出了讯问室后，齐大仓立刻拨通了周永福的电话："永福，你联系一下镇派出所，让他们帮忙查一个叫狗剩的，三十来岁，家在清水口村……注意保密，别打草惊蛇。"

黄昏时分，方堃终于又回到了齐有粮家门口，却看到自己的自行车放在门口，齐有粮家的大门从外面上了锁。

方堃觉得奇怪，拍门喊着："有粮伯……有粮伯……小满……"

里面无人回应。

方堃扒开门缝往里看，发现院里和房里也没开灯。

方堃觉得奇怪，喃喃自语道："吃饭的点儿……跑哪儿去咧？"

他无意中一转身，却突然瞥见巷子拐角处曹凤英的身影。

"大妈……"

哪知一听方堃喊她，曹凤英跟见了鬼一样，脚底好似装了风火轮，一溜烟跑走了。

方堃终于明白，自己这是被扫地出门了。他又饿又乏，无奈之下，只好推上自行车，寻思着去哪儿混一宿……

听到外面的动静，齐有粮知道方堃走了。

"走咧，"齐有粮努努嘴，"去喊你妈回来吃饭。"

齐小满却不满地抱怨道："爸，你真干得出来，为了赶方堃哥走，居然让我妈出去把大门给锁了。"

"你倒怨上你爸咧？我要是不想法把他打发走，你这二八女子还没出阁，他一个大小伙子天天住咱家，说出去叫人把脊梁骨都给戳烂咧。"

"人家是考古的，为的是工作，我看谁的舌头敢伸那么长。"

"考古的？我看这娃就是个闲人，牛角上抹油——又尖（奸）又滑（猾），一毛钱不出，光带一张嘴，就想赖在咱家蹭吃蹭喝。"

齐小满无语，嘟囔道："说了半天，还不是嫌人家没给你钱。"

"要钱咋咧？不丢人！"齐有粮轻哼一声，"这一桌子饭菜哪样不是你爸你妈面朝黄土背朝天挣来的？你想白给他吃，自己挣去。"

齐小满懒得再与他争执，径直出了门。

夜幕降临，方堃一路找过来，瞧见了一处破旧的房子，大门没关，严守村正在院里碾黄豆。

"守村叔！"

"大学生？"严守村停下手中动作，眯了眯眼。

方堃嬉皮笑脸地推着车子往里走："终于寻见你了。"

严守村只感莫名其妙，瞥他："大晚上的，你不在村长家歇着，寻我干啥？"

"我哪有心思歇下？"方堃笑嘻嘻地捧他，"今天听我叔谝汉太宗一家子的事听上瘾咧，还没听够呢。脚底板长了腿，自己就挪到你屋里来了。"

严守村狐疑地挑眉："你娃把我当憨老汉哄呢！往常都没人爱听的事，你娃咋还能听上瘾？"

"叔，你就别谦虚了，赶路的神仙见你谝故事都得停下来听两耳朵！"方堃挤眉弄眼，"实话跟你说，我们学考古的，一天净钻书本了，哪有你这几十年给汉太宗当'守门员'的了解他。"

嘴上说着，方堃的双眼和双腿却一刻都没得闲，他四处觅食，没在外面找着，便跟着严守村进了屋里。

## 第十七章 识破

严守村的房子里亮起一盏暖橘色的灯。方堃找到了灶台，灶台上面有一个铁锅，旁边窗台上放着一包盐和半袋挂面。

"本身一天下来嘴乏得很，既然你娃想听，那我就再谝谝？"严守村寸步不离地跟在他身后提议。

"谝！"方堃一副兴致勃勃的模样，"渴了我给你倒水，累了我给你捶腿，咱照着天亮了谝！"

说着他掀开铁锅锅盖，看到里面有两个锅盔，眼睛都亮了。

严守村的声音从身后絮絮传来："听过《二十四孝》没有？"

"听过一点儿，没听全，叔，你谝。……叔，你吃了吗？没吃的话咱俩吃口饭，边咥边谝。"

"你一说我还真饥咧，正好还有俩锅盔，你一个我一个……"

严守村侃侃而谈，如数家珍，而此时方堃已经吃完抹干净嘴，开始找能睡觉的地方。方堃一边脱鞋一边往炕上一躺，还漫不经心地应着："还真是个孝顺娃……"

严守村认真说着，突然听到一阵鼾声，他回头一看，只见方堃已经在他的炕上呼呼大睡起来。

翌日，原上天朗气清，晴空万里。

派出所民警带着齐大仓和周永福赶往清水口村的狗剩家。

民警介绍道："齐队，这个狗剩平时打零工，最近农忙一直在家。"

"他平时和啥人接触？"

"村上干部说狗剩是个人精，交往的人比较杂。"民警指向前面一幢房子，"哦，那就是他家。"

走近后才发现狗剩家大门紧闭，齐大仓拍了拍门。

"哪个？"

狗剩妻把门打开了一条缝。

"区里做人口普查的。"

"查啥？"

齐大仓出示了证件："公安局的。"

说着，他们几人迅速进了狗剩家。

进了正房，齐大仓四下查看："狗剩呢，叫他出来。"

狗剩妻眼神躲闪："他不在，出去打工咧。"

"去哪儿打工？"

"去了……南方。"

这时，周永福和民警过来汇报搜查情况。

"两个偏房都没有。"

周永福说完，民警也面露憾色："院里也没有。"

齐大仓走进院里，看见院里有口辘轳井，上面覆着井盖子，周边一片水渍。他心中大概明了，转头看向狗剩老婆："这地上咋那么多水？"

狗剩妻扭开头："我洗衣裳咧。"

"那衣裳咧，咋没见你晒？"

狗剩妻冷笑一声："咋，我女人家的衣裳还要给你看？"

齐大仓见她油盐不进，便从怀里掏出搜查令："这几个字，认识吧？"

狗剩妻一愣，这才心虚："他真去南方咧。"

"咋去的，走的是公路还是铁路？"

狗剩妻想了想："铁路。"

齐大仓大步走到井边，一屁股坐在井盖上，不紧不慢道："我看走的是水路吧。我给你两个选择，要么我们在这儿等，要么你让他沿原路返回。"

狗剩妻顿时惊慌了："狗剩他没有干坏事。"

"干没干你说了不算，"齐大仓看着她，"让他自己跟我说。"

狗剩妻哇的一声哭了，推开齐大仓，掀开井盖子，摇转手柄："狗剩，上来吧！"

齐大仓伸头一看，瘦小的狗剩正吃力地沿绳往上爬。

周永福啧啧感叹："这么小的井居然也能爬下去。"

"地老鼠，钻坑下井那不是他的强项吗？"

饶是说得轻飘飘的，但看狗剩狼狈又娴熟地从井里爬上来，齐大仓一时神色复杂，心情凝重。

"我没干那事。"狗剩湿漉漉地爬上来，一脸沮丧。

齐大仓收敛心思，恢复雷厉风行的做派："干没干局里说。"

三轮车行至凤凰山，这里地处白鹿原上东北角。

"这就是凤凰山，汉太宗的陵就在这儿。"严守村介绍道，"你看它像不像凤凰的嘴？"

回到这熟悉的地方，方堃一时感慨："像咧，我年初还带朋友来过一次。"

"守村叔，"方堃回头唤他，"咱往上走走看，汉太宗的墓在半山腰，没准盗洞就在那儿。"

严守村糊涂了："半山腰？"

"走，留意着脚下，"方堃淡定自若，"我给你慢慢谝。"

两人一边走，一边留意着脚下有没有盗洞。

走到半山腰时，方堃将自己所学分享出来："汉太宗的墓叫'崖墓'，就是在崖壁或山腰上横向打洞形成的墓室。"

严守村想了想："得是像鸟一样掏个洞，把汉太宗的棺材塞进去？"

方堃点头。

"这汉太宗咋回事？"严守村不解地挠头，"你看他妈那南陵、他媳妇那窦陵，高大得很，他一个当家做主的老汉咋恓惶成这样？"

"因为他是个好皇帝。他即位那会儿民生凋敝，百废待兴，为了不劳民伤财，他就下令说他死后不要铺张浪费，一切从简。但这个汉太宗又孝顺得很，所以他妈的南陵美气得很。至于他老婆窦猗房，死得晚，那会儿西汉已经富起来了，自然也就有钱修陵咧。"

"汉太宗跟他屋里的得是不和？"严守村指着另一方向的山丘，"你看这儿和窦陵离了好几里地。俺村两口子不和的都不葬一块，也离得远远的。"

"守村叔，这个问题问得好，你有这观察力，不做学问，真是我们考古界的损失。"方堃会心一笑，"西汉十一座帝陵，确实就他夫妻俩离得最远。他大高祖和吕后是合葬，他儿景帝的阳陵更不用说，和老婆是同茔异穴。"

"啥叫'同茔异穴'？"

"就是和老婆不葬在一个坑，但是两个陵被一个大陵园墙围了起来。从他儿往后，所有西汉的皇帝都是和老婆同茔异穴。"

"那得是太宗和老婆离婚咧？"

"不是，但是他俩为啥离得远，我也不知道答案……"方堃笑道，"走吧，叔，咱继续找盗洞。"

秦川市公安局文物稽查大队讯问室内，齐大仓负责审，周永福则在一旁做笔录。

齐大仓双手支着略微冒胡茬的下巴："知道为啥叫你来吧？"

"两位哥，我真是冤枉，我啥事也没干呀。"

齐大仓眼神一凛："啥事没干你往井里躲？"

"我以前是跟那些盗墓的混过，可我从来没下去过，我都是站在边上望望风。我听说他们进局子咧，心里害怕。"

"有人说你在原上干了一票，有这回事吗？"

"这是哪个狗日的胡诌咧？"狗剩暗暗啐了一口，又求饶道，"公安大哥，我哪有那个胆。你看我住那个破房烂屋，我要是真干了，日子还能过成那样？"

"这事好办，是不是胡诌，我把证人喊来，你俩当面锣、对面鼓敲一敲。"齐大仓故意顿了顿，"不过你要想清楚，你现在说实话还来得及，还能争取个坦白从宽。等真要当面对质，那事情性质就不一样咧。"

"我、我说实话！"狗剩慌了，嗫嚅道，"原上那一票，我真没掺和。"

周永福一拍桌子："还不老实？！"

"我真没干！"狗剩吓得一激灵，带着哭腔，"年前，我认识的一个下苦，喊我去原上弄一票。他说是个大坑，肯定能赚不少。"

齐大仓追问："那人叫啥？"

狗剩摇头："真名我不知道，我们之间都不说真名。他脸上有颗挺大的痦子，我们都管他叫'大痦子'。"

"哪儿的人？他咋联系你的？"

"哪里人我也不知道，联系我用的是公用电话。我问他去哪儿干，他也没透，光说到时会来接我。"

"你为啥没去？"

"我妈不叫我去。"

齐大仓疑惑："你爹妈不早就没咧？"

"我去坟头问的，我妈生前给人看阴阳，有名着咧。我干这事前，都要给我妈上个坟，让她老人家保佑我平安发大财。"

言及此，狗剩脑海中浮现出几个月前的记忆片段。

那时年节将至，他穿着破棉袄，提着一沓纸钱给他妈上坟。

"妈，你娃来给你送钱咧。年后你娃要去干票大的，你老保佑我顺顺利利，挣了钱起新房。"

说完，狗剩磕了三个头，开始给他妈点纸钱。可是点了半天，始终没点着。狗剩心慌："妈，你这是啥意思？"

狗剩趴在避风的地方又点了一遍，还是没点着。

"妈……我懂咧，你是不想让你娃发这个财。"

原上冷风阵阵，狗剩一人被满眼的凄凉包围。看着眼前始终无法点燃的纸钱被风吹得七零八落，他心里又恼又怕。

顺着纸钱飘散的方向望去，他母亲的名字赫然刻在碑上，无比清晰。

沉默半晌，他做出了决定，起身朝镇里走去。

而在回镇里后，他恰巧在小吃摊碰见了大瘪子，便连忙拉住他。

"大瘪子，"狗剩压低声音，面露犹豫，"你说的那事，我不掺和咧。"

大瘪子轻蔑地上下打量他："咋，得是嫌我给钱少？"

狗剩连连摇头："不是。"

"那就在你村口等着，明天中午接上你。"

"哥，我真不干咧。我身子虚，大过年干那事怕沾上脏东西。"狗剩急得快哭出来。

"你真是个厌包，屁大个事给你吓成这样。狗日的，以后有好事也不找你咧。"

大瘪子啐了他一口便扬长而去，他在原地愣愣坐着，心里不知是轻松了还是更沉重了。

回过神来，狗剩感叹："我寄给我妈的钱她不收，就说明这事要出岔子。两位哥，是不是原上出事咧？我这算不算立功？"

周永福开玩笑："要立功这功也算你妈的。"

"要不四里八乡都说我妈灵咧。"狗剩得意道。

齐大仓没心思开玩笑，神情严肃："大瘪子喊你哪天去干活？"

"正月初九。"

齐大仓一惊："正月初九？"

他思索片刻，赶紧把周永福拉到讯问室外："前几天回尹村，我妹说过她狗丢了，就是我村闹社火那天，正月初九。"

"你怀疑他们是在尹村附近动的手？"

"如果盗墓贼那天动手，鞭炮声正好可以掩盖他们的炸药声。"齐大仓忧心忡忡，眉头皱得能夹死苍蝇，"你让狗剩描述一下大瘪子的长相，弄一张画像。"

周永福点头："得行。"

· 102 ·

# 第十八章 留下

在崎岖不平又杂草丛生的山路上爬了好一会儿后,方堃双手撑腰,驻足歇脚。

严守村笑话道:"城里娃,还能行不?"

"叔,你可别小瞧人,我们学考古的吃的苦不比你们伺候庄稼的少。"日光太强,方堃眯了眯眼,"走,咱继续。"

两人走了一段,身后有个四十来岁的人追上来,问道:"干啥的?"

严守村回头,见是文保员老陈,放下心来:"老陈,是我。"

"你不好好巡逻,跑我地界干啥?"

"找盗洞。"

老陈恼了:"听你这意思我陵被盗咧?说话要有凭据,你要敢胡咧咧,信不信我上唐所那儿参你一本。"

方堃插话:"陈哥得是兹陵的文保员?"

老陈狐疑地瞧他一眼,目光中充满警惕和不信任:"你又是个谁?"

"我是考古的,想看下咱这搭最近有没有盗洞。"

老陈却一口咬死:"绝对没有,咱这凤凰山我巡了得有十来年,还从来没有过盗墓贼。咱这陵墓被评上全国重点文物保护单位后,我巡逻得更勤了,我敢拍着腔子说,它就不可能有贼。"

严守村在一旁嘲笑:"堃娃,我看老陈说得像真的。"

老陈不服气了,扯着嗓子道:"啥叫像真的?我家就住隔壁庄上,要说也稀奇,窦陵被盗过,南陵也被盗过,就它没事。你娃是考古的,难道不清楚这陵连墓门在哪搭都没定论吗?你看看这地势,这土的硬度,就算贼来了他也只能干瞪眼。"

"可文献上写西晋年间兹陵被长安的饥民盗过。"

听方堃这么一说,老陈忽然没了点底气,但他想了想,又言之凿凿地拍胸:"西晋的事我不清楚,但是最近的事我可以保证,绝对没有盗洞。"

"老陈说没有,那肯定是没有。"见他态度坚定,严守村不再争执,"堃娃,回吧。"

方堃应声:"得行,明天在村里转转。"

次日。

齐大仓驱车来到齐有粮家门口，小满迎出来。

"哥，你是来找方堃的吧，他被我爸……"

"我找你。"小满话还没说完，就被齐大仓打断了，"小满，你再跟我说说那天丢狗的情形？"

齐小满愣怔一瞬，回忆片刻后开口："那天……我发现狗丢了，就去地里寻。我听见果园那边有狗叫，很像我黑撒的叫声。我就钻进果园，结果就撞见了俩人，鬼鬼祟祟的。我问他们看见狗了吗，他们说去大路了。"

"那俩人长啥样？"

齐小满想了想，遗憾摇头："时间太久了，天又黑，我一时半会想不起。"

"小满，"周永福在一旁掏出画像，"你看看有没有这个人？"

"其他的我说不上来，但这个痦子我有印象，好像是这个人。"

闻言，齐大仓又多了一丝希望，抑制不住言语间的喜悦："小满，你带我们去那个果园看看。"

"我就是在窝棚那边看到他们的。"赶到果园后，齐小满指着窝棚道。

齐大仓和周永福绕着果园走走停停，低头观察着脚底下的土地。

"盗洞不像是出在这儿。"齐大仓皱着眉。

这时，果园不远处的地里传来了一阵吵嚷声。

"齐队，前边好像吵起来咧。"周永福抬头望向争吵音传来的方向。

齐大仓也抬起头："走，去看看。"

他们走出果园，只见一片庄稼地里围着一群争吵不休的村民。

一个中年女人声音尖锐："你要真挖出个啥，我这地怎么种？"

"挖开看一下，不会妨碍你种地。"

另一个男人的声音明显更稚嫩也更沉稳，听起来十分熟悉……

齐大仓心里一惊，连忙推开人群，发现是方堃和村民吵了起来。

他揉揉额头："咋回事？"

"齐大仓，你来得正好，"站在女人旁边满脸黝黑的男人见到他，上前几步，正是村民庆国，"这小子非要挖我的地。"

方堃紧接着说："齐队，你看这片地，只有这块不长庄稼，说明这块土是被翻过的，这儿很可能有盗洞。"

齐大仓一听，立马安抚村民，递上一根烟："庆国哥，我们正在办案，不管是不是盗洞，挖完我们都给你填上。"

"那你们真要挖出盗洞，我种地的事不就误下咧！"庆国老婆显然不满，"陈家坡前年挖出个盗洞，文物局来完公安局来，足足折腾了一个月。"

齐大仓只好安抚，柔着声音道："我跟你打包票，不会让你吃亏，我叔又是村长，有啥事你尽管来找我们。"

庆国夫妻俩撇撇嘴，这才同意。

齐大仓接过铁锹，几锹下去，挖出了个半米深的坑，乍看上去没有异样。再一锹下去，一具腐烂的尸体突兀出现，森森然躺在黄土中。

众人一惊，庆国更是大呼："呀，这是个啥？"

方堃拿过铁锹，慢慢铲掉浮土，很快一个动物骨架显现在众人面前。

方堃神情凝重："像是狗。"

齐小满一眼看到坑里的狗铃铛，大喊："是黑撒，是我黑撒！"

"小满，你看清咧？"齐大仓扶住她单薄的肩膀。

"这是我编的狗铃铛，肯定没错！"齐小满指着土中的铃铛，泪水盈眶，"我就知道肯定是那俩人干的！"

日轮已升至头顶，白光晃得人眼睛疼，晒在身上又热得烦闷。齐大仓三人赶到了尹村村委会里。

"叔，"齐大仓找到齐有粮，说着好话，"我们现在怀疑盗洞就在咱尹村地里，你能不能跟村民说一声，帮我们寻一下盗洞。"

齐有粮却不耐烦："你们真是吃五花想六花，在人家地里挖洞就算咧，还想让全村帮你寻盗洞。人家不种地了？不吃饭了？"

"我先去找，"方堃打断他们，果断道，"如果有发现再跟你们说。"

齐有粮看向他，眼中透着为难："小方啊，这几天跟我告状的人太多咧。有说你踩坏庄稼的，还有说你偷粮食的。我一张嘴抵不过十张嘴，解释不过来咧。"

齐大仓回想起方才在庄稼地里的事，也劝道："村民现在确实有抵触情绪……这样吧，方堃你先回去。"

方堃却一口回绝："我不能走，我跟你们保证，绝对不给村民添麻烦。"

"要是出了事我可不管。"

"放心吧有粮伯，我有数。"

见方堃态度坚决，齐有粮眉眼稍稍舒展，似有动摇。齐大仓连忙补充："叔，你跟大家说一声，伺候地的时候留意一下，有没有塌陷的，不长庄稼的，还有土色不对劲的。"

齐有粮思忖片刻，最终点头："唉……得行。"

"还有一个事，"听到他松口，齐大仓心下高兴，继续道，"你给我列一个那天来看社火的人的名单。"

"那太多咧，我哪记得住。"齐有粮白他一眼。

"来的有哪些村、哪些人，能写多少写多少。"齐大仓说罢，支着下巴默默思考起来。

这事情牵扯得太多，远比他们预料的复杂……幸好有方堃这毛头小子在，靠着那股劲儿横冲直撞，竟真能撞出点头绪。

方堃一出村委会，就看见严守村慌慌张张迎了上来。

"这盗洞真是在尹村？"

方堃应道："很有可能。"

严守村懊恼，气得给自己来了一巴掌："狗日的严守村，你天天巡，巡了个啥？"

见他如此，方堃连忙抓住他的手："叔，你别气，找盗洞的事不能停。你把尹村有多少地，都是谁家的，给咱画一下，咱们一点点找。"

"能行。"

这时，方堃的手机响了，他拿起一看，竟是郭士林打来的电话。

"真是不打算回咧？"电话那头响起郭士林的声音。

"事还没办完，"方堃随口问道，"你今天咋得闲？"

"昝教授忙得很，我可不就闲了呗。"

"正好，"方堃笑了笑，"你跑一趟原上，给我送点东西。"

回到公安局后，齐大仓把名单交给了杨青石："这是那天去看社火的人的名单，我打算排查一下这些人。"

杨青石点头："我把人都调过来，跟你们一起排查。"

"还有，"齐大仓又递过一张纸，"这是大痦子的画像。"

杨青石仔细看了看画像，蹙眉道："这人……我没印象。"

"我也拿给其他地老鼠看咧，他们也都说没见过。我估计这个大痦子不是老手，狗剩跟他只打过一次交道，画像准不准也是一个问题。"

"不急，咱把画像发下去，先抓住大痦子这个特征，把名单上的人过一遍筛。"

方堃在尹村车站边等了许久，终于，一辆乡村小巴停下，郭士林拎着两个装满水晶饼、绿豆糕、蓼花糖的袋子下车。

方堃连忙站起来："等你半天咧，咋才到？"

"我的哥，你还好意思问！"郭士林把袋子举起，"我早知道你要这么多东西，才不应下你这苦差事。"

这时，锥青也从小巴上下来了，手里提着两箱礼品。

方堃一愣:"你咋来咧?"

"我快把半个超市搬过来咧,"郭士林说,"要不是雒青帮忙,我一个人哪提得动。"

方堃沉默几秒,道:"雒同学,你还怪好心咧。"

雒青轻哼一声,仰头从他面前走过:"我可不是为了给你送吃喝才来的,我是想看看这些日子你在白鹿原上到底有啥了不起的发现。"

"你别说,还真有,"方堃立刻跟上了她,在她身旁得意地说道,"我们已经基本锁定盗洞就在尹村一带。"

"尹村?"雒青狐疑地侧头看他,"你当初可是信誓旦旦地说盗洞不是在兹陵就是在杜陵。看尹村这位置,离凤凰山的兹陵不近,离杜陵更远,离得最近的,也是一千五百米开外的窦陵。"

方堃反而扬起唇:"所以,你难道不觉得事情越来越有趣了吗?"

雒青闻言,陷入了沉思。

"有啥趣啊,我胳膊都快断了。"郭士林嘟嘟囔囔,"东西给你放这儿,我们走咧。"

雒青却没挪动脚步,她看向了方堃:"方堃,你有啥打算?"

方堃略微惊讶:"……继续找。"

"堃,"郭士林叹气,"为了斗这个气至于吗?"

"之前是斗气,现在不是。"

与雒青对视几秒后,方堃心间忽然充满了一股更大的勇气,他从容笑了笑,眼睛闪烁着光芒:"黑陶俑,高等级陪葬品,如果真的出自尹村,这咋解释?古籍上的那句盗发汉兹、杜二陵,多获珍宝,把我引到了这里,可是走的路越多,我脑子里的问号就越多。古人诚不我欺,纸上得来终觉浅,绝知此事要躬行。我已经不在乎谁对谁错了,我现在就想知道这个盗洞在哪个位置。"

雒青听罢,微笑道:"郭士林,我也想留下。"

"你可别跟着犯糊涂。"郭士林惊讶道。

"不,我挺清醒的,"雒青往方堃身旁又挪了几步,"至少现在我觉得他说得有几分道理。"

方堃看向他:"老郭,你留不留?"

郭士林歪着脑袋想了一会儿,双手又提起放在地上的袋子,朝他俩大步走来:"我一个人回去有啥意思,反正昝教授在组织证据材料,也没空管我们。对了,你要这些吃的喝的干啥?"

方堃神秘兮兮:"送人。"
三人拿起吃的喝的朝村内走去。
原上,陈家坡村地头。
周永福和警员丁炎正拿着大瘊子的画像拦住一个过路大爷。
"大爷,认识这个人吗?"周永福问。
"不认识。"
丁炎追问:"那咱村上有脸上长瘊子的人吗?"
大爷被问烦了,一转头,把脸上的瘊子给两人看:"长瘊子咋了?犯法了?"
尹村地头,郭大爷正在伺候地,方堃走了过来,从兜里掏出烟:"郭大爷,歇一下,抽根烟。"
郭大爷一愣,接过烟:"你……你是谁?"
"我是守村的外甥,小的时候见过你,咱是亲戚。"方堃面不改色地扯谎。
"我说咋有点面熟,"郭大爷含含糊糊地嗯啊一通,"啥事?"
"咱这地里有盗洞吗?我帮着公安局办案咧。"
郭大爷直摇头:"没有,我天天伺候庄稼,要有盗洞早发现咧。"
与此同时,一个脸上有瘊子的小伙子走进了坝柳镇双龙村的村委会。
"村长,你喊我有事?"
小杜和警员尚立峰在一旁连忙拿着画像眯眼辨认,但左看右看都觉得不太像。
村长开口:"尹村的社火你去看了吗?"
"去了。"
"跟谁去的?"小杜正色问。
小伙子回想了一下:"我爸、我妈、我媳妇都去了。"
见他一脸憨厚,小杜摆摆手:"那没事了。"
尹村村口。
几个妇女聚堆谝闲传,方堃和雒青各自拿着糕点、饮料朝她们走去。
"嫂子,谝啥咧?喝瓶酸梅汤解解渴。"方堃大步走在前,给妇女们分发饮料,又随手给旁边的小孩发糕点,"喏,吃块点心。"
其中一个长相清秀名唤仙儿的女人,笑着接过饮料:"我知道你,是问盗洞的事不?"
方堃点点头,殷切道:"嫂子得是有线索?"

仙儿却摇头："俺家是没有。"

和她搭话的李婶也摆手："俺家也没有。"

"方堃！"

雒青颤抖的声音从方堃身后传来，充斥着恐惧。

方堃一扭头，看见雒青正被一只小黄狗拦住去路，她被吓得左躲右闪。

"帮我把它赶走！"

方堃看了几眼，并不打算理会，直接扭过头继续道："嫂子，地里不长苗的现象有吗？盗墓贼盗完，一般就把洞填上了，但是那搭就不长苗了。"

仙儿摇头："没有。"

"方堃！"身后不远处，雒青继续焦急地呼喊他，"过来！"

李婶坐不住了："那女娃喊你咧。"

方堃却面色平静："别理她。"

仙儿也担忧地望向雒青："她好像怕狗。"

"让她自己想办法。"

"这女娃，得是你对象？"仙儿继续问。

"不是，"方堃淡淡道，"普通朋友。"

胖婶嗑着瓜子，玩味地扫他一眼："我还不知道你们年轻人，普通朋友都不普通。"

"真是普通朋友。"方堃笑了笑，"不说这个了，吃瓜子吃瓜子。"

日头西斜，杨青石和齐大仓坐在红旗村的村头，跟一群村民闲聊，夕阳余晖洒在他们身上，斑斑点点如同碎金。

"我见过你，"村民大娘兴奋地扬手，"你就是那天敲鼓的！"

齐大仓略微低头，似是有点害羞："对，对。"

杨青石小声在他耳畔说："村长说她儿子脸上有痦子。"

"咳咳，"齐大仓清了清嗓子，恢复工作时的正经模样，"你儿子那天去了吗？"

"去了。"

齐大仓四下张望："你儿子在吗？"

"去外省打工了。"

"打工去了……啥时候走的？"

"过完年就去了，"村民大娘疑惑地瞅他，"咋了？"

"没事，随便问问。"

往田地里去的路上，雒青拉着脸，故意走在前。

方堃追了上去，侧头看她："生气咧？"

雒青别开头，不想和他对视："看我出丑，你心里是不是特别美？"

方堃失笑："我在你心里就那么卑鄙？"

"卑鄙算不上，"雒青轻哼一声，"但是喜欢拿别人的缺点找乐子，这人也高尚不到哪儿去。"

"你也承认怕狗是你的缺点，那为啥不改？这次我能帮你把狗赶跑，下次呢？"方堃又盯着她的眼睛问，"我要是在你身边也行，可我不在的时候呢？"

雒青沉默，若有所思。她低头看着自己的鞋子被浸润上浓郁的夕晖，火红顺着裤腿蔓延而上，一直攀到她的心里。这样张扬热烈的红忽使她有些不知所措，心绪乍然不宁。

刚刚一时急切，那些话便悉数涌了出来。每个人都有害怕的事物，方堃没有资格指责她。

但……他的话也引起了她另外的思考。

作为需要经常在乡间田里和老百姓们打交道的考古工作者，必然会经常遇到狗，她不可能每次遇见狗的时候都无所顾忌地宣泄自己的情绪，也不可能每次都有人在旁边帮她。从这一点上来看，方堃说得没错。

她确实需要更强大、更无所畏惧些，只有这样，她才能为自己开拓更广阔的天地，才能替众人挑起更大的担子，而不是心存侥幸地依赖任何人。

方堃见她一直不说话，多打量了她几眼，正犹豫着要不要开口说话，却见雒青抬头，望向了更远处的地平线，一缕火红的夕阳余晖便顺势钻进了她璀璨的眸子里。

## 第十九章 落网

暮色四合之际，载着儿子进柳红村的燕小五被周永福和丁炎拦下。

丁炎开门见山："你是燕小五不？"

"是我，"燕小五心里一咯噔，但故作镇定，"咋？"

周永福问："正月初九你去尹村看社火咧？"

"没有啊。"

"老实点，"周永福眯了眯眼，"你村有人看见你去咧。"

"我真没去！不信你们去问我老婆。"

"你老婆不算，还有谁能证明？"

"我娃能证明，娃娃不会说谎！"燕小五忙看向儿子，哄道，"宝，你爸正月初九干啥去咧？"

燕小宝眨巴大眼睛："在家。"

燕小五松了口气，笑了笑："再说我这张脸长得没啥特色，兴许是认错咧。"

"那……"丁炎掏出大瘊子的画像，"这人，你见过吗？"

燕小五倒吸一口凉气，沉默了片刻，强迫自己平静下来："眼熟，可能是我在集上摆摊时见过。"

他答得滴水不漏，周永福只好侧身让他走："要是想起来什么，跟你们村委会汇报一下。"

燕小五随口应道："得行。"

严守村的小家又亮起了灯，方堃和郭士林正在洗衣服。

"你那边有收获吗？"

"吃的喝的都送出去了，"郭士林摇头，搓衣服的力度不自觉大了几分，"别说盗洞了，连老鼠洞都没有。"

"唉，我这边也是。"

"为了给你找盗洞，我天天跟放羊老汉谝闲传，身上全是羊膻味，这盆水简直就是现成的羊汤！"郭士林把手臂递到方堃鼻前让他闻，"雏青更惨，一个北京来的城里娃住这破房烂屋。"

方堃停下手中动作，抬头看了看四周："半天没见人，她去哪儿咧？"

"屋里呢，不知道跟守村叔说啥事。"郭士林用手肘捅了捅他，"老实说，你俩是不是闹别扭咧？"

方堃耸肩："她准是因为上次我没帮她赶狗，还生气呢。"

"我看她没那么小气，"郭士林不以为然，"来了这些天，条件这么差，人家一句话没说。"

方堃听完并未吭声，而是干脆站起来，溜到了雏青房门外。

"守村叔，还差多少？"

"十公分。"

"现在呢？"

"哎呀，偏航咧，往左，往左。"

这下方堃燃起了好奇心，忍不住轻轻推开了虚掩的门。

他蹑手蹑脚地进屋，看见雏青蒙着眼睛，而严守村手里抱着一只黄狗，正是那天拦住雏青去路的那条。

方堃明白了，雏青这是在努力克服怕狗的心理障碍。

"快摸到了吗？"雏青继续伸手摸索，并未察觉屋里多了个人。

严守村指挥着："向前向前。"

雏青依言照做，伸手向前，但因为过于小心翼翼，跟狗总是有段距离。

方堃索性朝严守村做了个嘘的动作，接过了黄狗。他直接朝雏青迈了一大步，让雏青的手不偏不倚地落在了黄狗身上。

雏青吓得要缩回手。

此时方堃却一只手按住雏青的手，出声道："别怕，我在这儿。"

雏青一听是方堃的声音，惊讶一瞬后，竟没那么紧张了。

方堃又说："放轻松。"

雏青长舒一口气。在方堃的鼓励下，她开始慢慢地摸起了狗。

郭士林进来，看到这一幕，连忙拉了拉严守村："叔，出来。"

"干啥？！"严守村站在原地，"我陪青女子练习摸狗咧。"

郭士林忍不住低声数落："哎呀，你这憨老汉咋没眼力见儿。"

他强行把严守村拉了出去。

雏青微微一笑："我觉得，我好像不怕它了。"

方堃也由衷地笑了起来："要不要抱抱它？"

"别！"雏青连连摇头，"我害怕……"

方堃挑眉："你都敢摸，还怕抱它？"

有了方才的尝试，加上他的鼓励，雏青想了想，而后试探开口："那试试？"

方堃把狗交到雏青手上，然后转到她身后，把她的眼罩摘了下来。

雏青用脸颊蹭了蹭小狗："现在你可没笑话我的机会了。"

"老实讲，我可从来没笑话过你。"

方堃见她黑眸里映着白炽灯的灯光，笑得明媚自信，一时间竟感觉耳朵有点烫，连忙转移话题："话说这狗叫啥名？"

"它叫'黑嘴'，是黑撒的娃，攒劲得很。"

"是你让守村叔把它抱来的？"

"嗯。不过我也谢谢你，你说的对，做田野考古工作，遇到狗是经常的事，我不能指望别人替我赶狗。"雏青看向他，又说，"守村叔说，黑嘴的爸爸是让盗墓贼害死的，黑嘴得给它爸报仇。我打算明天带着黑嘴一起去找盗洞。"

深夜，燕小五鬼鬼祟祟地走到一家农户院墙底下，眼看四下无人，抄起一块小石子朝窗户丢去。

王太平夫妇睡得正沉，突然听见窗户上咚的一声。

王太平睁开了眼："啥声？"

这时，窗外又传来一阵猫叫声。

王妻翻了个身，嘴里嘟囔："谁家半夜猫闹春吧。"

王太平却猜到是燕小五，匆匆起身穿衣往外奔。

见王太平出来，燕小五赶紧迎上去。

王太平没好气："半夜三更的你咋来了？"

"你村来公安了吗？"

"没听说。"

"我村今天来公安，查耍社火那天去尹村的，尤其是长着大痦子的。"燕小五忧心忡忡。

王太平摸着自己的痦子一愣："不会是查我吧？"

"你个瓷锤，除了你还能有谁？"燕小五斜他一眼，"我看你最好先出去躲躲，等事过了再回来。"

王太平思索片刻，点头："得行，我早起就走。"

闻言，燕小五没忍住一巴掌打过去："狗日的，还你妈想睡觉，再不走就去局子里睡了。"

两人正说着，突然间王妻拿着镐头出来了，大声喊着："让我看看哪个骚狐狸闹春勾我男人？"

燕小五趁王妻不注意，赶紧摸黑溜之大吉。

王太平忙拦住老婆:"哪有骚狐狸,我出来尿个尿。"

"尿尿用嘴?"王妻翻了个白眼,"我都听见了嘀嘀咕嘀嘀咕。"

王太平把王妻往屋里搡:"你听错咧,我自己唱小曲咧,别成天疑神疑鬼。"

回房后两人一起躺下,王太平却再也睡不着,在床上翻来覆去。等到妻子的呼噜声响了起来,他才蹑手蹑脚地爬起,简单地收拾了一下东西,朝外走去。

这天,杨青石带着丁炎、尚立峰来到齐大仓办公室里开会。

齐大仓站在桌前,双手撑着桌面:"走访结果统计出来了吧?"

"统计出来了。"

周永福汇报道:"正月初九参加社火活动的一共有八个村,我们全都走访了。脸上长大瘩子的一共有二十三人,都是本地人。这其中有二十个我们都盘查过了,他们那天都是跟同村村民结伴去的,没有中途离开,也就是没有作案时间。剩下的三个没联系上,都是出远门了。"

齐大仓点头:"接下来的工作重点就是把这三个人再着重调查一下,注意交叉盘问。"

众人齐声应是。

在一间破旧得连厕所都没有的小旅社里,燕小五紧张地把窗帘全部拉上,不让一丝阳光透进室内。

当昏暗成了室内的保护色,他拿出小灵通,熟练地拨出了一个电话。

秦川南市。

摊前门可罗雀,穆见晖依旧在看书。电话铃响,他一看来电号码,很是恼火,便立刻挂断。

"老张,"穆见晖看向身旁摊主,"我去车上拿个东西,你帮我盯一下。"

老张善解人意地挥挥手:"去吧。"

这边,燕小五看电话被挂断,正犹豫要不要再打过去,一个陌生号突然打了进来。

燕小五犹豫了一下,选择接起,但并未说话。

南市角落里有一个周围无人的老旧电话亭,穆见晖躲在阴影中:"是我,不是说过轻易不要打手机吗?"

燕小五如同抓住了救命稻草:"穆哥,麻达咧!"

"咋?"

"我看见警察在寻王太平。"

"啥？！"穆见晖大惊，"警察咋能找到他？"

"不知道，反正现在警察正在各村打听脸上有大瘩子的人，现在这当口，不是寻他还能是寻谁呢？"

穆见晖快速思考着。

燕小五的声音透着得意："得亏我先碰上了，提前通知了太平，让他跑了，要不然这阵儿他都叫人逮了去咧。"

未承想穆见晖直接低吼："你疯咧吧！谁让你喊他跑的？"

燕小五愣了："不跑，干等被抓吗？"

"你用点脑子行不行？"穆见晖无语，"警察光打听脸上长瘩子的，说明掌握的情况有限，那么多长瘩子的，他们咋知道是哪一个？你这个当口叫他跑，这不是此地无银吗！"

这下燕小五慌了："那……那咋办？"

"咋办？赶紧叫他滚回去。"

"哦！"

"叫他把胆子压稳，哪怕被叫去问话了也别尿，警察啥都不知道，不用怕！兵来将挡，水来土掩。"

"知道咧。"

"别用小灵通联系他。"

"嗯，知道咧。"

"王太平啊王太平，可恨你好比陈世美，可怜我命比秦香莲，王宝钏挖了十八年野菜都没我命苦！到底是哪个野鸡把你的魂给勾了去咧，叫你干下这不要脸的恶心勾当。你丢下我这孤儿寡母可咋活呀……"

王太平老婆坐在家门口一侧的台阶上，用号丧的架势哭唱着，吸引了旁边不少邻居来看热闹。

"疯婆娘，你胡咧咧啥呢？丢不丢人？"王太平的声音响起。

王太平老婆停止了哭天抹泪："你还有脸回来？你咋不死那野女人怀里？"

"你再胡咧咧，我把你鼻子底下那两片肉给你扯了。"

"乡党们，你们都听听，狗男人搞破鞋还要打人！"王妻直接仰起头，一副以死相逼的气势，"你扯，你今天不打死我，你就是软蛋！"

王太平气得挥手就要打。

"停手！"

杨青石的声音响起。他快步赶来，连连劝说："有啥家庭矛盾不能好好解决，非得当着这么多人干仗？"

话音未落，王太平转过身来。

杨青石和身旁齐大仓看到他脸上的瘩子后对视一眼，两人不动声色。

齐大仓出示了警察证："大伙儿先散了，我给他们顺顺气。"

邻居们意犹未尽，但毕竟对方是警察，只好不甘心地散去。

王太平看到齐大仓亮出警察证的那刻就慌了。

齐大仓直直盯着王太平："你叫啥名儿？"

王太平手指自己："我吗？"

"对。"

"王……王太平。咋咧，警察同志？"

齐大仓笑了："不用紧张，有点事需要你配合调查一下。"

王太平吞了口口水："能……能行。"

"那我问你，你正月初九有没有去过尹村？"

王太平强装镇定地回忆着："正月初九……"

王太平老婆在一旁奚落他："瓷马二愣的，那天闹社火都记不得。"

"对对对，那天闹社火，俺们去尹村看热闹去咧。"王太平佯装恍然大悟，又暗暗斜了妻子一眼。

齐大仓摸摸下巴："你跟谁去的？"

王太平"想"了一下："村里好多人都去了。"

"一天都在看社火？啥时候回来的？"

"晌午饭的时候就回来咧。"

齐大仓问王太平老婆："得是的？"

王太平偷偷捅了老婆一下，但他老婆完全没接收到"信号"，不耐烦道："我哪知道，那天我回娘家了。"

齐大仓若有所思。

王太平问："警察同志，你问这些干啥呢？"

"查个案子。"

"啥案子？"

齐大仓笑了："等案子破了你就知道了。"

王太平尴尬搓手："对的，对的。"

"你平时都在家吗？"齐大仓又问。

他忙不迭地点头："在呢。"

"今天上午干啥去了？"

"去……去镇上赶集了，想买个猪娃。"

"那行，你们先忙着，"齐大仓看了他俩一眼，"一日夫妻百日恩，有话好好说。"

"知道咧，警察同志，你慢些。"

齐大仓正准备离开，此时，王妻的声音响起："还养猪呢，养你娘个脚！懒得跟猪一样，啥时候挣过钱养过家？还不是我辛辛苦苦一个人挣！一天不干正事，光寻思裤腰带底下的事儿！在外面耍不够，还把个泥人弄回家，大过年的恶心我……"

王妻的低声咒骂引起了杨青石和齐大仓的注意。

王太平赶紧伸手去捂老婆的嘴，却被她一把打开。她跟王太平一边缠斗一边骂着："还是个非洲泥人……黑咕隆咚，光不溜秋……你说你变态不变态……我咋就寻了你这么个变态？"

王太平一巴掌扇在她脸上："宁生些！"

然而终究是晚了。齐大仓停下脚步，一双鹰眼冷冷盯着他："王太平，跟我走一趟吧。"

讯问室内，王太平正在接受讯问。

"那……那就是个普通泥人，我瞅见好看，就买回来咧。"

民警问："泥人现在在哪儿？"

"我媳妇成天为这事儿跟我闹，我就拿出去丢了。"

民警厉声道："丢哪儿去了？"

王太平眼神躲闪："村南地头。"

"王太平！你老实点！坦白从宽、抗拒从严知道吗？"民警忍不住一拍桌子，"你的犯罪事实我们已经掌握了，不交代判得更重。"

"我就是个面朝黄土背朝天的农民，哪敢干那些亏先人的挖墓行当。"王太平仍然一点口风不露，"我初九那天真的就去看了个社火！"

在另一间屋里，民警拿着黑陶俑的照片问王妻："仔细看一下，跟你见过的泥人一样吗？"

王妻终于意识到事情闹大了，早已没了之前的气势，看照片的同时快速编谎："……不一样。"

"你不是说是个黑色的裸女泥人吗？"

"是的，但是跟这个差远了。"

"差哪儿了？"

她吞吞吐吐："那……那个捏的是个非洲人。"

民警显然不信。

王妻提高音量："真的！"

"好，那你说说，"民警眼神锐利，"你看见的那个泥人都有啥特征？"

她眼神飘忽不定，开始现编："卷头发，大眼皮子，深眼窝，厚嘴……"

民警审视着她。

## 第二十章 败露

"王太平,你媳妇比你痛快。"

齐大仓走进讯问室,拿出了黑陶俑的照片:"她已经交代了,过年那会儿在你家看到的那个泥人,跟相片上的黑陶俑一模一样。王太平,你还有啥好硬气的?"

"不可能,绝对不可能!"王太平愣了一下,喃喃道,"瓜婆娘眼又不瞎,咋能看成一样呢?"

"那你说说,有啥区别?"

王太平被问住了,快速想了一下,现编道:"我买的泥人有胳膊。"

"头发和脸上有区别吗?"

"有,我那个是……是学生头,瓜子脸,圆眼,樱桃嘴……"

齐大仓笑了,播放刚才另一间屋里的录音——

"你看见的那个泥人都有啥特征?"

"卷头发,大眼皮子,深眼窝,厚嘴……"

听罢,王太平一下泄了气,却仍心有不甘地继续狡辩:"她就看见一眼,时间长了,哪记得住这些。"

"王太平,我没时间听你耍嘴皮。你现在交代了,还能戴罪立功,你不交代,我们只能把你当成主犯。"齐大仓冷声道,"哪个判得重,你好好盘算盘算。想想你媳妇,想想你娃。"

终于,王太平低下了头。

"那天你去尹村到底干吗了?"

"下坑。"

"还有谁?"

"燕小五。"

车灯刺眼的光亮在黢黑山林间穿梭,不多时,两辆警车开到了燕小五的家门前,周永福等警员迅速将小院包围。

付小丽打开门,被这阵势吓了一跳,愣在门口进退两难。

"燕小五在家吗?"

周永福上前几步,亮出逮捕证。

"他不在,前天就走了……"

其他警员纷纷冲进屋里搜查。

周永福盯着她:"去哪儿了?"

"我不知道。"

另一边,对王太平的审讯还在继续。

"这事儿确实是燕小五寻我干的。那天我正愁呢,快过年了,一堆烂账没法还,眼看着年都过不去了。燕小五跟我说有个来钱快的活儿,我一听是挖坟,本来不想干,但燕小五说不用俺们挖,俺们只是滤坑。"

"滤坑?"齐大仓挑眉。

"就是人家挖好了墓,俺们再去里面搜东西。可俺没下坑,下坑的是燕小五。"

"意思这个墓不是你们挖的,还有另一伙人?"

"是的,就等于是人家种树,俺们偷果子。那伙儿人刚把墓吭哧吭哧挖好,正要出货,俺们扮成文保的,喊叫着把人吓跑了,然后俺们才进去拿的东西。"

"那伙儿人是谁?几个人?"

"四个,是谁我就不知道了,燕小五也不告诉我。事情都是他安排的,啥都弄好了以后才喊上我去滤坑的,他可能也是防着我,不想叫我知道太多。"

"你们从坑里都滤到啥了?"

"就那一两百个黑泥人。"

"一两百个?!"齐大仓大吃一惊,"到底多少!"

"我没数……"王太平显然不以为意,"警察同志,你别看这泥人多,根本不值钱,我才分了两千五百块钱。"

齐大仓直接被气笑了:"王太平,一两百件珍贵文物,就这么让你们全给弄走了,有的都流到海外去了,虽然你才分了两千五百块钱,但是给咱们国家造成的损失,是一百万个两千五百块钱都弥补不了的。"

王太平蒙了:"这些泥人……这么值钱?"

"有些东西能用钱衡量,"齐大仓顿了顿,"有些,不能。"

方堃一行三人在一片田地里找盗洞,雒青牵着黑嘴。

此时齐大仓打来电话,方堃接起:"齐队。"

"盗墓贼抓到了,盗洞就在尹村!我现在就带嫌疑人过去指认盗洞!"

方堃挂了电话,激动地对雒青和郭土林大喊:"盗墓贼抓到了!"

省文物局会议室内。

众人已拿到了实验结果，正聚在一起分析商讨。

侯月来扶了扶镜框："通过仪器鉴定，黑陶俑的头部、躯干、下肢等，分明是用模具制作出来的，基本上符合西汉陶俑的制作特征。"

何教授提问："那是不是有理由怀疑陶俑是经历了二次火烧，才变成黑色的？"

"之前我的学生也提出了火烧论，认为黑陶俑最后一次经历火烧是在西晋，但是当时证据不充分，我没有给予回应。"回想起前段时日被他吼出去的方堃，昝茂昌叹了口气，"现在，我可以肯定，黑陶俑之所以是黑色，确实是因为经历过火灾。"

陆教授皱眉："但是仅凭这一点，我们还是无法确定黑陶俑的出土地。"

"现在咱们时间不多了，"昝茂昌说，"只能希望公安机关尽快破案。"

正讨论着，王副局突然敲门进来，脚步轻快，声音难掩喜悦："各位老师，盗洞找到了。"

齐大仓等人押着王太平来指认盗洞，杨青石也跟着一块过来了。

方堃、雒青、郭士林和严守村等早就等在这里，严守村一下子蹿了上来，作势要打王太平。

"狗日的盗墓贼，竟敢在你爷眼皮底下掏雀吃，看我今天怎么收拾你。"

王太平直往后缩："警察叔叔救命！"

"守村叔，可不敢动手，"齐大仓连忙拦住严守村，"他犯法有我们处理。"

严守村气得直拍大腿："屎难吃，气难咽！"

"有咱大仓在，这口气肯定给你出。"齐有粮也来劝，"咱先让这狗日的把盗洞认下，得行？"

严守村这才让了路。

走进一片庄稼地里，王太平站住了，环顾四周片刻，仔细辨认了一下。

"应该就是这一片。"

周永福提高音量："应该？"

齐大仓扫视了一眼周围："这儿离埋黑撒的地方确实不远。"

王太平点头如捣蒜："就是的嘛，我认得那个风水冢。"

齐大仓走过去，拿铲子四下戳了戳，发现有一块地下的土要松一些。

齐大仓示意了一下，周永福和小杜、小贾立刻开挖。不一会儿，搭在洞上的板子便露出了，掀开板子，果然有一个深不见底的盗洞。

杨青石往内张望："这洞看着挺深，得用鼓风机。"

"叔，"齐大仓看向齐有粮，"我让你拿的鼓风机弄来了没有？"

"弄来了，就在车上。"齐有粮又对小杜说，"小伙子，你跟我去拿一下。"

小杜于是跟他过去搬鼓风机。

方堃捡起一块土坷垃，往盗洞里一扔，隔了好一会儿才听到触底的声音。"这么深！"他暗暗感慨。

齐大仓转头问王太平："你们下去的时候有多深？"

"没细算，反正深得很。"

方堃又看向严守村："守村叔，这儿到窦陵能有多远？"

"得有快二里地吧。"

"二里地？"

方堃皱了皱眉，和雒青、郭士林对视一眼。

齐大仓不解："咋咧？"

"一般来说，埋陶俑的外藏坑，离窦陵应该不会超过四五百米，"方堃支着下巴若有所思，"这个坑咋隔得这么远？"

雒青补充道："这坑看着也比外藏坑深。"

此时齐有粮和小杜走了过来，开始操作鼓风机。

方堃抬眸："齐队，一会儿让我下去做现勘吧。"

"你？"齐大仓不放心，"这个洞太深了，再说你还在实习期，没经验。我联系了张所长和昝教授他们，等他们来了看看再说吧。"

正说着，昝茂昌、尤介辉、张逢春来了。

昝教授显然听到了刚才方堃主动请缨，瞪他一眼："谁让你来的？不知深浅！做过现勘吗？底下啥情况都不知道，你就敢下？"

"昝教授，是我打电话喊方堃来的，这几天他在原上寻盗洞，帮我们找到了关键线索。"齐大仓连忙说好话，"要不是他，我们现在还像无头苍蝇一样乱撞呢。名师出高徒啊！"

昝茂昌仍然黑着脸，不由分说地看向方堃："回去写你的检讨去，这里没你的事！"

方堃看出昝教授生气了，只好悻悻离开。雒青和郭士林用眼神表示对他的深深同情。

"昝教授、张所，你们来得正好，"齐大仓主动打破尴尬，"嫌疑人刚刚指认了盗洞。"

昝茂昌看了看盗洞，也拿起一块土坷垃扔了进去，听着动静，又摇了摇头。

"太深了，我看还是得请消防人员协助。"

此时的别墅内,刘树生正跷着二郎腿,坐在自家沙发上:"你确定这个王太平和燕小五就是滤我坑的人?"

他的眼神冰冷而阴毒。

"确定,王太平刚被逮消息就到我手里了,"邢兆虎点头,"我打听过了,初九那天就是他跟燕小五一起去看的社火。"

刘树生玩味地摸了摸下巴:"那跟穆见晖有啥关系?"

"这个燕小五跟穆见晖在一个表厂干过,不是他还能是谁?"

说着,他拿出匕首放到刘树生面前:"生哥,他是你姐夫,你要实在不想办他,就剁我的。"

"……"刘树生盯着他看了一会儿,道,"去把燕小五给我弄过来。"

"放心,"邢兆虎眼露杀机,"现在最想找到他的人就是我。"说完,他一手紧攥着匕首离开了。

何小凤走了出来,有些害怕地看着刘树生,不敢离他太近。

寂静片刻后,刘树生忽然抄起烟灰缸,狠狠地砸在了窗上,窗玻璃碎成一片片,落在地上闪着凛凛寒光。

随着不断深入盗洞底部,光线也越来越暗,消防人员打开头灯,努力观察周围环境。忽然,他感到脚下一湿,再看下方,全是水。

"停!"消防员冲上面大喊着,又连忙拿工具采集了土样,再次喊道,"拉我上去!"

听到他这么快就要上来,站在洞外的大家都愣了。

"赶紧拉人!"杨青石吩咐道。

不一会儿,消防员被拉了上来。他揩了揩头上的汗:"墓里头进水了。"

齐大仓疑惑:"进水了?"

昝茂昌答:"应该是地下水渗上来了。"

"跟咱打井一个道理?"齐有粮思索道。

昝茂昌点头。

"这下麻达咧,"尤介辉显得有些丧气,"寻见墓了又进不去,外方那边的期限只剩三天了。"

消防员将手中袋子递出来:"这是教授要的土样。"

"昝教授,"尤介辉急切地问,"根据这些土样和手头的资料,能对付过去不?"

昝茂昌想了想,说:"先得把土样拿去做碳-14断代检测。齐队,还得麻烦你们配合一下。"

"有啥需要的尽管开口。"

"我打算带学生把案情资料整理并翻译一下，一并送交外方，让他们哑口无言。"

黄昏时分，方堃一人在基地宿舍内坐着。

面前那张纸上，除了"检讨书"三个字，一个多余的字都没有。而且他还画了一幅昝教授在狂骂他的漫画小像。

一只手忽从身旁冒出，一把抢过他的杰作，手的主人那略带戏谑的声音响起："昝教授让你写检讨，你就写了个这？信不信我拿给他看？"

"郭士林，做个现勘咋还把你做成狗腿子了。"方堃把纸夺了回来，鄙夷道。不等郭士林反应过来，他又一把从身后环抱住对方的脖子，"老实交代，现勘都勘了个啥？"

"哥，堃哥，"郭士林被勒得直求饶，"上不来气咧。"

"说不说？"

"就消防员下了个盗洞，下去没一会儿发现底下有水。"

"有水？那盗洞多深？"

"至少二三十米。"

方堃震惊："二三十米！"

此时雏青进屋，见状惊呼起来："你俩干啥呢？"

郭士林连忙朝她挥舞双手："女侠，救命！"

方堃这才撒开了手。

"昝教授翻译材料需要人手，"雏青道明来意，"让咱仨过去帮忙。"

方堃别过头："我不去。"

"平时一听这事，你跑得比兔子都快，今天咋咧？"雏青调侃道，"记昝教授的仇呢？"

"老汉看我不顺眼，我这小黄米敬不得神，就不去给他添堵了，还是赶紧把人家交代的这政治任务给完成了。"他轻哼一声。

"还没写完？"见他闹别扭的模样，雏青不由笑了笑，"得嘞，树不直是自己长的，某些人就该闭门思过，好好反省反省。"

## 第二十一章 活埋

燕小五在小旅馆房里猫着，桌上是冷馒头和咸菜。忽然一阵轻微的敲门声响起，他飞快地从枕头下面摸出一把匕首，又迟疑地摸到门后："谁？"

"我。"

一听是穆哥的声音，燕小五这才放松下来，打开了门。穆见晖戴着帽子和墨镜，将自己遮掩得严严实实。他一个闪身进来，燕小五又扭头张望，确认走廊没人，便赶紧关上门。

他注视着穆见晖，眼泪都快下来了："哥，你可来咧！"

穆见晖摘下帽子，看着桌上的冷馒头和咸菜，不禁发问："就吃这？"

"不敢出门，也没钱，只能买些这……"燕小五央求道，"哥，咱赶紧跑吧。"

穆见晖并未作答，而是先把手里的袋子放到桌上，里面全是肉夹馍、麻花之类的吃食。

"跑肯定跑不了，现在正是下笼子收口的关头，警察肯定布下天罗地网了。"穆见晖轻拍他的肩膀，"听说过'灯下黑'没有？越危险的地方越安全。你先安生在旅社待些日子，等他们寻乏了，打盹了，我再想法送你走。"

穆见晖语气柔和，燕小五却越听越慌张，他的声音颤抖："穆哥……你不会撂下我不管吧？"

"咱俩是一条绳上的蚂蚱，你要进去了，我还有活路吗？你能跑，我还跑不了，你嫂子离不开我。"穆见晖无奈笑了笑，拿出兜里的钱包，取出了里面所有的钱，放在燕小五手上，"吃喝上不要亏着自个儿，花完了哥再想办法。"

燕小五感动得一把鼻涕一把泪，他还想再说什么，穆见晖却洒脱地挥挥手，只留下了一个飞快离开的背影。

火烧云被黑夜吞没，夜幕降临。穆见晖在自家老旧居民楼前停好车，正要下车，一只手却忽然从外面按住了他的车门。

他的心跳忽然漏了一拍，却还是故作镇定地向外看去——是大头。

大头倒很客气："穆哥。"

"大头，"穆见晖佯装若无其事，压下震惊，"有事吗？"

"生哥寻你有点事。"

"看货？"

大头笑了笑："去了就知道了。"

穆见晖咽了口唾沫，又往车里坐。

"穆哥，坐我们的车吧，完事送你回来。"

大头说着，打开了自己车的后门。穆见晖看他笑得诡异，又瞥见他的车附近还有人，自知势单力薄，只好坐进了他的车里。果然，他刚坐好，山娃旋即坐了过来。

大头启动了车。

车行驶在郊外，往更偏僻处开去。一路上除了汽车的轰鸣声，便只有猫头鹰的咕咕声。

眼看车越开越偏，几乎隐没在两旁的黝黑树影中，穆见晖笑得勉强："大头，不是去你生哥家？"

"生哥也没说上他家啊。"

"前头都是大野地，咱再开就出城了。"

"别急，"大头通过后视镜望了他一眼，"马上就到了。"

又过了一会儿，车终于停下。穆见晖一下车，山娃和大头便凑到他两侧，裹挟着他往前走去。

大头皮笑肉不笑："穆哥，这边。"

"往哪搭去啊？"

"走就是了。"

见试探无用，穆见晖暗自叹气。他看了看四周的荒郊野地，大致猜到这是哪里了。

刘树生为何要带他到这儿已昭然若揭。如今唯一要思考的是如何顺利脱身。

穆见晖悄悄观察着身旁二人。

走着走着，穆见晖察觉到前面有几个人影。近前一看，正是刘树生，再一看，燕小五跪在那里，邢兆虎正在对其拳打脚踢，哪怕他已遍体鳞伤，邢兆虎依旧没打算停手。

"生娃！"穆见晖连忙开口，"你这是弄啥呢？"

"当然是——"刘树生冷笑着看他，"叫你看出好戏。"

"贼娃子嘴够硬的，爷不给你来点真的，你真当你能硬过爷。"

邢兆虎恶狠狠地啐了一口，他拿出一把斩骨刀，山娃和大头立刻配合地把燕小五踩趴下，扯出他的两只手按在地上。

邢兆虎咬牙切齿地问："哪只手偷的我的坑？"

"爷，俺错咧，你放过俺吧！"燕小五吓得求饶，"俺以后再也不敢咧。多少钱俺都赔给你。"

邢兆虎却置若罔闻，只是反复摆弄着手中的刀，做好要剁的准备。他故意放慢动作，燕小五快被吓尿了。

"贼娃，想要你这两只贼爪子，也不是没法子。哪个狗日的拽着你当贼，你把他交代给爷，爷就放了你，去剁他的。"邢兆虎挑眉，牵动脸上横肉，"不管咋样，爷今天就得收两只贼爪子，不是你的就是他的。"

燕小五飞快扫了一眼穆见晖，面露犹豫，但仍然没有开口。

"生娃，戏唱得差不多了吧？"穆见晖突然直起腰板，平静说道，"你们不是早就猜出是我滤的坑吗？一人做事一人当，我认。他就是我雇来干活的，放了他吧。"

"姐夫？"刘树生眼中闪过惊诧，可穆见晖知道那惊诧中带着蛰伏已久的了然和憎恨，"我没听错吧，我亲姐夫滤我的坑？"

穆见晖没说话。

"这还是我那个老实疙瘩姐夫吗？人前先低三分头，一副窝囊相，搞了半天，都是装相呢。"刘树生忽然大笑起来，而后沉下脸，直直盯着他，"穆见晖，我给你寻了多少活儿，让你挣了多少外快，你吃的用的哪样不是靠我弄来的，连你开的桑塔纳都是我的，没我你现在还是个下岗工人。还有我姐，当年可是远近闻名的厂花，在我家吃香的喝辣的，不知道咋就着了你的道，非要死心塌地地跟你吃糠咽菜，天天住地下室，多好的女娃被糟践成了个病秧子。我老刘家哪搭对不起你，你要背后插我一刀？"

邢兆虎早在一旁恨得牙痒痒："狗日的，真是个老贼头！那天还装模作样给俺们求情，差点让老子给你当了替死鬼！"

既然已撕破脸皮，穆见晖也不再客气："刘树生，事情我干下了，要杀要剐随你便，痛快些，别那么多废话。"

"生哥，他是你姐夫，你看着办。"邢兆虎看向刘树生。

"私藏剁手，吃里爬外活埋，报警的杀他全家。这是我刘树生立下的规矩，今天我要是徇私情，没法跟弟兄们交代！"刘树生顿了顿，又道，"不过，亲戚一场，为了我姐，我发个善。你要是亲手把这个尖嘴猴腮的货给我埋了，我就只剁你两只爪子，要不就把你俩一起埋了，你选一个。"

邢兆虎突然猛地一脚把燕小五踢进了旁边的盗洞内，穆见晖被吓了一跳。盗洞里，燕小五发出杀猪般的叫声。

邢兆虎将一把铁锹扔在穆见晖脚下。

刘树生残忍地笑看着他，一种莫大的快感涌上心头。

穆见晖看着铁锹良久，最终还是拿了起来，走到洞口。

往下看去，燕小五正在洞底求饶："穆哥……"

穆见晖痛苦皱眉，颤抖着手铲了一锹土，扬进洞里。

燕小五再次绝望地呼唤他："穆哥！……"

这一声声的"穆哥"刺入他心中，穆见晖陷入了沉思。

燕小五并不是沉得住气的性子，也没什么大能耐，所以才一直浑浑噩噩过着日子。可他对自己足够忠心，足够信任，只要是自己吩咐的事，燕小五一定会拼尽全力去做。不论他与燕小五之间有无利用，此刻他确实很难忽视那一声声刺耳的"穆哥"。

突然，穆见晖把铁锹一扔，额头青筋暴起："不就是一个死，我穆见晖不卖兄弟！"

说罢他纵身跳入洞里。

这下刘树生和邢兆虎很是意外，皆愣在原地。

而一旁原本沉默不语的黎远光更为震惊，他瞳孔放大，张了张嘴，欲言又止。

燕小五正在废弃盗洞中号叫，忽然感到一个人落下来，他愣愣地停止了哭喊，发现穆见晖砸在了他身边。

"哥？"燕小五一下停住了，"你咋下来咧？"

"要死一起死！"

他挺直了胸膛，怒视盗洞边的刘树生，眼中布满血丝，却不卑不亢。燕小五见状直接哇哇大哭，口齿不清地喊道："哥！"

见两人都到洞里去了，邢兆虎试探着开口："咋办……生哥？"

刘树生沉默片刻，索性将牙一咬："不识好歹的狗东西，埋！"

邢兆虎几人得令，拿起铁锹准备开埋，黎远光虽有些不忍，但也拿起了铁锹。

洞内两人尚且来不及煽情，几锹土便已经倒了下来。

燕小五慌了。

穆见晖迅速做出判断："脱衣服！"

燕小五不解，但还是听话地脱下了衣服。

穆见晖脱下外套后，直接往头上一披，燕小五也学他把衣服披在头上，抱头蹲下。穆见晖又伸出手，摸到了一把铁锹，那正是他刚才愤然一扔时，不着痕迹扔进盗洞的。

土越来越多。

不知过了多久，邢兆虎等人终于把盗洞填上了。

刘树生朝盗洞吐了一口唾沫，而后转身离开，邢兆虎几人紧跟其后。

风呼啸而过，盗洞顶部的浮土微微晃动起来。

盗洞内一片黑暗，空气被隔绝在外，两人皆处窒息边缘，仅余急促而微弱的喘息声。燕小五从口袋里摸出一个打火机，打着，只见墓室非常狭小。

借着打火机的光，穆见晖拿铁锹努力劈开泥土，在洞壁上铲出一个坑，再用脚踩上去，努力向上爬。

他吩咐燕小五："把火灭了，氧气不够。"

火光熄灭，黑暗中，只听得两人的喘息声越来越重。

而打火机也因为氧气稀薄，再也打不着了。

穆见晖的体力已经耗尽，他眼前一黑，晕了过去。

次日早晨，阳陵考古基地库房内。

方堃从老鹿手里接过罗盘、水平仪、大卷尺、数码相机等工具，全部塞进了自己包里。

"嗨，咎老师要这些东西，我让人送去就行咧，还麻达的，让你从原上跑回来拿一趟。"

"我一把子力气反正也没地方使。"方堃冲老鹿笑了笑，"那我走咧，鹿师。"

"哎哎，签字。"老鹿连忙喊住他。

方堃这才反应过来，赶紧签下名字，又快步离开。

"叫……收……叫……"

严守村正在院子里训练黑嘴，小狗十分聪明，练得很好，不住摇着尾巴。

"我娃真乖，叫得好，"严守村笑得嘴都合不上，"看见生人就这么叫！"

话音未落，黑嘴突然一阵狂吠。

严守村回头一看，是方堃。

"收！"

黑嘴停下，无辜地看着他。

"憨娃，这是你哥，不是生人，昨天还抱过你，你就忘咧。"严守村板起脸教训道，"不认得的才叫，认得的不叫，听见了没有？"

黑嘴听罢，歪着脑袋想了一会儿，而后摇着尾巴贴近方堃撒娇。

方堃摸摸它的下巴，夸赞道："黑嘴灵醒得很，都学会看门咧。"

"哎，"严守村眯起眼睛，"你娃刚走，咋又回来咧？"

"叔，我想请你帮个忙。"他抬眸看严守村。

"啥忙？"

"帮我一起量一下从盗洞到窦陵的距离。"

以黑陶俑的盗洞为起点，方堃让严守村协助，拉着大卷尺开始测量，每测一段距离，他就在笔记本上记录下来。

黑嘴屁颠屁颠地跟着他们。

与此同时，付小丽被叫到了询问室，由齐大仓和周永福盘问。

"你知道燕小五上哪儿去了吗？"周永福问。

"他爱上哪儿上哪儿，跟我有啥关系。"

"付小丽，你不要这个态度，"齐大仓用手指关节轻敲桌面，"你男人犯事了，你要是知情不报就是包庇罪。"

"我跟他都要离婚了，脑子进水了还包庇他？"付小丽如同听到什么可笑的话一样轻蔑地笑了笑，"他的死活跟我没有一点儿关系。"

听完这话，齐大仓和周永福面面相觑，一时间竟不知该如何继续。

正在这时，敲门声响起。

齐大仓喊道："进。"

小杜走了进来，到齐大仓身侧贴着他耳朵汇报："燕小五来自首了。"

齐大仓吃惊地瞪大了双眼。

他和周永福连忙进入讯问室，只见讯问椅上已经坐着一个人，正是燕小五。只不过此时的燕小五满身泥土，极其狼狈。

"树生……树生……"

日上三竿，刘树生还在自家卧室里呼呼大睡，何小凤却忽然进来努力摇醒他。

刘树生烦躁大吼："叫魂啊！滚蛋！"

"你姐来了。"

刘树生这才清醒了，鲤鱼打挺般从床上坐起："你瓷得很，不会跟她说我没在啊？"

"她看见你车了，死活不肯走。"

刘树生只好下床换衣服。

刘树生来到客厅时，刘树兰已经等在这里许久，但因为焦急都没坐下，一直在来回踱步。

"树生，你姐夫呢？"

一看到刘树生出来，刘树兰赶紧上前。

"我咋知道？"刘树生目光躲闪，抬高音量，"你又没把他拴我裤腰带上。"

"他昨天一晚上没回来，手机到现在都打不通。"

"一晚上不回来？这种男人还要他干啥？"他烦躁地摆手，"把他蹬了，我给你重寻一个。"

"生娃，你啥意思？"刘树兰牢牢盯着他，"你咋一点都不好奇他上哪儿去了？你得是知道？"

"男人不回家，还能干啥去？要么自己跑了，要么跟人跑了。那个软蛋肯定是嫌你身体不好，自己跑了。"

"不可能，他不是这种人。"

刘树兰并未计较他的冒犯，只是神色坚定地站在原地，回应掷地有声。她被疾病折磨得瘦弱乏力，但她站得笔直。

"那你回家等，看看他还会回来不。"刘树生并未在意，只是随口轻描淡写地说着，便打着哈欠要回卧室。

"我这不是回来了吗？"

一个熟悉的声音突然传来，刘树生险些被吓死，回头一看，穆见晖正站在客厅门口，浑身是土。

刘树生惊愕地张大嘴巴："你……"

"见晖！"刘树兰连忙小跑过去，"你上哪儿去了？这身上咋弄的？"

"没事，"穆见晖淡淡道，"我昨晚去谈了一笔大买卖。"

说着，他大摇大摆地走进了卫生间。

刘树生这才缓过神来，连忙朝妻子吩咐道："小凤，你跟咱姐到楼上待会儿。"

"哎！"何小凤脑子灵活，连声应下，又笑容甜美地看向刘树兰，"姐，这两天有个电视剧，特别好看，咱上去看去。"

刘树兰虽然很不放心穆见晖，但无奈何小凤坚持，便踌躇地跟她上了楼。

穆见晖洗了把脸，冲了下头发，在镜子前站了许久，一言不发地与镜中的自己对视。

刘树生跟到了卫生间门口，揉了揉眼睛，仍然处于难以置信的状态，想确认自己到底是不是看错了，直到穆见晖从他身边经过，结结实实地撞在身上，他才确信不是幻觉。

　　穆见晖淡漠的余光扫过，刘树生竟觉有些瘆人，莫名打了个冷战。

　　就像是……他从黄泉下爬回来索命了。

　　餐桌上摆着早餐，穆见晖走过去，大口扒拉着。

　　"你咋出来的？"刘树生不住打量他，百思不得其解。

　　"你的人救的。"穆见晖也不隐瞒，语气平淡。

　　"哪个？"

## 第二十二章 兄弟

他不是死了吗？为什么，还能感觉到土块压在身上的沉重呢……

黑暗，他仍然身处黑暗中，但这黑暗似乎被撕开了一道裂缝，透进了一些熹微的光亮。

他要抓住那光亮……他还不能死！他想走出这黑暗！

穆见晖拼尽全力抬起眼皮，在一片朦胧中，他竟感觉一个男人正在盗洞边往上拉人，还呼唤着他们的名字。

原来这一切不是错觉，他还活着！

他这才彻底清醒过来，睁大眼睛去看，只见盗洞边，确实有个人刚刚把燕小五拽上去，并给他做人工呼吸，直到确认他有了鼻息，才松口气。

穆见晖眯了眯眼，隐约辨认出那人的面容。

"……炮手？"他试探着开口。

黎远光身形一僵，而后点头。

"谁让你救我们的？"

"我自己想救。"黎远光相当坦诚。

穆见晖挑眉："为啥？"

"之前要不是你，"黎远光抬起手晃了晃，"我的手就没了。"

"……但要不是我，刘树生也不会剁你们的手。"

"我最服讲义气的人。"黎远光咧嘴一笑。

"救了我们，咳咳……你不怕刘树生和邢兆虎弄你？"

穆见晖脸色苍白，喉咙呛进去了一些碎土和杂草，正强行压着胸腔内的不适。饶是如此，他仍眉头紧皱着看着黎远光。

未承想黎远光倒像一身轻松，模样豁达："跟着那种人没好下场，早就不想跟他们干了。"

"哥！"此时燕小五也醒了，他看到穆见晖，一个箭步冲上来跟他抱头痛哭，鼻涕泪水满脸流，"俺们还活着！"

穆见晖同样是劫后余生，被燕小五这么一感染，也没憋住，两行清泪从脸上无声划过。

等情绪差不多平复了，穆见晖又扶住他的肩膀："小五，多亏了炮手兄弟救咱。"

燕小五立刻跪下给黎远光磕头："哥，你就是我的救命恩人，以后我当牛做马听你使唤！"

黎远光赶紧把他扶起来，连连摆手。几人一对视，反而破涕为笑。

然而笑了一会儿，燕小五又悲从中来，胆怯地看着穆见晖："哥，虽然咱没死，可也没活路啊，姓刘的不会放过咱……咱要不跑吧。"

"跑也跑不了，"穆见晖却轻轻摇头，"小五，咱不跑了。"

"那咱就等死？"

"都是死过一回的人了，还怕死吗？打得一拳开，免得百拳来，咱尿了一辈子，不能再尿了。"

穆见晖下定了决心，又转头看着黎远光："炮手兄弟，你愿意跟我干吗？"

"从救你们那刻开始，我就没的选了，别叫炮手了，"他笑了起来，伸出拳头，"黎远光。"

穆见晖见状，果断伸出拳头："穆见晖。"

"燕小五！"燕小五也学着他们。

三个拳头碰在了一起。

"好，好兄弟，"穆见晖激动地看着他们两个，"那我们就跟姓刘的刚一回！"

回忆完昨晚的惊魂时刻，穆见晖扫了刘树生一眼，微微扬起嘴唇，风轻云淡，处变不惊。

刘树生却咬牙切齿地怒骂："又是个吃里爬外的狗东西！"

"你总留不住人，"穆见晖不紧不慢道，"是你的问题，还是别人的问题？"

"穆见晖，你别着急，我能杀你一回，就能杀你第二回。"刘树生阴森冷笑，"黄泉路上你要是嫌冷清，我让炮手给你做个伴。"

"只怕你不敢。"穆见晖斜他一眼。

刘树生哈哈大笑起来。

"你要是知道燕小五现在在哪儿，还笑得出来吗？"

"他在阎王殿我还得给他烧点纸哭两声？"

"他去自首了。"穆见晖淡淡道。

刘树生总算停止了嘲笑："啥？"

"我已经把你这些年干的事全部跟他说了，只要你动手，燕小五就会全部抖搂给警察。"

"穆见晖！你够阴的，这种阴招都能耍出来。"

"放心，我不像你那么绝，"穆见晖指尖轻点着桌面，"只要你答应我两个条件，燕小五就连你半根毛都不会往下扯。"

"啥条件？"

"我要你上次起的那批青铜。"

"你敢敲诈我？"刘树生气得眉毛拧起来。

"这些年我帮你看的那些货，你每回都像打发要饭的一样赏我两百块钱，我只是拿回我该得的。"

"要不是我带你上道，你现在连口饭都吃不起！"刘树生愤愤然。

"各取所需，别说得那么高尚。"穆见晖笑了笑，"你给还是不给？"

"你……"刘树生咬牙切齿，"我认栽。"

"第二个条件，我要炮手。"

"一条背信弃义的狗，你不牵走我也得宰了他。"

"谢了。"穆见晖站起来，语调轻快，眉毛微扬，腰杆从来没像现在这样直过。

"穆见晖！"刘树生仍不甘心，眼中充血，"我现在杀了你，燕小五又咋能知道？"

"你大可以试试。"

两人目光对峙，穆见晖却没了往日的温顺，有的只是刘树生从未见过的捉摸不透。那眸子如深渊漩涡，像是能把人的魂魄吸进去。

最终，他败下阵来。

"还有，"穆见晖漫不经心道，"你得叫我姐夫。"

说罢他便起身上楼，轻敲着房间的门。

房门立刻被打开，他的妻子站在门口，额头上还冒着汗，衣角被攥出了深深褶皱，可见她方才有多焦心。

而此时，她的眼中全是他的身影，她总算放下心来。

穆见晖牵过她的手："树兰，走，咱们回家。"

秦川市公安局文物稽查大队讯问室里，齐大仓和燕小五相对而坐。

"姓名。"

"燕小五。"

"年龄。"

"三十五。"

"今年正月初九那天，你在哪儿？"

"我交代，全交代，"燕小五一脸坦诚，"正月初九那天，我跟王太平两个人去了白鹿原，先是看了会儿社火，等天黑以后，俺俩就去尹村旁边的地头滤坑去了。"

"滤的谁的坑？"

"不认得。"

"不认得你咋知道他们在哪儿盗墓？"

"在黑市上听说的。"

"他们是几个人？看清长啥样了没？"

"四个，晚上看不清。"

"墓室里是什么样子？"

"就三十来平，也没啥东西，俺们只寻见了那些黑陶俑。"

"多少件？"

"两百多个。"

齐大仓顿时震惊："两百多？！"

燕小五点头。

"那……"齐大仓想了想，"墓里还有啥？"

"没有了……"燕小五刚答完，又想了想道，"哦，对了，我还闻见了一股香味。"

"啥香味？"

"怪得很，比檀香味儿淡点儿，吸鼻子才能闻见。"

齐大仓在心底存下疑问，又道："拿到陶俑以后呢？"

"我把一部分卖给了华南王，大概一百个，他给了一万块钱。"

"你才获利一万？"

燕小五点头，但听齐大仓语气又来了兴致："警察同志，得是我让人给坑咧？"

"燕小五！"周永福在旁边一拍桌板，"你不反省，还盘算自己赔了赚了。"

燕小五咧嘴笑笑："知道咧，知道咧，我错咧。"

"你直接卖给他的？"齐大仓又问。

燕小五点头。

齐大仓有些不信："你是咋认识他的？"

"我在黑市上放话说起了一批货，他就主动寻我了。"

"你知道华南王的姓名、电话和住址吗？"

"不知道,他寻的我,也不是我寻的他。"

"你是咋知道有人要盗尹村旁边这个墓的?"

"我不会炸坑,只能滤坑,就靠笨办法,多打听,多走动,看运气,碰上哪个就是哪个,碰不上就喝西北风。"他耸耸肩,"那几天正好就碰上这个坑了。"

"有这么好的事?"

"一半是运气,一半也是苦功夫,寻了好长时间才碰见一个。我就干过这么一回,才挣了一万块。"燕小五嬉皮笑脸,"警察同志,我自首能不能宽大处理?"

"自首的前提是坦白交代,你交代了半天等于啥都没交代,坑咋来的没说实话,华南王你也没说实话。"

"我说的真都是实话,我都自首了,为啥还骗你?对我有啥好处?"他故作委屈。

见他态度如此,齐大仓一时无奈:"你……你还有没有其他同伙?"

"没了,你问王太平嘛。"他随口答道,"要是有同伙,我都栽了,没道理还叫他在外面潇洒。"

齐大仓又上下打量他:"你身上的土和伤是咋回事?"

"王太平被抓以后,我心乱得很,家又不敢回,东躲西藏的,还在南山猫了一晚上,天黑看不见道,跌了跟头,就弄成这副模样了。"

饶是他答得流畅,目光也并未躲闪,但齐大仓总觉得有些奇怪,不敢全然相信他。

不,或许就是因为太流畅了,有效信息太少,牵涉的人也少之又少,所以才奇怪……

就像是提前编排好并刻意隐去了一些人的存在!

齐大仓眯了眯眼,继续追问:"你说一部分卖给华南王了,剩下那批黑陶俑呢?"

"我带你们去寻。"

此时,穆见晖和刘树兰还等在刘树生家的客厅里。又过了一会儿,他终于从地下室上来,手上多了一个包,他把包放到了穆见晖面前。穆见晖打开,露出里面的青铜彝等文物。

刘树兰吓得立刻瘫坐在沙发上。

穆见晖确认过所有文物之后,神态自若地拿起包,扶起刘树兰,准备转身离开。

"姐。"刘树生在他们背后得意地笑了笑,"你老说我的钱脏,以后,你也得花脏钱了。"

刘树兰闻言惊骇不已,脸色唰一下变得惨白,但还是强撑着没说什么,只是和穆见晖互相搀扶着走出去。

直到出了刘树生家门,她再也憋不住眼泪:"见晖……是我拖累了你,是我害了你。"

穆见晖替她抹掉眼泪,轻轻摇头:"尽说傻话。"

他蹲下,背起了走路不便的她,让她将头贴在他的肩上。

"过几天咱就买房去,朝阳的。"穆见晖在她耳边说着,背着她向前走去。

刘树兰更是泪如雨下。

她刚才看得出,穆见晖似乎已经走向了一条危险的路,甚至将泥足深陷……然而他们性子都倔,他知道说服不了她,所以会避而不谈,而她亦知他下定决心要做的事,基本没有转圜余地。

他们好像离彼此越来越远了。

刘树兰轻轻叹了口气。

阳光下,他们的身影合二为一,被拉得很长很长。只是,阳光再强,阴影终究还是吞噬了两人的身形,将其笼罩在一片幽暗之中……

## 第二十三章 线索

等穆见晖夫妇走远，刘树生家客厅内忽然传出一声惊呼："炮手也给他了？！"

何小凤大为震撼。

刘树生正生着闷气，听她这样一质问，更是烦得什么话都不想说。

"那可是炮手啊，比那堆青铜都值钱，离了谁都行，离了他，以后的坑谁炸啊？"何小凤仍不满地嘟囔着，在客厅里来回踱步，"姐夫……穆见晖这不是要断咱的财路吗！"

"别他妈说了！"

忽然，刘树生直接气得将手边的花瓶砸碎："妈的，真晦气，都是我刘树生敲诈人，头一回让人给敲了！"

秦川市郊区伫立着一座荒废的雕塑厂，如同腐朽破落的钢铁森林。院里拴着一条猛犬，凶相毕露，周围随地可见各种雕塑工艺品，有上彩的，有素胚的，但都已覆盖了一层厚厚的灰。雕塑人像摔倒，碎了一地，残块上盘布着经年累月的蜘蛛网，唯有那空洞无神的眼睛似乎还闪烁着诡异的光。

燕小五带着齐大仓等人过来，走进里屋，却好像并不知道藏匿陶俑的地方，边走边找着。

齐大仓在一旁静静观察他。

直到看见最里面的墙角处，几个大雕塑比其他落灰的雕塑明显干净得多，燕小五才有些犹豫地指向那几个雕塑。

"就……就这儿。"

燕小五并不是很自信。

周永福上前扒开了大雕塑的脑袋，只见里面中空，藏着一个宽大的蛇皮袋。此时燕小五忽然松了口气。

而他的这个微表情却被齐大仓捕捉到了。后者蹙了蹙眉，若有所思。

周永福把蛇皮袋拉出来，打开一看，里面堆了许多黑陶俑。

看着这一幕，燕小五一时恍惚，思绪回到了一天前。

"自首？！"

燕小五站在废弃盗洞旁，惊得哆嗦起来。

"你进去了，警察才能结案，咱才有办法治姓刘的。"

穆见晖直视他的双眼，言辞恳切。燕小五犹豫起来。

"要是你不情愿，我就想办法把你送走，"穆见晖见他仍不言语，索性直接道，"这事儿，我扛。"

想起穆见晖舍身跳入盗洞与他同生共死，才换来这一线生机，燕小五把心一横："我去！反正我也跑不了，只要能把姓刘的治服帖，我蹲多少年都值。跪了半辈子，咱也支棱一回。"

他挺直了脊梁，格外振奋。

穆见晖拍了拍他的肩："你就当在里面歇两年，哥给你保证，这牢绝对不叫你白坐。弟妹和小宝你放心，该享的福，只会比人多，不会比人少！"

收收心神，燕小五看着眼前正在回收黑陶俑的警方，内心感到极大的满足与平静。

他做到了，他鼓起勇气做到了，现在他为穆哥争取到了主动权，他们一定可以反扑刘树生，一雪前耻，夺回他们的尊严！

追回来的黑陶俑已被归置到文物存放室，文物局各部人员和公安局其他部门纷纷过来围观黑陶俑，一睹其风采。

"赵局、齐队，不容易啊，恭喜恭喜，总算赶在期限之前结案了！"

王副局长和尤介辉赶来，喜上眉梢，连忙和赵丰、齐大仓握手。

"万幸啊，还好这个嫌疑人来自首了，要不然还真悬了。"赵丰也由衷笑了起来，牵动了眼角的皱纹。

齐大仓却在旁边眉头微蹙，一言不发，似有心事。

王副局长笑呵呵道："看来你们破案跟我们考古一样，除了高度的专业外，还需要有些运气在身上。"

"说起来，你们文物部门材料翻译得怎么样了？"赵丰笑问。

"昝教授他们正加班加点干着呢，"尤介辉答，"应该能如期交付。"

省考古研究院，昝茂昌办公室内。

昝茂昌和几个教授、雒青、郭士林一直在埋头翻译，他们已经熬了一晚上了，每个人桌前都有厚厚一沓资料，翻译好的资料都被马上送走，但又有源源不断的新资料送来。

很快，昝茂昌困得不住揉眼睛，何教授早已趴倒在桌上，陆教授则直接躺在沙发上呼呼大睡了起来，只有雒青和郭士林仗着年轻仍在强撑着连轴转。

雒青正翻译到一段关于燕小五供述盗洞情况的记录，看到"我还闻见了一股香味""怪得很，比檀香味儿淡点儿，吸鼻子才能闻见"这两句话，她皱眉思索片刻，而后起身把这份资料拿给昝教授看。

昝茂昌也显然有些意外，但并没有多说什么。

日头高照，气温回升，方堃和严守村的背上都早已被汗水濡湿。终于，他们爬到了窦陵封土最顶上，总算完成了最后一点儿测量工作。

"这就是窦陵最中间咧，得是算到这达？"严守村气喘个不停。

"对的。"方堃也站定，双手叉腰歇着。

"你们不是大学生吗，咋天天都离不开地？干这营生比俺们种庄稼还磨人。"

"你说对咧，守村叔，俺们干的还真没两样，都是面朝黄土背朝天，一脚一脚在地里踩出来的。"

方堃笑了笑，露出洁白牙齿，而后又在笔记本上算着总距离。

"算出来了没有？"严守村探头看去，"盗洞到这达有多远？"

"足足八百米远。"

"你们大学生就爱整那些听不懂的……八百米是多远吗？"

"叔，你说得对着哩，快二里地。"

"你看看，你叔成天巡逻也不是白巡的。"

严守村骄傲地拍了拍自己胸膛，方堃却皱眉沉思着。

"你娃为啥非得拿个尺子量盗洞到这达有多远？"严守村不解，"计较那么明白干啥？"

"叔，你吃过炸酱面吧？这皇陵就像炸酱面，面就是主陵墓，周围还有很多外藏坑，里面埋的都是一些陪葬品，就跟面码子一样。在窦陵附近发现的盗洞，我们首先会设想它是窦陵的外藏坑，但是一般外藏坑距离主陵墓不会超过五百米，盗洞到这儿的距离明显超了。"方堃耐心解释。

"明白了！就是不可能在齐有粮家吃面，面码子摆在我家。"

"我叔能得很嘛！"方堃顿时笑了，"谁一天老说我叔憨。"

严守村撇撇嘴："那些瓜伙懂个屁。"

方堃站在窦陵顶上，风猎猎吹着，白鹿原辽阔无垠，沟壑纵横，颇为壮观。他远眺盗洞方向，依稀可见盗洞旁边的风水冢，看着看着，他猛然想起了什么。

他在齐有粮家看过的那个玻璃相框！

他记得那里面有张黑白老照片，上面的一老一少站在风水冢前，背景上的土地像是龟背一样缓缓隆起，高出周围将近两米。

而如今，那儿却是一片平地。

方堃立马掏出数码相机，对着俯瞰地貌一通拍摄。

斜日沉沉，田野周遭无比宁谧祥和。齐小满正在院子里洗衣服，大门敞开着，她偶尔抬头观察一下过路行人，哼着小曲儿。

"有粮伯……"方堃忽然提着好酒好菜大咧咧走了进来。

小满听到声音，连忙起身，惊讶道："方堃哥，你咋回来了？"

"小满，"方堃环视四周，"你爸呢？"

齐小满往正房方向瞥了一眼，给方堃使了个眼色。

方堃意会，起身走了进去。

齐有粮正在正房里剥着豆子。

"伯，忙着呢。"方堃笑呵呵地闪身进来。说话间，他的目光已经往相框扫过去，一眼就找到了上次那张一老一少的黑白合照。

"你娃不是让那个老汉撵回去了吗，咋又来咧？"齐有粮斜他一眼，"一天天的没牙还爱吃个硬豆子。"

"咱今天不吃硬豆子，主要是陪我伯咥肉喝酒。"

小满也跟了过来，很有眼色地拿出碗筷，和方堃一起把酒和菜摆好后又退了出去。

"吃人的嘴软，我怕喝了你这没名堂的酒，烧心。"齐有粮没好气道。

"伯你放心大胆地喝，前一向住在你家多有打扰，我就是专程来感谢的。"说着，他把筷子递给了齐有粮，齐有粮这才接下筷子跟他坐在了一起。

"伯，话说回来，我们考古的跟咱们庄稼户本就是一家，都是为着这片地，为着咱的老祖宗。这回给盗洞做现勘，伯你又是出人又是出力的，真没少帮忙，这杯我敬你。"方堃给两人各倒一杯酒，端起酒杯敬道。

"你娃有句话说得没麻达，为着这片地。"齐有粮听了，索性干了半杯酒，絮絮叨叨起来，"我想起来就来气，老祖宗都在凤凰山、窦陵，俺村这地里能有啥？跑俺这儿糟践地干啥？"

"地底下的事哪能说得明白，这盗洞里不也挖出东西了吗？"方堃凑近他，"哎，伯，这张相片上的地儿就是盗洞那块儿？"

齐有粮回头："哪张？"

方堃指向那张黑白照。

齐有粮起身，眯眼一看，恍然大悟："噢！还真是的。这相片我记得是以前有个县里的干部，背着相机来地里拍照，说是要弄啥县志之类的，我爷正领着我在地里干活呢，就让他拍了一张，得有四十年了吧。"

"但我看着又不太像，你这相片上后头是坡，现在盗洞那块儿是平的。"

"就是一个地方，你看这风水冢，上百年了都。"

"还真是，"方垦点点头，又继续问道，"那这坡咋没了？"

"我记得是那阵地里坑坑洼洼的，没法种麦，就到处借土，连皇陵都借过，更别说这个坡了，肯定是给借平了。"

"你确定吗？"

"那会儿我才几岁，也就记个大概，村上的老人应该知道。"齐有粮答完，又皱眉看着他，"方垦，你们这古啥时候考完，赶紧考完把地里的东西都弄走，省得村上一个个人心都不安生。"

"咋不安生了？"

"你没听见村里到处都在刮歪风吗？说黑陶俑卖了成十上百万，都在传啥'要想富，挖坟墓，一黑一个万元户'，搅得人都没心思伺候庄稼了，满脑子都是歪门邪道。看俺村变成这个鬼样子，我这村长恨不得挖个坑把自己埋了算完。"齐有粮愁眉苦脸地又闷了一口酒。

"伯，你放心，我一定弄清楚咱这地底下到底有啥！"方垦连忙向他表决心，"你这相片我能翻拍一张吗？"

齐有粮摆摆手："拍。"

方垦赶紧拿数码相机翻拍了那张照片。

## 第二十四章 闹剧

莹白月光倾泻如水，将树影投在玻璃窗上，窗内桌台上摆着一箱牛奶和一盒鸡蛋糕，一左一右坐着两个人。

"风水冢那达……我记得是有个坡，好像是后来填地给平咧。"

严六爷捋了捋花白胡须，慢慢回忆着。方堃边听边点头，把他的话记在了笔记本上。

"对了，还有这个……"严六爷又想起了什么，从压桌子的玻璃底下拿出一张老照片，照片上生产队正在地里忙活，可以看到照片背景里的风水冢附近有一个坡。

方堃用相机拍下了老照片。

第二天天一亮，方堃就跑去县图书馆资料室里寻找资料，翻了一会儿后，他将《秦川旧事》《秦川县志》《秦川乡志》等放到桌案上，仔细查阅起来。

翻着翻着，他突然眼睛一亮，连忙举起数码相机。

有一本《兹水记事》，里面也存有一张尹村风水冢地头的老照片！

"案子破了，你咋还吊着个脸？"

赵丰坐在办公室内，双手交叠支着下巴，不解地看着眼前的齐大仓。

"我总觉得这个燕小五自首来得古怪。"

"你说说，咋古怪了？"

"他既然已经跑了，为啥突然又自首？自首的时候身上都是土，还有伤，去指认陶俑的时候，我也感觉他有点怪，好像陶俑并不是他自己藏的一样。"

齐大仓说了一连串疑点，赵丰听完也若有所思地点了点头，但神色并未有太大变化。

"确实不对劲，但是现在没时间再管这些了。"

"唉，两个滤坑的案犯都到案了，结果啥有用的都没问出来，挖墓的挖墓的没线索，华南王华南王也没着落，还有几十件黑陶俑也不知道流到哪儿去了。"齐大仓苦恼地抓了抓头发。

"咱破了么多文物案，你还不清楚，就是这么个现状。好在虽然挖墓的和华南王没抓住，但大部分黑陶俑都追回来了，先结案吧。"赵丰宽慰他，"你在这案子上已经磨了一个月了，歇几天，醒醒脑子。你赶紧回去，一个月不着家，怕是都忘了家里还有个媳妇儿。"

齐大仓嘿嘿一笑："哎，你不说我真忘了。"

"你也就敢在我跟前耍耍嘴疯，"赵丰看着他，"有能耐这话你当着小宋说。"

"不敢不敢，那女子歪得很，官大一级压死人，到时候又给我穿小鞋。"齐大仓虽嘴上抱怨着，眼睛里却泛着笑意。

赵丰也笑了："那你还不赶紧回去负荆请罪。"

齐大仓闻言，直接溜了。

昝茂昌办公室内。

终于，几人桌前待翻译的那摞资料再次"清零"。

而正在这时，电话铃响起。昝茂昌接过电话："喂？……王局啊……知道了。"

挂断电话，他表情显得有些沉重。

其他人见状也紧张了。

"今天是最后一天了，"雒青吞咽口水，"外方那边……不会又提新的问题了吧？"

"外方那边刚才确实来了消息，那六件黑陶俑……"昝茂昌依旧语气沉重，眉头紧蹙，又停息片刻，将声音拖得很长，"他们同意还给我们了！"

话音刚落，办公室内此起彼伏地响起了一片舒气声。大家都由忧转喜，雒青和郭士林更是尖叫着击掌欢呼。昝茂昌也是舒展眉头，万分喜悦。

这件事，终于要落幕了。

宿舍墙上贴满了方堃这几天拍的已经洗出来的照片，桌上堆着各种南陵、窦陵的勘探资料，而方堃正埋头翻看资料，做着笔记。

雒青和郭士林进来，看到这一幕，都很吃惊。

"我的神啊，"郭士林啧啧感叹，"方堃，这就是你这几天写的检讨？"

雒青也不禁被墙上的照片吸引，走过去细细查看。

"看出啥问题了吗？"方堃饶有兴味地看她。

"这不是黑陶俑盗洞那块吗？"雒青指着一张照片背后的土坡，"我怎么记得那里没有坡？"

"聪明！"方堃对她竖起大拇指，"我问了很多尹村的老人，又找了些老照片，基本可以肯定盗洞那一带以前是有个大土坡的。"

雒青挑眉："你想证明啥？"

方堃将自己的笔记递给他们。

"我量了一下盗洞到窦陵的距离，足有八百米，我又看了一些南陵跟窦陵的勘探记录，基本确定了这个距离不符合窦陵外藏坑的特点。说明啥，这个盗洞根本就不是窦陵的外藏坑！"

"不是外藏坑能是啥？"郭士林挠头，"还能是墓？"

"说不定就是墓！"方堃笑了笑，"你见过哪个外藏坑有这么深？"

"我……我确实也很少见哪个陪葬墓有这么深。"

"说不定它就不是陪葬墓。"

"那你说说，窦陵跟前还能有谁的墓？"

"那说不好，可能性多了去了，说不定还是皇帝墓呢。"

"你越说越没边了，"郭士林翻了个白眼，"哪个皇帝能埋在窦皇后跟前？"

"行了，行了！"雒青打断了他们的抬杠，"方堃，敢情你这几天还是没写检讨，又上白鹿原干这些事了？你真不怕昝教授生气啊？"

"生就生呗，反正我干啥他都不高兴。"方堃倒全然不在意，耸了耸肩，"哎，难道你们对那个盗洞就不好奇？"

"说实话，不好奇是假的，"雒青说，"但我看昝教授看完口供也没啥反应，他都不好奇，也轮不着咱们好奇。"

"啥口供？"

"他们递交的材料里有个盗墓贼的口供，里面写了一条，盗墓贼在墓里闻到过一股香味。"

方堃立刻来了兴致："香味？啥香味？"

"说是比檀香味稍微淡点儿。"

"檀香……跟檀香味像，那就是木香啊，墓里头的木香味……该不会是……"

他和郭士林异口同声："柏木香？！"

"说实话，看到这段材料的时候，我脑子里也冒出了这个想法，黄肠题凑是用去皮的黄心柏木堆叠成的，墓里出现的柏木香，有没有可能源自黄肠题凑？"雒青边思考边说，"但仔细一想，毕竟只是盗墓贼的一句话，没凭没据的，我也不敢瞎猜。"

"万一真是黄肠题凑呢？"郭士林为这个猜测眼睛一亮，但又觉疑点太多，郁闷起来，"也不对啊，黄肠题凑是帝王一级使用的椁室，窦陵的陪葬墓能用黄肠题凑当椁室？有那么高级别吗？"

"对啊，而且有二三十米那么深，到底是谁的墓，才会有这么高的规格呢？"雒青也附和道。

郭士林嘿嘿一笑："要不是有确切的文献记载汉太宗兹陵在凤凰山，我都忍不住要猜它是兹陵了。"

"你不要忘了，《史记》记载，此陵山川因其故。"雒青摊开手，"山川呢？"

"方堃不是找到老照片，证明盗洞那一带有土坡吗？说不定就是《史记》里说的山川。"

"你可别瞎猜了，猫尾巴越摸越翘，还嫌方堃不够魔怔。"说着，雒青扫了一眼方堃，果然他已陷入思索，沉默不语。

片刻后，像是下定什么决心，方堃抬头望着他俩："话说千丈不如脚下一寸，到底是谁的墓，下盗洞一看就知道了。"

"下盗洞？"雒青惊呼，"你疯了！"

"我没有这个资格，但可以说服昝教授，让他给院里打报告啊。"

"可……你说服得了昝教授吗？"郭士林一副对此不抱希望的模样。

"我说服不了，这些材料还说服不了吗？"

见方堃兴致如此高，雒青于心不忍，叹了口气："方堃，你恐怕没这个机会了。"

他一愣："咋咧？"

"听说市文物局已经给区政府打过招呼，准备回填盗洞了。"

方堃急了，立刻拨通了齐有粮家的电话："有粮伯，得是有人让填盗洞呢？"

"对啊，区上打电话了，说后晌就要填了，咋咧？"

"可不能填！填了就麻达咧！伯，你拦着点，我这就过去！"

挂断电话，方堃拿起包就往屋外冲。

雒青、郭士林根本来不及拦他，只好追了出去。

等方堃赶到的时候，村民们已经在拿着工具填盗洞了。

"停手！"他气喘吁吁地挥手阻拦，"不……不能填！"

等冲过去站定后，他又急急忙忙地喊："这个盗洞还不能填。"

坝柳区的负责人马超越走过来，蹙了蹙眉："哪来的小伙子？捣啥乱呢？"

"我是秦大考古系的研究生，现在在阳陵实习，"方堃快速说道，"这个墓里头有些谜团还没解开，还不能填。"

"你阳陵的管兹陵干啥？你有手续吗？"

"还……还没有。"

"没手续你胡喊啥呢。"马超越有些不耐烦。

方堃梗着脖子说:"那你填盗洞有手续吗?"

"我就是区政府的人,盗洞是市文物局让填的。"

"就算你有手续,能不能暂停一下,我刚有新发现,还没去提申请,你等我提完申请再说。"

"你个学生娃吹糖人的出身?口气大得很!你是我领导啊我听你的?盗洞不填万一再被盗你负责?赶紧让开,人多工具杂,再伤着你。"

方堃干脆拦在盗洞前:"我不让。"

雒青和郭士林赶了过来,见形势不对,赶紧拉住方堃。

"方堃,别硬来,先联系昝教授。"雒青在他耳边小声提议。

方堃心下明了,连忙对马超越说:"你等我几分钟,我先给老师打电话汇报一下情况,汇报完了再定行不行?老郭,快去!"

郭士林正欲离开,脚已迈出半步,旁边响起了声音:"啥人嘛!我自家的地,你凭啥不让填?不填我咋种地?趔远!"郭大爷突然骂骂咧咧起来,说着一把推开方堃,拿起铁锨就要铲土。

郭士林见状又折回来想帮忙。

方堃情急,夺过铁锨:"不能填!"

"把锨给我!"

郭大爷跟方堃抢起了铁锨,其他村民都帮起了郭大爷,往前挤动着。

一旁束手无措的雒青一看这阵仗,生怕方堃有危险,鬼使神差地尖叫着加入了方堃的夺锨大战。

马超越一声令下:"别管他,填!"

几个村民立刻从另一边铲土填洞。

方堃大喊:"郭士林!"

郭士林赶紧站在盗洞另一侧拦着,但势单力薄,抗争了没多久就被几个村民强行拽走了。

方堃心中万分焦急,灵机一动,放弃了抢锨,干脆弓着身子,用整个身体堵住了盗洞,顷刻间便被收不住锨的村民扬了一身土。

马超越也急了:"耍死狗是不?"

说着,他伸手就要把方堃推开,哪知用力过猛,"刹车"不及,他身子前倾,整个人倒栽葱似的就往盗洞里跌去。

说时迟,那时快,方堃反应神速,一把拽住了马超越的脚踝。盗洞里,马超越全身的重量都集中在方堃的右手上，尽管他吓得脸色泛白，但总算没掉下去。

只是……

方堃顺着自己的手看下去，突然有些尴尬——马超越的裤子被他拽脱了一截，半侧白胖屁股已裸露在众人眼前。

派出所内，马超越用冰袋敷着脑袋，惊魂未定。方堃、雒青、郭士林三人则垂头丧气地坐在他旁边。

"是谁先动的手？"

民警拿着笔和本子走到他们面前。

"他。"马超越和方堃同时指向对方。

方堃不服气："是不是你先推的我？"

马超越轻哼一声："你恶意阻挠政府部门执行工作，我当然要阻止你。"

"执行工作也要分情况，要机动灵活，我都说有新发现了，为啥就不能通融一下？"

"那你去办申请嘛，办了申请我再给你挖开都行。"马超越耸肩。

"人家说城门楼子，你答胯骨轴子。警察问的是咱俩谁先动的手，你承认是你动的手不？你不推我咋会掉进盗洞？"方堃气得牙痒痒，"我救了你一命，你不谢我，还倒打一耙。"

"我谢谢你，"马超越阴阳怪气道，"不是你折腾，我能差点丢了命？"

"好了！"民警无奈，大喝一声，"这里不是你们吵架的地方，一个一个说。"

他见雒青还算安静，便问雒青："这个女娃，你先说。"

雒青却是第一次经历这种事情，一时不知该怎么开口。

"问她干啥，他俩都是后来的，能知道个啥。"方堃挺直背，"我也懒得扯皮了，我认了，是我先动手阻止他们填盗洞的，锨是我抢的，洞口也是我堵的，他是想拦我才差点跌进去的。"

"不是……"雒青踌躇道。

"不是啥，你一个女娃，一堆大老爷们推搡，你能近身？"方堃抢话，又指向郭士林，"还有他，一身软肉，相都没亮就让人家老鹰拎小鸡似的给提溜走了。"

雒青和郭士林刚想说话，方堃就在桌下用脚踢他们，示意他们闭嘴。

唉……他俩一齐在心里默默叹气。方堃真是太胡闹了。

"他说的是真是假？"民警又看向马超越。

马超越看了一眼雏青和郭士林:"差不多吧。"

齐大仓的车停在了派出所外,昝茂昌从副驾下来,沉着脸往里走。齐大仓赶忙追过去递了一瓶冰水给他:"日头大,昝教授,您喝口冰水降降火。"

"不用,谢谢。"昝茂昌冷着脸摆手。

"杨门无弱将,您这几个学生娃初生虎犊不怕山高,有志气,有才气,责任心还强,我喜欢得很。"齐大仓连连说好话,心里为三人不住叫苦,"人不轻狂枉少年,年轻人嘛,不怕偶尔犯个浑。"

昝茂昌并未接话,甚至没有再多看他一眼,直接走了进去。

一看到昝教授进来,雏青和郭士林唰地站起来。

方堃赶忙凑上去:"教授,我量了一下,黑陶俑盗洞距离窦陵有八百米远,我还找到了一些老照片,证明黑陶俑盗洞那一带四十年前是隆起的,高出周围将近两米,再加上墓里还有疑似黄肠题凑的柏木香,还有盗洞的深度,所有的一切都说明它绝对不是外藏坑,百分百是墓,而且是帝王级别的大墓……"

"闭嘴!"昝茂昌突然大喝。

齐大仓本来想问是什么墓,看到昝教授的态度,张了张嘴,只好把话噎了回去。

民警认出了齐大仓:"齐队。"

"小刘,这位是秦大的昝教授,也是他们几个的导师。"齐大仓连忙介绍。

雏青和郭士林嗫嚅:"昝教授……"

"我说怎么一个人影都找不着,原来是到原上上演'全武行'了。"昝茂昌来回打量他们三人,冷冷笑了起来。

齐大仓小声问民警:"没啥大事吧?"

民警朝着方堃努了努嘴:"有一个认了,算寻衅滋事。"

"怎么处理?"

民警有些为难:"毕竟险些闹出人命,咋着也得关几天。"

"担保也不行?"齐大仓看向昝茂昌。

"我只担保我的两个学生,雏青和郭士林,"昝茂昌毫不留情,"其他人员跟我无关,我没有那种行事乖张、咋咋呼呼的学生。"

大家都愣住了。

他说完就准备离开,雏青和郭士林一时不知道该怎么办。

"昝教授,方堃他知道错了……"雏青弱弱地为他辩解。

昝茂昌直接厉声道："走不走？！"

两人赶紧跟上，不敢再多话。

"染缸里拿不出白布，看看他把你俩带成啥鬼样子了！今天是最后一次，再跟他一起混，看我还管不管你们。"

昝茂昌气得胸腔起伏不停，两人只好跟着他快速离开。

"小马同志，实在对不住，万幸没事啊，还好方堃年轻手快！"齐大仓赔着笑脸，"当然了，功不抵过，他也付出代价了，就请你多担待一下。"

"既然齐队发话了，都是为了工作，我尽量理解。"马超越点点头。

"那你慢走，需要我送你不？"

"不用，离得近，走几步就到。"

说罢，马超越便大步离开。等他走远，齐大仓朝方堃笑道："方堃，挺仗义啊，专拣重担子挑，一个人把事就扛咧。"

"不就关几天嘛，就当体验生活了！"方堃并未在意，神态自若，只是略有不甘，"只可惜，盗洞还是要填上。"

齐大仓看着他玩世不恭的样子，苦笑："我算理解昝教授了。"

"他就是讨厌和尚恨袈裟，不喜欢我归不喜欢我，至少也该关心一下盗洞那块以前为啥隆起，想想底下到底是谁的墓。"方堃小声埋怨道。

"你刚说很可能是帝王级别的墓，"齐大仓挨着他坐下，好奇道，"你觉得是哪个帝王的墓？"

"挨着薄太后和窦皇后的还能是谁，说不定是汉太宗呢！"

齐大仓吃惊："汉太宗不是在凤凰山吗？"

"我只是说有这种可能，脑子和嘴长在我身上，猜都不让猜了吗！"

## 第二十五章 运筹

　　秦川某小旅社里，烟草的烟雾在一小房间内升腾盘旋。白烟下的桌面上躺着几张青铜器的照片，华南王坐于桌前，脊背弓着，蹙了蹙眉。
　　他自然认出了这是之前刘树生给他看过的。
　　"多少钱啦？"
　　"一百五。"穆见晖在他对面平静道。
　　"有冇搞错？"华南王不满道，抖落了手指上残留的烟灰，"刘树生才给我开价一百。"
　　"值一百没错。另外五十，是给我兄弟的，我让他替你顶罪，摆平黑陶俑的事，所以你才能回到秦川继续做生意。"穆见晖虽波澜不惊，眼神却越来越冰冷，"五十贵吗？"
　　"不贵啦，开个玩笑嘛。"见他态度坚决，自己亦欠了人情，华南王只好讪笑着恭维几句，"表叔，你这个事情做得还是蛮漂亮的，帮我脱身，顺手连刘树生也搞定了。算我欠你一个人情啦。"
　　"什么人情不人情，我就想交你这个朋友。"
　　穆见晖眼睛一眨不眨地盯着他。
　　他要谋取更长久的利益，第一步，就是将刘树生的合作伙伴攫为己有。他要切断刘树生的路子，让他走投无路。
　　华南王显然有些为难："交朋友做买卖没问题，但你也知道的，我以前大部分货都是从刘树生那里拿……你这边货源不稳定，我还是要继续跟他合作的啦。"
　　"离了我，他收上来的货你敢要吗？"穆见晖像是听到什么笑话，淡淡笑了起来，"全秦川没有打过眼的，只有我穆见晖一个。"
　　"可……可他出的坑货多。"华南王声音弱了几分。
　　"放心，坑里货，以后你要多少有多少。"
　　"你掌眼行，可是下坑是另一行，"华南王试探道，"隔行如隔山，你行吗？"
　　穆见晖起身，留下一句话便果断离开："十天之后，你等着收下一批货。"
　　车停在极其隐蔽处，黎远光拉开车门上了车。
　　"这些天刘树生没找过你麻烦吧？"

"没有。"对上穆见晖关切的目光，黎远光很是感动。

穆见晖点点头："他还算守信用。"说着，他把一个纸袋递给了黎远光。

黎远光打开一看，吓了一跳："哥，你给俺这么多钱干啥？"

"招兵买马，以后办事要学会走一步看三步，不能现上轿现扎耳朵眼。这十万你先拿着，把炸药备上，洛阳铲、探钎、鼓风机都买上，时机一成熟咱就立马动手。"

穆见晖心中早已盘算好一切。如今盗墓不是他的权宜之计，而是他人生的新起点，他必须运筹帷幄，掌控全局，做出颜色来。

"远光，咱们跟刘树生那伙散兵游勇不一样，他是瞎胡闹，咱们要把盗墓起货当成一件专业的事去干，人员和技术你来负责，我管掌舵，这就是创业，懂吗？"

黎远光诚实摇头："不懂。"

"没事，以后我慢慢教你，"穆见晖笑了笑，"手底下有合适的人吗？"

"有，以前在矿上认识几个兄弟，人靠谱得很。"

"叫上，安顿一下他们。"

"能行。"黎远光刚答应着，突然反应过来什么，眼睛顿时亮了，"哥，得是寻下大墓了？"

"还没有，寻龙问穴是门功夫，你跟我都不在行，得靠大师。在咱这个行当，人人都仰仗着大师谋点下眼食咧。刘树生平时能得很，在大师面前照样是个鳖怂。"穆见晖沉稳道，"不过，要想走得长远就不能受人钳制，鬼谷子说得好，道贵制人，不贵制于人也。制人者，握权；制于人者，失命。"

"啥谷子，我听不懂。"黎远光挠头。

"你就等哥信吧。"

与黎远光分开后，穆见晖又一人来到了一个二手书摊前，随手翻了翻那些纸张泛黄的陈旧书籍。

这个书摊乍看与寻常书摊无异，是从一家门面延伸而出、在门前一左一右支起两排简易木板搭起的摊位。木板上方书摞得近半人高，木板下方则用一圈布帘围了起来。

观山大师从一堆旧书中探出头来。

他五六十岁，身子瘦弱，虚眯着眼，鼻梁上架着一副掉了一只腿的眼镜，看上去像个读书人。

"要啥自己拿，统一价，五块一本。"

观山大师语气冷淡，说完便不打算再搭理他。

穆见晖扫视了一圈，目光落在门左侧。他上前掀开覆在木板上的布帘，看到一尊像被精心置于一个木质神龛里的土地爷，还飘着若有若无的檀木幽香。

观山大师心里一惊，表面不动声色。

穆见晖掏出一个名帖状红纸包，塞进去两百块钱，恭谨地放在土地爷神龛前，躬身拜了拜，合上了布帘。他又转过身，端起摊上的一个茶壶，神态自若地给观山大师敬上一杯茶。

观山大师狐疑地上下打量穆见晖，沉默半晌后，他还是喝下了茶，并给了他一个眼神，示意他随自己进屋去。

"我看你面生得很。"

将门掩上后，观山大师直截了当地说。

"小弟确实没来拜会过。"穆见晖神色恭敬。

观山大师警惕心起："你……刚入行？"

"入行倒是久得很，只是从前一直帮人掌眼。最近手上有几个闲钱，想搞票大的，还望观山大师指点一二。"

观山大师冷笑："要是上来就求大，我指点不了，我劝你倒不如去赌场赌一把来钱更快。"

"大师谦虚了，"穆见晖作了作揖，眸光一闪，"年前那阵大师随手一指原上的尹村，有人就起了一坑大货。"

观山大师略感惊讶："这事你咋知道？"

"我对观山大师慕名已久，要不是手里不宽裕早就想来拜会了。听说唐代风水大师袁天罡的墓就是你先人盗下的，可见大师家学深厚。"

见他对自己了解颇多，必是有备而来，轻易不会退却，观山大师叹了口气，说："你不用给我戴高帽，当年盗袁天罡的墓是我爷和我伯的手笔，但是我伯没能活着出来，知道为啥不？袁天罡的墓穴顶上有一把悬剑，我伯把陪葬的金冠、金剑拿走后还不满足，想把悬剑一起带走，他用刀去割悬剑上的绳，谁知道这一下触发了墓里的机关，钢锥弹起来，把我伯戳成了筛子。从那之后，我爷定下两条规矩。第一，后辈族人只能寻龙问穴，不许下坑；第二，来求坑者不能贪心。我只能说这达有坑，但是里面能不能起大货就要看你的运气了。"

穆见晖点头："我懂。"

观山大师又瞥他一眼："我的行情你知道不？"

"十万一个坑。"

观山大师转过身，从柜子高处取下一个木盒。打开后，里面有一个罗盘和三个锦囊，他把其中一个锦囊递给穆见晖。

穆见晖没有接："大师，你这三个坑我全要了。"

"什么？"观山大师一惊，"这可是三十万！"

"钱我带了，就在车上。"

观山大师忍不住劝一句："兄弟，你这是赌。"

"我赌我的运气，"穆见晖自信扬眉，"也赌你的本事。"

观山大师犹豫再三，最终还是把三个锦囊给了穆见晖。

"方堃，根据本院处分条例第十四条第三小条，决定给予你留校察看的处分，期限一年。"

秦北大学研究生院副院长坐在办公室里，面色凝重地看着眼前的少年。

方堃没说话，平静地在处分决定书上签下了名字。

"根据管理条例，我已经通知你的导师了。"副院长语气软了几分，"你回去好好给昝教授写份检讨，认个错。"

方堃显然不觉得自己有错，抬头看他："签完了，可以走了吗？"

副院长见状叹气，只好挥挥手让他离开。

研究生开学典礼上，他见过这个考古专业的年轻人。那时他在阳光下与同窗谈笑风生，自信张扬，说起秦川市的遗址遗迹简直如数家珍。他记得老昝那样严厉的人，当时路过听到他说话，都笑了笑，看向方堃的眼神如同在看自己的孩子，既寄予厚望，又饱含温情。

方堃和老昝，还真是性子如此相似。

秦北大学食堂里来往的学生熙熙攘攘。方堃面前摆着一份皮酥里嫩的香酥葫芦鸡和一碗砂锅烩麻食，他左手执鸡，右手握勺，吃得忘乎所以，大汗淋漓。

"胃口够好的！"雒青的声音响起。

"关了几天，肚里的油水都刮干净了，得赶紧补回来。"

"看样子，这个处分对你也没什么影响嘛。"雒青走到他对面坐下，打趣道。

"不就留校察看嘛，"方堃挑挑眉，继续啃下一口鸡肉，"又不是开除。"

雒青还想说什么，看他吊儿郎当的样子又把话咽下去了："这次的检讨，你总该好好写了吧？"

方堃却一脸疑惑："写什么检讨？写给谁啊？"

"你说写给谁？"雒青无语。

她本以为经过这次处罚，方堃终于可以意识到自己不能总是急躁冒进，贸然行动……然而她果然小瞧了此人的厚脸皮程度。

"他不是说没我这个学生吗？我还给他写个哪门子检讨？有这时间还不如给哪个漂亮女娃写情书呢。"方堃漫不经心道，"哦，对了，我现在也没空，得忙着趸摸趸摸换哪个导师好。"

雏青听完，一时气愤到恨不得骂他几句白眼狼，但自身的良好素养又使她最终把火气憋了回去。

她现在后悔专门来找他让他参与集体行动了，早知道就让郭士林那小子来了！

"这样啊，本来想喊你一起去原上，既然你这么忙，那我只能在原上祝你早日觅到良师了。"说着，她站起来。

"原上？"方堃终于恢复几分正经神色，"你去原上干啥？"

"我走我的阳关道，你走你的独木桥，"雏青白他一眼，"你管我去原上干啥。"

说罢雏青转身离开，方堃撇撇嘴，接着又啃起手上没吃完的鸡腿。

齐有粮家。

厢房门没关，里面堆着农具和家里的杂物。透过门扉缝隙的光线看去，郭士林正坐在地铺上，他身旁摆着一堆书，有《东原县县志》《尹村村史》等。

他正借着点天光翻着书，无奈房里有跳蚤，时不时往他身上扑腾，痒得他不停拍打、抓挠，脸和脖子上早就多了些红痕。

就在不远处小满房间的窗户边，雏青也正端坐于桌前看书。

不一会儿，齐小满给郭士林拿来了杀虫剂，面露歉意："士林哥，不好意思，这间柴火房平时是堆东西的，有不少跳蚤，也没搭电，你凑合一下。"

"哎哟，还是小满心善，知道疼人。"郭士林接过杀虫剂道谢，又抱怨起来，"你再晚来几分钟，我得被这帮跳蚤嗯成贫血。这群吸血鬼，可算是开了席了，就可着我一个人咬。"

雏青抬头扫他一眼，笑道："谁让你把自己吃得白白胖胖，我要是跳蚤，也往你身上招呼。"

"雏青，你这就是站着说话不腰疼了。"郭士林笑着跟她拌嘴，"你住的是人家小满的闺房，我住的可是跳蚤窝。要不咱俩换换？"

"那你也得问人家小满答不答应。"

话音未落，一个人影骑车进了院子，又光速撂下车子直奔水龙头，咕咚

156

咕咚就往肚里灌水。

几人定睛一看，居然是方堃。

"方堃哥，你别喝生水！"

齐小满赶紧进屋去端白开水。

郭士林忍不住号叫："救星，你可算来了！"

"不是吧，方堃，你还真追来了？"雒青也走了出来，"你不会是骑车子来的吧？"

方堃终于解了渴，这才一骨碌躺倒在郭士林的地铺上，大口喘着气儿。

"咋样？号子里啥感觉？肯定比我这日子好过！"郭士林挨着他分享自己的悲惨经历，"早知道来原上遭这罪，我还不如跟你一起进去蹲三天呢。再在这原上待下去，不是眼睛瞎了，就是让跳蚤吸干了。"

方堃总算平复了气息，看他一眼："老郭，你咋也在这儿？你们跑原上到底干啥来了？"

"你还好意思问，要不是你揪着原上不放，俺们也不至于受这罪。"他没好气地把一堆书推给了方堃，"来来来，谁惹的事谁兜底，赶紧看，昝教授回来还得考呢。"

"昝教授？他也来了？"

不等郭士林回答，一阵蹩脚的唢呐声从附近传来。他想回话，却压不过那穿透力极强的尖锐声音。

无奈之下，几人只好循声探了过去。

等找到唢呐声源时，他们三人都惊呆了。

只见严六爷家的老土房门口，坐着昝茂昌和严六爷，声音正是从昝教授嘴里的唢呐传出的。

看见几个学生过来，昝茂昌连忙放下了唢呐，干咳了两声以掩饰尴尬。

雒青惊呼："昝教授，您还会吹唢呐呢？"

"不愧是俺们教授，"郭士林竖起大拇指，"那叫一个才高八斗、文武双全！"

昝茂昌被他这么一说，略感不好意思："别花马巧嘴，我就是瞎胡吹，在严六爷跟前班门弄斧哩。"

"小昝，你们搞文化的说话就是稳，你当年也就跟我学了几天，到现在还能把《十样景》吹下来，我那个瓜俫徒弟来娃学了一年都比不上你。"严六爷抚着长髯，感叹道，"唉，现在人都去弄西洋景，没人学咱这唢呐了，没牛狗拉犁，对付过吧。"

"当年？"雒青有些意外，"昝教授，您当年来过原上？"

昝茂昌点了点头。

"得有三十年了吧。那时候，小昝就跟这娃差不多。"严六爷笑呵呵地回忆起来，指着方堃，"蹬个车子挎个包，精神得很，天天跑到南边搞考古。"

"南边，得是薄太后陵？"郭士林略一思索，问道。

"对，就是那个太后陵。那时候小昝也就是个碎娃，我记得有天半夜，他还一个人跑出来，鬼哭狼嚎的……"

昝茂昌赶紧打断他："六叔，猴年马月的事就别提了……"

严六爷却来了兴致，笑得捧腹："我记得他那天哭得比上坟都声高，把人家树上的马蜂都给惊了，一窝马蜂撵着他蜇。那脸肿得，比我妈蒸的馍都圆，把他疼得满地打滚，后来还是我给他抹的蒜水，他才疼得轻了些……"

听到了一向严肃的教授当年竟也有糗事，几个学生纷纷来了兴趣。

"不是吧？"郭士林斗胆发问，"昝教授还有这历史呢？"

"六叔，娃们都没见过你吹唢呐，你给他们亮一手活，叫这些城里娃们长长眼。"不等严六爷再开口，昝茂昌赶紧把唢呐塞给他，又神秘兮兮地给学生们夸起六爷的高超技艺，"你们可能没听过《十样景》，但肯定知道《百鸟朝凤》。《百鸟朝凤》原来就叫《十样景》。就凭一个小小的唢呐，就能吹出莺歌燕舞、鸟语花香的感觉，原先甚至连公鸡打鸣、母鸡下蛋、小娃啼哭都能吹出来，唢呐里头所有的技巧，吐音、滑音、颤音、花舌、指花……数不完的花样都在里头，考功夫哩！"

郭士林兴奋举手："我知道，从出生到嫁娶，再到下葬，人的一辈子都在这一个曲子里头！"

"对，一首唢呐断一生，六叔吹了一辈子唢呐，是民间的唢呐大师，原上的扫地僧。"昝茂昌眼睛笑成一条缝，"有这机会，你们还不缠住让他吹一首？"

"人老咧，有烙饼没牙了，《十样景》是吹不出当年的气势了。"严六爷笑着摇头，"小昝，你这娃还跟当年一样鬼，会打岔得很，娃们想知道你为啥哭，挠到你的痒痒处了，你拿我当挡箭牌哩。"

郭士林仍不放弃："六爷，那你给俺们说说，昝教授当年因为啥事哭成那样了？"

"郭士林！"昝茂昌大喊他的名字，故意沉下脸，"我布置的课题完成了没有？"

"还……还没。"

"那还有闲心在这儿嚼老婆舌?"

郭士林和雒青只好灰溜溜地离开。

方堃却站在原地没动,他看着昝茂昌,似乎想说什么,但刚张嘴,又像不服气似的紧闭起来。

昝茂昌见他半天没动,瞥了他一眼:"愣着干啥?还不快去?"

方堃原本有些紧绷的肩膀立刻松了下来,长长舒了口气,赶紧追着郭士林、雒青而去。

昝茂昌看着他远去的背影,无奈苦笑,兀自摇了摇头。

## 第二十六章 夜战

"老郭，昝教授到底出了啥课题？"回到厢房后，方堃终于道出了心中疑问。

"尹村隔壁有个杜陵村，"雒青回答，"昝教授让我们搞明白杜陵村和杜陵到底有啥关系。"

"隔壁村？"方堃瞪大眼睛，"那离杜陵还远着，能有啥关系？"

"那为啥叫杜陵村？"郭士林撇了撇嘴。

"所以你们查地方志就是为了这个？"

"废话。"

"昝教授带你们来原上的目的就是这？"

"你不是成天想搞清楚原上是什么情况吗？"雒青对他这几句反问很不客气，"昝教授说了，带我们来是趁着假期对这一带做个踏查。"

"真的？"方堃刚兴奋起来，但转念一想，又泄下气去，"可是踏查不应该在盗洞一带踏查吗？研究杜陵村跟杜陵的关系有啥用？"

一阵窸窣声响起。雒青和郭士林抬眼望去，见昝茂昌刚走进门，便赶紧给方堃使眼色。

方堃却丝毫没注意，继续吐槽："我看昝教授就是闲得慌。"

"这点东西都搞不明白，还谈什么踏查？"昝茂昌淡淡回了一句，便进了自己房间。

"三个鼻窟窿眼——多出你这口气！你就不能乖乖听一次话吗！"雒青压低声音，盯着方堃，一副恨铁不成钢的样子，"考古学是历史科学的一部分，到当地后先搜集有关资料，才能具体计划调查路线。最基本的你都忘了，你的书是不是读进狗肚子里了？"

"不就杜陵村和杜陵的关系吗？"方堃仍旧一脸不在意的模样，伸出一根手指，晃了晃，"一天，肯定给你掰扯清楚。"

听到方堃的声音，昝茂昌在隔壁房间内冷哼一声。他又扫了一眼桌上放着的圆形石头，似是思绪放空了片刻，而后继续埋头在考古日志上进行绘图记录。

齐有粮干完农活回来，方堃、雒青和郭士林三人还在低头翻书，或一目十行搜寻着关键信息，或聚精会神地钻研某几句，看到忘情时，甚至口中念念有词。

曹凤英做好了饭,让丈夫和女儿过来帮忙张罗。齐小满和齐有粮立刻在院子里支上矮桌和矮凳,摆上碗筷,几碗油泼面和面汤在桌上散发浓浓香气,将昝茂昌师生都吸引了过来。

晚风凉爽,虫鸣阵阵,众人围坐在一起,就着暖橘色的夜灯和皎洁月光悠然谈笑,吃得不亦乐乎。而方堃端着碗,独独蹲在一旁,一边往嘴里三两下扒拉着面,一边仍不愿放下手中的书,不知疲倦地翻阅着。一时间,他目不转睛到差点把面条送入鼻孔。雒青见到他的窘样,扑哧一声笑了出来。

夜已深,昝茂昌正洗脸刷牙,准备上床睡觉,忽听到隔壁传来郭士林兴奋的声音:"寻见了!总算寻见了!你们知道这首刘言史的《买花谣》不?"

昝茂昌一愣,停下手中动作,继续听着。

郭士林接着道:"'杜陵村人不田穑,入谷经豁复缘壁。'终于寻见一本记录过杜陵村的书了,这说的得是这杜陵村?'每至南山草木春,即向侯家取金碧。幽艳凝华春景曙,林夫移得将何处。'南山,杜陵村南边得是有山,还得有山谷有溪流,有悬崖峭壁?"

"这说的是不是鲤鱼沟啊?"雒青发问。

"鲤鱼沟真的在南边!"

纸张的沙沙声传来,大概是郭士林打开了地图。

"那咱找找看刘言史当时是不是来过这边。"方堃提议。

"光找地方志了,没借他的书,这会儿上哪儿找去啊!"

郭士林丧气地胡乱抓头发,听起来几人都很发愁。

"不对啊,咱就算搞清楚诗里说的杜陵村就是这个杜陵村,跟咱的课题又有啥关系?"方堃忽然反应过来,"这诗就是鞭笞当时苛政猛于虎的,也没提过半句跟杜陵有关系的东西啊。"

郭士林一愣:"也对啊。"

几人大失所望地唉声叹气。

听罢,昝茂昌摇头笑了笑,又继续洗脸。

这帮孩子,还真是可爱,让他看到了年轻人的朝气和韧劲,也让他恍惚感觉自己年轻了几岁。他相信他们能走得很远很远,但路不仅要走远,更得走稳……他多希望方堃能牢牢记住这一点。

不过,时间还长,他们一定都能做到。

已至凌晨,昝茂昌和齐有粮的呼噜声从不同方向的两间屋子传出,此起彼伏,震耳欲聋。

"知道我为啥不跟昝教授睡一屋了不？"郭士林困得直流眼泪，他指了指昝茂昌房间的方向，"跟飞机起飞的动静差不多，震得房顶都快塌了。真遭不住啊。"

方堃被他的悲惨模样逗笑，拍了拍他的肩。没过多久，方堃就听见身侧也传来了均匀的呼吸声，郭士林终究撑不住，还是先去找周公了。

他揉了揉酸涩的眼睛，一手翻着书，另一只手则拿苍蝇拍帮雒青赶着跳蚤。余光瞥见郭士林身上趴了一只大跳蚤后，他猛地一拍，郭士林直接惊醒，见方堃和雒青还在挑灯夜战，又赶紧坐起继续翻书。

几人身边没看完的书在不断减少。

厚云略微遮挡了烈日，在山林投下片片阴影。

一辆面包车在林边停下，观山大师被蒙着眼睛提溜下来。刘强打开他的蒙眼布后，他才注意到眼前站着四个人，分别是穆见晖、黎远光、刘强、王金发。

一个蛇皮袋被丢在了观山大师面前，他探头一看，是一袋子麻钱。

"观山大师，一个坑十万，这就是我花二十万出的货。"穆见晖克制着语气中的不耐烦，然而神情已格外凝重。

"赌坑，玩的就是个赌，输赢看运气！"观山大师倒也不惧，"咋？输不起？"

"输一把是我运气不好，两把都输，得是你本事不济？"穆见晖冷笑。

"输十把的也有，愿赌就得服输。"

不等他说完，黎远光的匕首已经抵在了他脖子上。

"久住坡，不嫌陡！"观山大师面不改色，梗着脖子，"上回架在我脖子上的刀比你这还利些。"

"我是诚心买坑，你日弄错人了。"

"没人日弄你，你给土地爷递的名帖，让不让你发这个财，得看土地爷的意思。"

他倒也是见过场面的人，如此情形下连呼吸节奏都没怎么变，反而有理有据地辩解，甚至丝毫不避穆见晖的眼神，与他对视了许久。

半晌后，穆见晖摆手示意，黎远光放下了匕首。

"第三个坑，要是再没货，玉皇大帝也救不了你。"黎远光在他耳畔咬牙说道。

几人一路步行，走向山林更深处。绿意盎然，树木葳蕤，葱郁葱茏，却也遮天蔽日，格外荒凉。伴随脚步声的只有树叶被踩到的沙沙声响，还有小动物在灌木中躲藏的小动静。

观山大师手拿罗盘,嘴里呜呜囔囔:"龙来十里,气高一丈,龙来百里,气高十丈。凡有真龙或真穴,必有潮源水合聚,山随水曲抱弯弯,有穴分明在此间。"

"山环水抱,草木畅茂,藏风聚气……"穆见晖环顾四周,"倒像是个有穴之地。"

观山大师冷哼一声:"你倒是个懂行的,那该知道我没日弄你,咋还要这种流氓。"

"不敢班门弄斧。"穆见晖语气这才软了几分,"大师,听说你们看穴也跟中医一样,讲究个'望闻问切',具体是咋个'望闻问切'法?"

"这是我的家学,秘不外传。"

"我就是个门外汉,你们这学问比天大,要是听一耳朵就能学会,那不是人人都能当观山大师了?"

"你这话说得倒是入耳,那我就破个例跟你谝两句,省得你觉得上当受骗。"

观山大师似乎心情好了几分,也认真与他交谈:"'望'就是看风水,观草木,虽然咱们现在看阳宅跟过去很不一样,但阴宅自打有《易经》以来,可谓是一成不变。像这种风水宝地,没跑,肯定有大墓。"

"那观草木呢?"

"古墓底下的土基本上都是夯土,庄稼一般都长不好,看草色就能看出来。"

"好像还真是……"

"'闻'嘛,秦汉的墓葬喜欢用水银、朱砂和青膏泥防腐,到了唐宋时,木炭和石灰也用得多。这些东西基本都有味儿,懂行的人,闻一下土,基本上就能知道底下是哪朝哪代的墓了。"

"哦……"穆见晖若有所思,在心中反复盘算,暗暗记下这些线索。

"'闻'还有另一层意思,就是听。打雷的时候,大型古墓听回声就能听出来,清朝时候的焦四知道不,他就有一手听雷辨墓的绝活。"

"那'问'呢?"

观山大师还没回答他,便忽然意识到已走入了一片栗子林中。

他选中一地停下:"就这儿。"

黎远光拿出一把洛阳铲,正要下铲子。

"点根烟。"观山大师又说。

黎远光皱眉，看向穆见晖，后者点了点头。他这才点燃一根烟，递给了观山大师。

"给我干啥？给土地爷点上！"观山大师无语，直接数落起来，"你们干过没有？一点行规都不懂。"

黎远光狠狠瞪他一眼，不耐烦地把烟倒插在地上。

"弟子观山，焚香敬请土地爷，今良辰吉日在此动土，惊扰尊驾，冒渎神威，请开恩赦罪，慈悲成全。"

观山大师口中喃喃自语，双手合十，模样虔诚。念完这些，他方才对穆见晖点头："可以动手了。"

黎远光几人早已等不及，立刻掌着洛阳铲下铲子，没多久便勾出了一铲子土。

观山大师先端详土色，后又用鼻子深深一嗅："是个唐墓。"

"是五花土，确实有墓。"穆见晖过去看土，又问，"但咋闻出是唐墓的？"他吸了吸鼻子，使劲闻，却仍没有头绪。

观山大师大笑："没个几十年功夫，你娃还想闻土呢？"

穆见晖闹了个大红脸，不再多说。

两人说话间，黎远光和刘强几人已经开始忙活了。刘强打开蛇皮袋，把铁锹、铁镐、洛阳铲、探钎、尼龙绳和十几米的宽幅白布等工具都掏了出来。王金发则拿出七八个蛇皮袋，给袋子口包好细钢筋，使袋子口部撑开，以便装土。黎远光则准备妥了他事先炒好的炸药。

"盗墓你们在行，但看穴这门功夫，没个家传，不攒个几十年的道行，还真进不了门。十万一个坑已经是良心价了。"观山大师没忘在一旁为自己辩解几句。

"是不是真功夫，值不值这个价，挖完这个坑就有定论了。"穆见晖微微一笑。

说话间，天色已经暗了下来。

黎远光用探钎打好洞，把炸药一点点装填进去，准备就绪后，他果断地引爆。

很快，一个洞就被炸了出来。

天色已暗，隐蔽处，另一个同伴胡庆业正在望风。

穆见晖和黎远光则等在洞口，时不时往下张望一眼，看看刘强进行到哪一步了。

过了一会儿，穆见晖抬手看表，虽未言语，眉头却略微蹙着。

黎远光直接冲底下喊:"有货吗?"

"没有——"洞里传来刘强的声音。

穆见晖和黎远光一齐看向观山大师。

观山大师此刻也有点心虚了,但表面仍然镇定自若:"墓大,挖的时间自然长。"

黎远光不说话,拿起一个蛇皮袋,几步走到观山大师跟前。

观山大师警惕道:"干啥?"

黎远光一把抓住他,拿出袋子里的炸药就往他身上绑。

"想耍蛮?"观山大师慌了,"你就不怕惊了土地爷?"

"我生平最恨江湖骗子。"

观山大师想反抗,却哪里是黎远光的对手,很快,黎远光就给他绑了满身炸药。

"再挖十分钟,没有货,就把你炸成肉末儿给土地爷开荤。"黎远光冷冷道。

观山大师强装镇定,却没忍住吞咽一口口水:"我观山大师看墓,不会打眼。"

盗洞底下,刘强和王金发已进入了墓道,但墓道里有些塌土,他们边挖边前进,早已满头大汗,累得快喘不上气。

# 第二十七章 真相

十分钟很快过去。

黎远光看了看表,又问洞里:"有了吗?"

刘强的声音遥遥传来:"还是没有啊!"

黎远光沉默不语,大步走向观山大师,拿出火柴就要点。穆见晖目睹了这一切,并未阻拦。

第一根火柴没点燃,观山大师面如土色,却仍然装得镇定自若。他本以为黎远光只是吓唬自己,没想到黎远光毫不犹豫地点燃第二根火柴,接着就把引线点着了。

观山大师这下真被吓到了,急切嘶喊着,脸涨得通红,额头上青筋一突一突:"不可能没有!绝对有!这是乐安县主跟她老汉的合葬墓,我敢保证绝对没人动过!"

穆见晖一把捏灭了快速燃烧的引线:"啥乐安县主?"

观山大师一屁股坐在地上,泄了气:"这墓主是唐高祖的孙女,她爸是高祖的娃,她嫁给了一个参军,她的封号是乐安县主,差不多也算个公主。"

穆见晖挑眉:"你刚咋不说?'望闻问切'还能算出这是谁的墓?"

"啥'望闻问切',都是骗人的……不把调子唱高点,人家咋能出那么高的价买坑?说到底,就是多看书、多问人。"观山大师讪讪道,"拿这个坑打比方,我也是先在书上知道有这么个人,大概葬在这一片,怕摸不准,又装成算命的在这附近转悠了一个月,打听到这片地里的庄稼多少年都长不好,只能种树,后来有几个老汉说小时候还在这达捡过陶俑,这基本上就八九不离十了……"

穆见晖半信半疑地看着他。

"你不信我,总得信书吧,史书里头都有记载,《乐安县志》里头也有写。"

"听明白了,确实也是'望闻问切',"穆见晖略一沉吟,道,"望书,闻土,问当地人。"

"'切'也是个学问。寻到古墓以后,咋打洞能最快下到埋人的地方?据说以前有个军阀孙殿英,盗乾隆跟慈禧墓的时候,动用了一个旅的兵力,挖了两天两夜都没寻见墓室,最后还是想法寻见当年修墓的老石匠,逼人家说

· 166 ·

出墓道口才进去的。"

"说白了，就是把各个朝代墓的形制、啥人用啥规格的墓搞清楚，才能一铲子下到墓室。"

"你是个灵醒人，一点就通，归根结底就是个学。咱虽跟考古不同，但得多向那些搞考古的学习，多看多问，下功夫学。"观山大师顿了顿，"话都说到这份儿上了，你觉得我还能骗你？"

穆见晖想了想，转头问黎远光："挖到第几个天井了？"

"啥天井？"黎远光愣了一下。

"问下他们，过了几道壁龛了？"

"过了几道壁龛了？"黎远光的声音下传到盗洞墓道内。

"啥是个壁龛？"刘强侧头问同伴。

王金发犹疑道："是不是刚才两边凹进去的地方？"

"好像是的，咱过了几道？"

"三道。"

刘强于是大声回复黎远光："三道！"

听到刘强的呼喊，穆见晖点头："继续挖。"

"还挖？"黎远光蒙了。

"壁龛一般都在天井底部两侧，三道壁龛代表过了三个天井。唐墓的天井数量是墓主身份的象征，身份越高，天井越多。这个墓已经三个天井了，肯定是个大墓，继续挖，应该就快到墓室了。"穆见晖说道。

黎远光听罢，十分佩服他的学识，多了几分继续下去的底气，便立刻朝洞里喊："接着挖！"

观山大师看着穆见晖，很是欣赏："你懂的也不少。"

穆见晖淡淡道："跟你一样，爱看个书。"

最后一层塌土被清开，眼前终于露出墓门。王金发兴奋不已："哥，终于到门口咧！"

"妈的，"刘强啐了一口，"差点把人挣死！"

两人抡起大锤，一起砸了下去，墓门刹那间被破开。

刘强激动地冲盗洞外大喊："哥，有了！"

最后一袋宝贝被吊了上来，旁边已经堆了几大袋子，鼓鼓囊囊的。穆见晖很是欣慰，看来这个墓收获颇丰。

黎远光几人一刻没闲着，开始用土掩盖盗洞。

"兄弟，三十万我还给你，买我一条命。"

观山大师看他们已经收工,开始想自己的后路。他战战兢兢央求着,早已没了最开始的硬气。

"三十万是我买坑的钱,不用还。"穆见晖倒并未在意。

未承想观山大师直接扑通跪下:"我再求你一件事。"

"啥事?"

"我后半辈子还得在这行混,求兄弟几个把今天的事烂在肚里,别断了我的生路。"

穆见晖心下了然,朝手下几人看去:"今天发生啥事了?你们记得吗?"

黎远光几人皆摇头。

"出了这片林子,咱们就没见过。"穆见晖上前解下观山大师身上的炸药,又把他扶起,"断人财路的事我绝对不干,尤其是读书人。"

"兄弟,你是个讲究人,人也灵醒,要是不嫌弃,你就认在我门下,我教你看穴。"

穆见晖却摇头:"该学的我都学到了,你要真想教我,就送我几本书吧。"

观山大师感激万分,终于松了口气:"没麻达,书摊送给你都行!"

次日,天色灰蒙蒙,红日还躲在山峦背后,慢腾腾地向上攀,鸡鸣便已不绝于耳。

齐小满推开房门,端着脸盆准备打水洗漱,却见厢房里方堃三人还顶着"熊猫眼"翻书,原本没看的那高高几摞已经快被翻完了。

"雒青姐,你咋又没回咱屋?"

雒青弯唇:"怕开灯打扰你。"

"我的神,"齐小满啧啧感慨,"你们这几天天天晚上不睡,要当神仙啊?"

郭士林耸肩:"某些人撂了狠话,我们不参透真经哪敢睡。"

"饿了吧?"齐小满眯了眯眼,"我去烧饭!"

"唉,啃了一晚上书,我这会儿什么都吃不下。"雒青苦笑道。

郭士林往椅背一仰:"我也只想躺倒就睡。"

方堃始终没说话。他加快速度翻完了最后一页书,直接撂下东西,起身就要往外走。

雒青忙喊住他:"方堃,你干啥去?"

"去杜陵村,再找资料!"他一脸不甘心,"我就不信这天底下还有寻不见根的树。"

雒青和郭士林无奈对视。

"真是不见黄河不死心。"郭士林摊开手。

话虽如此,两人还是一起跟了过去。

一辆面包车在乡间小路上疾驰。

"听说姓穆的又挖了一批大货,真是好人不长命,祸害活千年!着气死了!"

大头愤愤然在车上抱怨。

邢兆虎一言不发,只是往前开着车,但后视镜中的一双眼睛却露出凶光。

"被姓穆的老小子当猴耍,让人家卖了还给人家数钱,一颗糖都没吃上,还落一顿板子,出的是牛马力,吃的是猪狗食!"山娃也愤愤不平。

"狗日的一嘴蜜一肚脓,命还大得很,被活埋了都能爬出来,早知道那天一梆子把他敲死。"大头越说越气,"老大也不知道咋想的,咋又跟这种货盖一床被了,弄得咱前后不是人了。"

邢兆虎叹口气:"说到底人家是一家,打断骨头连着筋。咱就是个下苦的,上面泼水,下面扯脚,两头受屈。"

"那咋办?"山娃瞅了瞅车上两人,"连炮手都叫人拐走了,咱们上山钓不着鱼,入水打不着柴,饿死算了!"

邢兆虎猛地踩下刹车,面包车戛然停下。

山娃因惯性向前俯冲了一下,差点把脑门磕在前方椅背上。他刚想骂骂咧咧,目光忽然晃到外面,认出了尹村地里那座风水冢:"老大,这不是咱挖的那个洞吗?"

邢兆虎也看向风水冢的方向,咬咬牙:"咱要翻身,还得靠大坑,尹村的浪大着呢,敢不敢再下一回海?"

"哥,你只管发话,"山娃忽振奋起来,像是看到了希望,"你旗往哪儿指,俺们兵往哪儿杀。"

"三人一条心,黄土变成金!"大头也跃跃欲试。

邢兆虎咧嘴一笑:"那就整!"

杜陵村村委会。

"前几天你们刚把我村村委会给翻了一遍,咋又来咧?"

村长正在埋头翻箱倒柜地寻找,嘴里不住抱怨:"粪堆上不长灵芝草,村委会又不是图书馆,认字的都没几个,哪有那些个书嘛!"

"再寻寻,看看以前村里有没有留下啥记录,书、族谱之类的,只要是记录就行。"方堃赔着笑脸,在一旁搓手期待。

村长斜他一眼:"你们寻这些东西干啥呢?"

"我们在研究一项很重要的课题,跟杜陵村有关的,"雒青解释道,"麻烦您再回想回想,看看跟杜陵村历史有关的,还有没有什么记载。"

"噢,意思是要研究俺们村,"一和正儿八经的研究课题扯上关系,村长大概懂了几分重要性,态度缓和了些,但仍然不解地嘟囔,"嘻,俺们这一嗓子就能从东头喊到西头的小村子有啥好研究的嘛。"

"您有所不知,咱这村子不大,来头可大着呢。咱这儿叫杜陵村,从名字看,杜陵是汉宣帝的陵墓,但是看地理位置,咱这村挨着的是汉太宗媳妇的窦皇后陵,离着杜陵还远着呢。要是搞明白了这中间的联系,说不定就能改写一段历史嘞!我们的课题就是要弄清楚,这杜陵村跟杜陵究竟是啥关系。"

郭士林给他耐心掰扯,末了又挤眉弄眼,拍拍手:"伯,你说说这重要不?"

"杜陵村跟杜陵能有啥关系?屁关系都没有。你娃刚有句话说对了,咱这村挨着窦皇后陵,其实原先是叫窦陵村,但俺们这儿人咬字不清,'窦''杜'不分,我说杜甫李白,人家还以为是豆腐李白呢,叫着叫着,俺们村不知道咋就叫成杜陵村了。"村长竹筒倒豆子般一股脑说了出来,摇了摇头。

"啊?!"三人得知答案竟然如此简单,呆看着村长,一时无语凝噎。

"喂了三天跳蚤,熬了三天三夜!原来就是谐音。"

在乡间小道上走着,郭士林垂头丧气。

"真的是河边洗黄连——何(河)苦。"

方堃话音刚落,雒青笑着说道:"原来搞了一通,咱们是盲人戴眼镜——假聪(充)明。"

郭士林见状也杠上了:"归根结底,还是矮子倒水——水平(瓶)不高。"

"我看啊,昝教授出这个题就是存心不良。"方堃越说越来劲。

"对,"郭士林点头,"分明是膝盖上钉掌——离题(蹄)太远。"

"那咱应该送些腊八蒜和炮仗给他——算(蒜)账(仗)。"

方堃故作深沉,皱起眉头,伸出手指,对着刚说完话的雒青摇了摇,模仿昝茂昌的语气:"我看看老虎拉车——谁敢(赶)!"

扯到这里,三人不禁哈哈大笑起来,笑得"人仰马翻"。

笑弯了腰的郭士林好不容易平复下来,揩掉眼角的泪水后,又不解道:"不过……我真想不明白,昝教授为啥要给咱出这么简单的课题。"

# 第二十八章 往事

天色渐亮，昝茂昌刚洗过脸，很是精神。他正跟齐有粮一家三口吃着饭，一口油馍一口胡辣汤，吃得馋人。

"昝教授，您吃得怪香的。"方堃从旁边走来，笑眯眯地看着他。

"这几天睡得好，自然吃得香。"

"但我们一夜没睡呢。"方堃语气中略带些阴阳怪气。

"哦，难怪半夜老听到叽叽喳喳的声音，我还以为是老鼠开会呢。"昝茂昌心情不错，也调侃起来，"找到答案了吗？"

"找到了，杜陵村跟杜陵根本没关系，人家因为挨着窦陵，本来是叫窦陵村，当地人'窦''杜'不分，才给叫成了杜陵村。"郭士林凑近几步。

昝茂昌点头，看了看表："还行，再晚点有些人就白叫板了。"

方堃惊讶挑眉："您早就知道答案？"

"出题的人知道答案，有问题吗？"昝茂昌反问他。

"就因为一个谐音村名，让我们翻了这么多没用的书？"方堃性子急，明显火气上来了，"这不是浪费大家的时间吗，有这些时间，都踏查好几里地了。"

昝茂昌却轻描淡写道："我只说让你们找答案，有说让你们翻书吗？"

三人一时语塞，面面相觑。

昝茂昌喝完了最后一口胡辣汤，起身进屋，不紧不慢地丢下了一句话："我也是头回听说，翻书是浪费时间。"

等教授进了屋，齐小满压低声音说："先吃饭。"

方堃三人闷闷不乐地坐下后，小满又凑到雒青耳畔小声道："雒青姐，我就知道杜陵村以前叫窦陵村，你们为啥不早点问我啊？"

三人听罢，更语塞了。

"但我觉得昝教授出这么简单的题……"雒青单手托腮思考着，"肯定有他的用意。"

方堃则不以为然地翻白眼："能有啥用意？就是故意折腾我们呗。"

回房后，昝茂昌很快便把铅笔、米格纸、地图、塑料封口袋、折叠工兵锹、手铲等物收入大书包，拿着包便准备出门。

走过院子，他看也不看三个学生，只淡淡抛了一句："今天出门踏查，谁去?"

三人赶紧几口扒拉完碗里的饭,抄起自己的包就跟了上去。

旭日初升,红光万丈,行在泥泞小路上,他们时不时与外出劳作的农民擦肩而过。昝茂昌打头阵,方堃、雒青和郭士林则乖乖跟在后面。迫于教授威严,三人都不敢多说话,一时间气氛很是凝重。

直到路过一棵看起来有百年历史的老树,昝茂昌顿住脚步,抬头望那高大的树冠,枝干盘虬,翠叶繁茂。半响过去,他的目光始终聚集在那一片苍绿上,似乎早已陷入回忆。

方堃三人都注意到了他的神情,于是站在一旁等候。

"昝教授,"郭士林没忍住揶揄一句,"您当年该不会就是在这棵树底下哭的吧?"

雒青偷偷拿胳膊肘撞他一下。

没想到昝茂昌这次却没排斥,点了点头:"我到现在还记得被马蜂蜇的滋味,要不是当年中了蜂毒,这些年说不定还能多出几篇论文呢。"

郭士林见教授不责怪,大着胆子继续追问:"那您当年到底为啥哭啊?"

"走,先带你们去个地方。"

偌大的关中平原一马平川,整齐的村落和耕地黄绿色块相间,泾渭分明,因此眼前布满杂草的古冢尤其醒目。

这块突出于平原之上耸峙的高地,便是薄太后的安息之处——南陵。

昝茂昌左顾右盼,似乎正在南陵一带寻找着什么。

"教授,咱们来薄太后陵干啥啊?"方堃摸不着头脑,"这里离黑陶俑的盗洞远着呢。"

雒青想到方才教授看树的神色,略一思索,道:"这儿是不是您三十年前发掘过的地方?"

"找到了!没想到当年种的这棵桑树还在!"昝茂昌忽然惊喜地喊出了声。他看着眼前枝繁叶茂的桑树,激动之情溢于言表,一时百感交集。

"听说你们当年在薄太后陵陵园西墙外发现了二十余座陪葬坑,出土的陪葬品里有很多动物骨骼,而且竟然有犀牛骨和大熊猫骨。"回忆起自己学过的知识,雒青看着桑树,也一脸神往。

"咱秦川这地界有大熊猫不稀奇,咋还有犀牛呢?"郭士林挠头。

"我记得刘庆柱和李毓芳先生的《西汉十一陵》里有提到过,南陵殉葬的犀牛,属于爪哇独角犀,跟唐高祖李渊献陵司马道上的巨大石犀是同一种属,产地应该是在九真、日南等郡。这些犀牛应该是当地统治者进献给汉朝皇帝并饲养于上林苑的。"

雒青赞许地看着方堃，连连附和："对对对，这是首次发现把大熊猫和犀牛作为陪葬品。"

"那你们知道不，当年我差点改写了这个历史，酿成大错。"昝茂昌打断了他们的讨论，神情比往常更为严肃，还多了几分淡淡的怅然。

三人都很吃惊。

深呼吸后，他将尘封在记忆里的往事又翻了出来："当年我二十多岁，跟你们差不多大，虽然那是我第一次参与这种重大项目的发掘工作，但也跟你们一样，意气风发，自信不疑……"

那是在差不多三十年前。

"小昝！快来！"

王老师的探方里似乎挖出了什么重要的东西，他连忙出声唤着。

年轻的昝茂昌脚步轻盈，几步便到了跟前，他惊讶地看着面前的外藏坑，那里躺着一副刚被清理出来的巨大动物骨架。

"你看这像个啥？"

昝茂昌略一思索："怕不是个牛吧？"

"你赶紧去一趟镇上，打电话回学校，找一下地质学系的古生物学家杨老师。"王老师心存疑虑，便吩咐昝茂昌去联系专家。他总感觉，这个骨架并不能完全与牛骨架对应上，但具体哪儿不对劲，他也不太说得上来……要是队伍里有动物考古方向的老师就好了。

"好嘞！"昝茂昌倒没什么压力，利落地把挎包往后一甩，便撒腿跑向不远处地垄旁的二八大杠自行车。他跨步上车，一路飞蹬，额前的发丝随风飞扬，挎包也在胸前舞动着。

过了一会儿，昝茂昌便载着一个男人回来了。

发掘老师立刻迎上来："杨老师……"

话音未落，待看清来人后，他却愣住了——面前这位戴眼镜的中年人并不是杨老师。

"杨老师带着几个学生跑古越搞调查去了，我没找着，就在镇上的中学找了位生物老师，我想着就是个牛骨嘛，生物老师应该认得。"昝茂昌连忙解释，还为自己的临场应变能力沾沾自喜。嗯，他觉得自己没看错，应该就是牛骨，找个生物老师来不就解决了？这下能节省不少时间，他多聪明！

没想到发掘老师瞪了他一眼，他有点摸不着头脑。

那位生物老师见状，也略感尴尬，只好干笑："能带我去看看骨头吗？"

"这是吴老师……"昝茂昌忙介绍道。

发掘老师颇为无奈，也不好赶人家走，只好伸手指向外藏坑："吴老师，您跟我来吧。"

走到坑边后，吴老师蹲下研究了半天，皱着眉若有所思，嘴唇张开了多次，但刚要说什么，想了想不对劲，又把嘴巴闭上了。大约是被几双眼睛齐刷刷盯着，再不说点什么也不好意思了，于是他只好硬着头皮道："骨骼保存得有些不全，但是从骨架构造上看，应该就是体型比较大的野牛。"

"王老师！"旁边探方里有发掘队员招手大喊，"这里又发现了一块动物头骨。"

"好，我马上过来！"王老师应着，又转头嘱咐昝茂昌，"小昝，你先把吴老师说的记下来。"

"好！"昝茂昌立刻掏出笔记本，认真做着笔记。

回忆至此，昝茂昌顿了顿，又深吸一口气平复心情，眼睛里略带晶莹泪光："我按照吴老师说的记录下来以后，又将这段话写在了考古报告里。但是没想到，过了一段时间杨老师回来了，因为当时那块新出土的头骨，既不像牛的也不像马的，杨老师听说以后很有兴趣，专程从古越跑回来鉴定，才发现是大熊猫头骨，他顺带把那副牛骨架也做了鉴定，我们才知道是犀牛骨。虽然考古队的老师没有一个人批评我，但是我心里特别难受，跑到那棵树下哭的时候，我真恨不得吊死自己，就因为我的想当然，差点毁了犀牛骨，毁了一段历史，我差点变成历史罪人。"

郭士林不解："可是犀牛和牛的头骨应该是有区别的，犀牛有那么大一个角，你们咋会看错？"

"当时骨架缺失了一部分，我就想当然地认成了牛。确定是犀牛以后，我们又在坑里寻了寻，才找到了犀牛角。"昝茂昌叹息一声，"我跟你们讲这段当年的丑事，就是想告诉你们，人一旦主观认定后，再多的证据都会视而不见。"

"我现在理解您为什么让我们研究杜陵村和杜陵的关系了。"雒青正色道，"我们刚接到课题时，都想当然地以为它背后有深厚的历史渊源，想当然地就去找地方志、寻典籍。要是一开始不那么先入为主，应该不难注意到其实是方言的原因，哪怕问问小满，都能找到答案。太过想当然，就会一叶障目，永远看不到其他可能，也就不可能发现真相。"

方堃和郭士林也思索着。他们原来认为自己被教授诓了，做了无用功，其实细想来……是他们一开始就只认定了一条路，完全忽视了其他可能性。

昝茂昌领首，又语重心长道："很多人认为考古学没用，但是考古学可以让一个民族的历史变得更加清晰。中华文明是世界上唯一自古延续至今、从未中断的文明，考古发现可以补足史料典籍中缺失的记载，拼凑、复原历史的每一个脚印，把中华文明发展的全貌展示给世界。所谓叩坤补史，就是我们考古的意义。我们的工作很重要，考古人的每一句话、每一个判断，都关系着一段历史和文明，所以要慎之又慎，永远不要先入为主，不要轻易下定论。"

郭士林和雒青深以为然，连连点头。

而方堃却在一旁沉默不语。

师生几人走到黑陶俑盗洞附近后，方堃却停下了脚步。

"方堃，你现在再猜猜，这会是谁的墓？"昝茂昌笑着看他。

方堃刚想说话，突然想起之前自己急急忙忙跑去找教授说的那些话。当时还挺胸有成竹的，现在想来倒有点尴尬……确实，考古与推理相似，将所有线索串起之后得出答案确实很"酣畅淋漓"，但也容易让人陷入想当然的陷阱中。

他于是汗颜："没有确凿的证据，我不敢胡猜……"

昝茂昌欣慰，拍了拍他的肩膀："这趟原上，我们没有白来。"

"汪！"

郭士林脚下突然传来奶里奶气的狗吠声，他低头一看，居然是黑嘴。

"黑嘴？你咬我鞋带干啥？"

"黑嘴！"严守村从不远处跑来，大声呵斥。

黑嘴立刻住了嘴，乖巧地绕着他转，尾巴直摇。

"我平时老跟黑嘴说，谁拿铲谁就是盗墓贼。"严守村尴尬一笑，"你们拿个铲，黑嘴把你们当贼了。"

"小黑嘴，我前几天在原上白给你吃肉了，拿个铲你就不认人咧。"郭士林低头数落。

雒青干脆蹲下，伸手逗着黑嘴："我们黑嘴这是聪明，对不对？"

黑嘴摇着尾巴亮起肚皮，任由雒青抚摸。

昝茂昌也忍不住摸了摸黑嘴："黑嘴，有你这么个好帮手，盗墓贼肯定不敢来了。"

"你这老汉别胡说！"未承想严守村反而板起个脸，"盗墓贼不来，我咋收拾他们，黑嘴咋给它爹报仇？俺俩天天蹲这儿，就是为了亲手抓他们。"

见他那一脸严肃的认真模样，大家都忍不住笑了。

夕阳西下，昝茂昌几人走在回齐有粮家的小路上，狗尾草在路边沙沙作响，与摇尾的黑嘴相映成趣。

方堃走在最后，耳畔一直回响着导师的话："你看到的证据，那么多研究汉帝陵的专家也能看到，为啥没人妄加揣测？因为绝对不会有人仅凭一句墓里有香味和一张有土包的老照片，就去给一段历史下定论。"

他追着夕阳下自己的影子，将思绪放空到遥远的地平线那端。远处隐约传来小学生的朗读声，稚嫩而青涩。

"相见时难别亦难，东风无力百花残。春蚕到死丝方尽，蜡炬成灰泪始干。晓镜但愁云鬓改，夜吟应觉月光寒。蓬山此去无多路，青鸟殷勤为探看。"

已至深夜，齐小满早就在床上睡着了，发出细微的均匀呼吸声，还偶尔在睡梦中吧嗒嘴，模样煞是可爱。雏青替她披了披被子，还不着急上床睡觉。

透过窗户，可见院子里某处还亮着灯光。她探头望去，灵机一动，披上薄外套便走了出去。

厢房地铺上，郭士林已经睡得昏天暗地，呼噜声震天响。方堃还没睡，就着烛光，一只手堵着耳朵，另一只手正在纸上飞速写着检讨书。

"写什么呢？"雏青的声音在他头顶响起。

方堃赶紧把纸翻过去。

雏青歪头看他："终于知道错了，良心难安睡不着？"

"屁……"意识到不妥，方堃赶紧改口，将纸压到手肘底下，面露窘相，"胡诌啥呢，谁良心难安了，我是叫老郭这炮仗声给吵得。还嫌弃昝教授呢，昝教授要是卧龙，他就是凤雏，不相上下。"

雏青笑了："有件事我一直没跟你说。你老说昝教授不喜欢你，我看他最重视的就是你，越寄予厚望，对你就越严苛。你这回犯这么大错，要不是他求情，你已经被开除了。"

方堃呆住了。

"就这样，他还是没有放弃你，这回来原上，我跟老郭就是你的太子伴读。"她耸耸肩，"你再不反省，真就辜负他的一片苦心了。"

说完，她便迈着轻快的步伐离开了。

身后，方堃偷偷湿了眼眶，他用袖子胡乱一抹眼泪，索性把刚才那张纸撕掉，重新拿出一张，开始奋笔疾书。

直到月亮被云遮住，他还在继续写着。

蜡烛静静燃烧，油一滴一滴无声地落下。

方堃终于搁笔，白纸已经密密麻麻写满一页，字迹比上一张纸上的工整许多。他抬眼望去，昝茂昌的房间居然还亮着灯。

他紧攥着写好的检讨，起身便向外走去。但走到昝茂昌房间门口，刚伸出手想敲门，却又不好意思了，不住徘徊着，手起起落落，迟迟没真正敲响门。

"吱呀。"

门突然开了，方堃下意识把检讨藏到身后。

"方堃？还没睡？"

"没……"

"找我有事？"

"我……"方堃羞红了脸，将头低得更深，"没……没啥事！"

唉，不是早就决定要好好道歉了吗，为什么这时候却说不出口啊！

他在心底埋怨自己是个胆小鬼。

而昝茂昌却神色平静，难得温和道："我被士林这小子吵得失眠了，正想出去跑跑步，一起？"说着他便伸手穿上外衣。

方堃愣怔一瞬，迅速反应过来，连声答应："唉，好！"

## 第二十九章 和解

昝茂昌在前面大步走着，方堃跟在后面，检讨捏在手上，被捏得皱皱巴巴的，还被手心的汗浸出了印子，但他犹豫了好几次，都没敢给出去。

昝茂昌走得很快，方堃都有些跟不上了。

"你知道咱们干田野考古的，什么最重要吗？"昝茂昌忽然回头看他。

"肚里的墨水。"

"肚里墨水再多，要是没个好身体，发掘现场你都来不了。我从三十岁就开始每天锻炼，我告诉自己，要是学术成就比不上其他人，我就跟他们比谁活得长，用时间战胜天分。"昝茂昌眯眼笑了起来。

"教授……"方堃吞咽口水，犹豫道，"您那次犯错之后……后来怎么样了？"

昝茂昌放慢脚步："那次从原上回去后，我一直觉得抬不起头，心里跟压了个磨盘一样，好几年都喘不过气。正好我有个同学在榆塞有个考古项目，他劝我把秦汉考古先放一放，去他那儿散散心，我就过去了。"

"榆塞？"

昝茂昌点头："到了那边一看，千沟万壑的，光秃秃的山梁，干巴巴的河床，还有让人肝肠寸断的信天游，确实很苦。但我头一回感觉到轻松，因为天高地远的，没人认识我，也没人知道我丢过啥人，所以我去了就留在那儿了。"

"留在那儿？干啥？"

昝茂昌仰头望着漫天繁星，豁达道："咱们省是长城资源重要省份，是黄土高原榆塞沙漠托起的长城。长城是咱们中华民族的精神图腾，但是关于长城的长度、走向、结构、布局和时代等重要信息，考古资料上却有很多空白。到了榆塞，我被天兴楼深深震撼，它就像那些生活在黄土高坡的人一样，饱受风沙侵袭，却顽强矗立在那里。所以，我决定留在榆塞，做长城资源的踏查。"

"可这跨学科了啊。"方堃仍不能理解。

"没有谁规定不能跨学科，我们考古人也跟军人一样，都是革命的一块砖，哪里需要往哪里搬。"昝茂昌抿唇，"再说了，我当时也觉得实在没脸在秦汉考古领域里混了。"

联想到导师的学术履历，方堃又疑惑起来："那您后来怎么又做回秦汉考古了？"

"在榆塞待了几年，每天骑着骆驼去找长城遗迹，即使黄沙灌鼻、口干舌裂、缺吃少喝的，也不觉得苦，勘察完一个遗迹，比捡了金元宝都高兴。后来再想起那段日子，光记得沙子细软、驼铃悦耳、夕阳金黄、星空璀璨。人在见识过大自然的宏伟之后，才会意识到自己那点个人得失有多狭隘，什么丢不丢人、成不成果，爬一边儿去！慢慢地，心里也就放下了，正好秦川这边需要人，我就回来了。可惜在榆塞待的时间太短，精力太有限，我当时想写的长城资源调查报告初稿到走的时候都没写完，也不知道还有没有时间再回去一趟，把那些没完成的报告写完……"

方堃被他说得也生出一些向往："被您这么一说，我都想去了！"

"你还年轻，有的是机会，要是你哪天想去了，记得通知我一声，看看咱俩能不能搭个伙。"昝茂昌爽朗打趣道，"但有一点，你这心肺功能还得练练。"

方堃笑了。

昝茂昌故意凑近他，探头道："你手里捏的啥宝贝，再捏就被捏碎了。"

"我写的检讨……"方堃挠挠头，心态也轻松了许多，索性说了实话，"我老实交代，之前您让我写检讨，我连一个字都没写过。"

"用脚后跟都能想到，赶马三年知马性，你的性子我还不了解？"昝茂昌笑笑，"来，让我看看，你到底错哪儿了。"

方堃拿出检讨，正要交给昝茂昌。

然而就在此时，几声尖锐的叫声突兀响起，随之而来的还有愤怒的吼叫，那人像是用尽了全力："站住！……贼娃子哪里跑！……给我站住！"

昝茂昌和方堃一齐看过去，只见远处的地垄上，严守村正提溜着一把铁锹狂奔。

"守村叔？"方堃眯眼辨认，伸出手指，"那是不是盗墓贼？"

顺着他手指的方向看过去，两个盗墓贼正在拼命逃窜。

昝茂昌立刻严肃起来："方堃，你赶紧回去，联系齐有粮报警。"

"好！"方堃刚应完，又扭头看他，"那您呢？"

"我得去拦着守村，可不敢跟盗墓贼硬刚，万一狗急跳墙再伤了他。"

"还是我去吧。"

"你这娃还没我腿脚快呢，别磨叽了，赶紧去！麻溜点。"昝茂昌厉声催促他。

见他如此坚决，方堃只好跑开。
昝茂昌也不犹豫，直接朝着严守村的方向追了过去。
"有粮伯，有粮伯！"
方堃气喘吁吁跑回去，疯狂拍着齐有粮卧室的门。
齐有粮睡眼惺忪地披着衣服开门："咋咧？"
"有盗墓贼，赶紧报警！"
齐有粮一下精神了："盗墓贼，在哪儿？"
"地里，守村叔正在撵呢。"方堃大口顺着气。
齐有粮赶紧转身进屋："他妈，赶紧给大仓打电话！"
曹凤英早被方堃敲门的动静闹醒，立刻打出电话："喂，大仓，我是……"
"大仓！"齐有粮却更为着急，一把抢过电话，"原上遭盗墓贼了，你赶紧过来！"说完便挂了电话，边穿衣服边往外跑。
其他人听到动静也都醒了，纷纷聚集过来。
齐有粮利落抄起一把镢头："方堃，带路！"
方堃抄起一把铁锹，往自行车上一夹，载着齐有粮便出了门。郭士林也拿起家伙，和其他人一起追了上去。
"守村！……严守村！……快停下！"
昝茂昌边追边喊，气喘不止。
月亮被云藏起，天色更黑，伸手不见五指。昝茂昌不熟地形，跑着跑着，突然脚下一空，整个人从一个大陡坡上滚了下去，直到撞在一块大石头上才停下。顾不得疼痛，昝茂昌立刻爬起来，甚至来不及拍身上的灰土，便继续循着严守村的吼叫追过去。
尹村小路上，方堃跑在前面，其他人则跟着他。行至路口，动静闹得大，许多村民已闻声出来，就连娃娃们都醒了。见到他们着急的阵仗，大伙儿纷纷扛着农具，在方堃的带领下声势浩荡地往村外追去。
一辆面包车停在村外的果树下，邢兆虎正等在车旁，突然见大头、山娃没了命一样朝他狂奔。
大头上气不接下气："哥，跑！"
不远处，严守村已经快追上来了。
"贼他妈的！"邢兆虎把烟头一扔，赶紧上车发动车子。
眼见严守村就要一铁锹拍过来，大头、山娃连滚带爬地飞身上车。
看着严守村，邢兆虎气不打一处来，轰着油门就朝他开了过去。说时迟、那时快，昝茂昌扑过来一把拉开了严守村。

本想索性把两人一起撞死算了，邢兆虎刚要再踩油门，却听见越来越近的嘈杂声，他向车窗外看去，只见村民们已经叫喊着聚拢逼近。纠结几秒后，他只好一咬牙，开着面包车疾驰离开。

严守村还想追，却被昝茂昌紧紧抱在原地。

齐大仓和杨青石已经赶到了齐有粮家院子里，村民们也都回来了。

"狗日的贼娃子，差一点儿，差一点儿，我就能拍死他！都怪你这个老汉，非要拽着我。"严守村愤愤道。

杨青石没好气："要不是昝教授拉着你，你都被盗墓贼开车撞了。"

齐大仓看着昝茂昌一身土，连忙上前关心地问道："昝教授，你没事吧？"

"跑得急，跌了一跤，"昝茂昌笑着摆手，"我骨头硬，没大事。"

方堃却有些担心地注视他。

"严守村！"杨青石颇为无奈地揉了揉额角，"市里头的文保员培训班你也上过，我千叮咛万嘱咐，遇到盗墓贼千万不要硬碰硬，人身安全是第一位的，你咋就听不进去呢……"

严守村却丝毫没听进去，还扬着手中铁锹："贼娃子就是贼娃子，只会偷鸡摸狗，根本没胆，我看他敢把他爷咋，下次再见我非得一下一个！"

杨青石无语。

"昝教授……"雏青注意到昝茂昌脸色不太好，试探着小声问，"您是不是不舒服？"

昝茂昌一愣，勉强挤出一个笑容："没事，睡一觉就好。"

"我扶您进去。"方堃连忙上前。

昝茂昌摆手："不用，不用。"说完独自往房内走去。

不知为何，方堃恍惚感觉一向硬朗刚毅的昝教授这几步路走得略有摇晃，身形也稍显单薄，好像一阵风轻轻吹过，就能把他带走。

方堃心里忽地发慌，他刚上前几步，昝茂昌却已关上了门。

他看到房内的灯光亮了，眉头却未舒展开。

"守村叔，"这时，齐大仓继续追问，"盗墓贼在哪儿挖的？"

严守村恨恨道："老地方！"

"好，那我们过去看看。"

刚到清晨，山雾还未彻底消散，众人便又赶去了盗洞所在地。黑嘴守在盗洞前，见这么多人过来，不停吠叫着。

"黑嘴！"严守村大喝一声。

黑嘴这才停下。

齐大仓和杨青石连忙上前，发现原本掩埋好的盗洞已被重新挖开了一部分。

"看来他们刚开挖没多长时间，"齐大仓这才松了口气，"守村叔，多亏你和黑嘴，要不然他们肯定又得手了。"

周永福和小杜也跑了过来。

"现场已经看完了，发现了几个烟头和面包车车印，应该是望风的留下的。"周永福一丝不苟地汇报情况。

"守村叔，你看清是几个人了吗？"齐大仓又问。

"撵的时候是两个，车里还有一个。"

"看清长啥样了吗？"

严守村遗憾摇头："天太黑，看不清。"

"杨队，"齐大仓想了想，道，"明天做完现勘后，麻烦你再安排人把洞填上。"

杨青石点头。

齐大仓这才对方堃等人说："天都快亮了，折腾一晚上，大家都辛苦了，赶紧回去歇着吧。"

伴随着鸡鸣声，齐有粮家的灶房已经升起袅袅炊烟。

曹凤英和齐小满刚把馒头、菜和稀饭摆上了桌，就见齐大仓把方堃、雒青、郭士林、齐有粮送了回来。

"回来得刚好，洗手吃饭。"曹凤英笑了笑。

"婶，饭我就不吃咧！"齐大仓挥手，"还得回去安排工作。"

"你这娃，"曹凤英慈爱地数落他，"再忙也不能把胃给饿坏了。"

"跑了一晚上，快饿死了。"方堃夸张大叫着，又环顾四周，疑惑道，"哎？昝教授呢？"

雒青随口答："估计还睡着呢。"

联想起昨晚的情况，方堃连忙过去敲门："昝教授，吃饭咧！"

无人响应。

他继续敲门，越敲越急，却没有任何回应。

就在他打算直接找齐有粮借钥匙时，门却嘎吱一声，自己开了一条缝。

透过门缝，方堃看到床上压根没人。

他推门进去："昝教授？"

"昝教授！"

一群人正高高兴兴准备吃饭，突然听到方堃凄厉的喊叫。

几秒后大家反应过来，赶紧冲了过去。

只见屋内，昝教授躺倒在地，已经毫无反应。

## 第三十章 陨落

秦川市医院。

白晃晃的冰冷灯光投在每一个奔波于各病室之间的人身上，机械计时声和播报声此起彼伏。手里攥着病历和检验单的家属无助地蹲在墙角，等移动病床的轮子飞速碾过地砖，便又茫然地盯着天花板，只是嘴边仍旧苦涩。

手术室门口，项昕之正坐在椅子上，眼泪如断线的珠子不断滚落。她捂着脸，喉头不停抖动，像是在极力忍耐着。雏青陪在她旁边，眼圈早已泛红，却还是强撑着用温暖的手心一遍遍抚摸着项昕之弯曲的脊背。

齐大仓来回踱步，方堃和郭士林或蹲或站，焦急地等在门口。

不多时，昝茂昌的领导和同事们也纷纷赶来，个个面露忧色。等手术室的门一打开，大家赶紧凑了上去，纷纷七嘴八舌地发问。

"医生，怎么样了？"

"老昝还好吗？！"

"怎么伤成这样了？可千万别有事啊……"

医生却摇了摇头，遗憾道："创伤性颅内血肿，发现得太晚了。"

项昕之终于再也忍不住，闭上眼睛，痛哭出声。雏青紧握着她的手，而自己却也忍不住流泪，一瞬间视线便全部模糊，如同跌入了虚无的混沌中。

方堃踉跄几步，直接跌坐在地，双眼无神。

没……没了？

怎么就……没了呢？

假的吧，一定是假的，昨天昝教授还约他一起去榆塞……他还没来得及把检讨书交给教授，那玩意儿可是他好不容易下定决心写出来的，他好不容易懂了教授的良苦用心，怎么连交都没交出去，就再也没机会了呢……

方堃跌跌撞撞地跑了出去。

呆坐在花园的凳子上许久，方堃突然感到一阵恶心，仿佛有什么东西从胃里翻涌上来，拦都拦不住。他连忙跑到垃圾桶旁一顿干呕，却什么也吐不出来。

肩上忽然轻轻搭了一只手，他红着眼抬头看去，是同样失魂落魄的雏青。

"雏青……都怪我，都怪我……"方堃再也控制不住，失声痛哭，"为什么去追的人不是我……为什么我不能早点发现……"

雒青不住哽咽,她默默蹲下,陪着他一起流泪。

"不是你的错,别责怪自己了,方堃……"

天色阴沉得仿佛能挤出水来,厚重的云层将秦川市墓园笼罩在一片阴影中。一座座石质墓碑整齐排列,冷若冰霜,一张张黑白的脸被永恒凝固于此。碑前白菊败落,花瓣在地上烂成了泥。

身穿黑衣的众人驻足于崭新的墓碑前,挨个鞠躬献花,气氛凝重压抑,夹杂着小声的啜泣和低低的呜咽。

昝茂昌的骨灰已经安放于此,静躺于松柏之下。

项昕之颤颤巍巍伸手抚摸碑上刻着的冰冷数字。昝茂昌的生命始于1947年,却突兀地停在了2002年,他才在人间短短走过五十五载,却已探寻了跨越两千多年的人类历史。如今,他甚至为此付出了生命的代价。

但他的生命仍会延续,他所做的研究、他所坚持的保护,将古人与今人相连,也必将使他与后人相连。

项昕之默默念着墓碑上刻的话,那使她想起了中国考古学界的前辈们,一张张脸在她脑海中闪过,最后与她记忆里那个会严肃地跪在探方里用手铲刮地面,亦会笑吟吟给她做秦川特色面食的人的脸重合。

"上穷碧落下黄泉,面朝黄土背朝天。小昝,黄泉路上没大小,你走得比叔急,叔送送你。"

严六爷在尹村山头上,眺望着市区的方向。风霜吹出了泪水,滴落在他此刻略显杂乱的花白胡须上,又随风飘散。

他拿起唢呐,轻含哨片,左手握上把,右手握下把,一声唢呐震天响。登时,凤凰陨落,百鸟来朝……

黄土高原向来风势大,这浩荡的风将唢呐声送至山下墓园,若隐若现的悲鸣中,项昕之和昝茂昌的领导、同事、朋友、学生们悲痛欲绝。

细小的呜咽声终于汇聚成奔腾的大河,冲刷着每一个人。

与此同时,黑陶俑盗洞附近已经搭起了一个简易的瓜棚。严守村和黑嘴搬到了这里,一人一狗岿然不动,如静坐的山峦,任风吹雨打也不更改。

严守村眼中闪烁着晶莹的泪光,他那老旧的麻布袖口早已湿透:"老汉,黑撒,我一定给你们报仇!"

不绝如缕的唢呐声中,方堃看着导师的遗照,泣不成声。

大家都没有言语,此情此景下,那些往昔的回忆如潮水般将方堃淹没,他就像溺水的人,被一片窒息的疼痛包裹着,挣扎着想要浮出水面,可如何都割舍不下水底那长眠的人……

"西汉帝陵继承了秦始皇陵的设计理念和形制要素，规范了陵园和园门的设计，创立了新的陵庙制度。大家说说，西汉帝陵的总体布局都有几种特征？"秦北大学教室里，昝茂昌正在给研究生上秦汉考古专题课。

问题一出，稀稀拉拉地有人举起了手，他正要点名，突然一阵寻呼机的响声传来——声音是从最后排发出的，那里正坐着方堃。

方堃赶紧手忙脚乱地关机，窘迫地掩饰着。

"这位同学，"昝茂昌眯了眯眼，"你看着眼生，不是研究生院的学生吧？"

被老师注意到，方堃索性站了起来，大大方方朗声道："我叫方堃，今年大三，也是学考古的，久仰昝教授的大名，想来听听您的课。"

"我这是研究生的课，请你出去。"

本以为自己会给昝教授留下个好印象，没想到教授意外地严厉，不知道是不是因为刚才的举动，自己被误会是来扰乱课堂的了……

想到此，方堃有些委屈，试图为自己挽回一些形象："您刚才提的问题我能回答。"

"我不需要你回答。"昝教授语气坚定得不容拒绝，方堃只好灰溜溜地收拾书包从后门出去。

"西汉哪座后妃陵跟帝陵在同一个陵园？"又是一次课上，昝茂昌一如既往地向学生提问。

"汉高祖和吕后！"一人抢先答道。

昝茂昌循声望去，却见教室门口，方堃正嘿嘿笑着看他。

方堃指指自己脚下："昝教授，我没进去。"

昝茂昌盯了他几秒，面无表情地走过去，关上了门。

这回上晚课，窗外一片漆黑，只有路灯的光亮，没有任何嘈杂的声音。

"汉阳陵帝陵陵园南门遗址形制比较独特，东、西两个夯土台就像两座山峰，四周由陡变缓，所以地层堆积也不一样……"

同学中传来一阵窸窣声，昝茂昌停下，顺着他们指指点点的方向看去，只见方堃躲在后门，探头探脑地想听清课堂内容。

昝茂昌无奈，顿了顿后，继续讲下去。

这次，他没有赶方堃离开。

方堃傻笑着对昝茂昌竖了下大拇指，接着找了个座位，开始认真做笔记。

方堃试图抹掉脸上的泪，可开闸的水哪那么容易止住。他伸手捂脸，苦笑着，但笑着笑着，有什么咸湿的东西直接钻入了嘴中。

他一直以为教授不喜欢他，一直很不服为什么教授就是不相信他，可等到他明白教授的心意，想好好与他和解，努力想要帮上教授的忙时，教授却如此匆匆地弃他而去，连说个再见的机会都不给他……

而那些昝茂昌从来没告诉过他的事，也就此一并长眠地下了。

一个多月前，北京金越宾馆内，几位教授正守在电话旁边等消息。

总算，电话铃响了，昝茂昌赶紧接起："喂？……知道了。"

挂完电话，他看了眼同事们紧张的表情，故作平静道："温索普那边停拍了。"

何教授和陆教授激动得站了起来。

"老昝，你这几个学生了不得。你能不能把他们让给我们省院，我手上好几个大项目都需要人呢。"何教授笑眯眯道。

"旱的旱死，涝的涝死。你们省院条件这么好，还想跟我们市所抢人。"陆教授也上前几步，"昝教授，你发发善心，同情同情俺们市所，不拘一格降人才，让给我，哪怕一个也行啊，我就要那个方堃。"

"我们省院条件好。"

"条件好但是竞争也大，我们市所人少，好出头。"

见两位教授差点吵起来，昝茂昌连忙摆手："行咧，就是个青瓜蛋子，还犯得上抢？就这水平，在我的学生里头都不算冒尖的。"

但等何教授和陆教授离开，昝茂昌一改刚才的平静，激动地给项昕之拨去了电话："是我……我给你说，方堃这娃我真是没看错……"

谁知没过几天，方堃找到了新线索，却也违背了考古工作者的原则。他真是恨铁不成钢，忍不住厉声呵斥了这毛头小子几句，说了些重话。

"你啊，应该改改你的脾气了！"大晚上回到家中，得知白天发生的事情，项昕之无奈瞥他一眼，"方堃说黑陶俑经历过火灾，你明明心里很欣赏，到嘴边又变成人家是蒙对了。"

"树不砍不成材！"昝茂昌扶了扶眼镜，"这娃遇事爱翘尾巴，我得因材施教。"

不出他所料，黑陶俑的事好不容易结案，方堃却又一次按捺不住性子闯祸了。

这小子……真是不让他省心。

饶是如此想着，昝茂昌还是抬头走进了研究生院副院长的办公室，未有一丝迟疑。

"唉……昝教授，不是我心狠，方堃确实太过分了，不开除，我咋交代？"副院长见他面色阴沉，连连解释，额头上渗出了汗。

"咋交代是你的事，他是我的学生，要开除他，连我一起开除。"

昝茂昌不容分说地上前一步，神态坚定。

不论是学术还是为人，他从一开始就相信方堃，他知道他是好苗子，假以时日，必成大器。也因此，他更知道，自己作为导师，有义务教导方堃，让他性子更沉稳些，让他不要急着出头，而是好好调查清楚，以便更客观理性地解决问题……考古本就是科学严谨的学科，他们都肩负承续文明的使命，必然不能随性为之。

可惜，内敛如他，生命匆匆落幕，也没来得及亲口告诉方堃，他一直是自己眼中的得意门生，更来不及，几年后为他在毕业典礼上拨穗，见证他一步步走向更广阔的田野。

天边的云积得越来越多。

雨，终于落下了。

## 第三十一章 远行

雨淅淅沥沥下了起来，人群已渐渐散去，只留方堃、雏青、郭士林三人。

方堃含泪把自己的检讨书放在了昝教授墓前，而后深深望了一眼墓碑，便和朋友们转身离开。

导师，一路走好。

老式居民楼里，一扇门虚掩着，穆见晖走了进去，只见家里一片凌乱，地上堆满了打包袋和纸箱子，妻子正在弯腰收拾东西。

"你咋还收拾？"穆见晖无奈，"我不是说了嘛，东西全都不要了，那边都有新的。"

"东西都好好的，用了这么久，哪舍得扔。"

"都是些破烂，有啥舍不得的。"

刘树兰却手下不停，把一个老式落地扇擦拭干净，准备一并带走。

"哎呀，"穆见晖连忙阻拦她，"那边有空调，这个用不上了。"

刘树兰固执地抢了过来："这是咱结婚时候买的。"

听罢，穆见晖一愣，叹了口气。

他的目光扫过客厅每一处，最后停留在电视上——电视里正在播放《秦川都市快报》，一则新闻吸引了他的注意。

"被走私出境、差点在海外遭拍卖的六件汉代裸体黑陶俑，经过多方努力，终于踏上了祖国的土地！这也是我国今年依照国际公约从国外索回的第一批中国文物。昨天中午，国家文物局、公安部、海关总署与我省文物专家已经一起为回国的黑陶俑验明正身，并正式将其移交我省，今日，这六件汉陶俑便会回归秦川。本台将为您持续报道。"

听到"黑陶俑"三个字，刘树兰瞬间明白了一切。她看了穆见晖一眼，他亦与她对视，这一刻，两人都心知肚明。

她没有再问一句，而是搬起自己的旧包裹和老风扇往外走。

记者继续说着："据悉，黑陶俑盗墓案的两个主犯燕小五和王太平，分别被秦川市中级人民法院判处有期徒刑十年和六年，望广大市民引以为戒。"

刘树兰的脚步顿了顿，身子微微颤抖。

穆见晖跟到门口，最后看了眼自己生活过很多年也痛恨了很多年的这个地方，狭窄的楼梯、脏乱嘈杂的环境、永远看不到阳光的窗户、破旧的家具，还有……他的贫穷卑微，她的病痛折磨。

他深深吸了口气，关上房门，与过去彻底告别。

此时，赵丰、齐大仓、杨青石、文物局的领导、相关工作人员和考古学者们都已经等在省文物局门口，眼神里满是期待。文物局也拉起了横幅，上面写着几个醒目的大字——"热烈欢迎汉陶俑回家"。

一辆大巴车和一辆文物运输车在数辆警车的护送下，平稳行驶到省文物局门口，王副局长率先下车。

他热泪盈眶地对尤介辉说："我们的黑陶俑，回家了。"

"是啊，"尤介辉也很激动，一时都有些语无伦次，"终于……终于回家了！"

文物运输车停下，两个特警率先下车警戒。随后，一个又大又重的木箱被工作人员抬下。

大木箱已被搬入文物存放室。

何教授和侯月来、张逢春纷纷戴上了白手套，准备查验文物。

随着咯吱咯吱的声音，一枚枚封箱的螺丝钉被取掉，工作人员搬走木箱盖，从箱中小心翼翼地取出了两个小包装箱，六件黑陶俑被分置于这两个小箱子之中，每件俑都有四层外包装，被包裹得严严实实。

何教授深呼吸，缓慢揭开一层层的白色包装纸，手微微颤抖着，在场所有人都不由自主地屏住了呼吸，向前探去。

一个面容安详的黑色汉裸俑渐渐露出了真容。

只是，它的脚上还带着温索普拍卖行的拍卖标签。

这个标签无疑刺痛了在场所有人的心，他们沉默不语，眼睛却微微眯起，不忍再看。

张逢春二话不说，拿起工作人员递过来的剪刀，咔嚓一下便果断剪掉了标签。

对着记者的话筒，王副局长清了清嗓子，眼中泛起泪花："我相信，看到这个标签的每个人心里都会为之一痛，我们不知道还有多少件文物飘零在外……但是，黑陶俑的归来是个好的开端，这代表了我国政府打击非法走私文物的决心是坚定的，成效是显著的。然而，文物盗掘和走私现象仍是社会问题，我们公安部门打击得再精彩，文保部门防得再辛苦，也不及众人拾柴火焰高。最重要的，还是得靠每一位公民，靠全社会，关注文物，保护文物，才能让盗墓和走私文物的犯罪行为彻底消失！"

穆见晖的新家格外气派，清晨的第一束阳光透过整面落地窗铺满了偌大的阳台。

阳台上摆着一座木雕佛龛，里面是宝相庄严的佛祖塑像。刘树兰跪在阳光之中的蒲团上，深深地向佛像叩头，嘴里念念有词："阿弥陀佛，请求佛祖恕罪……"

佛祖低垂眼帘，在佛龛的阴影之下，悲悯地看着她。

与此同时，穆见晖正在宽敞明亮的书房里。几个大书架上堆满了旧书，全是观山大师所赠。

他埋首于一本1995年的考古杂志，在笔记本上记下其中要点。

日上三竿，狭窄昏暗的老居民楼楼道里，付小丽费力地把沉重的编织袋拖上楼，儿子小宝也力所能及地帮她拎了两个袋子。

出租屋很破旧，地上已经七零八落地摆了好些行李袋。

付小丽将最后一个编织袋拖进屋里，拿袖子擦掉满脸的汗，又蹲下身疼爱地帮儿子擦干净小脸。

"妈妈，我们为什么要搬家啊？"小宝眨巴着大眼睛看她。

付小丽心中不忍，将他抱入怀中，低声道："在这儿，没人认识咱们……"

一阵敲门声忽然响起，她一惊，转身看去，外面却没有任何人影，只是地上多了一个黑袋子。

她走上前，好奇地打开袋子一看，里面静静躺着两沓人民币，看起来有两万块。

一家偏僻的废品回收站外，穆见晖把桑塔纳停在不远处一个不起眼的角落。他和黎远光先后下车，随后朝不远处的一处院子走去。场院里散落着一些废铁、废纸箱，还停着一辆三轮车。

"远光，往后你就住这儿。条件差了点，你受点委屈。"

"哥，我是个下苦，啥条件都能活人，有口吃的就行。"

"你哥不是舍不得掏钱，"穆见晖叹了口气，"你跟我来。"

他轻车熟路地走进了给黎远光安排的住处，里面是一间略显狭窄的卧室，摆上了简易木床，还有一些基本的生活用品。

不多犹豫，穆见晖径直走到冰箱前，挪开冰箱，露出背后的暗门，走了进去。黎远光也随后跟进。

暗门后是一间储藏室，几个架上空空如也。

"远光，"穆见晖回头看他，"你知道这架子是用来干啥的不？"

"放东西？"

"我的傻兄弟，未来这架子上放的就是咱的江山。以后坑里出来的货，都要放在这儿。你有一副侠义心肠，不是我的亲弟也胜似我的亲弟，有你在这儿守江山，我心里踏实得很。"

头一回被人如此信任，黎远光突然有些不好意思："哥，你抬举我咧。"

"我说的都是心里话，你是一颗将星，生在古代就是秦琼、尉迟恭。你先在这儿屈就几年，等我们赚了大钱，哥不会亏待你。往后不起坑的日子，你就骑上三轮车去收破烂，遇到老人谝一谝，如果周遭葬了大人物，回来告诉我。"他拍了拍黎远光的肩。

"能行。"

"远的不说，单是近处的弭县，就埋着蔡文姬。你闲来也多看些书，跟老人谝起来也有话说。"

黎远光略显羞赧："我……我字认不得几个，一读书脑袋疼得很。"

"不碍事，有不懂的问我。"

"能行。"

秦川南市。

原本吴老板的店铺招牌已被摘下，取而代之的是"未名轩"三个大字，笔法疏朗遒劲，潇洒大气。

店内全部装修一新，新老板穆见晖穿着裁剪得当的唐装，正站在门口迎客。门内，店员李全则帮他打理着店内事宜。

"恭喜恭喜啊！"

洪老板等南市各老板以及熟客们纷纷上门道贺，一时人声鼎沸。

穆见晖一边应酬着，一边环视四周，无意间捕捉到不远处的一个身影。

刘树生也来了，他站在老槐树下，冷冷地望着穆见晖。眼神交会之际，穆见晖却淡然一笑，毫无惧意，而后便又与众人笑谈起来，不再分给他一丝眼神。

北京。

雒青正坐在屋里发呆，愣愣看着窗外，天空一碧如洗，绿树成荫。

"青儿，你社科院的面试是明儿上午吧？"

妈妈冯美珍的声音突然从背后响起，雒青犹豫了一下，回答："是。"

"我给你挑了几套衣服，快来试试！"冯美珍探过头，笑吟吟地招手。

雒青又坐了几秒，似有些踌躇，末了，她叹口气，走到了卧室内。

冯美珍正兴高采烈地挑选着衣服，有连衣裙，有小西装，还有浅色衬衫……除此之外，领结、胸针等配件也一应俱全，摆在真丝被褥上。

"这套是不是太正式了？……这套颜色又有点太艳……要不还是这套吧。"

冯美珍拿衣服在女儿身上比着，雒青却不接衣服，无精打采。

"怎么了？"注意到女儿的反常，冯美珍放下衣服，柔声道，"从秦川回来就跟丢了魂一样，还为昝教授的事儿难受呢？"

正在浇花的雒家兴闻声也走了过来。

雒青不语，手绞着衣角。

雒青爸妈也不急，在她身旁坐下陪她，安静等待她开口。

犹豫了一会儿，雒青终于鼓起勇气："爸，妈，我不想去社科院了，我想回秦川。"

爸妈都愣在了原地。

"我能问问是为什么吗？"雒家兴犹豫片刻，平静发问。

"秦川对于学考古的人来说，是一片沃土……而且，那里也有我放心不下的人。"

雒青爸妈对视了一眼，都明白了女儿的心思，会心一笑。

"想去就去呗，现在交通这么方便，想我们了，随时都能回来。我跟你爸身子骨还算硬朗，也不用你操心。"冯美珍眯眼笑了笑，温柔慈爱地轻抚着女儿的发丝。

妈妈的话瞬间打消了雒青最后的顾虑，她登时红了眼圈。

"甯介，先把你那金豆豆收一收。"雒家兴打趣起来，"你妈说得伟大，其实就是懒得做饭，她现在天天出门跟那帮老姐们潇洒，根本不管我是吃糠还是咽菜，你要是搁家待着，她还不得天天回来伺候她家宝贝丫头。"

冯美珍横他一眼："你瞧你那碎嘴儿，就知道挑拨我跟丫头的关系。"

"你才碎嘴儿呢。"

看着斗嘴的父母，雒青破涕为笑。

华灯初上，方堃和郭士林坐到了秦川夜市摊前。他们时常来这家烧烤店吃东西，之前也带雒青来过，可现在……转眼间就各奔东西了。

不，不想这些了！

"今天我请客，随便点。"方堃收敛心神，大手一挥，故作潇洒。

"好！我的方堃啊，你可算活过来了！"郭士林松了口气，"老板，来点肉串，再来点腰子。"

方堃又道："加份烤鱼，再来箱啤酒。"

"没发烧吧？"郭士林不确信地打量他，"太阳打西边出来了，这么大手笔。"

"你再这副表情，这顿就你请。"

郭士林赶紧管理好自己的表情。

"工作找得咋样了？"方堃问。

"别提了，我给省院、市所、博物馆都递了简历，只有市所回了我。下周就去报到。"提起这个，郭士林就郁闷。

方堃点点头："市所……也挺好。"

郭士林却不服，抱怨起来："都是基建项目，累死累活的，光点炮不听响。老说吊车尾吊车尾，到最后还是吊了车尾。跟你说了你也不懂，你这种被几个单位争抢的香饽饽理解不了。"

吐槽归吐槽，他还是关心地看着同伴："咋样？这段时间你谁也不搭理，我都没机会问你，定好去哪个单位了吗？"

"定好了。"

"省院？"

"榆塞。"

"榆塞？"郭士林愣住了，"你去榆塞干啥？"

"还干咱的老本行，只是换了个学科。"

"啥学科？"

"长城资源研究。"

"不是，你咋想的？"郭士林简直觉得他不可理喻，"咱学了这么多年秦汉考古，你跑去搞长城资源研究？"

方堃顿了一下，说："反正……我不想待在秦川了。"

此话一出，郭士林瞬间懂得了他的想法，知道他还有心结，但还是试探着问："那你可以去河东，去商邑，没必要非进沙漠吧？"

"我就想走一走昝教授当年走过的路。"方堃低下头，把目光移向他处。

郭士林不再劝他了，端起酒杯，一饮而尽，问："什么时候走？"

"明天。"

郭士林没再说话，一杯一杯地往嘴里灌酒。

方堃伸手拦他："慢慢喝。"

郭士林低下头，喉头微动，不一会儿居然开始小声抽泣。

方堃愣了。

"你个万货！你知道沙漠的考古环境多恶劣吗？苦跟累先不说，迷路了咋办？碰见流沙了咋办？要是你死在沙漠……"郭士林泣不成声，眼泪鼻涕一把抓，干脆继续喝酒。

方堃笑了："你真是憨货。"

他跟郭士林碰杯，像他一样一饮而尽，笑着笑着，却也红了眼圈。

此时，雒青正在自己房间内默默收拾着行李。父母虽嘴上不说担心，可明明在客厅看着大电视，却时不时转头看向她的房间，最后索性站起来，走到她房间内了。

"要是吃不惯，就给我打电话，我给你寄。"冯美珍还是忍不住念叨。

雒青点头。

"房子尽量租好一点，要注意周围的环境，安全第一，住进去以后记得换锁……"

"哎呀，净说些废话！"雒家兴打断了她，"她都在秦川待了一年了，早就适应了。还不如来点实在的，给钱。"

"她已经赚钱了，身上带那么多钱干啥？招贼吗？"

"你就抠门儿吧。"说着他悄悄给雒青塞了张卡，压低声音，"都是我的私房钱，密码是你生日，别告诉你妈。"

雒家兴又搂过妻子的肩膀，冲她笑，笑容牵动的皱纹里却深藏着不舍。雒青想多看他们几眼，但又害怕看多了后，会忍不住哇哇大哭，就像小时候上学那样。

最后，她扑到他们怀里，与他们紧紧相拥。

次日，秦川火车站。

郭士林正在送别，将手里拎着的一个特别大的包交给了方堃。

"我在网上查了一下去沙漠都要带啥，东西都给你买好了。"他打开包介绍着，"这个是防晒霜，这是遮阳帽，还有太阳镜、魔术头巾、睡袋、高帮鞋……这一包是救援工具，这是急救包，里头有一些应急的药，有其他需要的你再跟我说……"

"婆婆妈妈的，"方堃忍不住贫嘴，"跟我妈一样。"

郭士林怒骂："没良心的货！"

方堃笑了笑，轻轻捶了他一拳："走了啊。"

郭士林湿着眼眶，狠狠抱了一下方堃，嘴中却不饶人："滚！"

方堃上了火车。

他没注意到，另一辆刚刚驶入站台的火车上，雒青正拿着行李下车。而等他放好行李，雒青已经走过了窗户。

他们都没有看到彼此。

方堃刚坐下,手机就响了,他打开一看,是郭士林发来的短信:"到了发消息。"

方堃回消息:"知道了。"

返回短信界面,方堃看到了之前跟雒青发短信的消息框,他点开翻着翻着,又抬起头来,不愿再看。

"呜——"

火车鸣笛,缓缓驶离秦川,奔向那极西的塞上。

# 卷二 卵石谜题

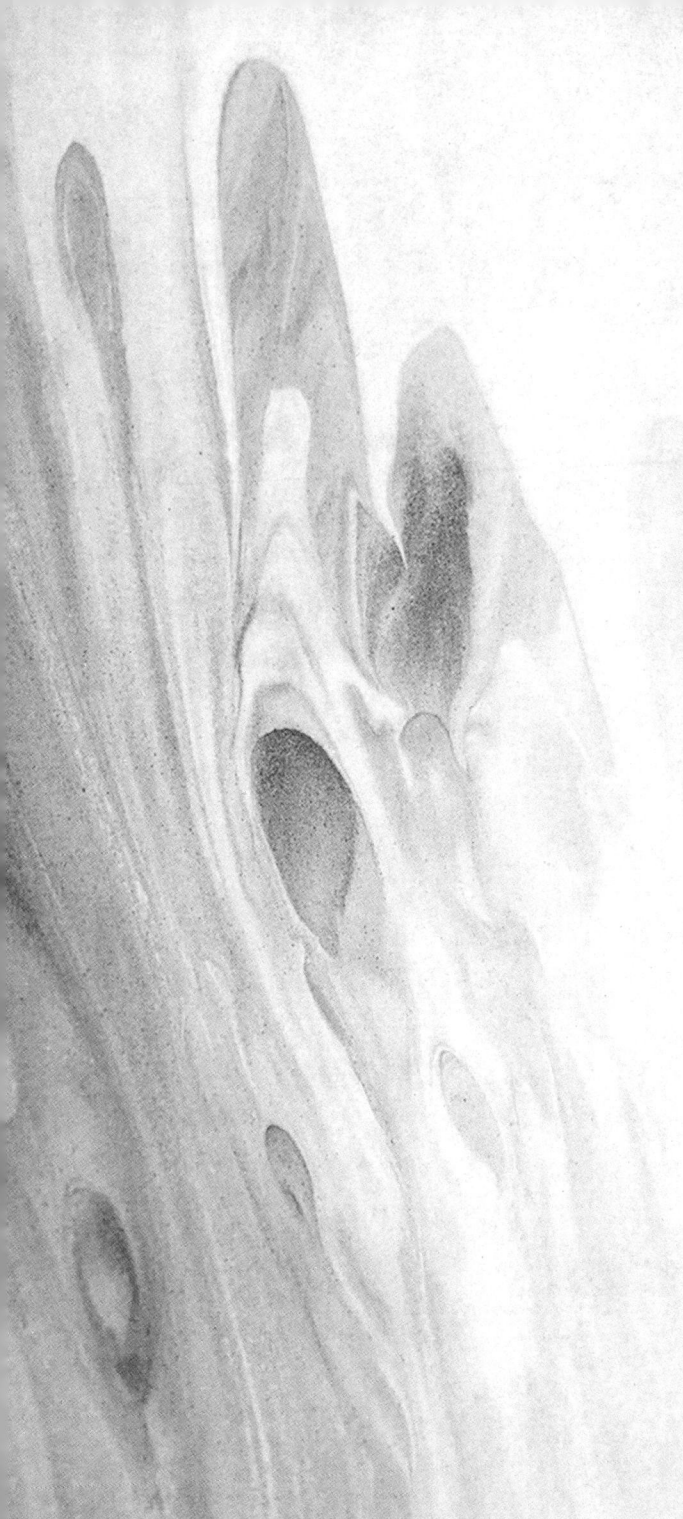

## 第三十二章 经年

斗转星移，一晃便过去了好几年。

秦川，冯家坡村边地里。

深夜，田地里黑黢黢一片，若不是走到近前，谁也不知地里深处正猫着几个盗墓贼。为首的是黎远光，在他身后还蹲着三个同伙。

黎远光正在向一个拇指粗细的小洞里倒炸药。

"这边儿离村恁近，这大动静，让人听着了可咋办？"刘强操着商邑方言说道。

黎远光白他一眼："操你嘞心。"

说着便点燃了引线。

一声沉重的闷响传来，惊醒了正在睡梦中的一对村民夫妇。

"你听见啥响了没？"男人疑惑地睁开双眼，推了推身旁的妻子。

"好像……听见了，像放铳。"

妻子睡得迷迷糊糊，随口应了一声，便又翻了个身，合上眼睛。

男人还是不放心，索性起身："我去看下。"

他穿好衣服，刚走到院门口，就听到有人敲门。这下吓得他停下脚步，呆立在原地，不敢回应。

等了一会儿，门外再无动静，他才小心翼翼地打开了一条门缝。

门槛外，突然多了一块砖头。

又是一个艳阳天，陶坡遗址文物修复室内热闹非凡，挤满了今年来工地实习的学生。他们刚结束了一天的发掘工作，但天色还早，所以不能立刻歇息，还得做会儿室内整理工作。学生们皱着眉头，钻研着各自辛辛苦苦发掘的"宝贝"。倏地门一开，学生们立刻吵闹不休，齐齐向门口的女人求助。

"雏老师，帮我看看这个是啥时期……"

"雏老师，我的这个盆……"

"停！一个个来。"雏青无奈道。

几年过去，她的皮肤被劲风吹得粗糙了，头发也长了，用朴素的皮筋随意扎着。相比当初那个清丽的学生，显然多了些许沧桑，以及作为领队的沉稳大气。

要获得考古领队的资质并非易事，本需历练更久，但她学业有成，才能出众，又勤奋刻苦，毕业几年后，她便报名参加了母校开办的考古领队训练班，比同龄人更早通过考核，获得了国家文物局颁发的领队资质。

她做到了，她实现了学生时代许下的心愿——独立挑起大梁，在田野上发挥更大作用。

地上散落着十几块陶片，她仔细看了一遍，点点头："挺好，都是春秋晚期的。"

旁边另一个学生递上一块带有动物纹样的陶片："雒老师，这是个啥器型？"

"这……是个盆，不大。"雒青拿到眼前比量了一下，"这个构图模式比较少见，具体是哪种动物没法确定，回头我请教一下省院的老师。还有哪些不确定的，拿给我看一下。"

男学生小白举起手，满口台湾腔："雒老师，我这里有猪呢，美得很！"

学生们被这口南腔北调逗笑，凑上前去，只见小白从一堆残瓦碎片中拼出了一只陶猪。

"这是狗吧。"

"肯定是猪啊，肥肥的。"小白梗着脖子争辩。

伴随学生们的议论，雒青有一瞬间出神，旧景重现，她想到了那年的"朱三苟四"。

回过神来，她清清嗓子："先不管它是狗还是猪，你们把它记为标本，拍照、绘图、填上器物卡片。所有的标本根据不同单位，再进行一次分类整理。"

"还要整理？"有学生抱怨，"雒老师，您都让我们整理两遍了。"

雒青拿起那个陶猪似的物件，说："既然整理了两遍，我想问问大家，这个烧出来是干啥的？"

这个问题把大家问住了，一时之间无人应声。

小白举手："玩具。"

"祈福的，希望家里的牲畜越来越多。"

"祭祀。"

"送礼的。"

"你们说的也许都是对的，但不可否认它已经脱离了生产、生活的需求，转而服务于先民的精神需求。经过前两次的整理，你们已经学会了器物排队，也知道了通过考古材料研究社会结构和它的发展演变规律。"雒青认真道，"但是这一次，我想让大家打开思路，去研究精神领域的问题。考古要见物，更要见人,由物及人,用这些支离破碎的、静止的陶片,去还原古代先民的精神生活。"

"可是这对我们有点难呢,就凭几个瓶瓶罐罐去想象先民的生活。"小白摸了摸后脑勺。

"你们来的第一天,绘制器物图难不难?哪个不是画得歪七扭八?现在呢,长进多少不用我说吧。"雒青温柔笑笑,语气却仍然严厉,"同学们,实习期是你们学业生涯里最特殊的一个阶段,你们要像海绵一样,尽可能地多吸收,只有这样你们才会真正理解田野,理解考古。"

话音刚落,小白带头鼓掌,随之一片掌声响起,如同雷鸣。

"停,"雒青连连摆手,"干活去!"

她刚走出修复室,就见同事姜广军来了,跟她打招呼。

"雒青,咱省负责长城考古项目的同志明天要来考察参观,院里让你负责接待,人员名单放你桌上了。"

"长城考古?哪里的?"

"当然是榆塞的。"

听到"榆塞"二字,雒青愣了一下,一行行名单看过去,一个熟悉的名字跃入她的视野——方堃。

瞬间,思绪把她拉回到了数年前……

有一次,她和郭士林在餐馆里吃饭,闲拉着家常。

"才进省院几天,你咋就瘦了一圈?"他打量她几眼,皱起眉头。

雒青淡淡道:"忙呗,省院活多。"

"你跟我说句实话,"郭士林略微凑近,一副看热闹的神色,"为啥来秦川?"

"待遇不错。"

"再不错能比得上社科院?"

"好项目多,下田野的机会多。"

"这回答太官方了,你我又不是头一天认识。"他笑得神秘兮兮,"是不是因为方堃?"

"怎么可能!他算哪根葱,值得我抛家舍业地奔这儿吗?我读那么多书,上那么多年学,不可能为了男人脑袋发昏。"雒青翻了个白眼,满脸不屑,"秦川能让我出成果,能让我成长得更快,能装得下我的理想。"

见她神情严肃,语速飞快,郭士林连忙摆手求饶:"别激动,咱就是谝个闲传,又不是马丁·路德·金演讲,非得高喊 I have a dream(我有一个梦想)。"

雏青见他一脸揶揄,又强调一遍:"我说的是真心话!"
"我懂,方堃算个屁,哪能俘获咱雏同学的芳心。"
收收心神,雏青在办公室内把名单甩给了姜广军。
"姜老师,这活儿我干不了。"
"刚才不还应得好好的,咋一转眼反悔了?"
"我有点私事。"
"相亲?"
"除了相亲我就没点别的私事?"雏青苦笑,"姜老师,你要是那么关心我的婚姻大事,麻烦下次给我介绍个优质男,起码长相得帅气,我是看脸的。"
"得行,那这次你能不能先救个急?"姜广军央求道,"你嫂子过生日,我得回去看一下。干考古天天守在这儿,你嫂子一个人带娃,一个人做家务,过得跟丧偶一样。再不回去,你嫂子要跟我离婚咧。"
思索片刻,雏青只好点头:"那行,还是我去接待吧,别忘了让嫂子帮我介绍个帅哥。"

她回到宿舍,坐在桌前照镜子,此刻她脸上的晒斑如此扎眼,法令纹如此明显,脸和脖子的色差如此醒目。
"妈呀,你都快成文物了。"她不禁叹了口气,喃喃自语。
风沙留下的痕迹是她的荣耀,也是她的无奈。就算投身事业,她也并非不想光鲜亮丽,何况,她不想以这副沧桑模样与昔日好友重逢。
就算那家伙的形象与她半斤八两,她也想捯饬一下,别见面都认不出来。
此时,小白和同学敲门进来。
"雏老师,这是我们的文物分类整理记录。"
"室外发掘和室内整理工作你们都参与过了,写完实习报告,你们就可以回学校了。"
"好不舍呢,我能不能把实习期延长?"小白眨巴眼睛。
"小白,雏老师也要休假,她陪咱们在工地熬了三个月,人也瘦了,皮肤都糙了。"同学小徐斜了他一眼。
雏青突然想到什么:"小徐,你那敷脸的在哪里?"
小徐一下子蒙了:"啥,水?"
"面膜,还有没?"

· 202 ·

"有啊，怎么了？"

"给我拿点呗。"

"真是太阳打西边出来了，雒老师竟然主动要敷面膜。"小徐面露惊讶之色，打趣道。

"哎，这不是照一下镜子，突然觉得自己变老了，还是得保养一下。"

"雒老师，你一点都不老，在我心里你是最美的。"小白忽然笑嘻嘻道。

众人顿时起哄。

"行了行了，别贫了！"雒青腾地脸红了，"快回去休息吧。"

入夜后，原上一片静谧。

当年黑陶俑盗洞不远处，搭着一座简易窝棚，乍看上去像是当地老农看守果园的临时住所。黑嘴守在门口，几年过去，它已是看家护院的好把式。

窝棚内，严守村睡得正香，桌上摆着锅碗瓢盆和吃剩的饭菜。他已在此安家许久，几乎不怎么回小院了。

忽然，外面传来了黑嘴的叫声。严守村猛地坐起，拍拍脸，抓起手电和棍子便冲了出去。

手电筒晃了一圈，也没见到任何人影。他不放心地牵着黑嘴跑出去一段，还是没有任何发现。

"黑嘴，你看清了吗？"

黑嘴汪汪叫，似是回应。

严守村想了想，摸出小灵通，找了个信号好的地方，直接拨给了坝柳文管所。

可电话响了半天，却始终没有人接。

电话还在响，刚巡完杜陵的唐少华与吴志远回到了文管所。唐少华疑惑着接起电话，那端传来严守村焦急的声音。

"我是严守村，你带几个人过来，我这儿有情况。"

唐少华一惊，忙道："你别轻举妄动，先盯住他们，我们马上就来！"

挂断电话，唐少华和吴志远夺门而出。

他们骑着摩托直奔窝棚，此刻严守村正牵着黑嘴站在窝棚边等待他们。

"盗墓贼咧，在哪达？"唐少华火急火燎地问。

严守村摇头。

"几个人？"

严守村继续摇头。

吴志远也急了："开车了吗？"

203

严守村还是摇头。

唐少华无语："着急忙慌把我喊来，结果一问三不知，你这不折腾人吗？"

"我黑嘴叫咧，"严守村理直气壮，"它叫就说明有情况。"

"不怪别人说你是个二瓜子，它是个狗，它能不叫吗？"吴志远突然感觉自己被耍了，本来大晚上上班就烦，便也忍不住开始数落。

"黑嘴是黑撒的娃，黑撒是让盗墓贼害死的，黑嘴知道替它大报仇。它那叫声不对劲，肯定是有盗墓贼！"

"它是谁娃我不管，你要再敢谎报军情扯闲蛋，这群众文保员你也别干咧。"说罢，唐少华一脚油门，载着同事走了。

严守村不服气，回到屋里后，他仍不歇着，而是站在写满电话号码的墙前，目光上下移动，不断寻找着什么。

他不识字，联系人的名字都用幼稚的简笔画代替。过了一会儿，他揉揉眼睛，手指向一只简笔画羊，拨通了羊头后面的号码。

次日。

杨青石一大早便来到文管所里，只看见了吴志远一个人，问道："志远，你们唐所咧？"

"昨黑忙了一宿，乏得很，这阵丢盹咧。"

正说着，唐少华连鞋也没提就跑来了。

"我一听见汽车声就知道是你杨队来咧，咋，又有案子？"

"我正想问你，最近没啥情况吧？"

"要有情况我早就联系你咧，还等你上门？放心，一切正常，就是我们人困马乏，快熬日塌咧。你给我们申请的摩托车，这才骑了半年，离合烧坏了三次。"

吴志远连忙补充："要不杨队再给申请一台，我所四个人就这一辆，僧多粥少咧。"

"一来你们所我就怵头，给了自行车又要摩托车，要完东西又要编制，我这张老脸再不值钱，也不能像个叫花子一样天天上领导那儿化缘。"杨青石无奈道。

唐少华讪讪一笑："咱不都是为了公家的事吗？"

"你还知道为公家办事，那严守村把你喊去，你咋抱蹶子就跑咧？"

"他又告状咧？这个二杆子真能捣乱！他急三火四把我们喊去，说狗叫了就是有盗墓贼，别的一问三不知。"

"你们也没四处看看？"

"他谎报军情，我们再惯着他那还得了？这老汉一根筋，瓷得很。我看他脑子真有问题，这个群众文保员也甭让他干咧。"

"你当群众文保员是个香饽饽？一年补贴才几百，严守村干点啥挣不下这点下眼食，他凭啥没白没黑守着？"见唐少华态度这样差，杨青石忍不住呵斥了几句，为严守村辩解起来，"他哪是瓜？是心善。自从昝教授在尹村出事后，严守村就把窝搭在了地里，一人一狗过了这么些年。"

"我知道这老汉仗义，可我也有难处。本来就人紧，他们尹村离文保范围远得很，我还要为他额外多巡上一大片，真是没人啊。"被这么一训，唐少华自知理亏，委屈地辩解几句后连忙转移话头，"杨队，编制的事不能解决，多帮我们发展几个群众文保员得行？"

"知道咧，"杨青石摆手，又强调道，"这些年尹村没少让盗墓贼骚扰，现在又是盗墓的高发季，严守村反映的事你们也不能掉以轻心。"

"能行！"

## 第三十三章 青梅

陶坡遗址考古基地外，一辆载着访问团的大巴停下，上面挂着横幅"榆塞长城考古队访问考察团"。雒青努力保持松弛状态，但当第一个人下来时，她还是忍不住紧张起来。

一个人，两个人……越来越多的人下车，雒青还是没看见方堃的身影。

"您好，我是省考古研究院的雒青。"

她一一与来访同行握手，落落大方地微笑。

终于，最后一个男人下车了，雒青的心忽地提到了嗓子眼。可她定睛一看，不是方堃。

大概是有种"近乡情更怯"之感，此刻她松了口气，却也略显失落。

"您好，"那人与雒青握手，"我是榆塞长城考古队的白榆生。"

"您好，请问……"雒青心情复杂，"名单上不是还有一个方老师吗？"

"临来之前，方老师有一点私事，走不开。"

"哦。"算了，方堃不来就不来，省得让她紧张。

深呼吸后，雒青清了清嗓子，带大家先后参观了工地发掘现场、文物修复室和文献资料室。同行们好奇地与工地技工交流，为该遗址文物修复的过程和技术啧啧赞叹，又挨个翻阅了遗址阶段性发掘报告，互相交换着眼神和意见，纷纷点头。

"雒老师，你年纪不大，这领队当得可好嘞。"一个年岁稍长的学者笑了笑，"今后多交流啊。"

"您言重了，我还有很多要学习……"雒青略微不好意思地抿唇，又伸手指向外面，"大家也累了吧，我安排了一些农家菜，这边来。"

农家大院里摆起了一张长桌，众人围坐在一起，桌上摆满了特色美食，色泽丰富，香气四溢，令人食指大动。旁边则支着一口大锅，几个农妇在边上忙活，烧火、扯面、拌凉菜。大家落座后，白榆生坐在了雒青对面。

"都是一些秦川家常饭，不知道大家吃得习惯不？"雒青客气道。

"习惯得很，这伙食对我们长城考古队来说就是大餐咧。在沙漠里考古，别说吃顿好的，按时按点吃一顿饱饭，都是不可能的事。"白榆生苦笑。

"早就听说你们条件艰苦，队员都是苦行僧。"

"'苦行僧'还算好听的！整天围着长城转，圈内同行都笑话我们是'孟姜男'咧。"

"方老师……"雒青状若随意地问道，"在那边干得还行？"

白榆生略显惊讶："你们认识？"

"实习时打过交道，算是朋友。学生时期，他争强好胜，总是做出一些让人意外的事，不知道这些年脾气改了没有。"

"一点没变，"白榆生摆手，"用秦川话说那就是一个冷娃，轴劲儿上来一头骆驼都拉不住。"

"真的？"雒青不禁失笑，"这家伙还真是一点没变啊。"

"当然是真的，"白榆生回忆道，"比方说有一次，我们在沙漠里迷路了，又没有信号……"

榆塞沙漠里，风沙肆虐，队员们一脸疲色，背着全站仪艰难地行走。

方堃拿出手机试了试，依然没信号。

"别试了，这里根本就没信号。"白榆生摆手。

"老白，你跟大伙在这达等我，我去寻人帮忙。"

"开啥玩笑，对讲机没电，你上哪儿寻人？"白榆生皱起眉头，"这茫茫沙漠连个人影都没有，你一天没吃饭，万一出点事咋办？"

方堃却像并不在意自己安危："总比坐以待毙强。"

"我跟你一块去。"

"不行，你留这儿照顾大伙，等我消息！"方堃立刻拒绝，又见他忧心忡忡，便扬起一个笑容，宽慰道，"放心，我是谁，我是方堃，这榆塞沙漠再能还能得过我？"

说罢，他便独自往前走。

不知走了多久，他居然惊喜地发现了车辙。这下他沿着车辙继续往前，没想到沙尘突然袭来，他连忙卧倒遮脸。

等到沙尘过去，方堃艰难地从沙堆中爬起来，但沙丘上的车辙也被刮得一点不剩。他愣怔在原地，环顾四周，思索了片刻，又给自己打气，自言自语起来："别慌！我是谁，我可是方堃！"

他掏出水壶，用仅剩的一点水润了润干裂的嘴唇，定了定神继续向前。

夜幕降临，留在原地的队员们依然没见方堃的身影。

"咋还没信儿？"白榆生急得团团转。

另一个队友埋怨道："你就不该让他去。"

"他那个脾气……"白榆生懊恼，"是我能拦下的吗！"

这时，他突然看见黑夜深处有个模糊的人影，正离他们越来越近，他立刻惊呼起来:"你们看,那是不是方堃?"

众人齐刷刷望去,只见人影越来越清晰,正是方堃!不仅如此,他还牵着一头骆驼,带着一个老汉一起回来了。

"咋样?"方堃拍拍胸膛,"我说能回肯定就能回。"

眼前的方堃双眼被风沙打得通红,大块沙土堆积在脸颊上,连睫毛上都粘着沙子。白榆生瞬间落泪。

"我这还没死,咋还学上孟姜女咧?"方堃咧嘴一笑,调侃道,"等一下,我拿瓶接上,水可是个好东西,正好给我解解渴。"

白榆生抱着方堃狠狠捶了几拳:"你个冷娃还敢开我玩笑,我们的心都快提到嗓子眼咧!"

"这老伯是附近村里的向导,"方堃指着一旁的老汉,"他能带着我们出沙漠。"

"你是咋寻到村里去的?"

"靠经验,这些沙丘乍看一个样,但只要仔细考察,就会发现沙丘形态因为风、水分、植被等条件的不同,其实是复杂多样的,而且有一定的规律。只要记住环境地貌的特征,既能走出去,也能走回来。"

见他神采飞扬,丝毫不觉辛苦,白榆生笑了笑:"看把你能的。"

"我们队里有条铁律,不允许一个人单独去沙漠,但方堃是个例外。因为就像他说的,他是方堃,能得很,不管遇到啥样的沙尘暴,他都能回来。"

白榆生说着,耸了耸肩。

"浑身上下全是胆,是他能干出来的事!"雒青听罢,爽朗一笑,"本来以为这次他会来,还想着跟他叙叙旧。"

"这事也巧,临出发前他的小雪提前生了,方堃不放心,这才取消了行程。"

雒青忽然愣住。

夜晚,洗漱完坐到宿舍的床上,雒青鬼使神差地登录了QQ,目光落在网名"一只特立独行的猪"上,他头像是灰色的,显然没上线。

她点开"一只特立独行的猪"的QQ空间,对方设置的密码提示是"我的生日"。

雒青几乎不用回想,输入了"0210",果然,顺利地进去了。

最新的状态是一个月前的,配文为"又是漫步沙漠的一天,继续寻找古长城。小雪,我的骄傲,谢谢你又陪我穿越了一段历史时光"。图片里方堃全身包裹严实,和几个队员牵着一只骆驼行走在沙漠中。

下一张照片里，方堃和一个女队员在一段长城遗址前留影。配文是"今天孟姜女和孟姜男来哭一段长城"。

雏青伸展双指，把照片放大，仔细端详了一会儿女生的脸庞，黝黑俊美又不乏纯真。

再下一张照片，方堃登上一段长城，配文"万里长城第一台，台体为内夯黄土外包砖石的实心构造，依山而建，南控北锁。有幸调研，与有荣焉。小雪比我还兴奋，不枉此行"。

目光停留在"小雪"二字上，雏青心里百感交集，不由出神。突然间，安静的室内响起了一声提示好友上线的咳嗽声，方堃的头像顿时亮了。雏青吓得赶紧退出了空间，又想起了什么，连忙删除了自己的访问记录，逃也似的关闭了页面。

这时，她的电话响了，是齐小满打来的。

雏青接起电话："小满，恢复咋样？"

"颇烦着咧，娃晚上不睡总哼唧，当了妈我才知道以前多自由。"

"没事，一眨眼娃就大了，快出月子了吧？"

"姐，正要跟你说这事，过几天娃办满月酒，你可得来。"

"那是一定。"

"把对象也带上啊！"小满在电话那头咯咯笑。

"行，"雏青打趣，"要是这两天能找着对象，我就带去。"

深夜，一辆黑色的丰田凯美瑞停在一个不起眼的角落。

穆见晖在车里观察片刻，确定无人后，下了车。他压低帽檐，走向废品回收站的后门，拿出钥匙，打开门走了进去。

走到回收站亮着灯的房间门口，他规律性地敲了三下门，不一会儿，门打开了，是黎远光。

穆见晖闪身进去，黎远光向外探头，确认周围没人后，连忙关上门。

他跟在穆见晖身后，等穆见晖熟练地挪开冰箱、进入暗门后，也立刻跟了进去。

不再像几年前空空如也，如今的储藏室犹如一个微型博物馆，里面安放着不少贵重文物，保存手段也颇为专业。

屋子正中间是一个宽阔的工作台，旁边是工具架。此时的工作台上正摆着一批刚出土的唐代文物，有三彩俑、彩绘圆形圜底罐，还有一些灰陶、青瓷、铜镜等。

穆见晖认真地研究了几个较为贵重的文物，然后把桌上的物件一一装入箱子:"这次的货不错,够你歇上一段时间了。"

黎远光却摇头:"我不想歇,底下的兄弟还等着吃饭。"

"先给你支五万,"穆见晖从口袋里摸出一张卡递给他,"歇上一阵,把那几个弟兄安顿一下,让他们最近这段时间先别来秦川。"

黎远光这才意识到不对劲:"啊……咋咧,穆哥?"

"这个季节一堆饿死鬼抢食吃,文保单位也不是吃干饭的,肯定有行动。敌动我不动,让那些饿死鬼当炮灰去吧。等他们斗得两败俱伤,人困马乏,咱再出手来个黄雀在后。"

"哦……"黎远光收下卡,"能行。"

穆见晖点点头,正要拿东西出门,一个女声突然从院子里传来:"有人吗?"

两人皆是一惊。

穆见晖压低声音,闪躲到墙侧:"去看看咋回事。"

黎远光赶紧出去。

他先谨慎地把冰箱移回原处,又抄起了一个扳手,向院中走去。然而等他走到院中,看清了说话的人后,却愣在原地。

那是一个二十岁左右的女孩,手上拖着一个蛇皮袋,一脸狼狈。她长相清秀,却染着一头黄发,面料较差的衣服几乎没几块布料,透着跟气质不搭的廉价时尚感。

黎远光狐疑道:"你找谁?"

"远……远光哥?"女孩却认出了他。

黎远光意外道:"你认得我?"

"文雯,"女孩往光里站了站,神情激动,"我是文雯啊!"

黎远光眯眼辨认了好一会儿,才确认:"真是你啊,文雯!你咋寻到我这儿的?"

"我听你大伯说的。"

"你刚到还是?"

提起这个话题,文雯低头,泫然欲泣:"我刚高考完,家里不想供我继续念大学了,让我出来打工。我头一回来秦川,不知道咋寻活儿,没办法了只能来寻你,远光哥,你这儿有啥我能干的活儿吗?"

听罢,黎远光有些不忍,看了一眼身后的卧室:"今天晚了,一会儿我在近处给你找个旅社,你先歇下,具体的明天再说。"

文雯乖巧点头。

黎远光接过她的蛇皮袋，准备往外走。

文雯紧跟其后，好奇道："远光哥，你不关灯？"

"就一会儿，不关咧。"

两人出了院子。

穆见晖在储藏室静静听着外面两人的谈话，等到脚步声越来越远，确定没有动静后，他才拿着箱子离开。

某小旅社房间内。

黎远光开门进来，把文雯的蛇皮袋放下。

文雯跟了进来，环视着房间布局和陈设，虽然空间较小，但胜在干干净净。

"吃饭了吗？"黎远光看了看她。

文雯摇头。

"今天太晚了，这附近也没吃的了，我叫前台给你泡碗面拿上来。你还需要啥都跟前台说，钱我给过了。"

文雯眼眶一红，拼命点头。

"我先回去了……"黎远光看她可怜的样子，有点心疼，又给她演示了一下怎么锁门，柔声道，"这个是反锁，再把这个链子扣上，你晚上把门锁好再睡。"

"好，谢谢你，远光哥。"

黎远光这才离开。

下了出租车，黎远光正想进回收站，却被暗处忽然亮起的车灯闪了一下，他看过去，发现是穆见晖的车，于是赶紧走了过去，上车锁门。

"啥情况？"穆见晖语气略有不善。

"我老家一条巷里的，一个人来秦川打工，没寻到活儿就来投奔我了。"

穆见晖皱了皱眉："你咋能把这儿的地址随便给人说呢？"

黎远光辩解："我……我只给我大伯说过。"

"我不管你用啥办法，赶紧把这女子支走。"

"我明白。"

"不早了，回去歇着吧。过几天我要去北京，有急事打电话。"

"去北京？"

"东西想卖上价，只有一个买家是不行的。"穆见晖眸光一闪。

黎远光似懂非懂，但穆见晖已经示意他下车，然后马上开车离开。

## 第三十四章 重逢

穆见晖回到家中,发现还亮着灯。客厅墙上,两幅年画娃娃分外抢眼。刘树兰正在沙发上织着一件小毛衣,经过几年调养,她的脸色红润了许多,富裕生活带来的安宁和幸福在她容光焕发的脸上体现得淋漓尽致。她肚子也大了不少,怀孕已有五六个月。

"咋还没睡呢?"穆见晖脱了鞋,朝她走去。

"你没回来,睡不着。"

"说了不用等我嘛,咋了,一个人害怕啊?"穆见晖上去抱她,"我不在,不是还有咱孩儿陪你?"他亲了亲刘树兰隆起的肚子。

"我有啥好怕的,还不是担心你?"

"怕你男人找不到家门,丢了?"穆见晖笑笑,"放心,有你跟娃两根绳子拴着,天涯海角我都跑不了。"

"越老越贫气。"刘树兰斜他一眼,"饿了吧,我给你热饭。"

"又做饭,说了不让你做嘛,我已经给福源饭店打过招呼,一天三顿给你送家里来。"

"我有手有脚的,花那钱干啥。"

"那我挣钱是为啥?听话,以后不许做了。"穆见晖柔声道,语气中却带有一丝不容抗拒,"今天腿还肿不?我给你捏捏。"

他麻利地打来一盆热水,蹲下身子给刘树兰泡脚、捏腿。

"哎呀,"刘树兰羞红了脸,"你先吃饭。"

"不伺候好媳妇,我哪敢吃饭。"

刘树兰笑着捶了他一下:"说得我好像母老虎一样。"

"是不是母老虎不知道,反正是我的大王。"

两人笑闹着。

次日一大早。

黎远光睡得正香,忽被一股喷鼻的香味诱醒。

他睁开惺忪睡眼,一时不知道是梦是醒,只见原本凌乱的卧室被收拾得整洁干净,桌上还摆着简单的早餐,有一碗粥、两个馒头、一碟菜,粥还冒着热气。

他掐了自己一把,确定不是梦,突然听到院子里传来窸窸窣窣的声音。

黎远光一惊，彻底清醒过来，忙抄起枕边的扳手，先查看了下冰箱后面，确定没人动过，这才悄悄向外面走去。

院子里的景象却让他愣住了。

堆积如山的废品中，身形瘦弱娇小的少女正卖力地整理收拾着。她走过的地方，已经由原本的凌乱不堪变为井然有序。

"文雯，你咋来了？"黎远光目瞪口呆。

"我醒得早，想着能过来帮你干点啥。"文雯不好意思地摸了摸发尾，"对了……"她想起什么，立刻从口袋里取出一百多块钱，交给黎远光，"这是你留在前台的押金，我买菜花了点。"

"你把房退了？"

"我问了下，旅社一天要八十，太贵了，我看见你这院角还有间灶房空着，我已经拾掇出来了，你要是不嫌弃我，我睡灶房就成。"

文雯笑了笑，原本脏兮兮的脸已擦拭得光洁亮丽，她笑起来如清风温润吹拂，花朵悄然盛放。

黎远光愣了愣，转身回屋，不一会儿出来，手上已经多了一沓钱。他把钱交给文雯："这五千块钱你拿着，是继续念书，还是在秦川安顿下来寻个活儿，你自己定。"

"光哥，我是不是哪达做得不好？"文雯怔住了，声音隐约颤抖。

"没有。我这儿的活脏，不合适你，而且孤男寡女的，传回家对你也不好。"

"我不怕脏，光哥，我求你了，你要是把我撵走了，我就没活路了。"

"把钱拿着，有钱就有路，不够了再来找我。"

黎远光言辞恳切，不愿耽误这小姑娘，执意把钱塞到她手中。

没想到文雯却憋不住，直接哭了出来，泪珠一滴一滴往下掉："光哥，我跟你说实话，我是叫咱村那个王慧芳卖到火车站附近一家发廊的。我本来以为是学理发，没想到是那种地方！我想尽办法才偷跑出来，他们肯定在到处找我，我不敢一个人在秦川待……"

原来她竟遭遇了这么多……

她这样正值大好年华的小姑娘，刚刚高考完，明明可以有更光明的未来，明明不用与他这种人为伍，却被那些肮脏的人迫害成了这样……

黎远光不禁叹息："那你拿钱回家继续念书，上完大学出来也好找工作。"

"我爸绝对不会再叫我念大学的，这钱拿回去也落不到我手上……"文雯拼命摇头，垂下眼帘，"回家以后的日子我都能看到头，在鞋厂打几年工供我弟念书，然后再随便找个人嫁了。"

"村里几辈人都是这么过来的。"

"我不甘心！"她抬头直视他，眼里不复方才的黯淡，取而代之的是些许燃烧着的火焰，"你也不甘心，对吧？要不你也不会出来。"

黎远光没回答。

"要是叫我随便嫁个人，或者被人拉到发廊去卖，我……我宁愿伺候你。"她知道他心有动摇，便继续娇羞道。

她现在能抓住的救命稻草只有黎远光，她一定不能错过这个机会，她绝对不想再回到那个愚昧又令人痛苦的家庭了！

黎远光看着她梨花带雨的脸上浮现朵朵红晕，一时间波澜不惊的心里忽然荡漾起来。

"啥活儿我都能干，不会干的我也可以学，你叫我干啥都行，我保证啥都听你的。"文雯继续补充，又朝他绽开一个笑容。

"你为啥非要跟着我？"末了，他无奈问道。

"因为你是好人。"

她眼睛亮亮的，让黎远光一时不敢直视，他偏过了头："我……我不是啥好人。"

"对我好的就是好人。"

被她坚定而纯真的目光凝视许久，黎远光终于心软了："你刚说啥都听我的，那你继续在那个旅社住下，这几天抓紧找找活儿，找到合适的再搬。"

"旅社太贵了，我睡灶房就行……"

黎远光看了她一眼，文雯顿时不敢说话了。

"发廊的事不要担心，有我呢！"他安慰道，又顿了顿，声音冷了几分，"平时尽量不要到我这儿来，我很忙，也喜欢清静。"

文雯乖巧地点头，想起了什么："饭都凉了，我去给你热热！"

经过方才这番对话，她感觉得到他似乎不太想让她住在这里，就像……他有什么秘密，那秘密不能被她看到。没关系，她不去窥探便是。

好不容易有了新的希望，她才不会自讨没趣呢。

她欢快地跑开，留下黎远光在原地犯愁。

陶坡遗址考古基地门口。

雒青提着大行李箱走了出来，郭士林和齐大仓的车早早等在了门口。

齐大仓笑道："喝个满月酒，咋还提上行李咧？"

"这边的工作告一段落了,我休个假。"

郭士林想搭把手抬行李箱:"我来吧。"谁知道他还没上手,小白嗖地蹿出,三下五除二就把箱子放了上去。

雒青一愣:"小白,你怎么没走?"

小白神秘一笑:"在等你啊,有些话要跟老师你说。"

"那你说。"

"不行,是一些很私人的话,只能对你说。"

雒青无语。

"没事,"郭士林燃起八卦之心,"你可以把我们当空气。"

"有啥话回头再说,我还得去喝喜酒。"雒青淡淡说完,便拉着郭士林上了车。

"雒老师,交男朋友了呢。"车上,郭士林学着小白的台湾腔,继续八卦。

雒青剜了他一眼:"别胡说,小白是来实习的,人家才上大四。"

"大四咋咧,不就比你小那么几岁嘛。"郭士林耸耸肩,"这个实习期我们所成了好几对,你不会是不想找吧?"

"怎么可能,缘分来了我张开怀抱欢迎,跑了的不撵,抓住的不放。"雒青横他一眼,大大咧咧看向齐大仓,"齐队,明天把你们队的帅哥照片发给我,有合适的你给我牵线。"

齐大仓一笑:"雒青,你这几年变化可真大。我记得当年办黑陶俑那个案子时,你文文静静的,说话也没大声量。现在了不得,声量大了,底气足了,做事有章程。你们北京话叫啥,大飒蜜。"

"可不,没两把刷子咋当得上省院最年轻的领队?想当年,雒青怕狗怕得很,方堃还拿这事打趣她……"提到方堃,郭士林突然不敢再往下说了。

雒青却自然地接过话茬:"我这也是被逼的,干考古不光是埋头做学问,还得跟各种杂事打交道。"

"你们好歹都是大项目,我们不是跟在基建屁股后头跑,就是跟在案子后面跑。"想到自己相当不顺心的事业,郭士林重重叹息。

"齐队,尹村咋样了?"雒青关心地问,"我听说这几年又来过几次盗墓贼。"

"有抓住的,也有没结案的。这事也奇怪,自从黑陶俑案之后,我们又在原来的盗洞旁边发现了几个盗洞,你们说这尹村地底下到底有个啥?咋引得盗墓贼一波一波往上扑。"

"这事我们所也研讨过，张所的意思是最好摸一摸这片的文物遗存，让我得空搞个踏查。但是我们现在忙得脚丫子朝天，哪有工夫到尹村转悠。"郭士林皱眉。

"我听说你们市所有个家属为了怀个娃，追着老公满工地跑。今天老公要是在这儿忙基建，晚上她就追过去。"齐大仓扭头，玩味地看着他，"士林，这人不会是你的家属吧？"

郭士林顿时红了脸，嘻嘻哈哈搪塞过去："齐队的耳朵长得很，连我们市所的八卦都知道。"

"老郭，尹村踏查的事我替你办，"雒青说，"反正我休假也没啥事。好几年没回尹村，还怪想呢。"

郭士林喜笑颜开："你要有大发现，那可得分我一半，我这评职称、涨工资可就靠你咧。"

雒青笑着看他："出息！"

终于到了。

刚下车，众人就看见齐有粮家门口的巷子里支起了几口办流水席的大灶，几个大厨忙里忙外地备菜。

"有粮伯添了外孙，腰板直得很嘛。这满月酒的阵仗了不得，大锅一支，可不少钱咧。"郭士林三两步踏进院子，打量周围。

"乡里人嘛，添上个男娃这辈子就算没白活，别说办酒席，都恨不得上个电视昭告天下。"齐大仓无奈笑了笑。

院子里传来一阵刺耳的唢呐声。

"这谁啊，吹得真够难听！"

见郭士林蹙起眉头，齐大仓没忍住扑哧一声："准是我那个妹夫，自从干上表演队，这唢呐水平一落千丈。"

雒青并未搭理他俩，而是趁宾客还未来，兀自在院里瞎晃着。

走到一个角落，她注意到有个男人背对着他们，正和严六爷学吹唢呐。

"嘴不要用力，那哨片又不是你的仇人，用哈气的方式来吹，你再跟我试一遍。"

那人听了严六爷的指导，又吹了一遍，但还是不在调上，他委屈地嘟囔着："六爷，这哨片成精咧，我把它当情人，它也不听我招呼。"

听到这声音，雒青心里颤了一下。

好熟悉……难道是他？

正当雒青恍惚的时候，郭士林也走了过来，直接激动地上前，扳住那人肩膀一看——果然是方堃！

郭士林照着方堃就是一拳："你个瓜佌，回来咋不吱一声，跟我玩大变活人啊！"

方堃笑了笑："惊喜不？"

"你小子，几年不来信，"齐大仓索性拥住了方堃，"我还以为这辈子见不到你咧！"

"齐队，你不会以为我在沙漠'光荣'了吧？"

"胡诌啥，我看你从身板到嘴皮子都攒劲得很！以前是文弱书生，现在是沙漠之狐。"

两人正调笑着，雒青大方上前，伸出手："好久不见。"

"这么正式？"方堃挑了挑眉，"共事那么久，不给个拥抱？"

雒青一笑，给了方堃一个拥抱。

"你变了。"

"我哪儿变了？"

方堃打量着雒青："黑了，瘦了，好像还有点老了。"

"你是一点都没变，嘴还是那么贱。"

"齐队看见没，"郭士林在旁边用胳膊肘捅齐大仓，"他俩像不像斗鸡，一见面就啄一嘴毛。"

众人齐笑，似乎什么都没变。

但他们也都清楚，心里那一股挥之不去的怅然提示着自己，好像哪里已经悄然发生了改变……

"六爷，还记得我不？"雒青歪头。

"当然记得，你六爷虽说是眼花耳背，可脑子还中用。自从村里出了黑陶俑，你们三个就赖在俺原上咧。整天不是寻盗洞，就是找老照片，真是能闹腾。"严六爷眯了眯眼，眼角皱纹更多，好似枯树，"小昝要是知道这三个娃娃成了大才，一定欣慰得很。"

听到这个名字，方堃脸上的笑意忽然褪去，雒青的心刺痛了一下，就连平日里嘻嘻哈哈的郭士林，脸上也挂上了一抹忧伤。

就在这时，齐有粮兴高采烈地出来了，身后跟着抱孩子的齐小满和曹凤英。生娃以后，齐小满日渐丰腴，已不似当年青涩的少女。

"哥，姐，你们来了。"见到他们，齐小满双眼顿时亮起来，"这娃闹得很，才消停。快让舅舅们和姨姨看看。"

雒青凑上前伸手逗了逗咿咿呀呀的小娃娃："娃虎头虎脑的，真心疼人。"

217

齐有粮却哈哈一笑:"娃瓷实得很,那泡尿你们是没看见,能浇灌出个老鼠洞咧。"

"有粮伯真是人逢喜事精神爽,比前几年还年轻。"雏青笑着说。

"还是青女子这文化人会说话,酒菜备好咧,咱们赶紧去入席。"

齐有粮说罢,众人便往外走。

"来娃去哪达咧?"齐大仓走到小满身旁,问道。

"去请他那三朋四友咧。"

家门口的巷子里已经摆上了几张铺着红布的桌子,邻居们都来了,李春来和他的朋友们也已赶到。

"大家伙快坐,马上开席!"齐有粮招呼大家入席。

"我还没就位,这席咋能开?"

一个沙哑的声音传来,众人一回头,原来是严守村牵着黑嘴来咧。

齐有粮幽默一笑:"守村,你批评得对,少了你这块老腊肉,俺还真成不了席咧。"

众人大笑。

严守村看到方堃,问道:"堃娃子,你啥时候回来的?"

"刚到不久。"方堃鼻头一酸,上前抱住严守村,"守村叔,身体咋样?"

严六爷在一旁笑着抢话:"他那身体好得很,比十八的后生还精壮。裤兜里没俩钢镚,干得还挺上瘾。一宿一宿地在地里晃,俩眼珠子比车灯还亮。"

"这叫能者多劳嘛。"方堃也笑了。

众人随即落座。齐大仓、严六爷和主家坐一桌,方堃三人和严守村坐一桌,余下的村民坐了四桌。

齐有粮朗声道:"各位亲友高邻,我添了个大外孙,心里美得很!承蒙大伙给面子,来喝杯喜酒。我给大伙准备了八凉八热,先上八凉喝酒,再上八热吃饭。来,开席!"

众人举杯欢饮。

# 第三十五章 伏击

宴席上，大家推杯换盏，围着小满一家三口聊得火热。

郭士林用肩膀碰了碰方堃："你不是说小雪生了，先不回吗？"

雒青装作夹菜，耳朵却忍不住竖起来，也想听听小雪的事。

"我不在也没啥事，再说还有老白他们搭手，不用担心。"

雒青漫不经心地听着，摸了摸黑嘴。

"黑嘴长大了，"方堃注意到她的举动，一时感慨，"我还记得你当年怕狗怕得要死。"

"现在是狗怕她。"郭士林打趣起来，"雒领队厉害得很，在工地上雷厉风行，说一不二。"

"看出来了，我记得你以前还算温柔，现在是走路带风，说话带刀。"

"除了对你，我对谁都温柔得很。"雒青没忍住又和方堃斗起嘴来，"倒是你，嘴又贫又贱，小雪怎么看上你的？"

这时，一阵刺耳的音乐声突然响了起来，方堃没听清她刚才的问话："啥？"

雒青想了想，没再说下去。

"在小儿满月之际，承蒙各位亲朋百忙之中前来祝贺。今天略备薄宴，还有几个节目，给大家助助兴！"

李春来举着话筒，严六爷掏出唢呐。谁知道李春来的朋友们却搬来音响，唱起时兴的俗歌。

齐小满忍不住拉了拉李春来："六爷带着唢呐来，你咋不看事？"

"啥年月了，谁还听那个？"李春来漫不经心地挥了挥手。

听到这句话，严六爷黯然神伤，悄悄收起唢呐。

一番劲歌热舞结束，齐有粮接过话筒，满脸通红地打算大说特说："我说两句，我盼了一辈子，沾我女子的光，总算盼来了带把的！"

"有粮，你这思想不对，现在又不指着男娃子下地挣生活，女娃子照样能顶半边天！"严六爷蹙了蹙眉，略有不满，"来娃倒是个男娃子，家里家外不还是靠小满。"

"六爷，我这不是没文化，觉悟低嘛！"齐有粮自嘲，"今天咱家来了三个高才生，放古代就是文曲星。我外孙还没取名，请文曲星们给咱娃取个名

· 219 ·

吧。"

方堃谦虚道："六爷在尹村德高望重，又是来娃的师父，还是让六爷取吧。"

严六爷摆手："取名是大事，我一个唢呐匠可不敢当。"

"我看都别谦虚，"齐有粮哈哈一笑，"六爷提个字，三位文曲星提个字，咱凑个名，咋样？"

郭士林点头："得行！"

"这世道变化太快，诱惑太多，男想高女想瘦，狗穿衣裳人露肉。我盼着娃修身立德，笃行致远，就取一个'修'字吧。"严六爷认真思索片刻后说道。

方堃、雒青和郭士林把头凑到一块，低声议了议，也想好了要取的字。

"无论时代咋变，人的本心不能变。咱原上和兹陵渊源又深，我们想就取汉太宗名字里的'恒'。"方堃说。

齐有粮反复咂摸这几个字，大手一挥："得行，咱就叫个修恒！"

吃罢饭，齐有粮在门口送别齐大仓等人："路上注意安全，我就不送了，还有一拨客没待完。"

"得行，"方堃挥挥手，"叔你去忙。"

然而这时，严守村却追了出来，大声嚷嚷："先别走！齐大仓，这盗墓贼你管不管？三天两头来一回，比文管所来得都勤！"

"现在是盗墓的高发季，你放心，我们肯定不会不管。"见他情绪激动，齐大仓忙安抚着，又转头看向齐有粮，"叔，原上的事你给我盯一下，万一有盗墓的及时知会我。杨队托我跟你说一声，发展一下群众文保员，光靠守村叔可不行。"

齐有粮点头："我知道，这几天倒是安宁，没来啥生人。"

"有粮伯，我想在尹村附近踏查一下，得在你家借住几天，方便不？"雒青一听正是机会，便也提出了自己的想法，"还是老规矩，住宿餐费我交上。"

齐有粮眼珠子骨碌一转："踏查啥？"

"有粮伯，是这样的，咱这儿不是经常招盗墓贼嘛，我们所长说最好摸一下地下到底有啥，知道个大概。我太忙，就让雒青代我先走访一下。"郭士林解释道。

"那摸清之后咧？"

"万一文物被破坏得比较严重，或者研究价值高，咱也好向上申请加大文保力量。"

听到这里,齐有粮才满意地摸摸下巴:"嗯,这事我绝对支持,去年春灌,好几户反映地往下陷,土不吃水。结果一看,好几个盗洞。这挨千刀的盗墓贼,把咱的地都祸害了。你们弄,后勤我来保障。正好有两间屋闲着,我让你大妈收拾一下。"

话音刚落,杨青石的电话就打了进来:"大仓,我是杨青石,你来一下冯家坡。"

"咋咧,杨队?"

"群众反映有盗洞。"

齐大仓深吸一口气:"我这就过去。"

挂断电话,他又赶紧道:"士林,你跟我跑一趟冯家坡,看看被盗情况。"

"能行,"郭士林点头,"那方堃,你送一下雒青。"

方堃看了雒青一眼:"走吧。"

方堃将雒青送到了尹村公交站,陪她一起等车。

他们阔别许久,热闹时还能像往常一样打趣几句,而一旦只有两人,空气一安静,反倒忽然有些不自在,不知道说什么合适了。

沉默一会儿后,方堃有些坐不住,索性开了口:"你住哪达?"

雒青斜他一眼:"干吗?"

"当然是送你回家。"

"不用。"

"咋的,"方堃故意挑眉看她,"家里有人,不方便?"

雒青无语:"你啥意思?"

"我听说这些年侯月来对你没死心,你俩就没起点'火花'?"

"你是不是沙漠待得太久了,怎么这么八卦?"

"关心关心老朋友嘛。话说你当年到底为啥回秦川?不会是为了侯月来吧?"

"为了你。"

此话一出,方堃忽然愣住了。他试图从雒青的眼神中探寻一二,却又像被什么烧灼似的,不敢与她对视。

这番窘迫模样反叫雒青笑出了声:"怎么着,吓着了?"

方堃难以置信:"真是为了我?"

"怎么可能,神经病。"

听到她的话,他悬着的心忽然落下来,但也略感酸涩。

想什么呢，方堃，不过开个玩笑而已，你难道还当真了吗？……他在心里默默想着，却始终无法忽视心底最深处蛰伏的那几分异样。

"也对……"方堃自嘲地笑了笑，"你要真是为我留下的，我得回去哭一场，错过了一段美好姻缘啊。"

"你少来。"

"你到底住哪儿，我送你回去。"他舒了口气，换个话题，努力将方才的怪异感从脑海中驱散。

"师母家。"

方堃脸上的笑意褪去。

"怎么，不打算送我了？"

"今天就算了，"他叹了口气，"改天，我想专门去看看师母和昝教授。"

冯家坡村地深处，杨青石和丁炎守在之前黎远光所炸的盗洞旁。

不一会儿，郭士林和齐大仓也赶了过来。

"杨队，啥情况？"齐大仓忙问。

"这个盗洞是村上文保员例行巡查的时候发现的，当时觉得地里有这么一大片空地怪得很，就仔细看了一下，然后发现有一片新盖上的土，扎了一下，才看见底下是个盗洞。"

郭士林探头张望："我下去看看。"

下到盗洞里后，郭士林发现里面的文物已经被盗掘一空，只剩下一些器物残片。他捡起几个碎片看了看，拍了照片，随后便打手势示意他们把自己拉上去。

重新呼吸到新鲜的空气后，郭士林缓了缓："应该是隋唐时期的墓，已经被盗空了。我先回去跟张所汇报一下，看需不需要进行抢救性发掘。"

杨青石点头："得行，你去忙。"

"看这土……"丁炎反复打量，"像是这几天刚挖的。"

齐大仓也在地上发现了一些炸药残渣，他弯腰捏起一撮，闻了一下："是炸的洞。"

"这里离村子很近，肯定有人听见爆炸声。"情况明朗了些，杨青石的步伐轻快了些许，"走，问问去。"

村民们已经聚集在了冯家坡村委会。

杨青石拿着喇叭："乡党们，这几天晚上有没有人听见啥动静？"

村民们却噤若寒蝉，无一人回答。

"就是爆炸声，就像放铳的那种声音。"他又补充。

仍然没人说话，就连好奇和讨论的声音都没有。

齐大仓觉得有些奇怪，问道："谁家离南边地最近？"

大家都看向一位村民和他的妻子。

齐大仓顺着目光望过去，发现他俩目光明显躲闪。

"老乡，你有没有听见啥动静？"齐大仓走近那位村民，直视着他。

他急忙摇头。

齐大仓又看向他身旁的妻子，对方更是惊慌失措地连连摇头。

杨青石问："平时你们都几点睡几点起？"

女人回答："十一……"

她还没说完，就被丈夫一个眼神制止，便又闭上了嘴。

那村民赔笑道："黑来九十点就睡，早上五六点才起。"

齐大仓看着这夫妻俩的神情，察觉出异常。

"这会儿地里也没啥重活儿，你俩睡觉咋那么沉？"杨青石满腹狐疑，"那么大动静都没听见？"

男人不敢看他的眼睛："屋里的活也不少，我睡觉打雷都吵不醒。"

齐大仓语气冷了几分："看见过啥眼生的人吗？"

"没看见。"他脱口而出。

齐大仓反倒觉得可笑："你都不回想一下？"

他忙假装想了一下，说："嗯……没有，真没有。"

夜幕降临，众人总算可以各回各家了。男人和妻子逃也似的慌张跑走。

然而，这一切都被杨青石、齐大仓、丁炎的眼睛捕捉到了。他们总觉得不对劲，于是跟去了这对夫妇家门口。

杨青石看了一眼不远处的地里，自言自语："这么近，没理由听不见。"

"这夫妻俩说话闪闪躲躲，我看他们是有事瞒着。"齐大仓略有愠怒。

"走，再去问问。"

"咋办呀，不跟警察说行吗？"纵然回到了自家院子里，女人仍面露怯色。

"人家知道咱们家，要是发现咱给警察说了，能不来寻仇吗！"

正说着，敲门声响起。

男人一惊："谁？"

"是我，文物局的。"

他记得这个声音，就是下午那个叫杨青石的！

这下他更慌了，但又不能什么都不做，只得战战兢兢地打开门。

齐大仓开门见山："你们家这位置，不可能听不见盗墓贼炸洞，你不说实话，难道跟盗墓贼是一伙的？"

"咋……咋可能嘛！"男人眼神躲闪，"我们都是老实人，从来不干违法的事。"

齐大仓又盯着他的妻子，厉声道："知情不报，你们可知道是啥后果？"

被那双炯炯有神的眼睛盯着，女人再也憋不住，索性豁了出去："我说！"

她从口袋里掏出了被报纸包着的五张百元纸钞。

男人见状，也一下子泄了气，悻悻地将那夜的情况如实说了出来。

那天夜里，男人透过门缝看到有人在他家门口放了个什么东西，等那人走远，他才壮着胆子出去，发现是一块砖头。

捡起一看，砖头底下是一坨废报纸，再打开来，里面居然包着五百元钱。他犹豫几秒，又抬头望了眼黝黑的田地，选择迅速退回了院子里。

"我们怕他们，这钱不敢不要啊！"男人几乎要哭出来，"可我们也知道这钱是赃钱，哪敢花。"

齐大仓戴着手套接过报纸。

"丁炎，"杨青石立刻吩咐道，"你去问下村长，这附近有没有摄像头。"

丁炎点头，旋即转身离开。

杨青石又看向村民："具体哪天盗的墓？"

"就是前两天晚上。"

齐大仓追问："你看清人长啥样了吗？"

"太黑了，人家还戴着帽子，啥也看不见。"

估计这条线索就到这里了，杨青石叹口气，在纸上写下了电话号码："再想起啥随时跟我说。"

"同志……"村民小心翼翼道，"他们不会报复我们吧？"

"没啥怕的，他们是一群只敢在晚上活动的地老鼠。"杨青石说，"以后再遇到这种情况，一定要第一时间举报，知道了吗？"

村民唯唯诺诺地点头："唉。"

## 第三十六章 群众

秦川墓园。

方堃将一束鲜花放在了昝教授的墓前，对着墓鞠了三个躬。他沉默着用目光扫过墓碑上的每一个字，然后盯着那张与他对视的黑白照片，喉头滚动了几下，似乎有什么情感带着那痛苦遗憾的回忆翻涌而出。

"几年没来，不说点啥？你在榆塞干了啥，昝教授也关心着咧。"郭士林在一旁说。

"我做的那点事不值一提，说了反而扰了老头的清净。"方堃摆摆手，转身，"回吧，去看看师母。"

来到项昕之家门口，方堃迟疑了，准备敲门的手悬在半空。

"怯火咧？你要不敢进去，咱就回。"

方堃沉默着，想了想，轻叩了几下门，就准备转身离开，身后却传来一个熟悉的声音。

"小鬼头，就不知道提前给我打个电话？"

方堃一回头，见项昕之提着菜篮子，正笑吟吟地看着他们。刹那间，他红了眼眶，却又故作轻松，咧嘴一笑："这不是怕打扰师母休息嘛……"

"几点就休息，我成不动尊咧？"

郭士林上前几步，想帮她提菜篮："师母，我来。"

"去去，"她笑道，"师母还没到腿脚不行的地步。"说着，项昕之打开门，把他们请了进去。

家里虽小，但整洁温馨，墙上挂满了一家人的合影，合影中自然也有昝教授。看到照片，方堃心里发酸，长长吸了一口气，才把眼泪憋回去。

此时，雒青也从卧室走出来。

"我听雒青说，你们见过了哦。"项昕之关切道。

方堃点头："嗯，见过了。"

"你俩来得正好，帮我消化一下。"雒青在茶几上摆好果盘，"每次一回来，师母就准备一堆东西，生怕我在工地吃不饱穿不暖。"

项昕之满脸慈爱地看着她："你爸爸妈妈远在北京照顾不到，你就是我的囡囡，好吃的好喝的当然要留给你。"

雒青很是感动，一时间说不出话来，只是深深凝视着她。

"师母，"郭士林又问，"我听说您去老年大学讲课咧？"

"啥讲课，就是讲家常，顺道给他们科普一下啥叫考古。现在学界提倡发展公众考古，让学术走下象牙塔，走进老百姓的生活。我闲着也是闲着，就当玩呗。方堃，你得闲也去讲讲长城考古。"

方堃摆摆手："我就不去王婆卖瓜咧。"

"你谦虚个啥，听说你们这几年用双脚丈量了秦州省境内近两千米的长城遗址，还承担了陇山省部分长城的调查任务。你们这是为国家历代长城资源摸底和研究交出了一份准确的答卷啊。"项昕之微微一笑，"想当年老昝去长城考古，大伙水平参差不齐，纯粹是硬着头皮、磨破脚皮、饿着肚皮在搞研究。要是他知道现在的变化，保准高兴得很。"

提到昝教授，方堃沉默了，就好像有一根拔不掉的针，总会适时出现，刺他一下。

昝教授走了，也把他灵魂的一部分带走了。他果然，还是无法释怀。

项昕之看在眼里，自然明白，便换了话题："方堃，这次回来有啥打算？"

"休个假。"

"还要回去？"

方堃点头。

"人呐，不要回头看，有些事过去就过去了。老昝刚走那阵，我也不能接受，消沉了一阵子，后来我就开始干活。有个作家不是说过，没有啥灵丹妙药比得上劳动更能医治人的精神创伤。只用了俩月，我就'还阳'了。你把自己放逐到榆塞，我知道为了啥，都好几年了，也该放下了。"项昕之知他痛处，索性将伤口剖开，娓娓道来自己的经历，希望能让他稍微释然一些，别把自己困在过去。

"师母说得对，"雏青也开口安慰，"你不要把昝教授的离开归咎在自己身上，那是个意外。"

方堃眼里泛起两汪热乎乎的泪水。这些年来，他把一切憋在心里，没想到所有人都知道。

"那天晚上，要是我不回村里喊人，要是我跟昝教授一起去追盗墓贼，他就不会出事……"他哽咽着，连忙举起袖子挡住脸，泪水刹那间把布料濡湿。

项昕之见状，一把抱住他："老昝是对的，你也是对的，都是盗墓贼的错。乖团，那些不愉快都是历史了，你应该满怀热情地奔前程，好好活着，这才是老昝乐意见到的。"

方堃郑重地点点头,揩了揩泪,就在一瞬间,胸口的大石好像轻了些。

"师母,我还有个事要麻烦您,昝教授之前在原上做过考古勘探,我想借阅一下他的工作日志。"略微振作之后,他想起了另一件正事,忙道。

"我给你拿去。"项昕之起身去拿工作日志。

雒青不解:"你要这些干吗?"

"上原上踏查啊。"

"不是,你凑啥热闹?"

"啥叫凑热闹,原上就只许你去,不许我去?"

"别掐别掐,"郭士林连忙喊停,"是我请方堃帮个忙。这么大片地,你一个人踏不过来。反正他闲着也没事,就当郊游。"

项昕之也已拿出工作日志,交给了方堃:"你跟雒青搭个伴,我还放心些。"

这下雒青不好再拒绝,只是别开了脸,将目光移向别处。

"对着咧,安全第一。几年没见,你俩得闲交流一下感情,重温一下友谊,再不济切磋业务总行吧。"郭士林挤眉弄眼。

方堃爽朗一笑:"没麻达,我举双手赞成。"

齐大仓和周永福来到文物稽查队的办公室,与稽查队一起讨论案情。

"我们把冯家坡村民收到的钱和报纸全部送去检测了指纹,这些盗墓贼很谨慎,都是戴着手套操作的,上面没有留下一点指纹。村里也没装摄像头,让交警队协查了一下,离冯家坡村最近的一个摄像头还在省道上,经过的车辆太多了,还有不少是无牌面包车,根本没法查。"

周永福刚汇报完,在场所有人都意识到这个案子悬了,很是郁闷。

杨青石愤愤道:"但凡当时有个人报案,都能人赃并获。"

"归根结底,还是巡查的频率太低,村民的文保意识又太弱。"齐大仓叹口气。

"齐队,你这话啥意思?"丁炎却不乐意了,"说我们工作不到位呗。"

"我是在总结经验,如果能加强巡查,多做宣传,也不至于这么被动。现在一没看见盗墓贼长啥样,二没有线索,就连被盗走啥都不知道,案子咋破?盗墓贼咋抓?文物咋追回来?基本工作不做到位,你们防得再辛苦,我们打得再热闹,最后都是白忙活。"

这话引起了在场稽查队队员的小骚动。

"还不到位?我们一整年都没休过假,你问问这些人,谁放过星期天?

去年我媳妇儿生娃都没时间去，白天跑现场，晚上巡查，几个人睡过整觉？还要我们咋到位？"尚立峰抱怨起来。

丁炎也接着说："我们稽查队就这点人手，文保单位却好几百个，一天跑一个地儿，一年也跑不完！"

"正常业务都跑不过来，更别说宣传了，全市这么多村，哪有时间给每个村做宣传。"

二人你一言我一句地诉苦，言语间尽是不满和埋怨。杨青石听不下去了，把手里的茶杯往桌上一放："哪来那么多抱怨！"

他又正色道："墓被盗了，就是咱的工作没有做到位！文物保护工作重点在防，提高老百姓的文保意识，群防群治，才能真正震慑盗墓贼。这两年我一直跟上头反映，要加强文保员队伍的建设，加大宣传力度。虽然说文保员队伍的建设不是一朝一夕的事儿，但也必须承认咱们发力还不够，还没见到成效。"

这下，稽查队的队员不说话了，纷纷低下头。

"齐队，我有个请求。"待众人安静下来后，杨青石看向齐大仓。

"杨队，您说。"

"你也知道，我们是行政执法，不能有效震慑盗墓分子，像这次冯家坡村的这伙盗墓贼就极其嚣张。以后，能不能请你们公安局的人跟我们联合巡查？"

齐大仓眼睛一亮："好办法！本来我们两个部门也是公不离婆，联合巡查正好也能起到威慑作用。"

"除此之外，我还想请你配合我们文保做一下宣传工作，加强群众文保员队伍建设，第一站我想定在尹村。一来尹村的文保压力不小，二来是你的老家，你能说上话。"

"没麻达。"

杨队向他伸手："那就这么定了？"

齐大仓紧紧地握住了他的手。

"叔！"齐大仓进了齐有粮家院门，大喊一声。听到这熟悉的洪亮嗓门，齐有粮和李春来一起出来相迎。

"大仓来咧。"齐有粮咧嘴一笑。

"我今天来是公干，现在是盗墓的高发期，我们和文物局搞联合巡查，也顺便宣传一下文物保护，你帮咱召集一下群众，去村委会搞个宣讲。"

"得行，我去动员一下，来娃你也去喊几个人。"

"能行。"

尹村街上，秦川市文物局和公安局的四辆公务车都开了过来，村里喇叭响起齐有粮动员的声音："村民朋友们，保护文物安全，守护美好家园。保护文物，从我做起，从小做起。千年文物博大精深，后人爱护薪火相传。大伙儿都知道咱村来过几次盗墓贼，闹得人心不得安宁，地也吃不进水，现在人家文物局和公安局来宣传了，有事没事的都来听听。"

巷子里，李婶和仙儿姐正在谝闲传，听到喇叭声之后起身往村委会走。

"仙儿，走，去瞧瞧热闹。"

喇叭声还传到了田地里。听到文保宣传之后，常有停下了手里的活计。

"常有！"红斌来喊他，"来娃让我们去村委会捧捧场。"

"不去，文保跟咱有啥关系。"

"去吧，'卫生下乡'发纸，文保总得给咱发个笔和本吧。"

喇叭中持续传来齐有粮的声音："尹村文物保护宣传活动马上开始，村民朋友们能来的都来！"

庆国正在家里睡大觉，听到喇叭声立马捂住了耳朵。

这时，李春来来喊他了。

"哥，村里搞文保宣传咧，你得露个面啊。"

庆国骂骂咧咧翻了个身："跟我有啥关系？"

"这话说得，俺大舅哥牵头，得给他个面子。他是公安上的，万一哪天有啥事，没准还能给咱行个方便咧。"

听到这话，庆国眼珠一转，寻思寻思，终于起身，随李春来一起去了。

不知不觉间，越来越多村民向村委会的大院聚集。院子里摆了几张桌，齐大仓带人拉起宣传横幅和展板。

"唐所，"杨青石吩咐，"你跟志远去地里看看有没有新盗洞，顺便把守村喊来。"

吴志远点头："得行。"

"永福跟小杜也跟过去看看。"齐大仓又说。

正说着，李春来带着庆国、红斌、常有、李婶、仙儿姐来了。

"人齐咧。"

齐大仓皱眉："咋就这几个人？"

李春来摊开手："正是忙的时候，壮劳力都不在。"

"你这愣娃，喊这些老弱病残有啥用，宣传了他们也不懂，啥忙帮不上。"齐有粮在一旁数落。

"老哥，不管男女老少都能参与咱的文保建设！"杨青石语气平和地安抚他，"比方说老人看见可疑的外地车、生面孔，可以及时跟我们文管所汇报。娃娃在学校也可以跟同学讲讲咱这文物的典故，科普一下历史文化知识。文物保护不是光打击盗墓这一件事，还要理解文物价值，传承历史文化。"

听罢，齐有粮看向村民："你们都记下，回去讲给屋里的。"

丁炎也穿梭在村民间发传单："我们这宣传单上写了文物相关的法条，你们好好读，学会辨别哪些行为是违法的，一旦遇上，主动向上提供线索。"

"一条线索给几个钱？"庆国突然开口。

"咋张嘴闭嘴就是钱。"齐大仓指着横幅，"这几个字认识不？保护文物，人人有责。"

"'卫生下乡'还知道发包卫生纸，到你们这屁都没有，还让人干活？"常有忍不住埋怨。

齐有粮见状，不由大声训斥："你们几个溜光槌，整天就知道胡吃闷睡占便宜。这几年咱尹村来了多少次盗墓贼，那都是要钱不要命的货，你们不心慌？文物局和公安来帮咱抓贼，咱也能安心过日子。"

"乡党们对我们的工作不了解也在情理之中，咱是个文物大省，好几个朝代都在此定都，都说南方才子北方将，咱这达黄土埋皇上，田间地头一锄头下去可能就是大墓。文物太多咧，我们人又少，咋管？"杨青石故意顿住，扫了众人一眼，"得靠乡党们，大伙儿都来关注这个事，咱把文保织成一张网，让盗墓贼无路可走，他也就绝迹咧。"

"能行，长着眼往哪儿看不是看，"李婶热心肠，很快答应下来，"庆国、常有，你们那眼珠子少往大姑娘身上挂，多留意一下田间地头，也许就能抓个盗墓贼。"

庆国撇嘴，一脸不屑。

就在此时，唐少华跟吴志远回来了，严守村同行。

唐少华汇报："杨队，我们查了一圈，没有发现新盗洞。"

"那……守村，"杨青石语气和缓些，"你来给大伙儿讲讲群众文保员的事，谈谈做这份工作的价值和意义。"

严守村不知道该说啥，想了半天，摸摸脑袋："给黑撒报仇，给昝教授报仇。"

众人哄堂大笑。

红斌露出满嘴黄牙："这狗是你娃，还是教授是你大？你魔怔个啥？"

"不当文保员，说不定还没那么瓜，八成是看坟守墓邪气入体，让小鬼们夺了舍。"庆国戏谑地说着恶毒的话,"守村叔,改天我给你收收魂。"

齐大仓厉声呵斥:"胡谝啥!守村叔这是大公无私,群众文保员一年补贴才几百,他凭啥死守在这儿?还不是为了保护先人留下的文化遗产!"

"才几百?"常有嘲讽着瞥他一眼,好似为他惋惜,"守村叔,人家都是端公家碗的,你一个老光棍跟着胡架秧子瞎起哄,出了事你负责,最后落个出力不讨好。真是瓜!"

严守村想反驳,奈何肚里没词,只能憋了个大红脸。

"文物又不当饭吃,瞎耽误工夫,谁的活谁去干。不磨牙咧,走走,家里还一堆事忙不完。"

说完,红斌、庆国等人扬长而去。

"杨队,你别介意,"齐有粮额头冒汗,忙打圆场,"这几个碎娃见识短。"

杨青石摇摇头,有些失落:"还是我们宣传不够,没有让文物、历史和博物馆这些东西渗透到大伙儿生活中。老百姓只有感受、参与,才能理解文物的价值,才能自觉地参与到文保工作中来。"

"这事……"齐大仓不由感叹,"真是任重道远啊。"

## 第三十七章 卵石

齐有粮家外头。

方堃伸手想帮雒青把行李卸下，她却直接拒绝："不用。"

"利落得很嘛。"方堃尴尬笑笑。

"你俩商量一下，"郭士林打断他俩，"这次踏查听谁的？"

雒青轻哼一声："当然是听我的。"

"凭啥？"方堃立刻叫嚷。

"你无组织无纪律，鬼知道能干出啥事。万一捅出篓子，还得连累我给你擦屁股。所以，从现在开始一切行动听我指挥。"

"你不要拿老眼光看人，难道我这几年在榆塞白待咧，就没一点成长？"

"哦，那是谁冒冒失失地丢下全队一个人去沙漠深处？"

"你跟老白打听我？"方堃忽然神秘一笑，故意凑近她，"咋，对我念念不忘？"

雒青别过头："你还真是脸皮厚。"

"不要吵，方堃，你咋一点不谦让。"郭士林无奈，忙挤到两人中间，"听我的，大事小情一切以雒青为主。"

"方堃？"齐有粮出来相迎，惊呼道，"你咋来了？"

"嗯，伯，我也来踏查。"

这时，雒青接到了一个电话："喂……啥，你来尹村了？"

她惊讶地朝身后一看，小白提着旅行包正朝她跑来。

"完了，"郭士林压低声音作苦恼状，"捣乱的来了。"

方堃正想说什么，却见小白揩了揩汗，抢先对雒青说："姜老师说你来这里了，可不可以加我一个？"

雒青正色道："小白，这不是度假，是工作。"

"我当然知道。"说着，小白从包里抽出一沓资料，"尹村、窦陵、南陵、兹陵，功课我已经做完了。县志、地图志我也看过了。"

"呀，"齐有粮惊讶道，"这多了两个人，食宿还得重新安排咧。"

方堃忙道："伯，我和这娃食宿费该咋算咋算，可千万别给我们省钱。"

"你积极个啥！"郭士林悄悄给方堃使眼色，"这娃留不留，听雒青的。"

他努努嘴，让方堃看雒青的脸色。她正面露犹豫，试图拒绝："小白，你的实习已经结束了,这是我的私人行程。"

"我爸爸是台湾省人,妈妈是大陆人,我从小就爱祖国传统文化,所以本科就来内地念考古学,这次实习更增强了我对考古事业的热爱,加深了对中华民族文化的了解。"小白委屈道。

方堃点头:"能行,你留下。"

"方堃!"雒青生气道,"你凭啥替我做决定?"

"娃说得多真挚,你咋那么不近人情?"他斜她一眼。

见方堃支持他,小白连忙趁热打铁:"灿烂的华夏文化在召唤我,让我心有所属。雒老师,再给我一次学习机会吧!"

回到偏房后,方堃正在铺床,但郭士林一直看着他,倒叫他摸不着头脑。

"别的事精明得很,怎么这事你倒石头脑袋不开窍咧,真以为那娃是来实习的?"郭士林"痛心疾首"。

"啊!"方堃恍然明白,"难道他俩……"

"你呀,替别人做嫁衣咧。"

这时,院子里忽然传来喊声:"村长,你快去井那边看看——"

方堃和郭士林闻声迅速出来。待他俩跑到院子里,发现雒青和小白也出来了。

"咋回事?"齐有粮皱了皱眉。

喊话的工人说:"那个井底下有东西。"

"啥井?"方堃抢先问道。

齐有粮解释:"村里种樱桃的越来越多,就打了个新井,浇地方便。"

"你说井里有东西……"雒青看向工人,"啥东西?"

"我说不好咧,就是挖了几下挖不动咧,好像是磕到硬东西咧。"

几人一同来到了尹村打井工地。此时,挖井作业已经停止了。

井长四米,宽三米,刚挖到两米深的位置,隐约可见井底露出了石头。

齐有粮往里探头:"啥硬东西,我看就是几块硬土疙瘩。咱的工程急火得很,机器不能停,该干啥接着干。"

工人正要钻进挖掘机,被方堃一把拦下:"等一下!"

他找了根木棍,拨了拨井底的浮土,石头很快露出真容,正是三四块并排的河卵石。

"这不是土疙瘩,是河卵石。"

雒青也感到稀奇:"这儿怎么会有河卵石?"

"管它是河卵石、海卵石,"齐有粮却丝毫不在乎,"老冯,接着挖。"

"有粮伯,我看先不要挖了,"方堃伸手阻止,又看向郭士林,"相机带了吗?"

"我车上有。"

很快,郭士林从车上取回了相机,方堃接过相机,拍下了河卵石。

"刚挖出的土在哪儿?"雒青四处张望。

工人指了指一边的土堆。

她和方堃走了过去,扒了扒,却没有任何发现。

"有东西吗?"

"土太多了,一时半会没啥发现。"她遗憾地叹气,"对了,小白,GPS(全球定位系统)会用吗?"

小白点头。

雒青从包里掏出 GPS:"记下这里的地理坐标。"

"好的,雒老师。"

小白照着她所说的操作。

"大舌头娃,你不是案头工作做完了吗?"方堃冲他笑笑,"离尹村最近的河在哪里?"

"兹水河,离这儿五千米。"

"兹水河有没有河卵石?"

"这个……"小白挠头,"文献里没有写。"

"文献是辅助的,不是万能的。咱这是兹水的下游,凡是河流的下游,一般都有河卵石,这是常识。"方堃说罢,又笑着看向雒青,"雒领队,你这实习生有点瓜。"

雒青撇撇嘴,不理他,利落地跳进井里。紧接着,方堃和郭士林也相继跳下。三人默契地徒手扒着坑底,很快十几块浑圆的石头便露了出来。

"你们看像是啥?"雒青问。

郭士林摇头:"看不出。"

村民和工人纷纷过来围观,有人好奇地议论起来:"这,石头咋咧?是宝贝?"

"十几块石头铺在这儿有些稀奇……"方堃略一沉思,说,"有粮伯,我看你先停下工,让我研究一下,得行?"

齐有粮连忙板起脸:"那不行,俺村上真金白银都掏咧,哪能窝工。原上稀奇的事情多了,王家的地里长了一棵椰子树,李家的门头上停了一只孔雀,难道都跟古物有关？"

"伯，万一要是啥古迹，你这可是破坏文物，后果严重得很。"郭士林适时"吓唬"他。

这下，齐有粮想了想，只好说："那……先停两天。"

这天忙活得差不多了，四人回到路边，即将分开，便原地就后续安排商议了一下。

"你们啥打算？"郭士林问。

"我想把这井清理一下，把石头的情况摸清，看看是不是啥遗迹。"方堃说。

"我先回所里，"郭士林点点头，"这石头我问下张所，看他知道不。"

雒青也接话："我也问下省院，看看有没有老师见过。"

"对了，雒青，你跟我来一下。"郭士林突然把她拉到车边，取出一包资料，"这是近两年尹村盗洞的现场勘察资料，你拿上。"

雒青有些摸不着头脑："递个资料咋还偷偷摸摸像做贼一样？"

"还有一事我想交代给你。"郭士林神秘一笑，压低声音道，"衣不如新，人不如旧。"

雒青顿时懂了他话中深意，拉下脸来："郭士林，这个玩笑一点都不好笑。"

"没别的意思，你俩老搭档，遇事勤商量。"

北京，某五星级酒店外。

穆见晖和南市博文斋的洪老板一起从出租车上下来，环顾四周，很快便看到对面酒店门口挂着巨幅宣传海报——"中嘉四季第五期拍卖会"。

"嚯，"穆见晖微微挑眉，"这阵仗够大的。"

"这算啥，你还没去过温索普，人家门口的牌牌大着咧。"洪老板倒不以为意。

穆见晖大方笑了笑："我纯粹是乡棒进城，跟着洪老板来见世面咧。"

洪老板点点头，算是觉得受用，一个眼神示意穆见晖跟上他的步伐。

门口站着很多保安，两人出示邀请函后，便走了进去。

他们在酒店内穿行，一路经过拍卖会各展区，有书画区、陶瓷区等，各种展品琳琅满目，令人应接不暇。

直到走至竞买登记处，一排办公桌后坐着很多工作人员。

"你好，"洪老板熟练地说道，"办一个线下拍卖号牌。"

"书画类还是陶瓷类？"

"陶瓷。"

"您是老客，瓷器号牌需要十万元押金。"

洪老板把银行卡交给工作人员，后者接过，立刻为他刷卡办理。

"这么贵？"穆见晖压低声音。

"像你这种新客得交二十万，不过这点小钱在人家大买主眼里就是个芝麻。"

正说着，洪老板看见一个熟人，忙迎了上去："钱总，好久不见。"

"洪老板也来了，"那人笑了笑，"奔宋瓷来的吧。"

"您要是出手，哪有我的份儿。"

钱总又看向穆见晖，穆见晖早已经准备好名片，恭敬地双手递上："钱总，幸会，幸会，经常听洪老板提起您。"

钱总看了看名片，上面印着"未名轩"三个大字。

"就在洪老板的博文斋对面，您下次去秦川，一定来小店坐坐。"穆见晖又补充道，悄悄打量钱总的神色。

然而钱总明显没把他放在眼里，只是随口敷衍着："好好，我先进去了。"

偌大的拍卖会现场，汇集了来自五湖四海的藏家。

"下面要竞拍的是萃雅堂的藏瓷，请还没有入场的藏家尽快入场，已入场的藏家请阅读本场重要声明。"拍卖师在拍卖台后朗声道。

两人走进来，穆见晖环顾四周，目光在几个大藏家身上逐一锁定，最后看到华南王坐在角落里。目光交锋之际，穆见晖立刻转过头，假装不认识华南王。他又看了看别处，选定了一处座位，招呼洪老板："洪老板，坐这儿。"

洪老板一看穆见晖旁边的那位藏家，寒暄道："赵总，您也来咧？"

赵佑林微微点头致意。

"你可真会选座，"洪老板凑近穆见晖，耳语道，"等着瞧吧，今天又是这位的主场。"

"第一件是7201号拍品。清代乾隆年间的粉彩百花不露地杯，起拍价三万。"

拍卖师环顾四周，很快，不断有人举牌，于是他激动地快速报着："三万五……四万……四万五……五万两千……六万……八万……十万……十一……十二万，还有更高的出价吗？"

现场藏家们面露犹豫，穆见晖用余光扫了一眼身边的赵佑林，注意到他不为所动。

"赵总不买个玩玩？"洪老板探过身。

"不合眼缘。"

洪老板开玩笑："我看是这便宜货入不了赵总的眼。"

赵佑林却不再搭话。洪老板自觉没趣，只好尴尬笑了笑，又缩回了座位里。

"十二万，还有人再加吗？……十二万最后一次。"

见无人再举牌，拍卖师落锤："十二万成交！"

紧接着又是新的藏品，器身线条流畅，色泽纯正，九龙栩栩如生。

"第二件拍品是清嘉庆年间的青花海水九龙纹天球瓶，起拍价一百万！"

身旁人影微微动了，穆见晖注意到赵佑林开始跃跃欲试。

这次的举牌速度就慢多了，拍卖师继续喊着："一百二十万……一百三十万……一百五十万……一百八十万……二百万……还有比二百万高的吗？"

有人举牌。

"二百四十八万！……还有加价的吗？"

赵佑林淡淡举牌，这下拍卖师却震惊了："三百万！"

全场惊呼，目光都被赵佑林吸引，而他作为全场焦点，却面色如常，淡定自若。

"看见没，"洪老板跟穆见晖悄声感叹，"这才是大买主，赵总一出手那就是成交价。"

"三百万还有加价的吗？……委托席有加价的吗？……三百万第三次，成交！接下来是萃雅堂在本场价格最高的一件拍品，南宋官窑的十棱葵瓣洗。"

大家顺着拍卖师的手看过去，那是一件似乎灰扑扑不起眼的古董，但行家一看便知，它莹润典雅，素净出尘，是能体现宋之风雅的佳品。

"起拍价五百万。"

穆见晖不由惊呼："这么高？"

"瓷器你就是门外汉啊，最近宋瓷抢手得很。这里面水深得很，你就多听多看少说话，免得露怯，回头我给你讲讲门道。"洪老板会心一笑。

果然，即使起拍价五百万，还是很受竞拍者追捧，大家争相加价。

"五百五十万……六百万……六百六十万……七百万……"

这次，赵佑林还是举起了牌子，再次引起全场惊呼。

"八百八十万！"

没人敢跟他竞拍。

"八百八十万第一次……八百八十万第二次……八百八十万第三次！"

拍卖师笑得合不拢嘴，"恭喜这位藏家！"

穆见晖深深看了一眼赵佑林。

"还是赵总财大气粗，我就知道今天最贵的一定是赵总的。"

拍卖会刚结束，洪老板就上前恭维着赵佑林。

"老洪，你这话我听着刺耳，玩古董玩的是品位，不是钱。贵了就买，便宜了就不买，那我成啥咧？要是想玩'大团结'，谁还坐这儿。"

洪老板见自己讨了个没趣，正尴尬着，穆见晖就出来打圆场。

"赵总，老洪是夸您眼毒咧。就说您拍下的这个青花海水九龙纹天球瓶，造型饱满，青花发色很标准，九条龙仔细看，每条都不一样，但每条都很威严。前几年温索普卖过一件不如它的，这个数。"

他伸出了一个巴掌。

赵佑林挑眉："五百万？"

穆见晖微笑："现在可不止这个数了，您水平高，一下子就把全场最值得买的收入囊中咧。"

赵佑林来了兴致："我听老弟这口风，也是个懂行的。"

"在赵总面前算不上，顶多是个小学生。"穆见晖掏出名片，恭敬递上，"小弟穆见晖，在秦川南市开了一家古董行。"

赵佑林笑了，也拿出自己的名片，递给了穆见晖。

穆见晖接过一看，上面写着"明德博物馆馆长 赵佑林"。

原来如此，是那个开博物馆的收藏家……看来得好好把握住这人脉。

穆见晖笑意更浓："早就听说赵总开了家博物馆，一直没机会拜访，您是咱古董圈的楷模咧。"

"不敢当，都在秦川地界，有机会上我那儿去。我还要赶飞机，再见。"

赵佑林说完，便跟同行人员向外走去，穆见晖适时向每一个人都递上了名片，又挥手道："各位一路平安！"

见他们走远，洪老板没忍住小声道："得亏你给我解围，这个赵佑林不就是包工头起家，装啥？"

穆见晖淡淡一笑："附庸风雅，人之常情。"

"老穆，我以前光知道你精通青铜器，啥时候也对瓷器感兴趣咧？"洪老板又半揶揄半不是滋味地看他一眼，"亏我还在这儿跟你充行家，合着真行家是你穆老板咧。"

穆见晖没有解释，只是笑着把名片收好。

而不远处，华南王将这一切尽收眼底。

## 第三十八章 踏查

夜色渐浓，人群四散。穆见晖来到一间客房前，敲了敲门。

不一会儿，门打开了，华南王站在门口，将穆见晖迎了进来。

"行啊表叔，这几年越混越大，都混进拍卖会了。"

"我兜里几个子你华南王还不清楚，蹭了朋友的顺风车，来见见世面而已。"穆见晖自嘲地笑笑，又看向他，"王老板咋不拍几件？"

华南王摆摆手："拍卖会是富豪的游戏，轮不到我们金字塔底的人啦。"

"我看王老板是拿惯批发价了，不愿意让这些中间商赚差价。"

"哈哈哈，没错。"华南王大笑起来，"怎么样，有没有兴趣从坑里搞一批宋瓷，大家一起发财？"

穆见晖却果断摇头："我也想空手套白狼，可是这个财我还真是没福发。"

"乜意思？"

"宋瓷在宋代的时候产量很大，价值也不高，谁会用它陪葬？"

"不是吧？"华南王失望地皱起眉头，又不甘心地问道，"就是说墓里挖不出宋瓷？"

"很少。"

"所以让你想办法喽，现在宋瓷风这么大，又没有那么多拿货渠道，物以稀为贵，过几年还不涨到天价去？"

"行了，咱不说那没影的，"穆见晖悄然转移话题，"我把东西给你带来了。"

他取出几本书，把分夹在不同书里的照片拿了出来，照片上是从不同角度拍摄的黎远光盗掘的唐三彩天王俑和铜镜。

华南王仔细查看着。

穆见晖又拿出几张照片："这些是剩下的。"

"这次捞了不少嘛。"华南王一一看过照片，"老规矩，你先开价。"

"两百万。"

"两百万？"华南王大叫，"有冇搞错？最多一百万。"

"这些东西到了温索普拍卖行，一百万后面至少加个零。王老板见多识广，肯定比我清楚。这几年我一直拿王老板当朋友，不愿意诉苦，但是兄弟们天天提着脑袋下苦，只混了个温饱，我想给他们多挣点血汗钱。"

穆见晖说着，作势就要把照片收回去。华南王见状，连连好声好气地说："大家都是提着脑袋当苦工的嘛。这样吧，我吃点亏，再给你加二十万。"

"两百万，"穆见晖举起两根手指，"我已经给兄弟们下了军令。"

华南王脸色阴沉下来，他走到沙发旁坐了下去，点了一根烟，慢慢吐着烟气："老穆，说话很硬气嘛。你不要觉得搭上一个赵佑林，就会有人给你兜底，他们这些藏家都是些社会名流，活在太阳底下的，我把话说在前面，他绝对不敢收你的坑里货。"

"感谢提醒。"穆见晖不再纠缠，把东西装回袋子里，又笑了笑，好似胸有成竹，"不过嘛，有钱不挣，在这行，我还没见过。"

齐有粮家，厢房内。

台灯静静亮着，灯光与窗外漏进的几缕月光相融于方堃身上。他弓着背，正在看昝教授的工作日志。

"咚咚。"有人轻轻敲门。

"进。"他抬头，居然是雒青来了。

"那石头我让院里的老师看了，他们都说没见过，郭士林那边的回复也是一样的。有粮伯那边着急施工，我看没问题就让他继续吧。"她自然地走到他身旁坐下。

"慢，谁说没有问题。"

"你有发现？"

"目前没有。"

雒青无奈道："既然没发现，就别在这几块石头上浪费时间了，我看没啥好研究的。"

"都不知道这石头是哪个年代的，咋敢断定没研究价值。"方堃不服地挑眉。

"我是好心提醒你，不要做无用功。"

真是的，这家伙果然性格一直没变，还是跟倔驴似的……不过她自己好像也没怎么变。

"这些形状高度一致的河卵石出现在一个不该出现的地方，你不觉得很奇怪吗？"方堃接着道，"这周围的水文你研究过吗？没有调查就没有发言权。"

"你想调查没问题，把昝教授的工作日志给我。我们明天就要去踏查了，要把资料看完。"

"不行，我还没看完。"

雒青急了:"你又不去踏查,怎么还占着茅坑……"

"行啊雒老师,这几年田野工作没白干,说话的语气跟乡党们倒是越来越像了。"方堃忽觉好笑地看着她。

"少废话,给我!"

"我看完了自然会给你,"他倒优哉游哉,似乎对惹怒她这件事得心应手,"这孤男寡女在别人家里吵吵闹闹的不像话。"

"你!"

雒青气得转身就走。

次日。

农户起得早,院子里已响起了叮叮当当干活的声响。

"方哥,"齐小满从门外探头,"中午想吃啥?"

"当然是我大妈的油泼面。"他笑了笑,说,"小满,我跟你打听个事,你们村井里的石头,你在别处还见过吗?"

齐小满摇头。

方堃仍不放弃:"好好想想,当年昝教授住在你家,你有没有见过他拿着块石头?"

齐小满苦思冥想,仍然摇了摇头。

这边厢,透过窗户,雒青看到齐小满拉住了曹凤英。

"妈,当年昝教授住咱家的时候,你记得他拿过一块石头吗?"

"没印象。"

方堃也追了上来:"昝教授的遗物有没有落在这达?"

曹凤英想了想:"没有,都拿走咧。"

听罢,雒青连忙穿上鞋子,跑到了院子里。

"这石头跟昝教授有啥关系?"她气喘吁吁地问。

方堃拿出昝茂昌的工作日志,其中有一页有一块手绘的河卵石,并标注了石头的尺寸。

"这是昝教授出事前的日志,"他说,"上面记录了一块河卵石的尺寸,但是石头从哪儿来的没记录。"

"难怪你扣着日志不给我,怎么不早说?"

"你那嘴就跟塞了火药一样,自打上了白鹿原,动不动就朝我喷射,哪敢招惹你。"

"对不起,我道歉。"

看她满脸别扭地给自己道歉,方堃心情大好:"这态度就对咧。"

"那接下来你想咋弄？"雏青让自己忽视他那放肆的笑脸。

"昝教授不会无缘无故重视一块石头，一定有内情。我想把井的情况摸清，再去寻一下别处，看看还能找到同样的石头不，最好能确认昝教授手里的石头是从哪儿得到的。"

雏青听罢点头，表示认同："需要帮忙记得叫我。"

"雏老师，我准备好啦！"这时，小白走了出来，朝她咧嘴一笑。他头上戴着一顶大大的防晒帽，手里还持着一顶同款的。

方堃一把扯过帽子，自然而然地扣在自己头上："帽子不错，谢啦。"

"方老师！这不是给你的，"小白顿时拉下个脸，委屈巴巴的，"是送给雏老师的。"

雏青却不在乎："给他吧，我不怕晒。"

方堃得意地抬起下巴。

真是个花孔雀。她见他这副模样，默默在心里嘀咕。

来到尹村地头后，雏青把地图、GPS、对讲机、测距仪和照相机发给了小白。

"我已经把咱们今天的行进路线勾出来了，咱们以村庄为单位，你知道行进路线怎么走吗？"

小白像背教科书一般娓娓道来："一般是走'一'字或者'V'字，间距大就要走'之'字。注意观察自然断面和现代人工取土坑，如果遇到遗物或遗迹……"

雏青并未如他所料露出赞许神色，而是继续严肃问道："今天要踏查的地方，基本概况说下。"

"今天我们要踏查的是尹村，这里地处白鹿原的西端，东北……"

"人口呢？"

小白挠头："这……也要知道？"

"当然，人口结构以及人口随时空的变迁，直接反映了我们所要调研区域的社会、经济、文化和生态环境的变化。"

小白泄了气："我回去问问有粮伯。"他垂下头，顿时没了方才的神采。

此时雏青忽又来一句："离我远一点。"

小白一愣，默默往后退了几步，心里更难过了。

见他瘪着个嘴，雏青无奈道："我说的是与我间隔远一点，起码十米，这样才能避免重复和遗漏。"

另一头，方堃独自来到了打井工地，开始用手铲清理石头表面的浮土。

忙了一会儿后，他又用相机拍下照片，接着，在井里拉起基线，拿软尺对灌溉井和河卵石的尺寸进行了测量，并将数据记录在了笔记本上。

做完测量后，他从背包里掏出纸笔，认真绘下石头排列的位置图。

风呼啸而过，吹乱了他额前的碎发，而他全然不在意，只是蹲坐在原地，不断抬头低头，笔尖在米格纸上沙沙晃动。

雒青此时正手持地形图和GPS，沿着既定的路线向前，小白则在离她十几米的位置亦步亦趋。

"下脚要细致，步伐要迈得缓慢，眼睛要尖，要仔细观察。"雒青用对讲机告诉小白。

"我知道，"小白举起对讲机，答复道，"要像中医一样'望闻问切'。"

雒青终于笑了："你说到点上了，遇到人一定要问。"

前面不远处，庆国正在地里松土，她索性走上前去。

"大哥，请问你地里有哪块土质较硬吗？"

"这话问的，"庆国停下手中动作，皱着眉看她，语气十分不耐烦，"这地里土要是不硬，我吃饱了撑的来松它。"

雒青仍然面带微笑："大哥，可能是我没表述清楚，我们是来做考古调查的，想问问你这边有没有哪里土比较难挖？或者，庄稼长得不好，地里有塌陷？"

"没有。"

"那……哪里有断崖断面吗？"

庆国喷了一声，指了指前面，便又低下头干自己的活。

将河卵石轻轻启出后，方堃对它下面的垫土进行拍照测量，而后简要记录了几句。

雒青来到庆国所指的地方，这是一处断崖，其断面裸露在外。

"小白，你看下这像不像夯土？"

小白蹲下观察："没有瓦片堆积，也没有墓葬的五花土的剖面，但看着又像是夯土。"

"遇到这种情况怎么办？"

小白拿出相机拍下照片，然后用GPS记录下位置。

方堃一直站在原地，周围人早就注意到了他，但只是三两个聚在一起讨论几句。直到他量量画画的稀奇举动持续太久，大家终于按捺不住，纷纷端着饭碗圪蹴在井边，像是在参观动物园的狗熊。

仙儿姐凑上前："你娃是干啥的？"

"我是考古的。"

"我记得你！"李婶也靠近几步，惊喜道，"好几年前来寻过盗洞是不是？"

"婶好记性，是我。"

"人家考古都是挖坟掘墓，你咋对着个石疙瘩考咧？"

方堃顿时尴尬："婶，考古不是挖坟掘……"

然而他还没说完，就被常有打断。

"李婶你真是没见识，"常有笑呵呵道，"别说考石头，我还见过有人考土坷垃咧。对着个土坷垃盘半天，又是画又是写。"

"这石头你把它考出来有啥用，还不如烤个土豆有用咧。"

众人大笑起来。

"你是个啥学历？"仙儿姐又问。

"研究生。"

"读到了研究生，又回村里玩土坷垃，你这跟俺那小学毕业的娃有啥区别。"

方堃一时无语。

"哎哎，"李婶又想起什么，"你会看风水不？"

常有也接着抛出问题："你这工作是国家单位不？工资咋算？考一个坑给多少钱？"

被众人叽叽喳喳围着问来问去，方堃哭笑不得，又灵机一动，举起手中的河卵石："各位婶、哥，先不管这石头考出来有啥用，你们见过这种石头没？谁要是给我找到这石头，我给他发钱。"

常有狐疑："多少钱？"

"反正不会让你吃亏。"

众人将信将疑。

到了吃午饭的时间，雏青和小白坐在田间地头啃着面包。小白特意铺了一张报纸，让雏青坐下，结果她随意往地上一坐。

"要是这么讲究，咱这份工作就没法干了。你看你穿的鞋，白色帆布鞋能下地吗？还有紧身牛仔裤，我都替你勒得慌。"

被她这么一说，小白尴尬地挠了挠头，像个做错事的孩子，只好默默坐到了地上。

黄昏时分，方堃收工回来，一进院子就看见雏青正在向小白提问。

第一个问题小白答对了一半，第二个小白就被彻底问住，支支吾吾卡了半天，也没说出来。

"吃完饭上我房间拿古籍文献，从汉太宗兹陵到窦皇后陵、南陵，你把里面有用的相关东西摘抄下来。"

见她这么严肃，小白委屈得都要掉眼泪了。方堃上前几步，打圆场道："娃来前不是已经看过了，你这也太苛刻了，快成雒扒皮咧。"

"我知道，但是田野考古有科学的流程，不管是在前人基础上复查，还是开始新调查，都要摘抄。"

"小白，"方堃不再争辩，而是看向小白，"你给咱说说汉太宗的功绩？"

小白转了转眼珠，道："西汉初年，由于连年战乱，经济凋敝，民不聊生。太宗执政后崇尚黄老之道，主张轻徭薄赋、与民休息，很快经济恢复。景帝继任后，继续沿袭这一思想，社会经济得到进一步发展。这一时期是中国历史上经济、文化飞速发展的一个伟大时期。"

方堃啧了两声，故意瞥雒青："看看，娃答得多好。"

"这是常识好吗？"雒青斜回去一记眼神，"我问你，西汉九陵在五陵原，为啥太宗要葬在白鹿原？"

"古人讲究礼法规矩，尊崇昭穆制度，不能僭越。汉太宗是惠帝的弟弟，非嫡非长，原本没有当皇帝的资格，他要是和哥哥、老爸葬在五陵原，那就乱了辈分。"

方堃鼓掌："说得对！"

雒青被方堃一掺和，不知怎的忽然来气，"这就叫对？如果满分是十分，他只配得一分。回去看书吧！"

说罢她转身就走，小白像泄了气的气球，躺倒在椅子上。

"娃，看清了不，这女人无理取闹，无中生有，无事找事，无法交流。"方堃嘿嘿一笑。

小白腾地坐起："说得对！"

"后悔咧？"方堃暗自窃喜，"现在走还来得及。"

谁知小白来了一句："雒老师说的对，我确实只配得一分。"

方堃扶额，实在看不下去了，脚底抹油似的跑回了房间。

## 第三十九章 明德

深夜的尹村打井工地里还蹲着一个人,那人头顶着一个手电筒,手电筒在阒若无人的幽暗中投下一片暖橘色,映亮了他眼前的河卵石和随意摆放在草地上的各式测量工具。

一阵轻盈的脚步声传来,雒青走入了这片暖橘色灯光中。

"大晚上还加班?"

"我想核实一下数据,看我绘的图有没有差错。"方堃抬头看她。

"把你的图拿来。"

他将自己绘制的铺石遗迹剖面图递给她看,笑得眼睛弯了起来:"咋样,雒老师,给我打个分?"

她端详了一会儿,点点头:"长进不小啊。"

"真难得,多谢夸奖。"

"你应该感谢昝教授,没有他,你这绘图的手艺估计连小白都比不上。"

"这我承认。"

雒青轻叹一声,关切道:"有啥进展?"

"目前还没有。"方堃耸肩。

她索性往地上一坐,与他肩并着肩:"没想到昝教授走了这么多年,还给咱们留了一道谜题。当年那道杜陵村为啥叫杜陵的题,把咱们折腾得够呛,结果居然是因为谐音。不知道这次的石头又会是怎样的谜底。"

听她说着,方堃忽然盯着她看,看了一会儿后,轻笑一声:"你不觉得……你跟老头越来越像了吗?"

雒青倒是爽朗一笑:"你是觉得我对小白太苛刻了吧。"

"才一天工夫,一个灵醒娃让你逼成了愣娃。这么大费周章,你是想让娃学会啥?"

雒青扬起脸,望向高悬于夜空的皎月:"想让他知道这是一份工作,枯燥、乏味、甚至无趣,没有风花雪月,也没有浪漫美好。如果把考古最艰难最不堪的一面撕开,他还能吃得下,那这行欢迎他,如果不能,趁早转行。"

"我不赞同。"方堃却摇头,"以前咱们在阳陵实习,每天唱着歌去发掘,你还记得郭士林管附近的农田叫啥不?"

雒青扑哧一笑:"希望的田野。"

"还有骑着自行车在原上跑，那浩浩荡荡的，多么壮观的风景线，这些不浪漫？"

"你是理想主义者，不能代表这个行业的主流。我的本科同学，已经转行去卖煤了。刚毕业还能靠理想撑着，有了孩子，光一包尿不湿就能把你拽回现实。还有那些好不容易靠高考跳出农门的学生，一毕业又回到田间地头，心理上接受不了，扭头转了行。"

"那你呢？"他定定地看她，"孤身一个人留在秦川，也不是为了侯月来，到底图啥？"

她沉默片刻，一时间想起了许多旧事："之前郭士林也问过我，我跟他说是为了理想，其实……这不完全是实话，因为那时我自己也没完全想清楚。现在我可以回答了，我是稀里糊涂地来到了秦川，走着走着就离不开了。我可以发自内心地说，能在在世界文明史册上留有名字的圣地工作，值了。"

说着说着，她的目光从掺杂了些许迷茫和怅然逐渐转为坚定，义无反顾的坚定。就像月光一样，看似柔和，却可以划破黑夜。

方堃笑了笑，鼓起掌来："雏老师，你再多说一句我就哭了！"

雏青默默白了他一眼，嘴唇却微微抿着。

月光倾泻在二人身上，树影婆娑，苇草摇曳。

次日。

文物稽查队正在办公室内开总结会。

"小丁，冯家坡的案子有啥进展吗？"

面对杨青石的问话，丁炎满脸遗憾地摇头："这些天我们的人跟齐队的人轮流蹲守，又把黑市摸了个遍，真让齐队说着了，当时没抓现行，后面基本就没戏了。"

"冯家坡的案子先撂了。"

杨青石板起脸，十分严肃："最近商邑好多地方的宋瓷窑址频繁被偷，文物市场上宋瓷的风不知道咋刮起来了，各地警方都把协查通报发过来了，咱们稽查队接下来的主要任务是检查市场，配合查案，严防有投机取巧的商贩违法倒卖宋瓷。"

烈日高照，晴空万里。穆见晖眯了眯眼，抬头打量面前的高大建筑物。

这幢颇具气势的仿古建筑上下两层，中门是巨大的石门，上面有块石匾，书四个大字"地通乾元"。

这便是赵佑林的宅邸，同时也是明德博物馆。

在门外等候的片刻，穆见晖的思绪飘得很远，耳边不知不觉响起了童年时跟父亲的对话。

"爸爸,这就是你小时候住的地方吗?"

"对。"

"那我们还能回去吗?"

"回不去了。"

父亲……他又看了几眼大门,深吸一口气。

他回来了。

"是穆老板吧?"

一个管理人员打开了门,打断了他的回忆。

"对。"他收回思绪,点头。

"请跟我来。"

穆见晖跟着管理人员进了门。

门内别有洞天,汇聚了一众明清时期关中建筑,让来人心生穿越时空之感。两侧古树名木林立,绿荫驱散暑气,翠色点缀奇石,着实古色古香,沁人心脾。

穆见晖边走边看,目光热切,心潮澎湃。他加快了步子,走进博物馆的那一刻,他有一瞬几乎屏住了呼吸。

博物馆内厅更让人叹为观止,其规模和规格丝毫不逊色于一座市级博物馆。一路走过,从陶瓷、金玉,到青铜、织物,穆见晖目不暇接。他贪婪地欣赏着每一件古珍,几乎不愿移开视线。

这一刻,他深深意识到自己跟赵佑林之间的差距,但更多的,还是被眼前差距所激发出的熊熊野心。

穿过内厅,管理人员把穆见晖带进赵佑林办公室:"请稍等。"说罢便离开了。

不久之后,一个精明漂亮的女人走了进来,满脸客套笑意:"是穆老板吧?"

"是我。"

"我是赵馆长的助理,温玉和。"

穆见晖伸手:"温总您好。"

"赵馆长暂时不得空,"温玉和礼貌地与他握手,"请问穆老板有什么事吗?"

"未名轩最近收了几个物件,明德博物馆珍宝荟萃,包罗万象,不知道这几件东西,能不能登赵馆长的大雅之堂?"

温玉和笑了笑，笑中却暗藏锋芒："穆老板肯登门献宝，想必一定是好东西，不嫌弃的话，能否让我先过过眼？"

穆见晖把手里的图册交给她。

温玉和翻看着，里面基本都是些普通工艺品，她兴趣平平，翻页的速度快了起来，直到露出夹着的两张照片，照片上分别是之前黎远光从唐墓中盗掘的唐三彩天王俑和铜镜。

她不动声色，合上了图册，还给穆见晖。

"穆老板的玩笑开大了，您这可不是古董文玩，而是文物。您也看到了，明德博物馆是正规博物馆，每件展品都有身份、有出处，来路不明的东西，我们不敢收。"

"明白了，"穆见晖不多纠缠，"那我就不多打扰了。"

温玉和倒没想到他如此利落，顿了顿，伸手道："我送您。"

穆见晖出来时，看到丁炎正在带人检查。

"明德博物馆馆名取自'大学之道，在明明德'，我们也一向以古训律己，馆里的每件文物都'身家'清白，有迹可循，我们绝不会收坑里货。"

赵佑林在一旁赔着笑，故意放大声音，说得格外坚决。

虽然没分给他一丝目光，但穆见晖听得出来，赵佑林这话是在对自己说。

他识趣离开，本想走正门，却又被温玉和拦住。

"穆老板，您这边请。"

穆见晖只好跟着她走向反方向。

"穆老板，您这边请，小心脚底下。"

温玉和在前面带路。后院有些破败，穆见晖四处打量着。

"我们明德博物馆是以前的穆宅，秦川穆家听过吗？"看出他有兴趣，她开口介绍道。

穆见晖点头："听过一点。"

"秦川人应该都听过，穆家道光年间做生意兴了家，还捐了四品府台，简直富可敌国。穆家人也爱好古玩，几代积累，藏品无数，我们建馆时还有幸收了一些。谁知道有这样的家底，穆家后来还是衰落了。"

穆见晖默默听着，环视四周。

"这里是原先的三进院，往前是后罩房，现在被用来当库房了，以前在清代的时候，还是穆家儿女住的地方。当时院子里种了很多槐树，所以又叫槐院，本来是想取一个子孙步步高升、登科入仕的好彩头，哪承想变成现今这样，穆家后人也彻底没了信儿。唉，真是南柯梦一觉初回，北邙坟三尺荒堆。"

穆见晖一脸惘然。

"哎，说起来还是穆老板的本家呢，"温玉和打趣起来，"搞不好穆老板就是穆家后人呢。"

穆见晖勉强迎合她挤出一个生硬的笑容，没说什么。

直到两人走到一个极矮窄的侧门，他停下脚步："温总，就送到这儿吧。"

"慢走。"

他点了点头，旋即转身离开。

秦川南市密密麻麻的地摊上，此时无一例外都多了很多宋瓷。

"咱这是正宗的汝窑瓷，汝窑在宋代啥地位？'汝、官、哥、定、钧'听过没有？宋代几大名瓷，汝窑得是这个。"

一个摊主正跟顾客吹嘘着摊上的茶具，说着说着便竖起了大拇指。

"烧窑的时候，玛瑙入釉，才会有这青如天，面如玉，蝉翼纹，晨星稀，芝麻支钉釉满足。俺手上可就这一套，现在宋瓷风大，要不是看你诚心要，我都不敢往外摆。"

顾客惊讶："真的是宋瓷？"

"如假包换！"摊主挤眉弄眼，言之凿凿，"俺家就住解放南路213号，你拿回去找人掌眼去，要是假的随时上俺家找我，钱全退，我再赔你两万。"

顾客脸上的好奇和试探突然消失，他正色道："我是文物稽查队的，你刚才说的我全部录像了，这套汝窑茶具，哪儿来的？"

摊主立马变了脸色，讪讪地笑："妈呀，同志，耍笑两句你咋就当真咧？我就是个练摊的，人家一个宋瓷片片都能买我一个摊，我哪儿进得起宋瓷，更别说汝窑瓷咧。"

"真不是？"扮成顾客的尚立峰狐疑道。

"真不是！"说着，摊主从屁股后面搬出一堆箱子，打开，里面全是一模一样的茶具，"都是工艺品，不是商邑汝窑的，是古越批发市场的。"

尚立峰挑眉："那你就是售卖假文物咯？"

"可不敢！"摊主连连摆手，窘迫道，"我这人就是爱耍笑，刚跟你开玩笑呢。"

"我这照相机都拍着呢。"

"同志，俺妈都瘫床上五六年了，俺娃还念书呢，我就靠卖工艺品糊个口。你也看到了，这满南市的摊上现在都卖这个，又不是光我一家！"

摊主眼珠一转，压低声音凑过去："同志，南市这么大，我多少比你熟点儿，要是看见有人倒腾宋瓷，我第一时间给你说，成不？"

"记住，投机取巧的事一定不能干。"尚立峰冷冷道。

"知道咧知道咧，一课我就记下了。"

尚立峰于是写了个手机号给他，随后离开。

见他走远，摊主瘫坐下来，长长吁了口气。

穆见晖回到了未名轩中。

"今天稽查队的人在南市查啥呢？"他看向员工李全。

"听说在打听宋瓷。"

"宋瓷的风够大的，都刮进稽查队的眼皮了。"他冷哼一声。

李全瞭了瞭周围，小声提议："咱要不要也跟一下风？"

穆见晖却摇头："越是这个时候越不能跟，连宋瓷的工艺品都不要摆。"

## 第四十章 误会

这一天，方堃又早早来到了打井工地，蹲在地上拿手铲刮面。突然，旁边传来扑通一声，他抬头看去，只见小白跳了下来。

"方老师，你能教教我怎么刮面吗？"小白一脸诚恳，不好意思地挠了挠头，"老实说，我这几个月实习下来，还没有完全掌握刮面的技巧，总感觉每次刮完手腕都特别特别累……"

方堃点点头，把手铲递给他："握一下给我看。"

小白接过手铲。

"握的方式跟用力角度都不对，这是内功，耗时费力的，我劝你歇歇。"方堃摇头，"真要想在雒老师面前显摆，把你的舌头捋直，背首唐诗都比这强。"

小白听罢，憋红了脸，努力操着一口普通话："方老师，你把人想得太肤浅了吧，我是真的想学！"

方堃不以为意："别嘴硬，都是男人，谁不知道谁。"

两人正说着，仙儿姐却抱着一个布包裹一样的东西，神神秘秘地小跑了过来。"小方，那收石头的事当真？"

"当真。"方堃眼睛一亮，"嫂子有石头？"

仙儿姐没说话，只是小心翼翼地揭开包裹，露出里面的石敢当，上书朱红五字"泰山石敢当"。

"这是俺家的传家宝，俺婆婆说从唐代辈辈传。到了俺这儿，当家的不争气，欠了一沟子债，你看着给个好价吧。"

小白摸了摸："这哪里是唐代的，明明是现代工艺品。"

"你个外乡人知道啥？麻糜不分还敢胡说。"仙儿姐顿时不服气。

"这叫石敢当，镇宅驱邪的。史料里第一次出现'石敢当'是在西汉史游所作的《急就篇》中。在文字资料里，'泰山石敢当'这五个字出现很晚。所以，如果真是唐代的，前面就不会有'泰山'两个字。"小白来了劲，说得头头是道。

仙儿姐一窘，只得看向方堃："小方，你给断个理，俺不会为了几个钱诓你。"

"仙儿姐，这石敢当我收下，是不是唐代的我研究研究。"方堃爽朗一笑，掏出一百块钱递给她，"不过，这事可别跟别人说，我要的是河卵石，要是大伙儿有啥石头都来找我，我就成穷光蛋咧。"

仙儿姐收了钱，心满意足地走了。等看不见她的身影，小白依然愤愤不平："方老师，你也太好骗了。"

方堃挑眉："这石敢当的事你咋这么清楚？"

"我阿公教的，我们家祖籍山东，在老家几乎每户都有石敢当。我阿公是历史老师，从小就让我读《史记》，读《春秋》。就连给我取名字，都要跟齐桓公同名。"小白得意扬扬地说着，扬起了下巴。

方堃恍然大悟："原来你叫姜小白呀！"

小白点头："阿公说乡愁有来处，也有归处，不管我们漂多远，根是剪不断的。"

"这石敢当送给你，回头带给你爷爷。以后想学啥来找哥，包教包会。"方堃拍了拍他的肩，又笑道，"那天你说灿烂的华夏文化在召唤你，我还以为是说给雒老师听的，没想到是发自肺腑。"

小白忽小声嘟囔："当然也是说给她听的。"

"你不会真看上她咧？"

"你不会也看上她了？"

两人之间顿时弥漫开一股诡异的气氛，方堃张了张嘴，还未来得及回答，此时雒青却在不远处喊两人吃饭："早饭好了！进展咋样？"

不知为何，听到雒青的声音，方堃莫名松了口气。他于是举起一块瓦当碎片："你看这块瓦片。"

雒青看了看，道："外部是绳纹，内部是麻点纹，是汉代的。"

"这样的瓦片我清理出了不少，这段铺石遗迹的开口层位是在汉代瓦片的堆积层之下，说明它极有可能是汉代的东西。"

"这段铺石遗迹会不会是散水的一部分？"

小白突然问："散水是什么？"

"古代为了保护地基不受雨水侵蚀，经常在外墙四周做向外倾斜的排水坡，方便将屋面和墙面的雨水排至远处，这种排水坡就是散水。所以把河卵石铺在这里，是方便水滴到地面后，再通过石头的缝隙渗下去，以达到排水的目的。"雒青解释完，细细思索起来，"散水周围也有其他建筑，这样一来这儿有汉代瓦片也就解释得通了。"

方堃点点头，又狐疑道："你说的这种可能性我考虑过，但是如果是散水，河卵石不会这么大，顶多六七厘米，而这些河卵石个个将近二十厘米。"

"昝教授记录的石头也是二十厘米,那他手里的那块石头极有可能也是汉代的。"说着,雒青忽然笑了起来,"真是越来越有意思了。"

一天忙活完,回齐有粮家吃罢晚饭,方堃和雒青正收拾着碗筷。

"哎,"方堃好奇试探,"你觉得小白咋样?"

"不错。"

"跟你比年纪太小了。"

雒青怪异地看他一眼:"你啥意思?"

他神秘一笑:"你说我啥意思。"

"第一,我不老,只比他大六岁。第二,女人就不能找年轻男人吗?第三,姐的感情你少问。"雒青一时无语,毫不客气道。

"我这是关心你!"

方堃正嬉皮笑脸着,突然电话响了,他放下碗筷,拿起一看,是白榆生打来的:"喂,榆生啊……我这边好着咧……小雪恢复得咋样?……能吃是好事,这几天快想死我咧。"

他在电话里跟同事闲聊着家常,雒青在一旁听着,想到一个已婚男性前一秒还在关心别人的感情,下一秒就和老婆你侬我侬,顿时心里像吃了口苍蝇,便加快收拾完,大步回了房间。

这家伙真是……几年过去了还是这副德行!

关上了房门,雒青从行李箱底层翻出来一顶虎头帽。本来这顶帽子一直没机会送出去,刚才"吃了这口苍蝇",她决定立即送出,与他划清界限。

"过几天你不是要走嘛,这是给你娃准备的礼物,提前给你。"她快步回到院子中,把帽子一把递给方堃,脸上特地挂着笑。

"我娃?"方堃蒙了,"我哪儿来的娃?"

"刚才还对着电话说想死我咧,转头就不认,小雪怎么找到你这号四六不靠的人。"雒青白了他一眼。

"小雪?"

"对啊,你老婆。"

沉默了片刻后,方堃忽然捂着肚子大笑起来,笑得惊飞了树梢上的乌鸦。他这一笑反倒把雒青笑火了。

"还好意思笑,白瞎那么美的姑娘嫁给了你,狼心狗肺的东西。没想到这么多年你还是那么没脸没皮。"

方堃揩掉了笑出来的泪水,从手机里翻出照片给雒青看:"小雪是我养的骆驼,我回来前它刚生了个小崽。"

说罢，他故意盯着她的表情看。雏青的脸腾地红了，她一时尴尬不已，赶紧转身走了。

"雏青！"方堃又在她身后大喊，"我明天不走了，请了半个月的假！"

坐在房间里的床上，雏青看着那只虎头帽发呆。

她也说不清自己是什么心情，好像有种被戏耍的窘迫，又有点差点被人识破什么的尴尬……还有一丝莫名其妙的轻松和释怀？

搞什么啊，原来这一切都是误会！她一开始就问清楚小雪是谁就好了！

她环抱自己的双腿，晃了晃脑袋，试图把乱七八糟的思绪给甩出去，余光却忽然瞥到院子里还亮着灯光。她悄悄拉开窗帘，偷偷从窗帘缝看向院中沐浴着月光和灯光的方堃，发现他似乎正对着手机上的图片发笑。

隔了几秒，她的手机响了，打开一看，是条方堃发来的彩信。彩信中有头小骆驼的照片，配文："我娃还没起名，要不它姨给取一个？"

雏青迅速回了一条："神经病。"

接着，又有一条短信发过来："是个男娃。"

雏青飞快打字："无聊。"

很快，方堃回复："那就叫骆五吧。"

看到这几个字，她沉默片刻，嘴角不禁勾起了一抹浅浅的笑意。

今晚月色真好。

商邑。

深夜，山脚下，聒噪蝉声中，夹杂着男人干活时哼哧哼哧的喘气声。

刘树生正焦灼地盯着眼前的盗洞。他旁边站着一个五十多岁的男人，相比刘树生，显得气定神闲多了。

盗洞已经挖出十米左右。

"通了！通了！"

邢兆虎的声音从底下传来。他和一个瘦高个儿、绰号"擀面杖"的男人在底下卖力挖了好久，终于挖开了洞壁，里面豁然开朗，是个宽敞的墓穴！

听到声音，刘树生赶紧趴到洞口："有东西吗？"

"看见墓了，我进去看看。"

"瞅恁这股劲气儿，慌啥嘞慌，没有两把金刚钻，俺敢揽这瓷器活？"一旁的"三叔"隐有不满，轻哼一声，"这段时间，俺都帮多少人找着宋瓷了，还能短了你的？"

刘树生不放心，又多问一句："你真确定这是那个苗……苗啥的墓？"

"北宋开国大将苗广义！这儿就是他的老家，这一带以前挖出过很多宋墓,都跟苗家有关系。这个墓我可找了老长时间,要是不确定是他的墓,我敢跟你要价?"

"话不要说得太早,等挖出宋瓷再说吧。"

正说着,底下传来邢兆虎惊喜到颤抖的声音:"挖到了!"

刘树生和三叔已经下到墓道里,空间很大,不至于呼吸困难。

"我嘞个乖乖,"三叔贪婪地环视四周,连连赞叹,"看见没有,这形制规格,全都是砖券的,宋朝前期大都是土坑墓,只有身份特别尊贵的才有这待遇。"

他们来到墓室封门处,看到了墓志碑,碑文基本磨损,只剩下几个模糊的字。

三叔蹲下,念着碑上仅存的字:"此乃先祖护国大军师司天台正苗公墓志铭也……"

刘树生不解:"啥意思?"

"咦,恁也是老行家了,咋啥也不懂?"三叔瞥了他一眼,"苗公就是苗广义,他就是赵匡胤的护国大军师。"

"噢,赵匡胤嘛,"刘树生连忙应和,掩饰脸上一闪而过的尴尬,"知道,知道。"

两人这便进入墓室,眼前豁然开朗。四周也是砖结构,室内摆着一个石椁,盖子已被打开,里面盛满了金银玉器、漆器、陶器、瓷器等陪葬品,"擀面杖"正在整理。

刘树生看得眼都直了,合不拢嘴。

三叔走近:"几件瓷器?"

"一共九件。"

三叔又走到擀面杖身旁仔细查看:"乖乖,全是汝窑瓷。"

刘树生也走上前:"你咋知道是汝窑瓷?"

"商邑还有啥名贵宋瓷?不就是汝窑嘛!"三叔略有些不耐烦。

刘树生听罢没接话,先看了一眼邢兆虎,邢兆虎连忙摇头,表示自己不懂。

"恁要挖宋瓷,也不带个懂行的,真不怕碰上诓人的。"

三叔奚落一句,拿起一个盆,递给了刘树生:"看看盆底。"

刘树生向盆底看去,只见盆底刻着密密麻麻的字:"苗训,字广义,社旗苗店人。陈桥兵变,赵匡胤夺取后周天下,宣布国号为宋,成为宋王朝的开国皇帝,册封苗训为护国大军师兼司天台正。乾德御题。"

刘树生费劲地辨认着。

"苗训，就是苗广义，社旗苗店人，就是我们这里人。乾德是赵匡胤的年号，这是赵匡胤赏赐给苗广义的。"三叔挑眉，"这不是苗广义的墓还能是谁的墓？这下放心了吧？"

刘树生压下心中惊喜，故作平静地放下盆："开价吧，这些多少钱？"

"全要？"

"那当然，不然你们留着吃饭用啊？又没有出货渠道。"

"恁也知道，现在宋瓷吃香，汝窑瓷又是宋瓷里最好的，恁全要的话，可以打个折，一百万。"

"一百万？！"刘树生顿时惊呼起来，声音回荡在墓室内，"看我们是外地的，当我们瓜子？"

邢兆虎闻言，握紧了手里的洛阳铲。一旁擀面杖也面露凶光，拿起探钎。

三叔倒很淡定："恁觉得啥价合适？"

"三十万。"

"可不中！这可是苗广义的墓！多少人出高价要买，俺都没同意。"三叔皱眉，"七十万，最低价，恁不要的话，就哪儿来回哪儿去吧。"

说着，他已经和擀面杖开始打包宋瓷。

刘树生见状，犹豫挣扎了片刻："那……五十万，行的话我现在就给钱。"

三叔考虑许久，眼珠一转，终于下了决心："中，五十万，给钱吧，俺要现金。"

刘树生从腰包里取出一沓钱："这是五万定金，剩下的我明天早上给你。"

三叔将手指沾点口水，迅速数了一遍，才露出一点笑容："中。明早联系，一手交钱，一手交货。"

次日清晨，商邑某小旅馆内。

刘树生把一包现金推到三叔面前，三叔迅速过了一遍钱，把瓷器交给他。

"合作愉快，"三叔挥了挥手，"祝恁发大财，江湖再见。"

说完，他便和擀面杖火速离去。

等他们一走，刘树生立刻开始"宠幸"他的宝贝瓷器们，伸长手臂一把搂住它们，眼冒金光："祝我发大财，我用他祝？肯定发大财！虎娃，恁知道……呸！都快让这老瓜怂给我带成商邑腔了，你知道现在宋瓷啥价吗？"

邢兆虎摇头。

"盖栋房子一般十几万，这么说吧，这钱够你盖成百上千栋了！幸好你生哥这次鼻子灵、动作快，现在谁抢到宋瓷谁发财。"刘树生迅速变脸，咬牙切齿道，"走，回秦川！狗日的，受了好几年姓穆的气，终于要翻身咧！"

说罢，他又小心翼翼地把这些无比珍爱的宋瓷打包好，仿佛它们已经变成几千万甚至上亿的现金。

是时候和那姓穆的算账了！

尹村田间，踏查仍在继续，依旧是雒青在前，小白在后。走了一会儿，她忽然停下脚步，拨了拨浮土，捡起几个板瓦、筒瓦的碎片。

"小白，看看这些，知道是啥不？"

小白端详几秒，摇了摇头："我光知道是瓦，具体是哪一种我分不清。"

"中国的屋瓦按材质来分，有青瓦、铜瓦、金瓦、铁瓦等，从形状上来分，还可以分为板瓦和筒瓦两大类。板瓦，就是看起来比较平整的瓦。"

小白举起其中一块："这个是板瓦？"

"对，剩下的那块横断面是半圆形的，就是筒瓦。"雒青点头，"封建社会等级森严，瓦的使用也有严格的规定，一般而言，只有宫殿、庙宇、王府等官式建筑才能使用筒瓦，当然也可以使用板瓦，而普通民居只能用板瓦，不能用筒瓦。"

"也就是说我们现在踏查的这片区域很可能有高等级建筑遗迹。"

"所以你要仔细留意，看看这周围还有没有瓦片堆积，没准我们就会有发现。"

"雒老师，那这几块瓦片我们怎么赋编号？"小白疑惑道。

雒青并未立刻回答，反倒问他："你知道尹村曾经出土过黑陶俑吗？"

"在资料里看到过。"

"当时，方堃一直认为这是窦陵的陪葬墓，出土黑陶俑的地方是一个高等级墓葬。但是那个盗洞底下渗水，我们一直没有机会证实。这次我们来原上踏查，一方面是为了摸清这里的遗存，另一方面如果能解答当年的疑惑就更好了。"逆着光，雒青冲他笑了笑，"但是考古是一门研究'失落'的学科，没有收获也是常事。小白，这些筒瓦和板瓦，你先编号为'窦陵外采'吧，终有一天我们会搞清它们的身份和属地！"

两人聊着聊着，前面忽有辆车停下，是方堃和郭土林。

方堃朝她招手："雒青！"

# 第四十一章 中计

郭士林提着锅盔和酱牛肉下了车。

"我来'劳军'咧，辛苦！"

"客气，举手之劳。"雒青笑了笑，从他手中接过食物，"不瞒你说，真想这一口，要是有炸酱面就更好了。"

就在郭士林和雒青大快朵颐之时，方堃悄悄把小白拉到一边，低声问道："你俩……有啥进展？"

"就是捡到几个板瓦……"

"我说的不是这。"

小白奇怪地看他一眼："那你问啥？"

"咋这娃有时灵醒有时瓜咧？"

小白顿时恍然大悟，故意语焉不详："我俩，就还不错呢。"

方堃似乎有些着急："舌头捋直好好说，咋个不错？"

"方老师，你真的又尻又八卦呢，"小白玩味地笑道，"想知道，你去问她啊。"

"你俩嘀咕啥呢？再不吃就没了！"雒青在一旁喊道。

小白发坏，大声回答："他在问我和你的进展！"

"还不错，"雒青没意识到话中深意，瞬间进入工作状态，沉稳道，"小白一会儿把调查表给大家看看。这两天发现了不少筒瓦、板瓦，我感觉这一片应该是有遗迹的，只是还没有直接证据。"

"接下来啥打算？"郭士林问。

雒青叹口气："我的假期不多了，能找到有分量的证据当然最好。"

"我倒是想从周围村子入手，"方堃紧接着道，"查一下当年昝教授的石头到底从哪儿来的。"

刘树生家院子里正噼里啪啦响着鞭炮声，把刚进门的穆见晖和刘树兰吓了一大跳。

人逢喜事精神爽，何小凤喜气洋洋地迎了上去。

"姐，姐夫，来咧！"她看到刘树兰的肚子，笑道，"哟，都显怀了。"

刘树兰摸着肚子，一脸幸福："生娃，过个生日咋还放鞭呢？"

"这几年走霉运，放个鞭驱驱邪气。"

何小凤也道:"咱两家也好久没聚了。"

"听说生娃最近撞大运,搞到了一批宋瓷,这是要发大财了,想让俺们眼馋一下?"穆见晖在一旁淡淡笑着。

"既然姐夫听说了,那正好,给咱过过眼,再找一下当初当掌眼的感觉。"刘树生笑着说。

面对刘树生那虚伪的笑容,穆见晖不以为意:"你不怕打眼就行。"

一排箱子摆在客厅内,原先的纸箱已经鸟枪换炮,瓷器被分装在了更多、更华丽的大箱子里。

穆见晖惊讶箱子之多:"这么多件?"

刘树生煞有介事地戴上手套,小心翼翼地打开了一个箱子,取出里面的瓷瓶摆在桌上。

看到瓷瓶的那刻,穆见晖愣了一下,很快便收敛神色,边看边作随意状问:"哪儿出的货?"

刘树生耸耸肩:"还能是哪儿,墓里的呗。"

"噢!"穆见晖一脸平静,故意套话,"墓里出的宋瓷呀……咱省的?"

刘树生冷笑:"亏你还是个行家,咱省有这种瓷?"

"确实没见过。"

"能看出个名堂不?"

"看样子是个纸槌瓶。"

"啥瓷?"

"这颜色,该不会是……"他略一思索,"汝窑?"

刘树生满意地笑了。

"真是汝窑啊?"穆见晖挑眉,"汝窑是在商邑,看样子,你这笔财是在商邑发的。"

"咱是同行,我不方便透给你。"

"理解,理解,宋瓷现在金贵得很,就算你告诉我了,我都不敢沾,也沾不起。那些箱子里都是汝窑瓷?"

"还想继续开眼?"

"不了不了,这么贵的宝贝,再磕一下碰一下,我可赔不起。"穆见晖笑着摆手。

"你眼毒,给估个价。"

"你高看我了,以前七位数以下的我还敢掰掰手指头,这么高端的宋瓷,我这手指头都不够数的,估不出来。这种东西你只能找华南王,他见多识广,肯定懂行。"

听穆见晖这样谦逊推辞，刘树生愈发得意了，都不屑于正眼看他。

所以他也没有注意到，穆见晖嘴角正挂着一丝若有若无的笑意。

野外夜深人静，刘树生打开车后备厢，神秘兮兮地从一个鞋盒子里取出一个纸槌瓶递给华南王，鞋盒内垫着米糠，防止文物磕损。

华南王接过细细验货，刘树生得意扬扬，一脸"让你长长见识"的表情。

"有冇搞错？"华南王皱着眉头看完瓷瓶，忍不住开口，"刘老板，你玩我啊？"

刘树生愣了："啥……啥意思？"

"你说有宋瓷的，我才出来见面的嘛，你拿个工艺品过来搞乜啊？"华南王嫌弃地把瓶子还给他。

"工艺品？啥工艺品？"刘树生气道，"这是我花一百万从商邑一个宋墓里搞来的宋瓷！汝窑瓷！你识不识货啊？"

华南王吃惊："宋墓里搞来的宋瓷？"

"对啊。"

华南王怪异地看他一眼："宋墓里怎么会有宋瓷的？"

"宋墓里没有宋瓷，那哪儿有宋瓷啊？唐墓？还是清墓？"这下刘树生越发不解。

"哎呀，我跟你讲不清楚的啦，你去问你姐夫嘛。"

"我姐夫看过了，他一看这是北宋的汝窑瓷，连价都不敢估，让我来找你。"

"真的假的？"华南王略有吃惊，"你姐夫知道你这是从宋墓里搞来的？"

"知道啊，我告诉他了。"

华南王突然搞明白是怎么回事了，努力憋着笑。他这一笑，倒把刘树生笑得心里更没底了。

"你笑啥？这货你要不要？是不是收不起啊？要是收不起我就另寻下家了。"刘树生梗着脖子道。

华南王捧腹大笑，笑了好一会儿："对不起，我不是故意的。刘老板，咱们做了这么多年买卖，我劝你还是问问清楚真假再找下家啦，做我们这行要谨慎的嘛，不要再多让一个人笑你啦。"

"你凭啥说我的货是假的？"刘树生涨红了脸，"我再给你看一个盆，盆底下刻得清清楚楚，赵匡胤赐给苗广义的。"

说着，他从另一个鞋盒子里拿出一个盆，展示给华南王看。

华南王瞥了一眼便懒得再看："你姐夫那么懂行，是真是假，你问问他就知道啦。"

刘树生懒得再跟他争执，啪的一声合上后备厢，拂袖离去。

南市未名轩内，穆见晖正坐在茶案前看一本《宋代瓷器》，神色怡然，还慢悠悠地吹了一口泡得滚烫的紫阳毛尖茶。

"穆见晖！"刘树生气冲冲地闯了进来。

穆见晖懒懒抬眼，看到他一点儿也不意外。

刘树生上去便揪起他的领子，店员见状正要过来，穆见晖却用眼神示意他回避。

"姓穆的，你早知道我买回来的这批宋瓷是假的，对不对？"

"假的？你买的？"穆见晖挑眉，"你不是说是墓里挖的吗？"

"少给我装相！"刘树生恶狠狠道，"你当时一听是墓里出来的，就知道不对。"

"宋墓里确实很少有宋瓷，但不代表完全没有，我也没去过商邑，哪儿知道商邑会不会有一座宋墓里有宋瓷，你就是把秦北大学的教授叫过来，他也不一定知道。"

穆见晖淡淡说着，未有丝毫心虚与怯色。

"华南王都能分出真假宋瓷，你分不出？"

"我是见过几个真的，但也有限，我又没卖过假的，哪儿知道假的是啥样儿，更不知道咋估价了。"

见他装得若无其事，刘树生怒火中烧，伸手指着他的鼻子破口大骂："你哄瓜俫呢？故意让我去找华南王，就是想看我笑话，姓穆的，你够狠，走着瞧！"说罢，他骂骂咧咧地转身，扬长而去。一个陌生人与他擦肩而过，走了进来。

"欢迎光临，"店员李全连忙上前，"需要帮您介绍吗？"

"我懒得动，有图册吗？"

"有！"李全赶紧拿来图册。

这人快速翻了翻，微微皱眉："怎么少了两张照片？"

李全莫名其妙，穆见晖却蓦然警觉，起身过来。

"好东西哪能随意示人，照片我收了。"

"照片收了，东西还在吗？"

"好东西当然得留给懂欣赏的人！"穆见晖眸光一闪，"您给个地址，我晚上把东西送过去。"

这人于是随手在纸上写下一个地址,交给了穆见晖。

刺耳的刹车声划破寂静,刘树生将车急停在了砖窑门口。

听到动静,邢兆虎急急出来察看情况,却见刘树生从后备厢里抱出那些瓷器箱子,发疯似的一个个砸在他脚底下,没砸碎的还拿出来重新砸,一时间清脆的噼里啪啦声此起彼伏,震得人耳朵疼。

"生哥,你疯咧!"邢兆虎赶紧抱住他,"这都是钱!"

"钱?我叫你钱!"他拳脚并用,狠狠揍着邢兆虎,把气全撒在他身上,"狗日的!跟我多少年了,啥都不懂!……狗日的!瓜怂!瓜怂!"

邢兆虎很是不解,但只能双手抱着头,任由拳脚落在自己身上,不敢反抗。

终于打累了,刘树生坐在地上,喘着粗气。

"生哥,到底咋了?"见刘树生暂时没了力气,邢兆虎小心问道。

刘树生再也绷不住了,大声叫嚷着:"俺们叫人骗了,这些全是假的!五十万打了水漂不说,还叫人当成瓜怂耍了,咱两个就是瓜怂!"他号啕痛哭起来。

夜幕降临,穆见晖提着一个很大的空箱子从后门走进废品回收站。

见屋里没亮灯,穆见晖敲了敲门,但仍然无人应答。他叹口气,拿出钥匙,开门进去。进了卧室后,他打开灯,熟练地挪开冰箱,走进了后面的储藏室。

翻箱倒柜半天,他终于找出那两件从冯家坡盗来的唐三彩天王俑和铜镜,准备将其装进一个硬质箱子里。

正在这时,一个人影冲了进来,照着他的脑袋就是一铲。没等他反应过来,洛阳铲就像雨点一样落了下来。

穆见晖一手护着文物,一手挡着铲子,这才看清打他的人竟是文雯。

"我打死你个老贼!这么大年纪了还偷东西……有没有良心,废品站都偷!……打死你!……"

穆见晖伸着一只手想反抗,却哪里是长期干农活的文雯的对手。眼见对方打得停不下来,他终于大叫一声:"文雯!"

她顿时愣住,这才停手:"你咋知道我叫啥?"

"听黎远光说的。"穆见晖疼得龇牙咧嘴。

"你认得光哥?"

"不认得我咋能进来?"

"哎呀，叔，实在是对不起！"文雯意识到自己打错了人，连忙扔下铲子道歉，"我看光哥不在，你在屋里拿东西，我还以为遭贼娃子了。打疼了吧？"

她关切地上前查看穆见晖的伤势，情急之下，也顾不上男女有别，直接帮穆见晖揉着挨过打的地方。

"好了，没事。"穆见晖一个闪躲，悄悄避开了雯雯，下意识地想把怀中的天王俑掩好。

"你抱着的这个东西……"文雯却直接挑破了，"肯定值钱。"

她这么直接，倒让穆见晖有些意外："你咋知道？"

"你跟护娃一样护着，我把你打成那样儿了，你都没撒手，能不值钱吗？"

穆见晖把天王俑放下，不动声色地挪到门口，关上门，悄悄拿起刚才的洛阳铲，藏在背后，向文雯身后走去。

他保持语气的平静："你经常来这儿？"

"光哥不让我来，我今天找工作回来的路上买了一些我们老家的柿子，想着给他送点儿尝尝，哪想到把你给误伤了。话说回来，要不是门没关，之前我都没发现光哥房里还套着一间房。"

她这才有心思打量眼前的储藏室，注意到周围的各种物件，新奇地看着。

穆见晖找准机会，准备拿铲拍她。

"哦，我知道咧！"

文雯突然转身，穆见晖被吓了一跳，赶紧把铲重新收到背后。

"光哥不光收废品，还收老东西，难怪要弄这么间房，这些东西肯定值钱，不能叫人偷了。叔，我知道你来干啥了，你是来买光哥的这些老东西的，对不对？"

"哦……对！"

文雯猛然想起啥，严肃地说道："叔，你可不敢因为我打了你就不收光哥的东西了。"

穆见晖打量了她几眼，确定她是真的单纯，这才放松下来："不会的。你是你，他是他。"

文雯放心了。就在这时，门吱呀一声打开，黎远光出现在门口，看到这一幕，他魂都吓飞了。

"文雯，你咋进来的？"他连忙赶她，"赶紧走！"

穆见晖却不急不慢："走哪儿去？"

黎远光紧张地看着穆见晖。

穆见晖盯了他一会儿，才笑着说道："哪有到饭点往外轰人的？"

听罢，黎远光一时糊涂了，愣在原地。

"我去做饭！"文雯见氛围尴尬，赶紧说了一句，溜了出去。

她一走，黎远光忙求情，眼中充满担忧和不忍："穆哥，对不起，文雯是让人骗到秦川，好不容易跑出来的。我看她可怜，想着让她在宾馆再住一段时间，没想到她会来，她肯定不是故意的，这女子年纪小啥都不懂，你千万别……"

"千万别干啥？"穆见晖挑眉，"叫她永远闭嘴？"

黎远光不敢说话。

"既然怕，你就该想到这后果。"

"她没见过世面，就算是看见了，也根本不知道咱这是弄啥。"

"现在不知道，你能保证她一辈子都不知道？"

被他这么一问，黎远光无话可说。

不多时，一桌饭菜已经摆好，色香味俱全。

穆见晖尝了一口，赞许道："手艺不错。"

"叔，你要喜欢吃，以后常来，我给你做。"文雯笑着看他，眼里闪着星星点点的光芒。

"文雯，你刚说找工作，找到了吗？"穆见晖装作普通长辈，关心道。

"没有，"她遗憾摇头，"我一看他们先让我交一百块钱，说是中介费，我就不干了。"

"你倒是个灵醒女子。"

文雯不好意思地笑了笑。

"我看你手脚麻利，人也勤快，我屋你嫂怀孕了，我平时忙，也没空管她，你愿不愿意过来跟她就个伴，包吃包住，一月给你一千五。"

穆见晖提议完，文雯和黎远光都惊呆了。

"一千五？！"她忍不住大喊。

黎远光心里的大石头终于落地了，戳了一下文雯："穆哥心善，还不快应承。"

"我愿意！谢谢叔！"

"你叫小光哥，小光叫我哥，你再叫我叔，都乱了套了，以后叫哥就行。"穆见晖无奈失笑。

"唉，谢谢穆哥！"文雯开心地给穆见晖夹了一块排骨。

## 第四十二章 盟友

穆见晖把车停在秦川东郊，等着那位留下地址的陌生人到来。很快，一辆桑塔纳打着双闪开了过来，开车的正是那人，穆见晖于是拎着一个箱子下了车。

那人接过箱子，打开一看，确实是唐三彩天王俑和铜镜，随即掏出手电，仔细看了看细节："开个价吧。"

穆见晖单刀直入："我想先听听赵总的意思。"

"哪个赵总？"他神色一变，"我姓肖。"

穆见晖意会了，顺着话茬："哦，肖哥，我看你也是个行家，咱们之间不来虚套，二百二十万咋样？"

"高了，一百五。"

"我是带着诚意来的，这样吧，抹个零，二百。"

老肖摇头："一百五。"

"肖哥，"穆见晖笑了，"你要是做不了主，咱今天就先到这儿。"

老肖嗤了一鼻子："穆老板，你这话说得刺耳，是我要跟你做买卖，啥叫我做不了主。"

"二百，一毛都不能少。"穆见晖丝毫不松口，"丑话我先说在前头，这东西美气得很，眼馋的人不少。老肖，船开不等岸上人咧。"

"别那么死板，说不定咱以后来往的机会多着咧。就为五十万丢了大客户，得不偿失咧。"

"大客户还在乎三五十万？"

老肖想了想，说："一百七。"

穆见晖这才笑了："成交，算我跟大客户交个朋友。"

老肖于是去后车座取钱，很快拿过来一个旅行包。

穆见晖点完数，从里面抽出了十万，塞给老肖："别嫌少。"

老肖一愣，转而笑了："你穆老板是个人精咧。"

"往后还仰仗着你老肖拉绳牵线。"

"等信吧。"老肖说，"有需要，我会想着你。"

次日，穆见晖家。

刘树兰正在打扫卫生，门一开，穆见晖把文雯带了回来。

"树兰，这是我跟你提过的文雯。"

"快进来，"刘树兰热情招呼文雯，"我没想到你们来得这么快，午饭还没备下。"

文雯赶忙过去接过拖把："嫂子，让我来，午饭你也别管，都让我来。"

"不忙，你头一天来，咱上外面吃，嫂子请客。"刘树兰温柔地拉着文雯的手坐下，"我听你穆哥说，你刚下学没两年？"

"嫂子你放心，屋里的活我都能行。我那两个妹妹，都是我帮着我妈拉扯大的。等娃生下来，我帮你带。"文雯点头，又看向她鼓起的肚子，"是男娃还是女娃？"

刘树兰眉眼弯弯："还不知道咧，人家医生不说。"

"怀孕可得小心，嫂子咱今就在屋里吃，外面不卫生咧。我给咱炖个鱼，孕妇得多吃蛋白质。穆哥跟我说嫂子爱吃酸口，晚上咱再做个酸汤水饺，羊肉馅的。"

"得行，听你的。"

话刚说完，文雯便撸起袖子干起了活。

见她们相处融洽，穆见晖终于舒展眉头，看向妻子："有文雯在，你安心了吧？"

"安心，这娃灵醒得很，长得还心疼人，"刘树兰看着文雯的背影，眼神温柔，"咱要生个这样的女娃，我得笑醒。"

穆见晖打趣："那估计不能如你的愿，咱这胎肯定是男娃。"

七月流火，黄土高原上温差大，纵然早晨太阳已升起，空气却微凉。

齐有粮家的院落里，方堃简单吃了几口早饭，便撂下了筷子："伯，大妈，你们慢慢吃，我先出去咧。"

"大小伙子吃这点哪行，"曹凤英关切道，"再吃口。"

方堃推辞不过，只好又剥了个鸡蛋。

"今天还去寻石头？"齐有粮问。

方堃点头："前几天去几个村逛了逛，没收获。听说今天镇上有集，我看看去。集上人杂，没准能问出点啥。"

"又不是宝石，这就是个寻常石头嘛，谁还会特意收藏它。"曹凤英不解地嘟囔，"哎，大老远从外地回来，为了几块石头耗在这儿，你大你妈多伤心。"

"小方爹妈都是有公职的人，哪像你闲得很。"齐有粮用胳膊肘捅她，又笑了笑，"小方，快走吧，别听你大妈絮絮叨叨。"

267

"好。"方堃于是起身离开。

等他走远，曹凤英斜齐有粮一眼："你能得很，还不让人说话咧。"

"你这婆娘真瓜，收着人家住宿费、伙食费，咋还往外撵客？"齐有粮没好气道，"有这闲工夫，盯紧点来娃，俩月没交伙食费，脚后跟踩了西瓜皮，吃饱就溜。"

"这还不是你给娃寻下的好女婿！"

坝柳镇是个古镇，四通八达，又处八百里秦川沃野，有史以来就是远近闻名的骡马大市。这几年经济发展迅速，镇上也开起了新式洗头按摩房、手机店等。

穿过新式店面，方堃很快就来到了传统的关中大集，这里有满口香酥的石子馍、热气腾腾的油泼面、辣子蹿鼻孔的粉汤羊血……他勉强按捺住坐下吃一筷子的冲动，默默告诉自己先办正事。

走着走着，他在一个文玩摊前驻足，细细打量起来，这里倒是有几块石头。

"想看石头？"老板眯眼笑，"琥珀、蜜蜡、石榴石、陨石，咱都有。"

方堃掏出井的照片："这种河卵石，有没有一个老汉上你这儿买过？"

老板摇头："这破石头没人买，也没人卖。"

无功而返，方堃有些失落，忽然间后背被人拍了一下。他一扭头，看见有个老汉拿草帽遮住脸，和他逗闷子。

"守村叔！"方堃惊喜地喊了一声。

那人放下草帽，果然是严守村，然而他却不像方堃那样激动，反而瘪瘪嘴："没劲，一眼就让你认出来咧。你在有粮家住，咋不去寻我？"

"我胡忙咧，没得闲。你成天在原上巡逻，咋有空来赶集？"

一向穿戴破烂的严守村今天穿得格外立整，他摸了摸新剃的头，不好意思地笑笑："来铰个头。"

"哦，对了！"方堃又连忙拿出照片，"叔，这石头你见过吗？"

严守村摇头。

方堃顿时失望，勉强笑了笑："那你忙，咱得空再谝。"

一棵大树下，聚集了不少老汉下象棋，再往里就是坝柳镇的棋牌室。方堃看了一阵，待一盘结束，给老汉们散烟："各位叔，我打听个事，见过这石头吗？"

老汉们看完照片，随口道："砌墙石头嘛，建材市场有的是。"

方堃试探："有没有从地下挖出来的？"

"咱这达没听说过。"

"那……"方堃又掏出了昝茂昌的照片,"这个老汉,各位见过吗?"

老汉们纷纷摇头。

就在这时,棋牌室里传来一阵吵闹声。

"狗日的!"

"贼你妈,玩不起别玩!"

"李春来你个俅式子……"

听到李春来的名字,方堃一震,立刻冲了进去。

"来娃,咋回事?"方堃一进去,正撞见李春来在给牌友打欠条。

李春来一看来了救星,连忙抱住他的大腿:"方哥带钱了吗?快救救兄弟。"

"你是他啥人?"一旁牌友皱眉,警觉地打量方堃。

李春来讪笑:"哥,亲哥。"

那牌友于是朝方堃道:"他在这儿打了好几天,天天欠账,我手里可是有欠条。"

方堃问李春来:"欠多少?"

李春来弱弱道:"一千。"

方堃一翻口袋,只有三百。

瞥见他翻口袋的动作,那人挑眉:"少一分都不行,今天这钱要是不还,你俩谁也别想走。"

李春来输红了眼,把方堃的三百抢过来:"我再跟你们玩一把!"

"这可是你说的,要是再输了,那可就不是一千了。"另一人幸灾乐祸地咧开嘴。

方堃一看这阵势,知道想走也走不了,只能任由李春来跟他们再打一圈。

纱窗外,蝉鸣阵阵,日光越发刺眼。棋牌室内烟雾缭绕,方堃蹙了蹙眉,略微捂了捂鼻子。

李春来对面的那牌友先是不经意打了一下打火机,然后打出一张四条,重重地摔在牌桌上,紧接着下家马上打出一张五饼,先前那人一推牌,大声喝起:"胡了!"

李春来低眉丧眼地抱怨:"咋又胡了?"

方堃不动声色地看了看那俩牌友。

"小满,来娃去哪达咧?"正在客厅中收拾,曹凤英突然朝女儿问道。

"说是明天有白事，去忙咧。"

曹凤英撕下一片纸，塞给齐小满："多个心眼，那不是个省油的灯。把这纸给我贴在眼皮上。我这右眼皮一直跳，心里不踏实。"

齐小满无奈："妈，日子过得挺好，你又瞎寻思啥？"

"没啥，"曹凤英岔开话题，"对咧，你说小方是不是着了啥魔，这破石头能是文物？"

"雒青姐说他们眼里的文物跟咱眼里的不一样，咱光看这物件值不值钱，他们管这叫啥遗迹遗物，里面包含历史信息、科学价值，学问大得很。"齐小满笑了笑，伸手安抚母亲。

与此同时，棋牌室内。

李春来桌上的钱就只剩一张了。

这时，对面那人打了一下打火机，然后打出一张六条，轻轻放在牌桌上。

另一人摸完牌，正要出牌，被方堃叫停。

"等一下。"

"干啥？"

"我要是没猜错，你想打五万，"方堃说罢，又看向李春来对面那人，"而你呢，正好胡五万。"

那人顿时变了脸色："你啥意思？"

方堃微笑："非要我说得那么直接吗？"

"好啊！"李春来醒过神来，"你们打伙牌！"

"放屁！"

李春来凑过去，一把将对面那人的牌推倒，果然胡五万。

"这不是胡五万胡啥？我说我今天咋一直输，原来你俩合起伙来日弄我！"

棋牌室里的其他人被这动静惊到，纷纷围过来凑热闹，另一人赶紧找补："谁打伙牌，你有证据吗？狗日的胡咬人，我撕烂你的嘴。"

说着他就要打李春来，却被方堃一把拦住。

"本来想给你留点脸，既然你不要，我也就不客气了。你同伙右手拿着打火机，只要打火机一咔嗒，就代表听牌。他左手代表点数，大拇指代表一点，其他每个手指代表两点。出牌的时候，重放是要饼子，轻放是要万子，推出去是要条子。"方堃不紧不慢道，"……刚才他左手伸出三根手指头，代表五，轻轻地出了一张牌，代表万，连起来就是胡五万。前面几次，还要我

· 270 ·

说吗？"

一旁的人议论纷纷，两人顿时无地自容。

李春来抢过他们面前的借条撕了，啐道："狗日的，敢在老子眼皮子底下耍花活，今天我非得把你们尻打出来！"

"他们打伙牌是不对，你在这滥赌就对了吗？"方堃赶紧制止李春来，"有粮伯要是知道你输得连裤衩子都不剩了，家门你还进得去吗？"

李春来蔫了。

方堃把他的三百块钱也拿了回来："今天这事到此为止，这三张是我的，我拿回。还有一个事，往后我这兄弟再来，麻烦你们把门闩上，他家还有个吃奶的娃，挣个钱不易。"

对面那人点点头："俺懂。"

出了棋牌室，李春来闷闷不乐地小声念叨："我也是想给家里挣点钱。"

"牌桌子能是挣钱的地儿？你也是个好唢呐匠，靠手艺不见得挣得少。"方堃无奈叹气，把三百块钱又塞给了他，"给家里买点吃的。"

李春来收下，顿时喜笑颜开："哥教训得对……对咧，你咋看出来他们打伙牌？"

"我们考古队搞发掘，我去谈征地，村长就在牌桌上理也不理。我又不能走，就在那儿看着。看上几次我就发现有人打伙牌，接着也就摸清了他们的规律，刚才骗你那俩人其实手段一点都不高明。"

李春来挠头："那我咋没发现呢？"

"你输红了眼，光想着赢钱，也就一叶障目啥都看不见了。"

"哥，我今天算是服了。"李春来又颇为义气地说道，"这样吧，石头的事交给我，坝柳镇咱人脉广。"

方堃想了想，点头："能行。"

## 第四十三章 隐瞒

"妈，这个月的伙食费，给修恒妈做点有营养的。"夜深了，李春来回到家里，左看右看，在灶房里发现了丈母娘的身影，连忙放下三百块钱。

"我还能让我女子亏嘴？"曹凤英剜了他一眼，"你去哪儿浪了，一天不见人影。"

李春来嘿嘿一笑："挣钱嘛，还有方哥，托我寻那石头咧。"

"寻着咧？"

"快咧，"李春来自信满满地扬起下巴，"我是啥人，眼前飞过只蚊子，我都能分出公母，原上谁放个屁，我都能听见响动。"

凌晨，正是万籁俱寂时，一旁丈夫鼾声如雷，曹凤英却瞪着两只眼睛，毫无困意。

"她大。"她推了推齐有粮。

齐有粮半睡半醒，不满地问："啥事？"

她又道："没事。"

在床上辗转反侧多时，曹凤英索性蹑手蹑脚地起身，奔向了灶房。

她静了静神，拿五个鸡蛋往碗边一磕，半瓶香油倒下去，蛋液入锅。很快，一碗香油炒鸡蛋出锅了。紧接着，她又挖了半碗红糖，用热水一沏。

一口香油炒鸡蛋，一口红糖水，囫囵下肚，腻得曹凤英直打嗝。她捂住嘴不敢出声，拍拍胸脯，这才露出一副宽心的表情。

她正打算回去睡觉。然而，蓦地一转身，她被面前的人影吓了一跳。

"小方，你站门口干啥？"

"我刚起夜，看见灶房灯亮着，"方堃关切道，"大妈，晚上没吃饱？"

曹凤英含糊应声："嗯，快去睡吧。"

次日。

大家围着桌子吃早饭，聊起了这些日子的进展。

"我们昨天捡到了一个俑足。"雒青说。

方堃叹口气，说："我这边还没进展。"

"别急，"李春来豪爽地拍了拍他的肩，"这不有我吗？"

"你跟着上蹿下跳个啥，别耽误小方的正事。有工夫多琢磨挣钱的道，好好栽培修恒。"齐有粮斜他一眼，又仰头感叹道，"哎，自从小方他们来了，我就觉得我这门楣都亮咧，还是有文化好。"

"吃饭吧，大队开会没过瘾，还跑家里上政治课咧，哎哟……"

正说着，曹凤英忽然感到一阵腹痛，匆忙离席奔厕所。

"你妈这是咋咧？这一早光跑厕所。"齐有粮咂舌。

"是不是香油吃多咧？"方堃皱起眉，"我昨晚起夜看见大妈在吃炒鸡蛋，放了半瓶子香油。"

齐小满忽然脸色不对："是不是还喝了红糖水？"

"对。"

这时，曹凤英回来，泻得脸色苍白。

"妈，"齐小满连忙问道，"你有心病？"

"我能有啥心病，"曹凤英勉强笑笑，目光躲闪，"我大门不出二门不迈，整天围着锅台转。"

齐有粮也说道："没心病你吃啥香油炒鸡蛋？喝啥红糖水？"

曹凤英赌气一般："我饿，我想吃。"

齐小满见状，不再多说，只是秀气的眉也拧到了一起。

几口扒拉完碗里的面，齐小满回到客厅，把李春来拉到一边，低声数落："你这女婿咋当的，咋能看着庆国骗咱妈？"

"咱妈去找庆国，又没跟我商量，我也刚知道。"李春来漫不经心地答道，又安抚她几句，"人家不是骗，庆国拜过师立过炉，有道行。"

"虚病实病就只会开这一个方子，我看他纯粹是为了卖香油。"齐小满仍满脸忧愁。

"你妈又不傻，这香油炒鸡蛋配红糖水，她肯定受用，不然为啥一有心病就去找庆国？"

小满张了张嘴，刚想辩驳，却发现李春来说得也有几分道理。如今妈不开口，她也问不出更多。看来只能找时机再观察观察了……千万不能让妈吃坏了身子！齐小满暗想。

明德博物馆。

大门口立着一个海报牌，上面写着"盛世隋唐收藏展"。闻风而来的观众不少，其中就有穆见晖。

他在入口一侧的照片墙驻足，上面足足挂了几十张赵佑林获得的荣誉照片和他与各界名流的合影。扫过一张张照片，他面色暗沉，转头间一瞥，迎面居然走来了洪老板。

"洪老板，你咋来了？你可一向对这些展览没兴趣。"穆见晖收起心思，连忙打招呼。

"人家请柬都发了，来捧个场，"洪老板晃了晃手里的请柬，"穆老板也收着咧？"

穆见晖自嘲："我哪有你洪老板面子大，我是自己花钱瞧热闹。听说赵佑林藏了不少好东西，咱也来开开眼。你说这赵总也真是个厉害角色，人家和这么多大人物并排坐咧。"

"十年河东，十年河西。二十年前我俩刚认识，他就是个包工头。谁让人家祖坟选得好，当年他在工地上，一铲子下去……"洪老板不屑地笑笑，又想起自己在人家地盘，说话收敛几分，"算了，不提了，总而言之，人走运时，钱追着你跑。不过有一点不得不服，老赵这脑子放在春秋战国那就是苏秦、张仪，纵横家咧。合纵连横，拉帮结派，没有他牵不上的线，这事说起来有意思多咧……"

穆见晖看见赵佑林随同一众贵宾进了展厅，忙止住洪老板的话头："改天我拿上一瓶好酒，去你店里，听你慢慢谝。"

"能行。"洪老板点头，"你慢慢看，我店里还有事。"

与他分别后，穆见晖迅速朝赵佑林一众的方向走去。

进了展厅内部，赵佑林陪在一位人称秦老的长者身侧，悉心讲解。穆见晖想和赵佑林攀句话，挤了上来。眼前是一件三彩三花马，底下展签注明"三彩三花马，馆藏，拍自英国"。

赵佑林介绍着，问："秦老，这件三彩三花马您有印象吗？"

"记得，头一次去我那儿，你不就带着照片给我看吗？"秦既明眯着眼一瞧，"我当时说你眼力不错，这马匹鬃剪三花，额顶立缨，鞍披绿毯，坠饰精美，双目圆睁，传神得很。"

赵佑林笑了笑："正是有了您这句话，我才敢下血本把它从英国拍回来。"

"佑林，这要是你今天的主角，那说明你这几年可没进步。"秦既明打趣道，"就没点新鲜的给我们开开眼？"

"开眼不敢当，倒是有两件新鲜的想让秦老指导指导，这边请。"

赵佑林伸手，将秦既明引向右侧。

趁着这个当口，穆见晖凑上来打招呼："赵总。"

然而赵佑林却仿佛没听见，更像是不认识穆见晖一样，生生把他晾在一旁，从他身侧穿过。

无奈，穆见晖只好跟着人群走。一行人在天王俑前驻足，穆见晖一看，正是他出手给老肖的那件，底下写着"三彩天王俑，馆藏，拍自美国"。

看到最后几个字，他不动声色地挑了挑眉。

"这件天王俑是我前些日子从美国拍回来的，不瞒您，也是下了血本。您老给瞧瞧，值不值。"赵佑林谄媚地笑着。

"身着明光铠,头戴凤翅形兜鍪,怒目圆睁,面稍右偏,抿嘴俯视,作呵斥状。挺好,工艺不错,应该是给唐朝某个大人物镇墓的。"秦既明仔细端详片刻后,点了点头。

"还是秦老有水平,这样的宝贝流失到海外可惜得很,咱把它拍回来,也让咱的后代有机会了解唐朝的墓葬文化。"

赵佑林话音落地,随行的众人纷纷附和,穆见晖嘴角浮起一丝冷笑。

"秦老,再给咱看看这铜镜。"

赵佑林又指向天王俑一侧的铜镜。

"佑林,这次的展品都不错!说起汉唐,咱关中首屈一指,可一说起宋,咱就比不上人家商邑了。"

秦既明点评完,面上略有遗憾,语重心长道:"你是民营博物馆的楷模,啥时候在宋元方面给咱提一下气。有宋一代,南有龙泉窑,北有耀州瓷,你要是能办个耀州瓷的展,我巴不得在你这儿住下。"

"还是您老格局大。"赵佑林笑道,"秦老的教诲,我记下了。"

闻者有心,穆见晖也把这话记在了心里。

月黑风高,穆见晖又到了废品回收站,来给黎远光送钱。

"远光,上次在冯家坡起的货已经出手了,钱你收下。"

黎远光接过信封后,道:"穆哥,看来这个赵佑林出手也没那么大方,价比华南王高不到哪儿去,咱何必因为他得罪华南王。"

"华南王说到底也是贼,见不得光。赵佑林可不一样,今天我去了他的收藏展,咱的天王俑和铜镜就这么光明正大地躺在那儿。"

"胆大得很嘛,就不怕警察找上门?"

"人家手续齐全,就算查也查不出啥问题。东西在咱手里是赃物,到了他那儿就是传承有序的藏品,他成了让海外文物回流的大善人。"穆见晖语气平淡,却透露着浓浓的不甘心,他看向黎远光,"你觉得不公平吧,这世界就是这样,谁有钱谁有人脉,规则就由谁来定。"

"我倒没觉得不公平,蛇有蛇路,鼠有鼠路,咱把自己的钱挣下就行。"

"不,鼠路有尽头,别人问你是干啥的,你好意思说自己是盗墓贼?"他顿了顿,又道,"那东西是咱挖的,是咱让文物现了世,全世界的拍卖行、博物馆都要靠咱咧。还有那些考古的,没有咱他知道哪儿有古?考个屁。坏名声是咱的,功劳全是他们的,为啥?还不就是因为咱没有人脉。赵佑林是棵好大树,咱得想法在他底下乘乘凉。"

"哥,人家都不跟咱正面接触,咱咋傍上他?"

"投其所好。这段时间你多留意一下宋瓷。"

"能行吗？"黎远光迟疑，"别咱忙活半天，又贴了人家的冷屁股。"

穆见晖忽然笑了："远光，你这名字起得怪好，眼光最好也能放远点。只要敲门砖的分量够，咱以后走的可就不是鼠路咧。"

正说着，黎远光的手机响起，显示是文雯打来的。

穆见晖瞅见，淡淡道："你忙吧，我先撤了。"

黎远光应了一声，接通了电话，那端立刻传来文雯嗔怪的声音："光哥，你咋半天没接我电话？"

"忙着咧。"

"大晚上忙啥？不会是跟女娃约会吧？"

"你又打趣我，除了你，我在秦川哪还认识女娃。"黎远光无奈失笑，"这些日子干得咋样？没给穆哥添麻烦吧？"

"光哥，你咋净挑我不爱听的说，在你眼里我就是个麻烦？"

"你看你，说两句就急，我是怕你做得不周到，被人家骂咧。"

"我咋会不知道你的心思，逗你咧。"仿佛想象到不善言辞的黎远光费劲辩解的模样，文雯扑哧一声笑了出来，"放心，我跟嫂子好着咧，活也不累。等我发了工资，我请你吃饭。"

"能行，你巴结好哥，到时候哥给你瞅视个对象。"

"我的对象我自己找，不跟你说咧，嫂子喊我咧！"

文雯声音忽急促了几分，立刻挂了电话。

这日，秋高气爽，落叶被风吹得四处飞舞，仿佛将空气的颜色也变得斑斓。

高高的围栏，冷清的街道，大铁门缓缓打开，王太平背着个包袱从里面走了出来。

不知走了多远，王太平大汗淋漓，按照记忆中家的方向前行，直到他看见几个村民圪蹴在墙根下晒太阳。

"你是太平不？"有人认出他来，叫住了他。

"三叔，"王太平尴尬地打招呼，"是我。"

"快回家看看吧，你家光景都成啥咧。出来了就好好过日子，有啥事跟我们打招呼。"

王太平点头："我知道咧。"

他继续向前，却听到身后传来一阵议论声。

"老三，你倒是心善，就不怕等你死了，这孬种去挖你的坟盗你的墓？"

"那是我亲侄。"

"他就是你亲儿也不顶用，挖坟掘墓的事他都敢干，还有啥干不出来的。"

"监狱都蹲完了，还能不改？"

"那狗要能改了吃屎还叫狗？你看他那个大痦子，老话说面无好痣，我看他走不了正路。"

听到这儿，王太平摸了摸脸上的大痦子，恨恨地往地上啐了一口。

终于回到了家中，王妻却铁青着一张脸，把一碗素面撂到王太平跟前。

"我好不容易回来，你就给我吃这？没有浇头也就算咧，连碗咸菜也没有？"他不满地嚷嚷起来。

"想吃就吃，不吃拉倒！"妻子斜他一眼，"你要不是我娃的爸，我连碗面都不想给。"

"我知道你这几年过得不容易，现在我回来了，咱好好经营这个家。"

"别给我放干屁，咋经营？"

"开春我去找活。"

"开春？"王妻冷笑，"连过冬买煤的钱都没有，我看我这个冬天就得冻死，活不到开春咧。"

见她态度始终生硬，王太平也怒了，不再说好话："我以前说去打工，你非不让，天天疑神疑鬼怕我跟别人好。日子过不下去了，逼得我去挖坟掘墓。现在我出来了，又对我横挑鼻子竖挑眼，你到底想咋？"

"你不争气还怪我？我嫁给你半点好处没沾，天天夹着尾巴做人。你大舅快不行咧，我两手空空的都没脸去看。"

"什么？"王太平震惊，"我大舅快不行咧？你咋不早说！"

"我跟你说了顶屁用，天旱别盼疙瘩云，人穷别上亲戚门。"

王太平沉默片刻，一股脑吃完面，拎起包袱就往外走。

王妻拦着："你去哪达？"

"我能去哪达，还不是去给你挣钱。"

"不能去，你老实在家跟我养猪养鸡，外面野女人太多。"

王太平一把甩开妻子："我倒巴不得有野女人能看上我。"

说罢，他快步离开，只留妻子一屁股坐到地上，号啕大哭起来。

与此同时，方堃骑车从外村回到尹村，正好在村口遇到李春来。

"哥，"李春来神秘兮兮一笑，"石头的事有信咧！"

方堃顿时面露喜色："在哪儿？"

## 第四十四章 拨云

香烛在幽暗的室内静静燃着，烛烟混合着木香在狭小空间里盘旋。桌案上供着文武两路财神，头顶高悬纱幔，脚踏瓜果供品。庆国正在蒲团上盘腿闭目，等着李春来的到来。

"庆国哥？"李春来一踏进来，便试探喊道。

庆国不予理会。

"这是俺村的大仙，"李春来悄声告诉方堃，"在终南山修过道。"

方堃听罢，轻声敲了敲床沿："打扰一下，我是来寻石头的。"

庆国终于睁眼，然而却面有愠怒："来娃，你那张死嘴就不能闭紧？那石头是我爷爷留下的镇纸，多少钱都不卖。"

"卖不卖先不论，你先拿给方老师看一眼。"

"不行，我爷爷殁了没百日，乱翻他东西，那是不敬不孝。"

方堃撂下十块钱："就当孝敬你爷。"

庆国瞅他一眼，不动声色地迅速揣上钱，又不情不愿地从身后的顶箱大柜里掏出了一块河卵石。

方堃将石头与照片比对了一下，又测量了一番，这块石头确实和井里的相似。

李春来凑过来一看，惊奇道："一模一样！就是这！"

"开个价。"确认过后，方堃直截了当。

庆国却摇头："我是修功德之人，非吾之所有，虽一毫而莫取。"

方堃扭头就走。

"别呀，咱不能耽误做研究！"李春来急急拦下他，又看向庆国，"庆国哥，人家是做学问的，咱把石头贡献出来，也算功德一件。"

"我爷那儿咋交代？"

"你爷还没到奈何桥，你给他烧辆大奔跑得快些，钱方哥出。"

庆国哀叹一声："给两百吧。"

"钱我可以给，但是……"方堃态度坚决，"你先告诉我，这石头是你爷从哪儿弄来的？"

"地里捡的。"

"哪块地？"

"这俺咋知道。"

"就这一块？"

"俺爷就这一块。"

回到齐有粮家里，连厢房门都顾不上关，方堃就开始伏案研究那块石头。这时，雒青和小白也回来了。

"方老师，你真的找到石头啦？"小白惊呼。

雒青也问："在哪儿找到的？"

"本村村民家，从大小来看应该和井里的一样。但也不能说死，那人说不出从哪儿挖的。"

雒青犹豫一瞬，道："那合着……是个无效线索？"

方堃沉默。

这时，李春来听到动静，走了过来，把方堃拉到一边："方哥，那石头你还想要不？"

方堃惊讶："还有？"

来娃做了个"嘘"的动作："要不要吧？"

"要！"

"行，"李春来一脸神秘，"听信儿吧。"

夜晚，一片静谧，正屋的门却突然开了。李春来蹑手蹑脚地出去，攥着手电和撬石头的楔子。

经过方堃门口时，他特地探了下头，听到里面隐隐传出平稳的鼾声，这才安心出了门。

李春来晃着手电，在齐有粮家外的一段石头矮墙上寻觅着什么。墙是用大小不一的石头砌成的，在原上，这样的墙不少见，很难让人联想到深埋地下的河卵石。很快，他的目光落在一块河卵石上，当即挥着锤子，将楔子凿了进去。凿了几下，他开始撬动，石头松动了。

"这钱挣得真不易啊。"身后忽然传来一个声音。

李春来回头，吓一激灵——方堃。

"贼是小人，智过君子。来娃你比我聪明。我这两百块钱可是三天的野外补贴，让你一楔子就挣下咧。"方堃笑了笑，这笑却没带任何温度，"这要是不抓你个现行，我那点工资都得让你唬干净。"

"哥，我没唬你！"李春来面露尴尬，但梗着脖子坚持道，"这就是你要找的石头呀！"

次日，雒青和小白继续在尹村地头踏查。

"按照咱们的踏查路线，接下来就是尹村三组的地了，这片咱们要走得仔细一点。"雒青指了指地图，看向小白。

"是不是因为这里出土过黑陶俑？"

雒青点头："功课做得不错。"

"我之前查过资料，关于黑陶俑的盗洞一直存在争议。有人说是窦陵的外藏坑，也有人说是高等级墓葬。"

"你觉得呢？"

小白摸摸脑袋："我可不敢乱说，前辈们都说不清，我凭什么指手画脚。"

雒青微微一笑。

小白不解："笑啥？"

"我笑当年有个人，胆子大得很，脸皮厚得很，自认为有了大发现，上蹿下跳，干出了不少荒唐事。"

"你说的这个人是方老师吧？"

"是以前的他，"雒青长吁一口气，"现在的他变了不少，时间很能改变人。"

"那以前的他，和现在的他，哪个更好？"

"各有各的好，他在变，我也在变，审视人的眼光也在变。生活和考古是相通的，就像黑陶俑，当年我们搞不清楚的问题，也许这次踏查会有答案，即便这次无功而返，沉淀二三十年可能就会有答案。"

像是浸润到了那悠远的回忆中，雒青神色温和，仿佛被阳光镀上了一圈薄薄的金。末了，她豁达地耸耸肩，捋过垂下的发丝，又向前大步走去。

往前走的路上，小白一直低着头，默默回味着雒青的话。

"郭士林的资料上显示，这里也有个盗洞。"行到某一处，雒青突然停下，在土里踩了两脚。

小白正要蹲下看，忽然侧身一瞥，瞧见有个人影躲在不远处。

"东边那人……"他压低声音，"是不是在看我们？"

雒青扭头，那人却迅速俯身，一头钻进庄稼里。

"应该是下地的村民，走吧，去前面看看。"

雒青说罢，率先向前走去。二人行经一块坡地，正沿坡往下，身后忽地蹿出来两个大汉。

吴志远一个飞扑，将小白撂倒。

"你们干啥？！"雒青大声喊着。另一个文保员老孔却反剪她的双臂，将她扣住。

"我还想问你咧！"吴志远目露凶光，"你这女娃能得很，敢上我原上盗墓！"

小白哭笑不得："我们不是盗墓贼，是考古的。"

"哟，还装外地口音。"吴志远丝毫未信，反将手上力度加大，"我盯你半天了，前顾后看的，不就是来踩点？"

老孔把雒青的大书包一抖，掉落出小型探铲、手铲、GPS、卷尺、相机、望远镜等设备。

"这些装备认识吗？"雒青挑眉，"哪个盗墓贼会带这些？"

老孔犹豫起来："志远哥，他这装备够专业的。"

吴志远却仍不松口："现在这盗墓贼都学精了，化装化全套，别以为穿上马甲我就认不出你是乌龟咧。"

"我是省考古研究院的雒青，你可以打给我单位。"她淡淡说着。

吴志远瞥她一眼，将信将疑地掏出手机。

雒青和小白被请到了吴志远家，他家就在文管所附近的宿舍里。

"雒老师，小白老师，真是天大的误会！你们坐，我让屋里的炖个鸡。"

吴志远满脸歉意。

雒青摆摆手："吴科长，真没事，不用那么客气。"

"这顿饭不吃，我心不安。"吴志远搓着手，小心地说，"说老实话，这事都怪那个严守村。"

"守村叔我认识，他这几年都住在地里，我们这次来踏查，还见过他几次，牵着条狗各处巡。"

"他那狗一叫，就把我们喊去，说有盗墓贼。我们扑了几次空，烦得很，结果这万货给领导告我们状。我心想我非抓个盗墓贼在你严守村面前显摆显摆，你尽责，我更尽责。今天本来我休假，我为了斗口气拉着老孔去原上巡，结果弄出这事。"

雒青笑了笑："你们坝柳文管所确实不容易，管那么大片。"

"雒师，就冲这句话今天我跟你好好喝两杯！"吴志远讪讪笑着，又连忙招呼，"你们先坐，我去弄个凉菜。"

待他进了厨房，雒青四下打量，目光最终落在了墙上的相框上。满墙的照片里，有一张黑白的已泛黄，看着颇有年月。上面是两个年轻人并肩而立，其中一个年轻人分外眼熟。

吴志远端菜出来，雒青忙拉住他，指着那人："吴科长，这个人是不是姓昝？"

"你咋知道？他是我大的朋友。"吴志远略有讶异，"听我大说，当年他们来原上考古，挖到了动物骨头，叫我大来看看是个啥。"

雒青惊呼："你父亲是生物老师？"

吴志远点头，又疑惑道："你咋知道？"

"昝教授指导过我，算是我的老师，这件往事他给我们讲过。"

"我大说他看走眼咧，把犀牛认成了野牛。"吴志远不好意思地笑了笑，又感慨道，"因为这事，我大和考古队的人混熟了，对历史文物也起了兴致。我当文保员，也是受他的影响。"

"真是缘分，想不到我竟然因为这样的机缘看到了年轻时的昝教授。"

"照片还有咧，我给你拿。"吴志远从橱柜里拿出一本老相册，一一翻给雒青看，"这是他们在薄太后陵，这是那个犀牛骨，这是他们的宿舍……"

"等一下！"雒青突然喊停。

其中一张照片里，年轻的昝茂昌蹲在地上，旁边是两米见方的发掘坑。那坑中的卵石，分布式样与井里的几乎相同。

小白惊呼："这坑里的石头和井里的一模一样呢！"

"吴科长，"雒青语气激动起来，"这饭咱们改天再吃！"

"啊……"吴志远遗憾道，"不行，我还得跟你们喝两杯呢。"

雒青把小白一推："让他跟你喝！"

雒青飞快往回赶，边跑边给方堃打电话。片刻后，电话接通。

"方堃，我知道昝教授为啥对河卵石感兴趣了！"

巧的是，电话这端，方堃也正往地里奔。

他大声兴奋道："我也知道昝教授那块河卵石来自哪儿了！"

话音刚落，他们就看到了彼此的身影。

阳光斜斜照着，一片一片高大树荫投下。他们慢慢走近，不约而同地抬起头仰望老树，深吸了一口气。原来，不知不觉已经跑到了当年昝教授被蜂蜇的老树下。忽然，两人相视一笑，如同在告诉昝教授，他们又一次解开了他留下的谜题。

"昝教授当年参与薄太后陵发掘的时候就发现了河卵石遗迹，"雒青顺了顺气，"这就是为啥他会对一块突然出现的河卵石感兴趣。"

方堃扬眉："我先带你去个地方。"

他带雒青走到了黑陶俑盗洞附近。

"你的意思是……"雒青略一思索，"昝教授的那块河卵石出自这儿？"

方堃点头："黑陶俑盗洞附近。"

"你咋知道的？"

"这啊，得从早上你们出门后说起了。"方堃笑了笑，"你还记得曹大妈最近心神不宁的事吗？"

早上，曹凤英见方堃没有像往常一样急着出去寻石头，好奇问道："小方，咋今天没出去寻石头？"

"大妈，我寻到了。"方堃从包里掏出来两块河卵石。

曹凤英忽然愣了愣，而后强装镇定："在哪达寻到的？"

"我这几天为石头的事心焦，晚上总是梦到昝教授。昨黑，他在梦里告诉我，你家门外有个矮墙，用石头砌的。我早起去看，真让他说着了。"

方堃就像什么都不知道，笑呵呵地分享着昨晚的梦境。末了，他又故意看她："大妈，你说怪不怪，这河卵石咋跑墙里去咧？"

曹凤英眼神躲闪："昝教授没跟你说？"

方堃摇头。

曹凤英一下子红了眼眶，重重叹气："唉，我还是招了吧，再不说我就快让这石头压死咧。这石头原是我在地里捡到的，搬回家压咸菜缸，不止一块。那阵你们来原上，昝教授看见了，问我从哪里捡的。我记不清，只记得在那个盗洞周遭。"

"出土黑陶俑的盗洞？"

"对，"曹凤英点头，"昝教授给了我十块钱，说要买走这石头。唉，我不想收钱，人家这么大教授住在咱这儿，那是多大的荣誉。再说，你大妈哪是贪财的人？"

"大妈要是贪财，能天天变着花样给我们做吃食？"方堃连忙顺着她的话附和，"你是啥人，我们心里明镜着咧！"

有了他的安抚，曹凤英心里稍微好受些，继续坦白："昝教授非要给钱，我就收下咧。昝教授出事之后，这石头就落在我家。后来我家砌墙，我就把这几块石头塞进去咧。谁能想到这还是文物，打井队一停工，我心里就开始发毛，这要是让你知道了，那不得扳倒柳树要枣吃，把墙给我推咧？"

方堃忍俊不禁："您放心，我们不会推墙，那井该打接着打。"

"我没文化，认的字还不如来娃多，哪懂这些。打那以后，我一到黑就睡不着，就算睡着也是做梦，光梦见昝教授问我要石头。没办法，我太害怕咧，只好胡拉被子乱扯毡，上大仙那儿求医问药。"曹凤英说罢，又问，"对咧，昝教授还跟你说啥？"

"他说让我跟你说，这香油炒鸡蛋要少吃，不健康。你和有粮伯都是好人，他会保佑你们。"

曹凤英落泪："昝教授真是个好人，我真是不应该昧下石头……"

"大妈，都过去咧！"方堃神情温柔地掏出一瓶保健品，并未责怪她半分，"往后再有想不开的事跟小辈说，这是安神补脑的，再睡不着就吃一颗。"

方堃昨晚逮住李春来后，李春来把知道的一切都抖了出来，原来找了这么久的石头就在齐有粮家——就在他们眼皮底下！

曹凤英出于私心和胆怯，明明知道他们找得辛苦，却仍闭口不言，自己却又被良心折磨得寝食难安……方堃不知该如何评价，他只是很想叹口气，并且还有些庆幸，至少她没有选择更极端的做法。

看来，给村民们科普文物保护的重要性……仍然任重而道远啊。

听完方堃的讲述，雒青对眼前的男人又有了新的认识。

"我以前咋没发现你情商这么高。"

方堃得意地翘起鼻子："你以前哪给过我表现的机会？"

"我倒是想给，"雒青半开玩笑半认真，"谁知道你一个蹶子尥到榆塞去了。"

"现在给我个机会，也不晚。"

方堃顺着她的话，直接抛出这样一句。他眼睛直直盯着她，喉头微动，似在隐隐期待什么答案，却又有几分怯意，被深深按捺住。

雒青张了张嘴，一时表情怪异，支支吾吾半天也没说出个所以然。

"行了，"半响，她收敛神色，正经道，"不扯闲篇，聊点干货。"

一番试探扑了空，方堃眼中闪过失落，不过很快便又恢复平日里吊儿郎当的嬉笑模样。

他知道她一定需要一个确凿无比的答案，尽管她自己也和他一样，没完全想清楚……现在的他还无法给出那样的答案，但他很早之前就在心底默默许下了承诺，终有一日，他会做到的。

至于现在，既然时候还没到，还是先把眼前的正事解决完吧。

"薄太后陵出现了河卵石铺的遗迹，黑陶俑盗洞附近也出现了，昝教授肯定是觉得这中间有某种联系。"雒青认真分析道。

"那你觉得是啥联系？"

"我不知道，但是我觉得这黑陶俑盗洞越来越迷……这底下到底是啥？"

方堃也一同沉思起来，又突然想起什么，抬头张望四周："对咧，小白呢？"

"呀，"雒青讪讪一笑，"吴科长把他扣下喝酒呢。"

## 第四十五章 冤家

秦川城墙根旁，不少人正在太阳底下蹲活儿，汗水一滴滴淌下，夹杂着方言的交谈声不绝于耳，匆匆的脚步声忽远忽近，一派忙碌景象。

"大哥，招工不？"王太平凑到一个工头模样的人跟前，忐忑地搓着手。

"木匠能行？"

王太平摇头："没干过。"

"瓦匠咧？"

"也没干过。"

"小工？"

"能行，这个我拿手，"王太平的脸上终于多了几分底气，"工钱多少？"

"二十一天。"

王太平眉头拧成了疙瘩："少了点，我想干点挣钱多的，来钱快的。"

那工头颇为无语，扬了扬眉，说："这样吧，我给你出个主意。有个大姐，想包个小白脸，一个月五千。啥也不用干，陪吃陪喝陪睡，你看行不？"

本是开个玩笑戏弄他，谁知王太平竟当真了，面露难色："做三陪啊，我有老婆，做这事不地道。"

"怕啥，你在外面做，你老婆又不知道。"

"要不这样，大哥，你跟大姐商量一下，给我日结，看在钱的分儿上，我愿意。"

像是做了十足的心理建设，王太平把心一横，豁出去了。

工头却轻蔑一笑："你愿意，人家还不愿意咧。瓷锤，你也不撒泡尿看看，就你这个德行，谁他妈眼瞎包养你？啥啥不会，还想多挣钱，你咋不去抢。"

他声音很大，惹得周围的人齐齐嘲笑。王太平受了一番侮辱，无地自容地溜走了。

王太平又到工地上徘徊，一把拉住了正推水泥车的五龙。

"大哥，你们这儿招工不？"

五龙盯着王太平看了一会儿："刚出来？"

"啥？"王太平一愣。

"装啥，你这瘪子我认识，我是六监区的，去年六月出来的。"

王太平听罢，连忙给五龙散烟："啥事进去的？"

"打架，你咧？"

王太平一愣，道："我……我也是打架。"

五龙拱着眉毛把他上下打量一番："想不到你看着老实巴交，还会打架。你想找啥活？"

"啥活都行，只要来钱快，让我过个好年。"

"我马上下工，"五龙眼珠一转，"领你去个地方。"

夜色深沉，王太平终于等到五龙下工，坐着他的摩托车来到了郊外，眼前是一片砖窑。

"五龙，你说的是砖窑？"王太平皱皱眉，"当窑工才赚几个钱，你这不是日弄我吗？"

"急啥，谁说让你当窑工，进去你就知道咧。一会儿见了老板灵醒点，手脚勤快点。"

王太平半信半疑地随五龙进去。里面有两个人围着火炉烤火，其中一个老板派头的是邢兆虎，另一个则是山娃。

"虎哥，咱不是缺人手嘛，我给你寻了个人。"五龙一脸恭敬。

王太平立马上前几步："虎哥，我叫王太平。"

邢兆虎抬眼一看，神色立马变了，盯着王太平看了一会儿："进去过？"

王太平点头。

"为啥进去的？"

"打架。"

未承想邢兆虎突然一脚踹过去，把王太平踹趴在地："放你妈的屁！"

"虎哥！"王太平带着哭腔，"你这是干啥？"

五龙也吓了一跳，连忙打圆场："虎哥，有话好好说，咱别动气。这人要不满意，我就带回去。"

"带回去？门都没有！"邢兆虎恶狠狠指着王太平的鼻子，"山娃，你也过来看看，这货眼熟不眼熟。"

山娃凑过来一看，瞬间认出来："大瘩子！是他，就是这孬种跟燕小五滤了咱的坑！"

"狗日的，还敢说你是打架进去的，你那颗大瘩子就算烧成灰我也认得。我的黑陶俑全都落了你们兜，这笔账我跟你好好算算。"说着，邢兆虎一把拎起王太平，对着面门就是一拳。

王太平这才恍然大悟，急忙捂着鼻子求饶："虎哥！这事我冤枉，我要知道是你们的坑，打死我也不干哪。我是被燕小五骗了，我啥也没落着，白白蹲了几年监狱，现在穷得叮当响，家也快散了！"

"贼他妈，还敢跟我抱怨，你爷爷我还委屈咧！"邢兆虎掐着王太平脖子，"这几年我天天行背运，推磨子都要走岔路。为啥，还不是你俩狗日的把我的财运滤跑咧。"

他手上力气渐大，似乎真要置王太平于死地。王太平憋红了脸，喘着粗气沙哑求饶："虎哥，我知道错咧，我给你当牛做马，你放过我吧！"

"当牛做马用得着你？我今天就是要弄死你，出出这口恶气。"

王太平近乎窒息，但求生的意志让他忽然想到了什么，连忙开口："你放了我，我知道哪儿有大墓。"

"你当我是瓜怂，有大墓你咋不去？"

"那是我的先人，我不敢。"

山娃在一旁盯着他许久，听到这番话，眼珠一转，道："虎哥，我看他说的不像假的，要不先放了他，听听他咋说。"

邢兆虎沉默片刻，见王太平脸色比猪肝还难看，才略微松手，语气生硬："说细点。"

王太平咳嗽两声，稳了稳神："那墓在弭县吕家寨，是我妈的娘家。我外爷姓吕，先人是个大户，在宋代出了不少能人，官都当到宰相咧，我猜先人墓里肯定有不少宝贝。"

邢兆虎半信半疑："要是敢日弄我，我扒了你的皮，抽了你的筋！"

已至后半夜，月亮隐蔽在厚云后，昏暗的路灯闪烁几下，刺啦一声灭了。废品回收站一片漆黑，如同深渊。

储藏室里摆着很多宋瓷，穆见晖正在逐一查看，选择，表情越来越失望。

"还是没入眼的？"黎远光在一旁问道。

穆见晖摇头。

"现在一窝蜂地抢宋瓷，我们每次都还算快人一步的。"黎远光试图宽慰他，"哥，我说话直你别见怪，咱这货已经算是矬个儿里头拔将军了。"

"不怨你们，那些个窑址、窖藏都太平庸，麻雀窝里挑不出凤凰，赵佑林的眼界高，寻常货色入不了他的眼。"

黎远光不解，闷闷道："咱凭手艺挣钱，为啥非要攀他的高枝？"

"碗边上的饭吃不饱人。小光，你看看赵佑林，手心比我们还黑，为啥他就能风风光光站在台前，咱只能当地老鼠？你以后还要说媳妇生娃，咱能一辈子不见光，媳妇跟娃不能。"

听到他这番语重心长的话，黎远光点点头："哥，我明白了，我继续收。"

"没事，小光，"穆见晖点头，"这些货该咋卖咋卖，不耽误。"

一辆面包车在乡村土路上疾驰，不知过了多久，终于停在了路边。邢兆虎几人下车走到了吕家寨桃园。

这片桃园乍看并不稀奇，只是竖着几座现代的新坟，在一片树林遮掩中略显冷寂。

"狗日的，这就是你说的大墓？"邢兆虎一巴掌扇在王太平脸上，怒骂道，"全他妈是新坟，埋的全是新鬼！"

"哥，这真是吕家世代埋人的地！"王太平哭丧着脸，"小时候，我就见我大舅来这儿祭祖，我外爷也埋在这儿。年代太久了，坟包早就没了，反正墓就在这个桃园。"

"这么大片园子，你让我们来翻地啊？大瘪子，这是虎哥我给你机会，你狗日的要敢耍我，今天就把你活埋，让你在这儿跟你外爷做伴。"

"大瘪子，你再好好想想，"山娃也上前几步，"你说的大户人家坟头在哪儿？"

王太平围着桃园转了转，挠挠头："我一时半会真想不起来，我连我外爷的墓都记不住。"

邢兆虎抬起脚，正要踢上去，身后却传来一个声音："你们是干啥的？"

众人转头一看，有个本村老汉朝他们走过来。

山娃堆笑："我们来走亲戚，下车尿个尿。"

"谁家亲戚？"村民警惕问道，"我看你们面生着咧。"

王太平连忙接茬："我是这村外甥，表哥叫吕富贵，听说我大舅病咧，我来看看病人。"

"你大舅都死了你不知道？"

王太平震惊："啥时候的事？"

"前天殁的，你是他外甥你咋不知道？你哪个村的？"村民满腹疑惑地看着他。

王太平好像才从发蒙的状态中回过神来，带着哭腔喃喃道："我真是他外甥，我一直在外面干活，今天好不容易得空来看看病人，谁知道……"说着，他直接蹲下痛哭了起来。

"起来吧娃，在这儿哭谁能听见，要哭上你大舅灵棚哭。"村民说罢便转身离开了。

邢兆虎见王太平还在地上抽泣，狠踹了他一脚："别嗷嗷咧，把大墓给我找到，就给你两天时间。事办不妥，等着给你大舅陪葬吧。"

吕家寨村委会。

王太平走到院子前，见三四个人正在往墙上贴标语，有"保护文物，利在千秋""爱护文化遗产，传承华夏文明""打击盗墓，人人有责"等。等认完所有字，他心虚地将目光移开，打量起这几个人。

其中有个穿丧服的忽然转过身，把他吓了一跳，居然是他的表哥吕富贵。

"表哥！"

吕富贵一愣，在看清来人后立刻喊了出来："太平！"

"我听说大舅没了……"王太平揩了一把眼泪。

吕富贵闻言，神色哀恸，泪水在眼眶里打转。

"富贵，你回去吧，"文保员宏福见状，在旁边好心道，"剩下的我跟冬生贴。"

"没事，让我贴完，"吕富贵摇头，"这是我大的心愿。"

冬生也在旁边道："富贵哥，你去操持丧事，我俩保证完成任务。别怕巡逻人手不够，我把我娃也带上。几个大小伙子，还镇不住盗墓贼？"

吕富贵没接茬，只是默默抄起糨糊桶继续贴标语。

听到他们这番对话，王太平倍感疑惑，把离他最近的宏福拉到一边："巡啥逻？"

"一入冬地老鼠们全钻出来咧，市里文物局让我们加大巡逻。"

王太平后背发凉："你们是文保员？"

"我们都是，连你大舅也是，这标语还是你大舅生前写的咧。他爷俩真是尽职尽责，巡逻一天不落。在咱农村文保这块，你们家真是好样的。"

宏福向他竖起大拇指，王太平却一脸尴尬，支支吾吾说不出话。

吕富贵贴完，恨铁不成钢地看了王太平一眼："回家吧。"

吕家灵堂正中横着一具棺材，案桌上放着老人遗照，几个披麻戴孝的儿孙正满脸悲戚地跪在一旁。

"舅，你咋不等等我咧，好歹让我见你一面，我还没得及给你尽孝咧！"刚一进门，王太平双膝一跪，号啕痛哭。

"你要真有孝心，还能去盗墓？"吕富贵神色复杂地看他一眼，没好气道，"你舅一辈子在村里教书，哪个不念他的好？他教了那么多学生，养了那么多儿孙，一窝稻子里就出了你一个稗子。"

"表哥，老话说一个鸡蛋吃不饱，一身臭名背到老。我犯了错，让人戳脊梁骨是我活该，可我真不敢再犯浑咧。我当着我舅的面表态，我这次出来肯定好好做人，踏踏实实过日子。"说着，王太平便抄起一把剪刀，朝瘊子挥来。

吕富贵拦住他："你这是干啥？！"

"我把这颗瘊子剪了，让我舅做个见证，我是铁了心要改过自新。"

"行咧，多一颗瘊子不耽误你改过，少一颗瘊子也防不住你犯错。"吕富贵叹口气，语气放缓些许，"你大舅最疼你，别辜负了他。往后再敢干坏事，你大舅也饶不了你。"

王太平点头："我大舅的穴踏好了吗？"

"踏好咧，下午去打墓。"

"我也去，给我舅尽尽孝。"

吕富贵领着几个人走到桃园里的一处指定位置："就在这儿打，辛苦几位咧。"

"表哥，"王太平摸摸脑袋，疑惑问道，"我好几年没来咧，一下子想不起来我外爷的墓在哪达。"

吕富贵指着远处："往前五十米，就是你外爷的墓。"

"我记得大舅说咱吕家先人是大户，宋代出了个吕氏四贤，有名得很。我外爷是不是葬在吕氏四兄弟旁边咧？"

"咱哪有资格葬人家旁边，咱家先人是吕氏四贤的远亲，给他家看坟守墓的。"

"啊？"王太平震惊，"咱是给人守墓的？"

"不光先人，咱世世代代都给人守墓，一直到解放前。当年吕氏兄弟为了感谢咱家，让咱耕种这墓园里的地。咱也不能白耕人家的地，每年初一家族祭祀结束，作为守墓人也得给主家做顿饭，算作回报。两个家族礼尚往来，和气得很。"

"这吕氏四贤还挺讲道理。"

"那当然，吕家是名门望族，兄弟四个全都金榜题名，门风正，有学问。秦川的碑林知道不？就是吕氏兄弟创建的。还有咱这儿传承千年的乡约，那也是吕氏兄弟写的。有空你也好好读读。"

"我没文化，哪读得懂。"王太平讪讪一笑，"表哥，他们葬在哪儿？"

"你问这干啥？"

"我想得空拜拜这吕氏四贤，沾沾正气。"

吕富贵虽心有疑惑，但见王太平神色认真，便顿了顿，回忆起来："这吕氏家族墓里葬了几十户吕家后人，你要问我哪个是吕家四兄弟的墓，我说不上来……我记得小时候我爷说过，桃园的西南边是吕氏家庙，沿家庙往东走，是神道，神道的尽头就是吕氏四兄弟的墓葬。"

"这大户就是大户，还有家庙咧。等我以后发了财，也给我舅建个家庙。"王太平在心中默默记下，又不敢问得太细，只得转移话题，又一脸真诚地看着吕富贵，"表哥，家里事多你回去忙吧，我在这儿盯着。"

"不行，这墓没打完，晚上得有人守着。守墓不能大意，前年我村死了人，他侄守墓睡着了，结果有人偷着往里扔了一头死猪，不吉利得很，主家连夜重新打了墓。"

"你就当给我一个尽孝心的机会，我保证一只虫子都不让它飞进来。"

见他如此诚心，吕富贵想了想，点头同意："行，晚上天冷，你多穿点。"

## 第四十六章 盗祖

桃园的墓已经打到了一半，但天色太晚，其他人都走了，只留王太平在原地。夜里风一吹，他不禁打了个寒战，心又焦，只好来回踱步。

不远处，三束电筒的光骤然间射了过来，打在了王太平的脸上。

"干啥的？"一人大声呵斥。王太平眯了眯眼，辨认出他是白天见过的文保员冬生。

"是我，吕富贵的表弟，咱白天见过。"

宏福在旁边狐疑地打量他："大半夜你在这儿干啥？"

"我给我舅守墓，墓还没打完。"王太平故作关心，"你们巡逻咧？"

"是咧，你在这儿半天有没有看见可疑的人？"冬生瞅了瞅四周。

"别说人咧，连个兔子都没有。三位哥，要不上我这儿来抽根烟，谝一阵。"

宏福摆摆手："不抽咧，我们还得上前面巡一下，巡完赶紧回去钻被窝。"

王太平应声，见文保员们远去，这才拿出了手机。

另一边，砖窑办公室内。

手机声响，邢兆虎一看是王太平打来的，立马接起。

"咋样？"

"虎哥，文保员刚走，今晚不会再来咧，你们快来！"

邢兆虎挂断电话，立马吩咐办公室内其他人："抄家伙，去吕家寨！"

面包车停下，邢兆虎一行带着工具抵达桃园与王太平汇合。

王太平把他们引向家庙的位置："照我表哥的说法，这块是家庙，家庙再往东是神道，神道尽头就是吕氏家族墓。"

"你狗日的是不是听不懂人话？！"邢兆虎烦躁地啐了一口，"我让你摸清大墓位置，不是问你家庙、神道。"

王太平一脸为难："我不敢问得太细，再问下去我表哥就起疑心咧。"

邢兆虎瞪他一眼，道："山娃、五龙，沿着这条道往前探。"

二人忙提起洛阳铲，一铲下去，提起一兜土。见土质无异常，继续向前。

邢兆虎见王太平呆呆地站在一旁，塞给他一把洛阳铲："五花土会看不？"

王太平摇头。

"山娃，你教他。"

"好。"山娃点点头，指挥起王太平，"你先铲一提土上来。"

王太平犹豫着，不敢下铲。

"不会看土，难道连下铲子都不会？"山娃皱起眉。

邢兆虎一脚踢过去："我看他不是不会干，是不想干！"

"我把知道的都说咧，你们挖你们的，我就当没看见。"王太平急急辩解，又小声嗫嚅道，"我今天才知道我家先人是给吕氏守墓的，我怕先人怪罪，你们能不能放过我？"

"给他守了上千年的墓还没守够？贱骨头，活该你日子烂包。"

王太平一看邢兆虎那吃人的眼神，不敢再说什么，只得乖乖拿起了洛阳铲。

夜色渐渐淡去，东方晨辉升起。探了一夜，邢兆虎一行终于找到了大墓。

邢兆虎提起铲上的土，瞅了瞅："是五花土，我看就是这片了，山娃做标记。"

山娃闻声立刻搬来了一堆杂草，覆在上面。

"今晚动手，"邢兆虎看着王太平，"你狗日的别掉链子！"

王太平畏畏缩缩地点头。

待邢兆虎几人散去，王太平又乏又怕，踉踉跄跄地跑回了吕家灵堂，神情恍惚，嘴唇发白，跨门槛的时候险些摔倒。

"太平，你咋咧？"吕富贵回头望他，"咋看着这么累。"

"没咋，夜里降温，暖和一会就好咧。"

"过来给你舅烧烧纸，念叨念叨。"

吕富贵给他挪出位置，把纸钱递给他。王太平看着舅舅的黑白遗像，颤着手点上纸钱："舅，你别怪我，我心不坏……"

"大，太平孝顺得很，给你守了一晚上的墓。他现在学好了，你在天上一定好好保佑他。"吕富贵在一旁满脸关切，"太平，你也放心，你舅啥都知道，啥也看得见。"

听到他这番宽慰的话，王太平反而后背发凉，不敢吭声，甚至也不敢抬头与吕富贵对视一眼。

回到厢房，王太平睡着了。

恍惚中，一个人朝他走来，他看不清那人的长相，只见一双手影影绰绰地掐住了他的脖颈，还伴有窸窸窣窣的轻蔑笑声。紧接着，他的呼吸越来越急促……

就像在黑暗中越陷越深，跌落到无底的深渊中，永无止境地下坠……

"啊！！！"

王太平吓得大叫一声，鲤鱼打挺似的坐起。他不住喘着气，后背早已被冷汗浸湿。

还好，还好是梦……还好是梦。

"你咋咧？"王太平这才看清是妻子来了。

"没咋，"王太平努力平复心情，"你咋来咧？"

"我来吊唁，"妻子见他神色不对，挑起眉观察他，"王太平……你是不是有事瞒着我？"

王太平干笑两声："你浑身都是心眼子，我有啥瞒得住你。"

"我看你不对劲，心虚得很。"王妻余光一瞥，瞬间掏出他的手机，"你啥时候有手机咧？"

王太平一惊，吞咽口水："这……这是我老板给的。"

"你出去这才几天，就找到活咧？啥老板这么大方，还给你发手机？"

"好媳妇，把手机给我，我回去还得还给老板。"

"我不给，"她翻看起他的手机，声音立刻提高几度，"虎哥是谁，咋老给你打电话？我现在给他打电话问问，他是不是野女人，跟你是啥关系。"

王太平急了，准备夺回手机："死婆娘，别给脸不要脸，这是咱舅家！"

妻子一个闪躲："你肯定心里有鬼！"

夫妇俩正你争我夺时，吕富贵闻声进来了："你俩吵啥？"

王妻立马开口："表哥，王太平他……"

谁料就在她打算告状时，王太平顺势夺回手机，又假笑起来："没事，表哥，你忙你的。"

妻子恨恨地剜了他一眼："回去我再跟你算账！"

"太平，我看你脸色不好，今晚换你表侄去守墓。"

听到吕富贵的话，王太平连连说："不用，我能行！"

夜晚，桃园深处，顺着探眼，五龙往里塞炸药。

王太平捂着耳朵站在一旁，忽然间远处村里传来一阵鞭炮声，他吓得一激灵，当下双膝一软，跪了下去。

"舅啊！"

"你个丧门星，"邢兆虎瞪他，"又咋咧？"

294

王太平吓得像丢了魂："这是我舅灵堂放鞭炮，早上我舅要出殡，他准是知道我来盗墓，让我收手咧。"

"瓜俅，这个世上只有一种鬼，叫穷鬼，说的就是你。"邢兆虎啐了一口，"放鞭是好事，正好掩护咱，五龙赶紧点炮。"

五龙立马点燃引线，白烟升起，一阵噼里啪啦的声响。

烟散后，山娃将鼓风机的管子扔进去，一边吹出里面的空气。五龙和山娃依次下洞，邢兆虎则留在上面，负责提土，拉人，拉货。

王太平还在害怕，哆嗦个不停。

邢兆虎扇了他一巴掌："大痞子，你真是个瓷锤！这墓是不是姓吕，你外爷是不是姓吕？"

"是，是咧。"

"那这墓就是你家的，拿自家东西混个肚圆，天经地义。我们赚了钱少不了你的，去那边好好守着，给我们望风，知道不？"

王太平捂着脸，点了点头，往地边走去。

山娃已在地表下约十二米的位置落地，往前走几步，有一个五龙刨开的入口。

"哥，从这口进！"五龙在里面喊。

山娃于是依照他的路线，经由入口进了墓室。

墓室呈规整的南北向长方形，四壁基本竖直。拱顶保存较好，底面踩踏平整。墓室内填充较松散的黄褐色五花土，并有塌土及大量淤土，不见葬具及墓主遗骸。

墙角处，一堆陪葬品埋在土里，只露一角。山娃清理干净浮土，见里面露出砚台、石壶、青铜簋、青铜盆、青铜镜、鎏金铜佛像等，折射着幽暗的光。再往另一个角落里走，那里积着一堆瓷器，他抑制住内心的激动，强行让自己冷静一些，粗略一数，有几十件。

这下他难掩兴奋，忙冲洞外大喊："哥，有瓷器！"

不多时，墓里的值钱东西已经被全部吊了上来，山娃和五龙也先后回到了地面。

邢兆虎贪婪地翻着蛇皮袋里的货，大喜："兄弟们，咱发了！"

"虎哥，"山娃问道，"这宋墓里咋还有青铜器？"

"管这干啥，给你啥就拿啥。"

"看这件！"五龙翻出一件折耳带盖铜鼎，"这上面还有字咧。"

邢兆虎眯眼认了半天，就认出几个字："啥……元年十一月……啥啥承务郎。"

"啥意思?"

"我猜这个墓主是个承议郎。"

"承议郎是啥?"

"你问我我问谁?"邢兆虎不准备再理睬五龙的追问,翻了个白眼,"宋瓷呢?"

山娃指了指身旁的袋子:"这个袋子里。"

山娃翻开袋子,邢兆虎打开一个鞋盒,里面是个青釉刻花花口瓶,釉色莹润,一看就是佳品。紧接着,他又拿起一件钵,擦干净后,看出那钵是葵口镶银扣,钵内壁以及内底都刻有折枝牡丹纹,外壁是缠枝牡丹纹,纹饰十分精美,釉色明亮。

"美得很!"邢兆虎两眼放光。

五龙搓搓手上前:"哥,这玩意儿值多少钱?"

"说不好,得有个几万。"邢兆虎压下嘴角笑意,故作镇定,"走,回去慢慢看!"

清晨,浓浓山雾在灵堂外飘荡,像是欲将人永远笼罩在这片死寂中。尖锐刺耳的哀乐声起,孝子们跪在两旁,亲友们或焚香或烧纸,祭拜于香案前。

吕富贵端着一碗饭,绕灵柩一周,然后将碗打碎,嘴里念叨:"大,别再吃阳间饭,有碗到阴间去吃。我会记住你的话,好好教育后辈,绝对不会辱没吕氏家风,你就安心上路吧。"

八个身强力壮的乡邻进来,准备抬柩起灵。

"富贵,我们起灵咧。"

"再等一下,"吕富贵往人群中张望几下,"我表弟还没回来。"

"他是不是把起灵的时辰忘咧?"

"不能,我表弟孝顺,这事不能忘。"

话音刚落,有个文保员急急忙忙跑了进来:"富贵,出事咧!我早起巡逻,看见你表弟晕倒咧。"

吕富贵随乡邻跑到了新打好的墓旁,只见王太平直挺挺地躺在地上,脸色发白,冒着冷汗。

"太平!"他顿时大呼,"你这是咋咧?"

王太平嘴巴微弱翕动,似乎在说着什么,吕富贵忙俯下身去听:"错咧……错咧……天经地义……"

"啥天经地义……哎呀,你这是着凉咧,烧糊涂咧。"吕富贵没多想,直朝身旁其他人招手,"乡邻们搭把手,帮帮忙,把我表弟抬回去。"

几个人忙把他抬起走了。

"错咧,不该,不该的……"

王太平的呓语仍回荡在空寂山林中。

方堃、雒青和郭士林三人来到了项昕之的家中,将河卵石遗迹的照片拿给她看。

"师母,铺着河卵石的遗迹一共有三处,这是三十多年前薄太后陵边发现的,昝教授参与过发掘。"方堃指着照片介绍道,"这是井里发现的,还有一处在当年出土黑陶俑的地里,现在已经找不到了。"

"井离黑陶俑的出土地有多远?"

"不远,直线距离大概五十米。"

项昕之想了想,道:"上次你问完笔记的事,我和几个老朋友也联系了,大家都说没见过这种铺石,但推测是某种建筑遗迹。当年黑陶俑盗洞争议很大,我倾向于这底下是一座高等级墓葬。现在这个东西出来,我的怀疑又加重了一层——如果是人的墓,这个人和薄太后有没有关系?"

"当年学界有人提出,这底下有可能是薄太后女儿的墓。"雒青补充。

"具体是谁,未可知,我们也不敢妄下结论。"项昕之神色严肃,"我的建议是继续围着黑陶俑盗洞,在尹村这一片做更细致的踏查,看看能不能找到更直接的证据。"

郭士林点头:"这个事我会跟我们所长汇报。"

"方堃和雒青呢?"项昕之又舒展眉眼,笑了笑,"不参与咧?"

"我的假期快结束了,还得回省院。"

"我也得回榆塞。"

"唉,一个个跟燕儿一样,又飞走咧。"项昕之叹口气,站起来,"方堃,士林,你俩今天都不许走,陪我吃个饭,我最近学了几道菜,你们就给我当一回小白鼠。"

"能行。"

厨房中,项昕之手忙脚乱,雒青在给她打下手。

"师母,我在你家住了这么久,还是头回见您在厨房这么'大动干戈'。"

"你可不要笑话你师母,老昝在的时候,除了平头铲和三角铲,锅铲我是一下也没动过。家里开火,都是老昝的事。"

"师母好命,昝教授手艺那么好,师母太有口福了。"

"你俩呢?"项昕之索性顺着她的话揶揄起来,"别以为师母不知道,当初你来秦川很大一部分原因是……"

雒青急急打断："吃一堑,长一智。"

"真的一点想法都没有?"

"智者不入爱河。"

"你俩咋样?"客厅里,郭士林手上剥着蒜,嘴巴却没闲着,和方堃扯着八卦。

"啥咋样?"

"别装蒜,旧情复燃没?别枉费了兄弟这番苦心。"

方堃摇摇头:"没戏,你这番苦心以后用在自己身上吧,别给我俩丝瓜秧子瞎搭架咧。"

"她拒绝你咧?"

"我没跟她提。"

郭士林一听,原本提着的一颗心顿时放下来,骂骂咧咧斜他一眼:"怂式子,我还以为你是头狼,合着是只羊。"

"激将法对我也没用,这事我盘过了,我回榆塞,她在省院,隔着千山万水,对她不公平。"方堃耸肩,"再说,我摸不透她的想法,万一人家没看上我呢?"

"瓜不瓜,"郭士林无奈地说道,"当年她来秦川不就是为了你?"

"当年是当年,现在都奔三了,得为以后想。嫁人不嫁考古郎,十年生死两茫茫。挖墓葬,开探方,穷乡野岭无处话凄凉。纵使相逢亦不知,尘满面,土飞扬。"方堃自嘲地笑了笑。

郭士林捧腹:"还怪贴切咧,我再给你补两句:嫁人莫嫁考古郎,穷困潦倒,梦里住洋房。天天就排小纸片,不赚钱,愁断肠。"

"确实啊!不愧是结过婚的人,照你这么说,我更不应该结婚祸害人家姑娘了。"

"我可不是这意思,你看我跟我媳妇,虽然老没时间见,但一见面感情更好。心里有人家,啥问题都不叫问题,关键还是看你这里……"他意味深长地戳了戳方堃的心口窝。

方堃没说话,继续剥着蒜,若有所思。

## 第四十七章 轻敌

"生哥，丢盹咧？"

刘树生躺在太师椅上，脸上扣着一本《中国古陶瓷图典》，忽然间耳旁响起一个熟悉的声音。

他掀开书一看，是邢兆虎。

"放屁，我在看书，在学习！"

"得了吧哥，我都听你打半天呼噜咧。"

"别扯淡，"刘树生白他一眼，"来干啥？"

"给你带来个宝贝。"

说着，邢兆虎眯眼一笑，从怀里掏出青釉刻花花口瓶递给他。

刘树生摸了摸："哪儿来的？"

"兄弟最近走运，起了个宋代大墓，得了不少宋瓷。"

"还你妈宋瓷，做梦吧你。就这货，顶多值二十。"

"哥，这绝对是真品。吕氏家族墓知道不？他家兄弟几个全是牛人，其中有个叫吕大临，我挖的就是他家的墓。"邢兆虎挤眉弄眼，一副邀功模样。

刘树生冷笑，从身侧的一摞书中抽出来一本《考古图》。

"关公面前耍大刀！不就是吕大临吗，我咋不知道？这《考古图》就是他写的。我问问你，你听说过这吕氏家族墓被盗吗？"

邢兆虎摇头。

"你知道为啥宋瓷稀缺不？"

邢兆虎又摇头。

"因为宋代流行烧纸钱，人家陪葬的都是纸钱、纸马、纸衣裳，就连皇帝都带头烧纸钱。就算有人拿真东西陪葬，你当宋元那帮祖师爷是吃干饭的？这吕氏家族墓要是真有好东西，早就被盗空了，还轮得着你？"

听到他这番话，邢兆虎心里有所动摇，但还是不愿相信，弱弱辩解道："哥，墓是我亲自挖的，这瓷器绝对是宋瓷，不可能有假……"

"狗日的真是记吃不记打，商邑那墓是不是你亲自挖的？还不是照样让人骗！"提起这事，刘树生就来气，险些没忍住给他一脚。

"这回真不一样！"邢兆虎急了，"我亲自踩的点，亲自炸的洞，亲自下的坑，绝对不会有假。我那儿还有好几十件瓷器和青铜，我谁都没给看，直接来找的你，咱肥水不流外人田。"

刘树生啪的一下敲在邢兆虎头上："你真是蠢到家咧！青铜是啥时候的文物？"

邢兆虎愣了一下："周？"

"周的文物都跑到宋墓去了，这他妈还不是假墓？"

邢兆虎这下真蒙了："不……不能吧？"

"你个孬种，我看你是诚心拿这破玩意儿来耍我。"

刘树生抄起瓷碗就要扔，被邢兆虎一把拦住。

"别别别，生哥别动气，我这就拿走！"他连连求饶，弯下了腰。

刘树生愤愤然横他一眼，不耐烦地从那一摞书中翻出一本《文物常识讲义》，扔给了他："好好给我看看，脑袋倒是大得很，一点文化都不存，活该你狗日的上当。"

邢兆虎被他凶了一通，尚处巨大的震惊和失望中，不敢再多说什么，只好灰溜溜地带着满腹疑问离开。

秦川南市，未名轩。

穆见晖正盘点着店里的货，头一瞥，正好看见邢兆虎从门前走过。他向外探头，见邢兆虎背着一个包。

"李全！"他朝身后大喊一声。

店员李全连忙过来："咋咧，老板？"

穆见晖指着邢兆虎的背影："你跟着那个人，看他去哪儿，是不是出货。"

李全忙跟了上去。

邢兆虎进了博文斋，四处打量。

"兄弟想买个啥？"洪老板迎了上来。

邢兆虎拍了拍包裹："我不是来买的。"

洪老板盯着包裹思量片刻，已然会意："啥东西？"

邢兆虎左右张望，见四下无人，才战战兢兢掏出那个青釉刻花花口瓶，试探着问："这货色咋样？"

洪老板拿出放大镜仔细端详，半天不语。

"你这是啥意思？"邢兆虎慌了，"要不要的，给句话。"

"这东西哪儿来的？"

邢兆虎张了张嘴，还没来得及回答，李全便走了进来。

"洪老板，我家印台用完咧，我来跟你借个红印台。"

"这个老穆啬皮得很，亏他赚那么些钱，连个印台都管我借。"

洪老板念叨了几句，转身去拿印台，邢兆虎趁机赶紧把花瓶收起。

李全看着他的小动作，眉毛微动，但未言语，接过洪老板的印台便离开了。

把李全打发走后，洪老板转身一看花瓶没了，忙道："呀，你咋收那么快？"

"你没诚意，我不卖咧。"

"谁说我没诚意，五万卖不卖？"

五万……看来这个花瓶铁定是真的宋瓷！

邢兆虎一听出价，心里顿时有底了。但他不动声色，只是沉了口气，故意摇头："太低咧，我这可是宋瓷。"

李全贴着博文斋门口听了两句，见邢兆虎往外走，赶紧小跑溜回了未名轩。

"老板你猜对了，那人就是来出货的！"

"出的啥？"穆见晖忙问。

"是个花瓶，听他口风是件宋瓷。"

"洪老板出价多少？"

"五万。"

"洪老板要是出五万，说明起码得值十万……"穆见晖一盘算，觉得这事不简单，又问，"那件宋瓷长啥样？"

"瓶口很小很短，开口像盛开的花一样。瓶身很大，得有个二十厘米高，还刻着花纹，釉色是青釉。"

穆见晖略一沉思，道："听上去像是耀州瓷，耀州瓷盘和碗居多，瓶类少得很，看来这个邢兆虎是淘到好东西咧。"

夜深人静时分，穆见晖又来到废品回收站找黎远光。

"你知道邢兆虎最近忙啥不？"刚一进门，他便朝黎远光发问。

"我跟他没打啥交道。"

"你不是跟山娃交好？"

"谈不上交好，有一阵他管我借过钱。我光知道山娃一直跟着邢兆虎，这两年没起啥大货，手头不富裕。要不是邢兆虎有个砖窑顶着，日子也是有今天没明天。"

听完这番话，穆见晖沉默片刻，道："他的砖窑在哪达，你带我走一趟。"

与此同时，砖窑办公室内的灯仍未熄灭。

邢兆虎桌边摆着一个蛇皮袋，里面正是他在吕氏家族墓盗掘的瓷器。他翻来覆去地在手中摆弄，越看越欢喜，竟不觉已到深夜。

"虎哥，一个瓷瓶就五万，那咱这些能值一百万吗？"山娃也在一旁眼冒金光。

"说不好，我今天拿的花瓶一看就是好货，咱这还有次的，质量参差不齐，到底值多少钱咱也不知道，沉沉气，多问上几家。"

"说得对，好饭不怕晚。"

山娃刚笑眯眯说完，却听见吱呀一声，门被打开了。

"虎娃兄弟。"

穆见晖推门进来，他身后紧跟着面无表情的黎远光。

山娃忙把蛇皮袋拉上，遮住瓷器。

邢兆虎一愣，没好气道："这不是未名轩的穆老板吗？是我记性不好，还是你记性不好，你啥时候成了我兄弟？我印象里咱是死对头、老冤家，结着死仇咧。"

"虎娃兄弟，咱都是买卖人，哪有啥隔夜仇。"穆见晖一笑，"我开门见山，听说虎娃兄弟起了一坑大货。"

邢兆虎一扯嘴角，揶揄起来："你是属狗的吧，鼻子还挺灵。"

穆见晖却神态自若，丝毫不恼："都让我闻见味了，那就让我开开眼。"

"真有意思，你想看我就让你看？"

"老弟，之前的梁子过去了，咱都得向钱看。钱是老大，咱们都是小弟。"

穆见晖淡淡说着，故意顿了顿："我是带着诚意来的，你可以不给我面子，要是不给钱面子那就说不过去咧。"

说罢，他紧紧盯着邢兆虎，看邢兆虎他给了山娃一个眼色，示意后者打开蛇皮袋。

袋里若干瓷器一下子全部展露于穆见晖面前，纵然他面上强装镇定，内心仍颇为震撼。

穆见晖不动声色地端详着每样瓷器，直至拿起那件银扣青釉葵口钵，忍不住多看了两眼。

邢兆虎见他看得专心，连忙抢过钵，拉上了蛇皮袋："看也看了，我倒想听听你的诚意。"

"五百万，我全要。"

黎远光一愣，难以置信地看向穆见晖。

山娃一听这个价，也是惊得大气不敢喘，犹疑着瞅邢兆虎。

邢兆虎猛地深呼吸，几乎是拼命压住了心头激动，但为了不被穆见晖看扁，还是嘴硬："真当我邢兆虎跟你一样见钱眼开？猪都知道不吃昧心食，你连自家人的坑都敢滤，还不如个猪。别说五百万，就是五千万也不卖给你。"

黎远光看不过去，作势要打邢兆虎："嘴巴干净点！"

"炮手，靠边。"穆见晖忙喝住黎远光。

"炮手，你狗日的也别张狂。风水轮流转，我邢兆虎又行咧，倒是你两个黑心贼，夜路走多了总有一天会撞鬼。"邢兆虎被黎远光的态度一激，骂骂咧咧地摆手，"滚蛋，不送！"

"虎娃兄弟，你别见怪，还是那句话，咱们成天把脑袋别在裤腰带上，说到底也是为了几两碎银，跟谁过不去也别跟钱过不去。"穆见晖赔笑说道，从包里取出了一沓钱，"这是五万块钱，算我的诚意，你给我十天时间，我凑五百万，要是这十天里你寻见比我出价更高的主，你随时卖。你看这样得行？"

邢兆虎眼馋地瞥着那厚实的五万块钱，和山娃互相看了看。

"我要是卖给其他人了，这钱还退不退？"他眼珠一转，挑了挑眉。

"不用退。"

邢兆虎这才拿过钱："你有句话倒是说得没毛病，没人跟钱过不去。那我就宰相肚里撑回船，把你过去那些恶心事先放一放。但是丑话说前头，能不能买到我这批货，就看你的造化了。"

出了砖窑，一上车，黎远光终于忍不住向穆见晖发起牢骚："哥，咱为啥非得受那个烂怂这号气？还五百万，给他脸了，就他那些破烂。"

穆见晖却笑出了声。

黎远光困惑："哥，叫那货囔了半天，还搭了五万，你咋还笑得出来。"

"我终于寻见能入赵佑林眼的货了，为啥不笑。"

"就邢兆虎这批货？"

"你看到那件带银扣的青釉葵口钵了吗？镶银扣的宋瓷我还是头回见，我敢打赌，赵佑林肯定也没见过。"

"哥，你不了解邢兆虎那烂包孬种，"黎远光摇头，"他肯定会把五万昧下，最后货还不卖咱。"

"他不卖，我就想办法让他卖，"穆见晖意味深长地凝视着车前望不到头的黑暗，"秦州地界的古董文物只有我看不上的，没有我得不到的。"

"可就算他卖，咱也凑不上这五百万啊。"

"空头支票谁不会开，到时候就不是这个数咧。"

"哥，我真听不懂了，"黎远光听得云里雾里，"五百万他都不卖，还能贱卖给咱？"

"小光，可能我没有你了解邢兆虎，但我了解人性。你觉得这批货值五百万吗？"

黎远光想了想："穆哥都觉得值五百万，那肯定远高于这个价。"

"那就对了，邢兆虎也是这么想的。"

"可是邢兆虎四六不懂，洪老板才给他开五万，咱为啥抬价，一下就把底漏给他？"

"你说得对，邢兆虎啥也不懂，当了这么多年腿子，估计五百万见都没见过。听了我出的价，心估计都飘到天上去了，保不准这会儿就急着到处打听买主去了，这批货的风马上就会被他散到黑市上。"

穆见晖嘴角笑意愈浓："稽查队本身就在盯宋瓷，过不了几天就能嗅到味儿。一旦被稽查队盯上，他的货只会变成烫手山芋，没人敢收，除了降价，他还有别的路走吗？"

黎远光顿时了然，不由得对穆见晖更多了几分佩服，但转念一想，又担忧道："别人不敢收，咱就敢收吗？"

"别人是别人，赵佑林是赵佑林，别人不敢收的货，他赵佑林未必不敢。"

"哥，你这招高归高，可是风险太大，万一他连人带货都进去了咋办？"

"所以要做两手打算。小光，你联系几个弟兄，备好工具，过几天准备下坑。"

"下哪个坑？"

"邢兆虎从哪个坑弄的这批货，咱就下哪个坑。"

"他会告诉咱们？"

"他不会说，"穆见晖眸光一闪，"但有人会说的。"

穆见晖一走，山娃立刻坐不住了。

"虎哥，五百万，咱说不要就不要咧？咱是跟姓穆的有仇，可别跟钱过不去啊。"山娃心有不甘。

"瓜娃，听话听音。"邢兆虎剜了他一眼，"穆见晖是啥人，狗日的眼毒得很，整个关中没人比得上。他敢开五百万，那就说明这些货起码值上千万，再加上那批青铜器，一千多万没有任何麻达。皇帝女儿不愁嫁，咱手里握着宝贝，咱就是爷，想卖谁就卖谁。"

山娃恍然大悟："对咧，我咋没想到这一层！"

"你要能想到还用得着给我当腿子？"邢兆虎得意一笑,"不过你这腿子也快当到头咧。跟了我这么些年够仗义,我亏待不了你。"

山娃合不拢嘴:"我长这么大,别说百万、千万,十万都没见过。我也不求多,虎哥分我几十万我就知足咧。回家起个二层,再买辆车,咱也算没白在秦川城混。"

"就这点出息？哥要真卖出千万,反手甩你一个别墅,那个枫叶苑别墅美气不美气？整一套！咱也学学人家大老板,找个美女,来个金屋藏娇。"

美梦做到一半,山娃忽然想起什么,嘴边压不住的笑登时烟消云散,又犯起了愁:"虎哥,咱要不跟生哥那边通个气？"

邢兆虎一听,气得一拍桌板:"我抱着东西去找他,他非说东西是假的,字认得还没我多,非要毛猴子戴眼镜——愣充文化人,给我讲宋墓,讲陪葬。说我没文化,我看他才是看书看傻咧！"

"平时咱起了货都是找他出,这次要是背着他卖了,他那狗脾气一上来还不把咱吃咧？"

"成百上千万,他刘树生能出得起？不是咱不仗义,是这好东西跟他没缘分。你也甭怕他,咱这单买卖做完,立马金盆洗手。这挖坟掘墓的事,我早就干够咧。"

"得行。"

## 第四十八章 心声

院子里，或黄或红的树叶掉了一地，如同颜料泼在水泥地上，混合晕染了单调、冷寂而坚硬的黑灰色。倏尔，枯叶发出沙沙声响。

声音越来越近，直到门板上传来两声轻叩。

何小凤来开门，映入眼帘的是手里拎着礼品的穆见晖。

"姐夫？"

"听说生娃最近心里木乱，我来看看他。"

穆见晖彬彬有礼地和善一笑，何小凤闻言，却唉声叹气："是木乱，人都瘦了好几圈，这几年生意越来越难，都快把他压垮了。我成天跟他说，跟咱姐夫是一家人，打断骨头连着筋，都在一行里，难免有个你风势高他风势低的时候，互相拉一把，打虎亲兄弟嘛。"

"这话在理，只要生娃肯，钱咱自家赚，也比让别人挣去强嘛。"

"对着哩！"有穆见晖这句话，何小凤笑开了眼，快速接过礼，又朝他身后张望，"姐夫你太客气了，都是自家人，还拿啥东西。我姐呢，咋没一起来？"

"她身子沉，不方便。"

"哎呀，我老跟生娃说去看看姐，生娃怕我们动静大，打扰姐安胎。等回头生了，我去伺候姐。"

"有人伺候，自家人，没那么多讲究。"

两人有说有笑地进屋。

客厅里，刘树生正在蒲团上打坐，早已听见穆见晖的声音。见二人走近，他没好气地瞥向何小凤："啥人都往家里迎，啥东西都收，毒人送的东西你就不怕有毒。"

何小凤忙踢了他一脚，又朝穆见晖赔笑："姐夫，你别见怪，这人就是刀子嘴豆腐心。"

穆见晖面上却不在意："生娃肯定还为前一向的误会怨我呢，我也有打眼的时候嘛。"

"来我家干啥？"刘树生瞪他，"有屁快放。"

"知道你亏了不少钱，我跟你姐心里都不好受。这不，正好眼下有个挣钱的事儿，想拉你一起干，让你回点本儿。"

闻言，刘树生轻蔑一笑："别逗了，挣钱的事你会想着我？"

"你不信我，总得信虎娃吧？"

"邢兆虎？"

"对啊，他新收了一批货，我看了，品相嫽得很。但是他要价五百万，我一个人吃不下，咱俩一起吃了，卖出以后绝对能翻几倍。"

刘树生哈哈大笑，笑到不得不停下打坐，揩了一把笑出来的眼泪，直直盯着穆见晖："穆见晖，我就说你黄鼠狼给鸡拜年没安好心，你真是与人不睦劝人盖屋，一肚烂肠子，还想哄我上当！没想到吧，我刘树生早就不是前一向的刘树生了，邢兆虎那批货我早就看过了，是假的！"

"假的？咋可能！我亲自上眼了，绝对是真的。"

"宋墓里能出宋瓷？你哄憨子去吧！你说这帮人，作假也不搞得真一些，把周代的青铜放进宋代墓，还说是啥吕氏家族墓出来的货，能把人牙笑掉。"

"吕氏家族墓？"穆见晖挑了挑眉，故作夸张惊讶状，"得是吕大临的那个吕家？"

"露馅了吧！你知道吕大临，还能不知道宋墓里出不了青铜器和宋瓷？摆明就是还嫌我上当不狠，想落井下石，把我一脚踩死。"

刘树生为自己识破他的诡计而沾沾自喜，指着他大声道："穆见晖，我姐现在肚里有娃了，我也是娃的舅，看在我外甥的分儿上，今天这事儿我就不跟你计较了。我劝你一句，别再耍心眼，不为你自己，也为我外甥积点德。下回再招我，别怪我翻脸不认人！"

"既然你不相信，我也没办法，树生，那这批货我就自己收了。"

刘树生仍然冷笑，穆见晖并非自讨没趣之人，便干脆利落地扬长而去。

等门一关上，何小凤疑惑地拍了拍刘树生："树生，你说他一而再再而三地哄咱有啥好处吗？虎娃那批货该不会是真货吧？"

"不可能，你男人最近熬夜点灯地看书，不是白看的，你咋一把年纪了脑子还这么干净，一点都不了解人性。恨人有，笑人无，懂不？穆见晖恨不得咱永世不得翻身才好。"

刘树生望了望窗户外刚打火往外开的车，眼底泛着冷意："你记住，以后这个碎怂的话就得反着听，他说是真的，就是假的，说是假的，就是真的。"

深夜，雒青和小白在房间里整理着踏查资料，把采集到的遗物标本装入标本袋，贴上标签，写清了采集时间和地点。

小白埋头认真写着，雒青在一旁扫了一眼他的笔记，笑了笑："小白，进步了啊，细心多了，可以出师了。"

"没有没有,还不能出师,我还有很多要跟雒老师学习的地方。"小白不好意思地咧嘴。

正说着,方堃拿着两个烤红薯走了进来:"辛苦了,给你们加个餐。"

"烤地瓜!"小白眼冒金光,"谢谢方老师!"他接过后,直接快速剥好一个,递给了雒青。

方堃将他的动作尽收眼底,言语没忍住带上了点酸溜溜的味道:"小白这一言一行、一举一动,咋看都像言情剧的男一号,硬是把咱们这土里来墓里去的日子,演成了偶像剧。"

"人家就是比你年轻比你帅,有啥办法。"雒青白了他一眼。

"你看你天天把人家娃熬得,嫩生生的白脸都快变成关公了。几点了,还不放娃睡觉去。"

"不行,雒老师不睡我怎么能睡呢!"小白听到他们的对话,忙说,"雒老师说了,每天的踏查都要详细做完笔记。"

"我今天精神,你去睡,我替你记。"方堃说。

"这不合适吧,方老师,"小白担忧道,"你怎么知道这些东西是什么时间、在哪里发现的呢?"

方堃张了张嘴,却无法反驳,只好在原地站着,目光左右游移。

这孩子……让他休息他还不乐意了,怎么就听不出话里的暗示呢!

找不到其他支走小白的借口,方堃内心万分焦急,面上仍勉强笑着,又不肯就此离开,只得在一旁默默看他俩专心工作。

"你怎么还没走?"雒青留意到方堃似乎有些局促不安,奇怪道,"你要没事就早点去睡啊。"

"我还不乏呢。"

"那……你自便吧。"

又等了一会儿,他们还未有收工动作,方堃实在熬不住了,索性趴在桌上睡着了。

刚整理完一批标本,雒青抬头伸了个懒腰,看了一眼方堃,见他穿得单薄,无奈笑了笑,起身给他披了条毯子。

次日一大早,方堃醒来时,雒青和小白已经去了黑陶俑盗洞附近继续踏查。

"你俩起来了咋不喊我!"方堃气喘吁吁地追了过来。

"你来干啥?"雒青停住脚步。

"给你们帮忙啊。"

"帮啥忙，你马上就回榆塞了，不赶紧回市里给你同事和你家丫头小雪、孙子骆五带点礼物。"

"早买好了。"方堃说罢，看了眼雒青，又飞快移开视线，伸手摸了摸脖子，似乎有话想说，但又不知该如何开口。

"方堃，你扭扭捏捏干啥呢？"雒青看出了他的不对劲，"得是有啥事？"

方堃没直接回答，却看了一眼小白，语气中分明透着些许幽怨："小白，你咋一天到晚挂在雒老师裤腰带上，她走哪儿你跟哪儿。"

"方老师，她是我老师，我不跟着她难道跟着你吗？"小白理直气壮地说。

方堃有些悻悻然，又闭上了嘴。

"方堃，"雒青不愿在原地耗时间，直截了当道，"你要真闲着没事，就把北边那一片踏查了。"

方堃只好慢吞吞地往北边挪动。

太阳西下，红光遍洒田埂，秋风送来阵阵凉意，直到昏暗树影要将整个人吞没。

方堃心不在焉地在北边走着，低头四顾有无陶片，却时不时抬头往雒青的方向看去，但小白始终和她寸步不离。

真像一块狗皮膏药啊！方堃在心中默默嫌弃。

黑嘴趴在窝棚前，正懒洋洋地假寐着。严守村此刻并不在，它得替主人守好这片土地。

突然，它耳朵竖起，警觉起身，朝不远处的田里发出警告意味的低吼。

藏在田里的河东人赵星星受到惊吓，忙举起手里的肉包子，讨好道："乖狗娃，别叫，给你吃肉包……"

没想到黑嘴叫得更凶了，边叫边作势要冲上去。赵星星吓得胡乱将手里的肉包投到黑嘴脚下，连滚带爬地跑了。

见他跑远，黑嘴才停下，嗅了嗅脚下的肉包子。

赵星星撒丫子跑到偏僻处才停下。这里停着一辆套牌面包车，三马和另外两个河东同伙冯四宝、大飞正坐在车里等他。

"吃了吗？"看到赵星星过来，三马忙问。

"不知道，应该吃了。"他喘着粗气，摆了摆手，"那狗可凶着呢，我扔了包子就跑，晚一步都得被它咬死。"

三马给了他一脚："连只狗都放不倒。"

"你行你去，看它咬不咬你！"

"天底下哪有不吃肉的狗,"冯四宝倒并不慌张,"咱再等个把钟头,风势稳了再张帆。"

大飞伸出一根手指,示意他们小声点,又指了指车窗外。

只见不远处,方垄、雏青和小白三人已结束了踏查,正在往回走。

方垄走在后面,看着小白跟雏青并肩走在前面,心里不是滋味。

经过窝棚边,雏青看到黑嘴趴着,特意绕过去逗它:"黑嘴,值班呢。"

黑嘴原本趴着,听到雏青的声音,努力地站起来摇着尾巴朝她走过去,却走得踉踉跄跄。

雏青笑了笑:"黑嘴,你咋跟喝醉了一样?"

"得是偷喝守村叔的酒了?"方垄也凑上前。

黑嘴走到他们跟前,却咕咚一下倒在了地上。

"喔喔喔!喔喔喔!"方垄抱着黑嘴来到坝柳兽医站,小白和雏青正焦急地敲门,声音急促激烈,如同鼓点。

兽医匆匆出来开门:"咋咧?"

方垄忙把黑嘴递给他看:"大夫,你瞅瞅这狗咋咧。"

兽医低头端详片刻,只见它口吐白沫,鼻子里有血流出。

"吃耗子药了。"

方垄几人震惊。

雏青的眼泪瞬间涌了出来,颤抖着问:"那还能救吗?"

"试试吧。"

月上树梢,野外空寂无人。三马和大飞正在地头挖洞,已经挖出了两米深,却怎么也挖不动了。

三马不由疑惑:"咋跟石头一样,挖不动。"

大飞也晃了晃手腕:"我也挖不动……"

赵星星探头一看:"是不是咱找的这地方不对?"

"错不了!"冯四宝朝洞里大喊,"你俩晚上没吃饭?上来!"

三马乖乖上来,换了冯四宝下去。冯四宝试了一下,发现也挖不动,又朝地上的三马喊:"锤子!"

三马立刻递给他一把锤子,他拿锤子砸铁锹,却同样砸不下去。

"是挖不动吧?"

"真他娘的倒霉,选的这破地方!"

大飞问:"现在咋办?"

"咋办?凉拌!"冯四宝啐了一口,"换地方呗,咋办!"

兽医站内。

黑嘴已经洗过胃，正躺在台子上打吊瓶。雏青守在它边上，温柔地摸着它的头，像哄婴儿那样安抚它。

一天奔波下来，小白已又累又乏，等待时索性直接趴在一旁睡着了。

"大夫说黑嘴没啥大问题了，再连打两天吊瓶基本就好了。"

方堃走了进来，把手放在黑嘴心口，稍微笑了笑："你看看，心跳都有劲了，鼻子也不干了。"

"幸好发现得早，洗胃洗得及时。"雏青心有余悸地叹了口气，"联系上守村叔了吗？"

"电话还没人接，我刚打电话让有粮伯去窝棚看了下，他还没回来。"

"能跑哪儿去……"说话间，她注意到方堃衣服上的污渍，便二话不说拿起自己的手巾伸手想帮他擦。

"刚才抱着黑嘴洗胃时它吐的，"方堃连忙摆手，"别把你的手巾弄脏了，我一会儿洗洗就行。"

他看了一眼睡得很香的小白，在雏青旁边坐下，欲言又止，神情十分拘谨。

她其实早看出来他这两天有话要说，趁这时没有其他人打扰，她索性主动开口关切道："明天一早的火车吧？东西都收拾好了吗？"

方堃点头。

"这儿我看着就行，你回去吧，换身干净衣服，也睡不了多长时间了。"

"就这么着急赶我走？"

方堃有点儿委屈。

雏青白他一眼，一如惯常数落他："好心当成驴肝肺。"

"这一走又不知道啥时候再见了，就没有一点舍不得？"

"我有啥舍不得的？多长时间再见，也都是由人定的，吃了绝情丹，失联几年的人又不是我。"

"你也没联系我啊。"

雏青被这话激得有点上头，别过头："你说走就走，我为什么要联系你？"

此话一出，方堃愣了愣，似乎明确了她的心意，便干脆捅破窗户纸："所以，你真的是为了我来的秦川？"

"是又怎么样？再聊当年有意义吗？"她并未否认，"当年不过是一场错觉。"

"错觉？"

"封闭环境下，荷尔蒙作祟导致的错觉。不过，据说我们女性跟你们男的大脑构造不一样，你们的边缘皮质和杏仁核大，可以快速地从那种错觉里脱离，所以你当时很潇洒，说走就走……"她嘴里快速蹦出一连串话，方堃被她说得有些蒙了，心里一时百味杂陈。

"我嘛，确实难受了一段时间，但是我们女性只要挺过那几个月过渡期，就不会再回头了。"末了，她扬起头，轻哼一声。

"等等……雒老师，你现在确实有一套，我受教了。"方堃理了理头绪，又道，"时间也不多了，我开门见山吧，当年是不是错觉不重要，重要的是现在！我觉得现在不是错觉，我喜欢你，比当年更喜欢！能不能再给我一次机会？"

在白炽灯刺眼的冷调光晕下，方堃眼里却如同闪烁着星辰，直直凝视她。

雒青差点被他这一通"直球"打晕，一时说不出话来。

就像一瞬间回到了好几年前，他和她寻找黑陶俑资料时，同时把手伸向了同一本书；又似在讨论问题时，他们总能心有默契地明白彼此想法，无须言语，仅一个眼神便能了解一切……

回忆闪烁着金光，这光渐渐与眼前的冷白光融为一体，晃得她有些睁不开眼，也有些不知所措。

很多东西光是放下便需要莫大勇气，而一旦放下，便没那么容易再拾起来……她心神恍惚，垂下了眼帘。

"不行……不行……"小白的声音响起。

两人看过去，才发现他在说梦话。

被小白的声音唤回现实，雒青收起思绪，故作轻松："方堃，咱俩都快三十的人了，你实际点，一个榆塞，一个秦川，咋在一起？"

"我既然能问你，就代表我已经前思后想过，你只管回答我我还有机会不？距离的问题交给我。"他走上前，两人的脚尖只间隔一块地砖。

雒青看他是说真格的，叹了口气，道："拉倒吧，想解决距离的问题，只能有一个人做牺牲。我不可能放下这边的事情去榆塞，都是考古人，己所不欲，勿施于人，我也不可能那么自私，让你放弃榆塞来这边。"

方堃还想说什么，雒青打断了他："不瞒你说，有时候无聊了我也想谈个恋爱，但是一想到谈恋爱带来的各种麻烦，我宁愿忍受寂寞，至少自由自在，想干啥干啥……我很喜欢我现在的生活状态。"

身边有太多朋友告诉过她，异地恋有多难坚持下去……他们都有自己的梦想，有自己想为之奋斗的事业，不能让这份感情束缚了彼此的脚步。他们理应在各自的天空自由翱翔，可以并肩，但无须相随。

她扬起一个笑容，向方堃伸出了手："继续做好朋友吧。"

方堃握住了她的手，向她传递着自己手心的温度："哪天想谈恋爱了，记得找我。"说罢，他转身离开。

雏青看着他的背影逐渐变小，一时呆愣，不知自己的选择是对是错。

## 第四十九章 揭秘

鸡鸣声起，不时传来狗吠声，天色已经微亮。

方堃轻声打开房门，提着行李蹑手蹑脚走了出来。

门上有什么晃了晃，他定睛一看，是挂着的一个袋子，里面装有一个漂亮的配饰，上附卡片：给骆五的，苟四赠。

读罢，他忍俊不禁，知道雏青回来了，回看了一眼她房间的方向，而后离开。

然而，雏青并未睡着，她一直在床上躺着，翻来覆去地胡思乱想。

"嘎吱——"方堃关门的声音从不远处传来，伴有越来越小的脚步声，随后就像一阵风吹走了似的，再也没有半点动静。

雏青忽然坐起来，透过纱窗向外张望。她知道此刻已看不见他的身影了，但她却还想看看那熹微的天光，那一摞摞灰石砌成的墙，那青黄交加的田埂……

方堃上了在齐有粮院子外一直等着的一辆车。

车在宁静的田间水泥路上缓缓行驶，方堃望着窗外的原上，脑海中涌上许多回忆，一时心情复杂。

突然，他瞧见路边沟里有个黑色的人影。

"老费，停一下。"

司机依言停车，方堃下车走到沟前一看——沟里躺着的竟然是严守村！

这是怎么回事？守村叔怎么倒在地上……

方堃赶紧蹲下查看严守村的情况，手指还未凑近他的鼻孔，他忽然发出一阵呼噜声。方堃提着的心刹那间放了下来，又摇晃起他："守村叔，守村叔……"

然而严守村睡得死沉，毫无反应。

方堃靠近一闻，闻到了一股浓烈的酒气，便知此刻是叫不醒他了。

"老费！"他朝司机喊道，"来搭把手。"

方堃和老费把醉成烂泥的严守村扶到窝棚里的床上，差点没累死。

"咋能把自己喝成这样！"老费啧啧道，"快走吧，别误了你的车。"

方堃也知时间不等人，正往外走，却不忘回身又看了严守村几眼。

"放心，方老师，这货没事。"老费继续宽慰。

安顿好严守村，方堃走出了窝棚，随意扫了眼周遭，却突然瞧见黑嘴的窝前还散落着两个包子，他再定睛一看，黑嘴的饭盆里分明还剩有不少饭菜。

难道……

他脑海中猛然闪过兽医那句话："吃耗子药了。"

方堃掰开包子一看，果然在里面发现了可疑的粉色颗粒。

"喂，齐队……是我，方堃。"他迅速拨通齐大仓的电话，"麻烦你来趟原上，守村叔这儿。"

老费见状，试探着问："方老师，还走不？"

方堃这才想起自己还得赶火车，然而，不等他仔细思考，不远处便传来小白焦急的呼叫声："雏老师……雏老师……"

"小白！"方堃连忙喊他，"咋咧？"

"雏老师不见了啦！"

方堃一惊："老费，你等我一会儿，我过去看看！"说着就朝小白跑了过去。

"啥情况？我刚出门的时候她还在呢，咋突然就不见了？"终于跑到了小白面前，方堃气都没顺就连忙开口。

"昨天晚上我在兽医站睡着了，雏老师早上起床过来找我，看到黑嘴已经醒了。兽医站不是有笼子嘛，雏老师就想着把它先放在兽医站……"

"你这娃，咋不从盘古开天地说起呢？"方堃听得着急，"挑重点说！"

"总之，我们安顿好黑嘴，雏老师就想在黑陶俑的盗洞附近再踏查一遍。当时我们两个人离得并不是很远，但是就一个眨眼的工夫，雏老师就像变魔术一样凭空消失了。"

"凭空消失？你得是拿我寻开心呢。就这点田地，一点遮挡都没有，那么大个人能凭空消失？你当是大变活人呢。"方堃气到发笑，眉毛高扬，一手叉腰，一手指了周围一圈。

"我发誓，真的凭空消失了！"小白也忧心忡忡，"方老师，这里那么多古墓，该不会是……有什么不干净的东西把雏老师带走了吧？"

"扯尿蛋！"方堃无语，"你指一下，人在哪儿不见的？"

小白指着一片地，操着自己的台湾腔："就那旮儿。"

"我过去看看，你回去再找几个人过来一起寻。"

话音未落，方堃拔腿就跑。

"雏青！……雏青！……"方堃绕着那片地边走边喊。

找了半天，还真是没找见。这下方堃彻底急了，扯着嗓子焦急地喊着雏青的名字。

"方堃……"

忽地,他似乎听到哪里传来隐隐的回应。他仔细辨听,那确实是雏青的声音。

"雏青!"

他立刻循着雏青的声音找过去,却发现眼前的地上有些不对劲,有很多被踩倒的庄稼,还有一些被扬过来的新土。直到止步于一个地洞,方堃才发现,雏青的声音正是从洞里传来的。

方堃趴在洞口一看,果然,雏青就在洞里。

他大喜过望,终于松了口气:"雏青,你咋掉进去的?有没有摔伤?"

"啥事没有。"雏青却显然没事,"你咋还在原上?不赶火车了?"

"这不是着急寻你呢。"

"我没事,你赶紧赶你的车去。"

方堃无奈失笑:"我总得先把你拉上来吧。"

"等会儿。"她挥挥手,蹲下去,拿着手电筒和铲子研究着什么。

方堃这才注意到洞的深度仅仅比雏青身高高少许,他吸了吸鼻子,还能闻到炸药味。

"这好像是新挖的盗洞,我怀疑昨天晚上黑嘴吃的耗子药就是盗墓贼下的,故意把黑嘴放倒,好挖洞。"他分析道。

"方堃,你下来。"

"我下去?"方堃感到莫名其妙,"那咱俩咋上来?"

"这个洞又不深,快下来,帮我看个东西。"

被雏青再三催促,方堃只好下到洞中。然而他毕竟个头大,刚一下来,狭窄的盗洞瞬间变得拥挤不堪,两人只能脸贴着脸,身子贴着身子,气氛一下变得尴尬不已。

雏青拿手电筒照着一个地方:"你看看这块的洞壁。"

方堃努力低下头,却只能看到雏青的衣服。这下更尴尬了,他连忙移开目光。

雏青也意识到了,只好红着脸努力往后挤了挤,腾出了一点点空隙。

方堃这才能借着手电筒的光看清洞壁。

雏青问:"你看看这像不像夯土?"

方堃低下头凑过去仔细看着,发现那处洞壁确实很像文化层。他努力俯身,顾不上跟雏青贴得更近的尴尬,用手轻轻擦拭洞壁。

须臾后,他激动起来:"是夯土!真的是夯土!"

雒青也开始激动:"这个夯土切面的最上端几乎是在地表层,这里出现地表夯土建筑,很可能就是——"

"陵园建筑!"两人异口同声。

方堃激动得忘乎所以,一把抱起雒青:"雒青,你太伟大了!"

雒青也很兴奋,与他对视,两人眼中皆是笑意。

"雒老师……"

小白的声音忽然从上面传来。

一下被拽回现实,方堃这才意识到失态,赶紧放下雒青。

面对小白和村民们的眼神,雒青也有些尴尬,忽然想起什么:"方堃,你不去榆塞了?"

方堃也猛然想起,一看表,索性做了决定:"拉倒吧,车都开走了。"

齐有粮已把黑嘴牵回窝棚。经过一夜的急救,黑嘴已经活蹦乱跳了,一看见严守村,马上扑到他脚边打滚撒娇。

严守村蹲下,一把抱住黑嘴,眼泪瞬间落了下来:"黑嘴,爷对不住你,差点就把你给害死咧。以后想吃肉包子了,我就是要饭也给你要去,可不敢再吃那些孬种给的咧!"

一同到来的杨青石不由皱眉:"守村,自从你搬到窝棚这达,这几年刮风、下雨、飘雪的,天气再烂,你都没有一黑来缺过岗,咋刚好盗墓贼来这天你就喝酒去了?"

严守村难得低着头,一句话都没说,似乎很是心虚。

齐大仓注意到了他神色的微妙,问他:"守村叔,你那天跟谁喝的酒?"

"我不说。"

"为啥不说?"

"我就不说。"

"那总得有个原因嘛。"

"你别问了,反正我打死都不说。"

齐大仓还想追问,却被齐有粮拦住:"别问了,这臭大粪只有一个人能挑得动。"

众人来到了严六爷的院子里。

严守村站到严六爷跟前,低着头,眼都不敢抬一下。而严六爷却一直盯着他,虽闭口不言,却不怒而威,眼神锐利如刃。

被盯得有些发怵,周围还围着许多人,严守村再也坚持不住,扑通一声跪下："伯，我错咧！"

他哭号着把事情交代了出来。

春花理发馆内。

严守村衣着立整，坐在凳子上等待，他一脸痴迷地看着理发馆的老板春花。她四十出头，打扮得花枝招展，衣着暴露，正在给一个五十多的男人刮脸，胸几乎要贴到人家脸上了。那客人趁机在她屁股上拧了一下。

春花扭捏笑骂道："狗日的，刮脸都不老实，也不怕我手一滑，一刀送你见你妈去。"

"这么翘，摸一把死都值咧。"客人油嘴滑舌。

春花给了他一拳："拾掇好了，赶紧给钱滚蛋。"

那人把钱塞进她屁股兜里，又揩了一把油。她一把从他口袋里又抢了二十块钱。

"哎……"

"摸一下十块。"

等男人走了，春花看向严守村，严守村顿时脸红了，赶紧低下头。

春花伸手朝他勾了勾，示意他过去在洗头池边躺下。

严守村解开一个胸扣，从衣服内口袋里掏了一会儿，掏出了几块巧克力，递给了她。

春花有些意外："我还以为给我掏钱呢。又不是碎娃了，还给我吃个屁的糖。"她随手打开了一个，一看，里面的巧克力已经被严守村的体温热化了。

"真是个瓜子。"嘴上虽然骂着，她却有些感动，又道，"老瓜子，咥饭了吗？"

"没有。"

"晚上吃了再走。"

"我还得回去巡逻呢。"

"宁给死人看坟，不陪活人吃饭，说你瓜你还不服气。随便你，过了这村，妹妹这门就不给你开了。"

听她这一嗔，严守村犹豫着改口："那……吃完饭再巡。"

春花笑了，摸着他的头："也不瓜嘛，咱是个灵醒老汉。"

到了晚上打烊，春花做了一桌好菜，穿得更少了。她拿出一瓶白酒，给严守村和自己满上。

严守村摆手："我还得巡逻呢，不能喝。"

"连酒都不喝，你还是男人不？"春花走到严守村跟前，把酒杯放进他手里,和他喝起了交杯酒,扶着酒杯将液体灌进了严守村嘴里。

喝罢,她又给他夹了一筷子肉,温柔道:"守村哥,吃肉。"

严守村刚吃完肉,酒杯已经再次被春花给满上了。

"真不能喝了。"

春花却娇嗔地看着他,朝他抛了个媚眼:"你不喝我喝。"

她一饮而尽,严守村也只好灌了一杯。

春花又给两人满上。

"我真不能喝了,"他急急说,"你也别喝了。"

孰知春花笑着笑着,却有两行清泪从颊边流了下来:"你别管,我就要喝。少给我来这套假的,你们男人,为了自己快活,多假的戏都能演出来。从我二十多岁守寡以后我就知道咧,这些年我要不是为了我娃,我陪你们演个屁!"她泪眼婆娑,又给自己满了一杯,一口下肚。

严守村无措,只好陪她喝着。

不多时,桌上那瓶白酒已经见底。

他喝得五迷三道,朦胧中,似乎看到春花褪去了罩衫,只穿着里面的裹胸吊带和超短裙,往他怀里挤了进来。

严守村腾地起身。

春花却再次抱了上来。

"我,我得去巡逻咧!"

他慌不择路,踉跄着往外走。

春花却从后面紧紧搂住了他,开始脱他的衣服:"装个屁,天底下的老狼一个样,装给谁看呢!"

严守村努力挣脱开,逃也似的跑走了。

春花愣在原地,好一会儿才回过神,喃喃道:"还真是个瓜子。"

严守村出了理发店,被冷风吹得稍微清醒了几分,但毕竟喝了那么多白酒,仍然晕晕乎乎的,骑着车子东摇西晃,一个不注意,便跌进了沟里。

一阵天旋地转后,他的视线越来越模糊,直到陷入一片黑暗中。

严六爷院子中。

齐大仓一行人等在门外许久,等到日上三竿,严六爷终于出来,言简意赅道:"去镇上的春花理发馆。"

理发馆内,春花正在给一个男人洗头。

齐大仓和周永福走了进来。

春花扫了他们一眼,娇俏一笑:"两个俊后生,剃头还是刮脸?"

"你的服务我们消受不起，"齐大仓冷冷道，"刘春花，28号那天，你得是跟尹村的严守村一起喝酒了？"

春花愣了。

客人不知情况，但见来人是警察，又神色严肃，便火速离开。这下店里再无其他人，春花只得乖乖接受齐大仓和周永福的问话。

"是喝了，咋了。"说着，她漫不经心地拧开一瓶指甲油，开始给自己涂指甲。

"你为啥要留严守村吃饭，睡觉？"齐大仓皱眉。

"我愿意，不行吗？"

"你愿意？严守村能给你多少钱？"

"啥钱？吃个饭睡个觉还得出钱，你把我当啥人了？"春花举止轻佻，甚至斜眼看齐大仓，漫不经心地说道。

齐大仓按捺不住烦躁，直接一拍桌板："刘春花，你再不好好配合，我就叫人认认真真查一下，你到底是个啥人！"

被他这么一呵斥，春花这才老实了，放下指甲油："确实有人给了我两百块钱，叫我陪严守村睡一觉。"

"什么人？"

"一个男的，三十多岁，说他是严守村的远房表外甥，心疼他舅打了一辈子光棍，想让他快活一下。可惜他舅是个瓜子，光吃饭喝酒了，我都抱上他要脱他衣服了，他居然跑了，就没见过这种瓜怂。"

"不用说这些细节了，"齐大仓打断她，"你说一下那人啥样。"

"就是正常人的样子呗，眼睛不大不小，鼻子不高不低，身材不胖不瘦，个头不高不矮。"

"还有没有啥特征？"

"特征？"她歪着头回想，"他好像说的是河东话。"

周永福迅速记下。

"还有其他的吗？"

春花又想了半天，说："没有了。"

齐大仓露出失望的表情。

## 第五十章 对峙

刘树生还在自家客厅里学习,何小凤却走过去一把将书抽走。

"看看看,财神爷都让你看跑咧!"

"臭婆娘吃枪药咧,"刘树生怒骂,"冲我嚷嚷啥!"

"这一堆破书你看出了啥,是看出了金还是看出了银?上回虎娃那批货是真的,就因为你看了几本破书,害了疑心病,这个不信,那个有假,害得咱光听了个屁响,连个味儿都没闻见。"何小凤絮絮叨叨,满脸懊恼。

"去去去,瓜婆娘懂个啥,真假我还分不清?"

跟在何小凤身后的大头上前几步:"哥,真的是真的,真真的。南市都传疯咧,有人已经看过货,说百分百是真的。我跑去砖窑一打听,虎娃连定金都收了,跟山娃天天吃香的喝辣的,跟暴发户一样。"

刘树生呆住了,问:"收的谁的定金?"

"穆见晖的,五万块钱呢。"

刘树生一听,当下惊慌失措,赶紧给邢兆虎打电话,但电话那端迟迟没有人接。

"看吧,"何小凤奚落他,"人家货都出了还能接你电话?"

刘树生气得夺门而出。

寻到砖窑后,刘树生见办公室外上着铁锁,目之所及没有一人。他左顾右盼,终于等到有个窑工推着车经过,于是一把拉住了他。

"邢兆虎咧?"

窑工摇头:"好几天没来咧。"

"上哪达咧?"

"老板上哪达咋会跟我说。"

刘树生气得一脚踹过去,破口大骂:"滚你妈的!"

与此同时,某豪华酒店套房内,邢兆虎正光溜溜地泡在浴缸里,美滋滋地品着一瓶西凤酒。手机声响,他拿起一看,眉头皱起。

又是刘树生。

现在想起他了?——晚喽!

邢兆虎哼了一声,直接将手机倒扣在浴缸边,又唱起小曲儿。

刘树生急得像热锅上的蚂蚁,在客厅里来回打转。

"狗日的没良心，忘了这些年是谁给他饭吃！"

"生哥，"大头怯怯道，"要不用我手机打？"

"我的电话不接，你的就接咧？"他恶狠狠地伸手指了指，"你给他发个短信，问问他老婆孩子还要不要，我知道他瓜俅老家在哪儿，五分钟之内不回我电话，我就杀到他家。"

大头连忙点头，正编辑着短信，忽又抬头："哥……"

"什么？"

"……俅字是哪个俅？"

刘树生听罢直接抄起一本书朝大头扔过去："贼你妈，写拼音！"

邢兆虎收到短信，立时就发慌了，他镇定了一下，直接打给了刘树生。

"生哥。"

"你邢兆虎牛气得很，电话也不接，我看我应该管你叫哥，不对，叫爷。"刘树生冷笑。

"生哥快别寒碜我咧，我一时没看见，哪敢不接你电话。"

"甭跟我打弯弯绕，把瓷器拿来，立刻，马上！"

"哥，我也不是不能拿给你，话我得说在前头。这批货穆见晖看过了，他出八百万。咱兄弟一场，你只要能出八百万现金，我立马给你送去。"

"八百万，你看我长得像不像八百万？！拿过来，咱还是兄弟。不拿，等着给你老婆孩子收尸！"

刘树生不依不饶，继续威胁邢兆虎，这一逼反而使刚刚还勉强赔笑的邢兆虎立马上火。邢兆虎也硬气了起来，干脆痛快怒骂他："少拿我老婆孩子威胁我，我老婆孩子早不住村里咧。我他妈的受够你咧，别天天以为谁都该你的，欠你的。这些年我跟着你，没有发财不说，还他妈的越盗越穷。连老天都看不下去，终于开眼让我邢兆虎翻身走大运咧！"

刘树生火气一下子冲到了脑门："狗日的，我看你是不想混咧！"

"还真让你说对了，这单干完，谁他妈再下坑谁是孙子。"邢兆虎狂笑起来，故意挑衅他，"我该住别墅住别墅，该找美女找美女。生哥，拜拜！"

说完，邢兆虎果断挂了电话，把瓶里的西凤酒一口闷下："解气！"

被硬生生挂了电话，刘树生一气之下将家里几本书撕得稀碎。

"他妈的，真是生路怕水，熟路怕鬼！出了穆见晖一个鬼还不够，又出了一个邢兆虎！"

何小凤见他在原地狂怒，也烦躁不已："有劲儿出去使，在家发邪火算啥男人。"

大头也劝着："生哥，嫂子说得对，咱不能光在家生气，他邢兆虎能挖，咱凭啥不能挖。"

一语惊醒梦中人，刘树生登时眼睛一亮："你这倒提醒我咧！"

"上次邢兆虎说他挖的墓在哪达？"何小凤也冷静了些许，问道。

"吕氏家族墓，弭县的……"

回忆着回忆着，他突然反应过来什么——

"还说是啥吕氏家族墓出来的货，能把人牙笑掉。"

"吕氏家族墓？得是吕大临的那个吕家？"

当时穆见晖问过他……

原来他是故意的！

"他妈的，又让这老烂怂算计了！"刘树生踢了一脚旁边的凳子，"大头，你马上找几个兄弟，去弭县四处转转，找找穆见晖这老小子。"

"他会在弭县？"

"他上回找我，绝对不可能是奔着带我一起发财来的，这王八蛋也算计上那批宋瓷了，又不知道坑在哪儿，找我套话呢。"

"这人真是阴得很！那咱还挖不挖？"

"当然得挖，不但挖，还得大挖特挖！"

"但是眼下有个麻缠事，虎娃他们不干了，咱缺人手。"大头犹疑道，"我前几天跟道上兄弟喝酒，听说有几个河东人来咱地界咧，要不我把他们喊上？"

刘树生忽然笑出了声："大头，你这脑袋真不白大，现在就联系！"

寒风萧瑟，万物静寂，黎远光和穆见晖打扮得与当地村民别无二致，来到白鹿原上，俯瞰远方，目之所及是整个弭县县城。

穆见晖仔细扫视着沟壑纵生的黄土。

"哥，得是你看的书上记错了？"黎远光蹙眉，"咱在这弭县转悠好几天了，也没打听出吕家的墓具体在哪儿。"

穆见晖并未急着回话，而是目盯一处，看了半天，突然，他欣喜地看向黎远光："小光，你看到那个位置了吗？"

顺着他指的方向，黎远光看过去："那不是个村子吗？"

"你看现在日头正照在村子上方，两边兹水的支流流过，像不像双龙戏珠？"

"我没看见啥水啊。"

"现在是枯水期，没水，村两边那么宽的水渠你没看见？"

323

"还真是，我以为就是两个坑。"黎远光尴尬地笑了笑，又不由好奇，"哥，你咋知道是兹水的支流？"

"古人选墓不会离开水系，要学看穴，得先把水系研究透。不是跟你吹，这几年咱这秦川境内有多少条河，哪条河经过哪个乡镇哪个村，我都烂熟于心了。所以这回咱顺着水脉找，保准不出错。"穆见晖胸有成竹，娓娓道来，"弭县境内水脉上的村咱都看完了，只有这个地方符合书上说的双龙戏珠，而且背山面水，绝对的风水宝地，应该就是吕家当初选的地方了。"

"哥，还是你厉害。我看看这是哪个村。"黎远光佩服得五体投地，说着就要翻地图。

"不用看了，"穆见晖一笑，"那个村叫吕家寨。"

黎远光在地图上一找，还真是吕家寨。

一个很小的旅馆里，摆着两张单人床，一张床上堆着《宋史》《考古图》等格外厚重古旧的书。

穆见晖正剥着鲜核桃，他旁边地上堆了很多核桃皮。

"哥，你咋忽然想吃核桃了？还买这么多。"黎远光问。

"咱明天要去吕家寨收核桃，总得像个收核桃的人吧？"穆见晖伸出自己的两只手，只见手已经被核桃皮染得黢黑。

黎远光点点头，感慨道："还是你心细。"他于是也开始学着穆见晖的样子剥核桃。

穆见晖手中动作未停，忽又想起什么，立刻拿核桃皮在旁边的两件衣服上反复擦了擦。

日头正盛，一辆农用三轮货车正在缓慢行驶，车斗里堆着些核桃，车头则坐着黎远光和穆见晖。两人衣着简朴，衣服上随处可见被核桃皮染的黑渍。

车子开进了吕家寨。墙上尽是"中国核桃之乡""正宗山核桃""要想富，种核桃"等标语。

穆见晖的目光扫过一面面墙，直到看见一家外墙上村民自己刷的"大量自种山核桃"几个大字，便连忙让黎远光停车。

这边农村的大门一般都不关，这家人也敞着门。

穆见晖下车走了进去，喊着："屋里有人吗？"

"干啥的？"村民从里屋出来。

穆见晖操一口秦北话，语气和善："乡党，我是秦北过来收核桃的，咱家有多少？"

"家里有个百八十斤吧，地里还有呢，你多少钱收？"

"一百斤以下两块八一斤，一百斤以上三块。"

"太便宜了。"

"得看货，要是山核桃，长得位置好，油水大，还能再加一块。"

"核桃绝对是好核桃，十里八乡没有比得过咱吕家寨的。"

说着，村民还抬了抬下巴，满脸自豪骄傲。

穆见晖于是顺着他的话提议："要不咱上地里看看？"

"得行。"

货车经过村委会，穆见晖瞧见墙上贴着"保护文物，利在千秋""爱护文化遗产，传承华夏文明""打击盗墓，人人有责"等标语，和黎远光对视一眼，心中已然明白。

"打击盗墓，人人有责……"穆见晖故意念一遍，若有所思，"咱村还有人盗墓呢？"

"哪有人敢干这个，是咱这达有古墓，要重点防护呢。"

"有古墓，那肯定是风水宝地，庄稼收成好。"

"好啥呢，连麦子都长不高，只能种核桃。"

"那正好丢了芝麻捡了西瓜，这才让咱村变成核桃之乡咧。"

被他这番话一哄，村民笑开了眼："这话倒是对着呢。"

"还是风水宝地，祖先保佑呢，结下的核桃肯定好，我这心先放下一半咧。"

几人大笑起来。

大头已经找到了那河东人团伙，将他们安置在了秦川一家小旅馆内。

"兄弟们在这儿待几天，等我安排好咧来接你们。"

"到底几天，你得给个准信，"三马不耐烦，"我们还等着钱回家过年咧。"

"听说你们前几天炸了个坑，咋？没成？"

"再别往我心里塞砖了。"三马唉声叹气，"没选对点，炸不开，我兄弟几个就靠你这棵树了。"

"放心，这次绝对是个大坑，"大头神秘一笑，"保证叫兄弟几个风风光光回家过年！"

山娃提着两碗葫芦头走进了豪华套房，谄媚笑着："虎哥，饭来咧。"

邢兆虎一看是葫芦头，登时皱眉："我让你去买俩好菜，你就拿这糊弄我？"

"哥，五万块钱不经花，咱这几天夜总会、赌场来回跑，花得比烧得都快，剩下的钱都快交不起房费咧，哪还有钱吃好的。"山娃委屈摊手，"等咱的货卖出去，你就是想吃熊掌我也给你弄来。"

"你那点花花肠子我还看不出？变着相催我卖货。也是日了怪咧，我打听了几家，都说咱的货是真的，但就是一个比一个啬皮，最高的才出一百万，器量都比不上穆见晖那个老瓜俫。还有个二杆子说啥宋墓里出不了周代的东西，说咱的青铜器是假的。"

说着，邢兆虎不免叹气，眉毛拧到了一起。

"哥，货在手上夜长梦多，五百万也不少咧，要不……咱还是出给穆见晖吧。"

"凭啥？啥便宜都让他得？"一想起穆见晖那风轻云淡模样，邢兆虎就来气，"你不要一天只见眼前利，放长线才能钓大鱼，咱要是多卖一倍，下辈子都不用愁了。"

"可我就是心里不踏实……"

"想成大事就得沉下心。我今晚已经约了个大老板看货，明天还有俩在后头排着队呢。现在宋瓷风这么大，好东西还愁卖吗？把心放肚子里，安生等着数钱吧！"

邢兆虎起身走到巨大的落地窗边，深吸了一口气，展开双臂，看着脚底下的万千建筑和穿梭其中的忙碌人群，嘴角越翘越高。

尹村地头。

原本的盗洞已经扩大了很多，方堃和雒青各持刷子清理着夯土墙表面，以方便看清文化层。每清理一点，他们便拍下照片留存。

这时，小白突然飞奔过来，大声喊道："方老师，雒老师，好消息，文物局的领导来了！"

# 第五十一章 落空

小白话音刚落，便有两辆车停在了路边，尤介辉、侯月来、张逢春，还有区里的领导相继下车走来。

很快，齐有粮也骑着自行车赶到，追了过来。

"尤处、张所……"

雒青和方堃忙走过来迎接众人。

几人打量片刻，都认出了方堃。尤介辉笑了笑："这不是我们的老朋友方堃吗？"

"尤处还记得我呢。"方堃也报之一笑。

"你在榆塞的经历我也听说过，不愧是昝教授的学生，在哪儿都能发光。"

话音刚落，气氛一下沉闷了些许，方堃沉默不言，垂下了眼帘。

侯月来见状，干笑几声上前："方堃，还认识我这个老朋友不？"

"雒老师的学长，那当然不能忘。"

"话不多说，"尤介辉清了清嗓子，"你们给介绍下情况吧。"

雒青点头，随即掏出随身带的工作本："我们已经清理出了一部分夯土墙体，测量了高度、面积，也给文化层的深度和受侵蚀程度做了简单记录。"

张逢春接过工作本，郭士林则认认真真地查看着夯土墙体的情况，侯月来俯下身，仔细瞧着瓦当。

"你们看这个土层，地层分层很明显。"雒青靠近几步，伸手指着夯土墙介绍道，"最上面是耕土层，第二层是晚期堆积层，第三层是汉代文化层，土质坚硬，呈灰褐色，还夹杂着汉代瓦当，我们分析，很有可能是陵园建筑的一部分。"

"陵园建筑？"尤介辉惊讶问道。

"可能是夯土围墙或者门阙，"方堃说，"但是表层被风化了，暂时还判断不出来。"

此时张逢春和郭士林、侯月来都看完了，心中大致有数，正小声商量着。

"我们三个都看了，得出的结论是，确实符合陵园建筑的特征，不排除是门阙遗址。"张逢春语气平静，但难掩惊喜。

"那这是谁的陵园？窦皇后？"

"窦皇后陵在那边，"方堃指着远处的窦陵道，"从位置关系上看，可以肯定它不属于窦陵的陵园建筑。"

"不是窦陵，那能是谁的？"

沉默片刻，回想起往昔种种谜团，大家都不约而同地想到了一个地方。

尤介辉吞咽口水，试探道："当年黑陶俑案的盗洞，离这儿远吗？"

"不远，我带各位领导去。"

齐有粮忙献殷勤，走在前面引路，众人点点头，一起跟了上去。

当年黑陶俑的出土处已经种上了庄稼，如今寒冬将至，田野荒凉，遍地枯黄干瘦的杂草，疾风飕飕地刮，吹弯了它们的腰。

扒开茂密的枯草，齐有粮边走边说："这就是当年黑陶俑被盗的地方，说起那个案子我可是有发言权，当初先是我家黑撒丢了，我女子寻狗……"

"齐村长，这段'老皇历'我们都知道咧，"马超越打断齐有粮，"咱这次是来调研的，不是来听故事的。"

"马科长，"尤介辉又道，"你介绍一下这边的文保情况。昝教授那件事以后，这里还被盗过吗？"

"没有，咱这边的文保工作一向做得好，没来过盗墓贼。"

方堃看了一眼马超越，没有反驳他。

雒青领悟到他俩之间的微妙，想了想，开口道："我补充一下马科长的话，不是没盗过，是没盗成。我听群众文保员严守村说过，断断续续有来过几拨盗墓贼，但是因为守村叔就住在旁边那个窝棚里头，只有贼惦记，没贼敢偷。"

"这次的盗墓算是未遂吧。"方堃冲雒青会心一笑，也接着补充，"齐队带人来过了，案发的时候守村叔正好不在，盗墓贼用耗子药放倒了他的狗以后动的手，幸好没盗成，还阴差阳错帮了我们一把，让建筑遗迹现世了。"

"当年出土黑陶俑的盗洞究竟是不是窦陵的陪葬坑，大家是有争议的。从位置上看，黑陶俑的盗洞反而离陵园建筑比较近……"张逢春沉思后说，"我认为咱们有必要把周围的文物遗存摸清，也便于尽快调整这里的文保措施。"

尤介辉听罢，附和起来："有道理，这件事我们回去商量一下，尽快定下来。"

与此同时，文物局文物稽查队会议室内，杨青石正组织召开紧急会议。

"今天把大家喊来开会，是因为出了件棘手的事情。线人反映，有一批耀州瓷流到了黑市上。"

丁炎一惊："一批？"

"对，是一批，数量不少。"杨青石扫视他们每个人，"但是现在线索实在有限，连个照片也没有，咱们也只能根据经验研判。"

"宋瓷稀缺，一下子冒出这么多，会不会是窑址货？"

"跟黄原的兄弟单位联系一下，看看他们那边有没有窑址货流出去。当然还可能是假货，这几年宋瓷风大，造假、贩假的不在少数。现在市场上有一股暗流，形成了造假、鉴假和销假的黑色产业链。"

杨青石说罢，又看向丁炎："丁炎，你带着人去跑一趟南市，看看市场上有没有赝品出现，尤其留意那种能以假乱真的赝品。"

"行。"

"有没有可能……"尚立峰在一旁补充道，"是墓里出去的？"

"有，这也是我最担心的情况。"杨青石重重叹气，十分无奈，"如果是墓里出去的，说明有高等级的墓葬被盗。但是一来目前咱们还没有接到文保员的举报，二来也没见到实物，不好判断。"

"不管哪种情况，咱现在都只能先从市场入手，探探情况，收集一下线索。"丁炎说。

"是这个意思，一定要快，千万不能让这批宋瓷流出秦川。"杨青石眼神坚毅，"一旦出了秦川，再追可就难咧。"

吕家寨。

穆见晖和黎远光合力帮村民把最后一袋核桃扔上了车，车斗里已塞满了大大小小的核桃。

"那就是这些。"穆见晖笑着朝村民挥手，"我们走咧，来年再见！"

"来年见！"村民笑得合不拢嘴，咧着大牙，"路上慢些。"

穆见晖和黎远光上车，三轮货车摇摇晃晃地开走。

旅馆已成了穆见晖二人的临时基地，他们将这些时日探得的线索都整理出来，放在了房间中，老旧的墙皮上也贴了一张很大的手绘地形图，上面密密麻麻标注着文字。

"这是我根据咱这几天在地里收核桃时仔细观察村子画出来的地形图，基本上能确定这片果园就是吕家埋人的地方。"回到旅馆，穆见晖脱下满是尘土的外套，指着地图对黎远光说。

"咋确定的？"

"你看，这是你画的那几个文保员的巡逻路线，基本上就是围着这个圈，文保员巡逻的范围一般比实际应该巡的要大一些，这个圈里正好有个果园。"他继续分析，"不知道你注意了没有，果园外围着一圈很宽的沟，我估计应该就是圈定墓园用的，不仅能保护墓园，还能排水，免得发洪水的时候把墓冲塌了。我问过那个村民，过去有砖窑在沟里取土的时候，还挖出过碎瓷片。"

黎远光恍然大悟："古代埋人学问这么深啊。"

"我们老祖宗讲究事死如事生，地下的规矩跟地上的几乎一模一样，要不咋会生出我们这行。"穆见晖笑了笑，"幸好他们讲究，要不然咱也没饭吃。这回咱要挖的是吕大临他家的墓，吕大临你知道不？"

黎远光摇头。

"他是个金石学家，就是那些搞考古的人的老祖宗。这个墓园是个大宝藏，邢兆虎挖的那些肯定只是九牛一毛。小光，多找几个兄弟，等咱把穴定好以后，就让弟兄们加班加点干，多捞一点是一点。"

"我蹲了几天那三个文保员，这几个货还挺上心的，三班倒，一天三巡，早起六点到八点，后晌两点到四点，半夜十一点到一点。"

"也就是说，咱们每天只有一点到六点这中间几个钟头能干活？"

"对。"

"刨去前后半个钟头，就算四个钟头，够了，咱也不能太贪。"穆见晖盯着地图思索片刻，"你明天就去准备工具，咱们明黑先探，先把墓室找见。"

黎远光点头："行。"

次日，丁炎、尚立峰和一个文物稽查队员已赶到秦川南市，在几排地摊和棚铺之间穿梭，搜寻着瓷器的踪影。

看了一圈后，丁炎在一个摊位前驻足，顺手拿起一件瓷器："多少钱？"

摊主答："七百。"

"假货还卖这么贵？"

"那你是没见过更贵的。"

"有更贵的？"

"三五千的有，上万的也有，不过得等。"

"为啥？"

"这都是高级工艺品，耗时耗力的，当然得定制。"

"咱这市场上就没有现成的高级仿制品？"

"现成的都是像我家这种。"

"那……"丁炎压低声音，"你这儿有真品吗？"

"我这庙小，哪儿装得下真东西！"摊主急急反驳，"再说国家文物不允许买卖，那是犯罪。"

"是是是，"丁炎立即赔笑，"我法盲，对不住咧。"

李全正坐在未名轩内喝茶，丁炎和尚立峰走了进来。扫视了一圈，丁炎直奔瓷器。

"喜欢点啥？"见来了客人，李全起身接待。

丁炎一个个瓷器扫过去，随口问道："都是明清的，咋没看见宋瓷？"

"喜欢宋瓷啊？有品位。"李全笑道，"但一般买家都喜欢明清的富丽堂皇，欣赏不了宋瓷的朴素，所以咱就没进啥宋瓷。"

"没进啥，说明还是有。"

听他这样说，李全索性拿起一旁点着香的青釉双耳三足香炉："我们店里倒真还有一件，是我的心头好，正好拿来焚香了，你看看喜欢不？"

丁炎眸光一闪："这件耀州瓷美气，多少钱？"

李全伸出五个手指。

"老板，这个五是啥意思？五可以是五块、五十，也可以是五千，甚至五万。"

"你觉得是多少？"

"我不识货。"

"不识货还能认出是耀州瓷？"

"瞎蒙，你这是真的还是假的我就看不出来咧。"

李全笑了："咱这都是工艺品，工艺品哪来的真假。"

"老板有意思，"丁炎也佯装打趣，"别人恨不得假的说成真的，你倒挺实在。"

"小店做的是干净买卖，一不骗人，二不卖赃。"

丁炎又打量了一圈，转身和尚立峰离开。

李全看他们走远，连忙拿出手机给穆见晖打电话。

"喂，穆哥，稽查队的人刚来过。"

"来干啥？"

穆见晖在旅馆中接起电话，蹙了蹙眉。

"探口风，找宋瓷。"

"你咋知道是稽查队的？"

"进店以后不看玉件，也不瞄金石，专围着瓷器转悠，张口就问宋瓷，问完价也不买。是不是真买东西，一眼就看出来咧。"

"李全，"穆见晖由衷欣慰，"你这几年没在南市白混。"

331

"但怪得很，上回刚来南市暗访过宋瓷，这咋又来咧？"

"肯定是最近市场上吹起那股耀州瓷的风，吹到他们那儿了。没事，你看好店就行，风刮不到咱身上。"

挂完电话，穆见晖很是高兴，对黎远光说道："邢兆虎果然没有让我失望，他那批货很快就是咱的了。"

"那咱还挖不挖？"

"为啥不挖，有钱不挣你瓜啊？东西备好了吗？"

"已经寻地方埋好了，半夜去拿。"

穆见晖点头，志在必得。

天桥下，邢兆虎和山娃两人等在车里，留意着来往行人。然而直到日头西斜，天色渐暗，也没有看到本该出现的人。

山娃低头看了眼时间，已经五点半了，忧心忡忡地问："哥，是约的两点吗？"

"贼他妈，都问了三遍了！"邢兆虎狠狠瞪他一眼，"两点两点，我咋会记错？"

"可这都五点半了，人咋还没来？要不你打个电话吧。"

"你个瓷锤，脑袋是被驴踢咧还是进水咧，这事能主动吗？你上赶着给他打电话，人家还以为你卖不出去咧，自掉身价！"

"我就是有点慌。"

"慌啥慌！这个不来还有下一家，有的是想要的。"

然而，直到天空全部转为幽蓝，仍不见任何人的踪影。两人等得心焦，坐立难安，索性下了车，在天桥下四处张望。

"哥，七点咧……"

"我又不是瞎！"

山娃举起手机："要不……"

"打个屁！"邢兆虎打断他，"肯定他妈的不来咧。"

说着，他拉开车门，一脚油门开走了。

山娃在后面追，欲哭无泪，大声喊叫着："哥，哥，我还没上车咧——"

彩铃声响，邢兆虎接起电话："喂？"

"虎娃兄弟，是我。"那边传来穆见晖的声音。

邢兆虎烦躁："不是说的十天吗？"

"你得是这几天在南市上到处打听买家了？"

被他这么一问，邢兆虎立刻暴躁起来："你管我打听没打听，我货又没卖

· 332 ·

给你。"

"我是想给你提个醒，今天稽查队的人去我店里，已经开始打听你那批耀州瓷了。"

邢兆虎一惊："打听啥了？"

"你别慌，他们也只是听了个风，拐弯抹角地想套话呢。你这几天最好还是别去南市了，凡事多留神。好了，话送到了，我先挂了。"

"等一下！"邢兆虎急急拦住，"你那五百万凑得咋样了？"

"还没凑齐，虎娃兄弟，你再等我两天，得行？"

"就知道你没谱，我不等你，后头还排了好几家呢，我说卖就卖。"

"行，兄弟，只要有人出价高，你卖你的，我不挡你财路。"

挂掉电话后，邢兆虎气得破口大骂起来，猛然捶了几下方向盘撒气："他妈的，稽查队的人长的是狗鼻子吧，难怪那个怂包放我鸽子！"

## 卷三 吕墓疑云

# 第五十二章 空墓

齐大仓被杨队邀请到了文物局。一打开会议室的门，他就见稽查队的得力干将们都聚齐了。

"嚯，这么多人，杨队你这是又有大案？"

"小案子也不好意思把你搬来。快坐，我们闲话少说，直奔主题。"

杨青石开门见山："几天前，我们听到风声，说有一批耀州瓷流到了黑市。我们当时猜测有三种情况，一是窑址货，二是高级赝品，三是墓里出的坑货。这几天我们兵分几路，跟兄弟单位联系，去南市暗访，也摸到了一些线索。丁炎，你给咱讲讲南市的情况。"

"说实话，南市的老板们警惕性都挺高，我们一圈走下来基本可以排除是高级赝品的可能性。高级赝品制作成本不低，不太可能一次性、大批量流入市场。后来线人给我们提供了一个关键线索——几张这批货的照片。"丁炎把三张照片递给齐大仓，照片上分别是青釉刻花花口瓶、包金包银青釉瓷盏托和青釉刻花盂，又补充道，"我去找了省考古研究院的专家老师，人家说就是耀州瓷，而且品质高得很。你看这个青釉瓷盏托，包了金边和银边，这个工艺罕见得很，目前咱的出土文物里还没见过。"

"就这个品质而言，应该不是窑址货，"杨青石说，"我们也跟黄原几个耀州窑遗址那边联系了，没有窑址被盗的情况。"

"嗯……"齐大仓沉思了片刻，神情严肃，"最坏的情况是古墓被盗了，这批瓷器全是坑里出来的。"

"我也是这个意思，线人说，传说这批瓷器来自一个承议郎的墓。可这个承议郎是个小官，正六品下，在宋朝一抓一大把。单凭这个线索，咱也确定不了哪里的墓被盗了，基层的文保员也没有反映哪个墓被盗了。"

"杨队，需要我咋配合？"

"借我几个人，公安和我们文物稽查队联合巡逻，抓紧时间把盗洞寻到，防止二次盗掘。今天辛苦你带着丁炎跑一趟水曲，看看那边有啥情况。我带人去趟乐阳。"

"好。"

吕家寨田间，冬生正在自家地里施肥。

"冬生！"吕富贵骑着自行车过来。

"咋了富贵哥？"冬生用袖子擦了擦额头上的汗，停下手中动作。

"肥料撒完了吗？"

"再有一后响就差不多了，不耽误晚上的巡逻。"

"所里刚打电话，说这一向贼娃子盯上宋瓷了，让咱们这些有宋墓的地方加强巡逻。我跟宏福说了，把地里的事先交给媳妇，他盯白天，咱俩晚上多巡俩钟头，重点盯后半夜，你看得行？"

冬生想了想，说："反正现在地里活儿也不多，能成。"

"那就这样定了。"说罢，吕富贵又骑上自行车扬长而去。

夜深了。果园里，穆见晖和黎远光身穿黑衣，正在下铲子。两人已选了半天，黎远光重新提上来一铲土，穆见晖一看，遗憾地摇了摇头。

黎远光又换了个地方下铲，刚把铲子提上来，正要看土层。

"砰！砰！"突然，两人头上各挨了一铲子。眼前一片黑暗。

穆见晖逐渐回过神来，努力睁开眼，想揉疼痛的后脑勺，却发现自己手脚被缚，嘴里塞着破布。旁边的黎远光也同样被五花大绑，堵着嘴。

而眼前，站着笑得阴险的刘树生。他正欣赏着穆见晖的手绘图，大声感叹："啧啧啧，这图就应该多印一些，发下去当咱盗墓界的课本嘛！姐夫，不得不说，你除了人品差点，其他方面确实是个人才。你看看，这墓园的范围，墓的规格、朝向，文保员的巡逻时间，一目了然！多一笔嫌多，少一笔嫌少，尤其是下铲子的位置，选得特别好，真给我省了不少事。"

穆见晖直直瞪着他，眼中已然布满血丝。幽暗树林沙沙作响，掩埋了刘树生的狂肆笑声。

吕家寨桃园内，大头和河东团伙四人来到穆见晖刚才下铲子的地方。

"就是这达。"

三马疑惑："不用探一探？"

"早探好了，秦川最厉害的大师探的。"大头笑了，"干吧！"

"呜呜……"穆见晖想说话，刘树生本不予理会，但听久了倍感烦躁，只好上前一把拔掉他嘴里的布。

"你已经去盗了？"穆见晖问，"我才开始探，下铲子的位置还没选好呢。"

"姐夫，跟你打了这么多年交道，吃了这么多亏，我算是摸出了一个道理，你的话得反着听。"刘树生冷笑。

"我们真找到了墓的话，为啥只准备了一把铲子？"穆见晖反问他，努力保持冷静。

"没找到,你图上画的这些墓是啥?"

"那就是个大概示意图,方便我找墓的。"

然而,经过此前种种,任他说破天,刘树生也根本不信。

"唔……"一声微弱的吃痛声响起,此时黎远光也醒了。在看清形势后,他怒目圆瞪,使劲挣扎。

"咋?有啥不服气的?姐夫,这个墓的位置得是你上我家从我嘴里套出来的,没有我你也找不到这里,我现在不算抢你们的吧?"刘树生得意地抬起下巴,"你还当我瓜俫呢,没想到我连你住哪个房间都能寻见吧。"

穆见晖想了想,道:"生娃,既然已经落到你手里,我也不跟你瞎扯了。我真的还没探好,你们现在挖也是白费功夫,吕氏家族墓大得很,文保员巡得还勤,你一个人也挖不完。咱俩合作,我找穴,一起挖,咋样?"

"哈哈哈哈哈哈哈——"刘树生却回以轻蔑大笑,冷冷看向他,"穆见晖,你觉得我还会信你吗?"

就在他们对峙的时候,大头和河东团伙已经炸出了一个圆形盗洞。

冯四宝从洞底往上喊:"有了!"

大头听到动静,高兴得差点说不出话,连忙拨通了刘树生的电话:"哥,有了!"

"来,亲口告诉你穆哥,底下有没有墓?"刘树生把手机凑到了穆见晖耳边。

"老瓜俫,谢谢啊。"大头阴阳怪气。

穆见晖也觉得有点不可思议:"瞎猫撞上死耗子,也是运气。"

"猫拉屎都知道自己盖上,你这戏演得也太假了!"

刘树生狠狠啐了他一口,猛地把手机收回。

这边厢,清理完地面墓土,大头指派大飞留下:"你留下望风,有啥事及时知会。"说完,他和赵星星、三马绑好绳子,依次下到盗洞中。

盗洞深三四米,几人很快下到了墓室中。脚落地的那一刻,大头因眼前所见而蒙了。

墓室南窄北宽,南北长约三米。室内壁面修整光滑,至顶通高两米。墓室内局部有坍塌,填充淤土及少量塌土,内含石块、瓷片、残砖等。但是,未见任何葬具痕迹,更遑论墓主遗体。

"咋回事,咋啥都没有?……"大头愣愣道。

"连个瓷片片都没有……"三马也挠头疑惑,"是让人盗空咧,还是咱挖错咧?"

"要是被人倒腾过,他把东西偷走就算咧,干啥还把棺材带走?"赵星星边说边转身环顾四周,"你看这个墓室,连个棺材都没有,明显就是个空墓。"

"咱往里面挖,再挖!"大头把心定了定,继续摸索着,扒拉开墓坑里的虚土,谨慎地往前挪步。

三马是个内行,仅思索片刻,便在他身后止住脚步:"我看也别白费劲了,这就是个空墓,挖到死也是啥都没有。"

大头见三个河东人没了干劲,耍起横:"咋,想罢工?"

"这要出不了货,我们工钱咋算?"

被问住了,大头没了主意,犹豫道:"你们先往前挖,我上去打个电话。"

"少来这套,要上去一块上去!"

离果园不远的土路边,吕富贵和冬生正打着手电筒巡逻,突然看见路边一处隐秘地带停着辆面包车。

"冬生,你看这车是咱村富才的不?"

冬生打量了一圈,摇摇头:"不是,富才的车牌我记得有个3。"

此话一出,吕富贵立时警惕起来,压低脚步声:"把这车牌记下,往果园那边看看。"

他们于是朝果园深处走去,走着走着,忽然看见不远处有两个黑影相继从一个洞口爬上来。

吕富贵一个箭步冲过去:"干啥的?!"

大头一惊,见有人奔向自己,连忙冲着盗洞大喊:"快上来!"

又有一个河东人爬了上来。眼看两个文保员越逼越近,地面上的四个人顾不得太多,工具都没收齐便狼狈鼠窜。

赶到洞口后,吕富贵手电一晃,冷白的灯光直射下去。盗洞内还有一个正往上爬的人,被射了眼睛,他立马伸手挡住刺眼光线。

"还有一个!"

吕富贵和冬生捡起地上的钎朝下面捅去,阻止那人爬上来。

"别让他上来,快给领导打电话!"

四人一口气冲到土路上,这才发现少了一人。

"呀!"三马惊呼,"我兄弟还没撑上来。"

"顾不上他咧,快上车。"大头没好气道。

"不行,我得回去寻他。"

"他妈的,文物局的人还在那儿守着,你回去送死啊。"

"我看那俩人不像文物局的,也不像公安局的,估摸着就是村里的文保员,给俩钱就能打发。"赵星星说。

"他们几个人?"

"没看清,好像就俩人。"

"那咱有四个,还怕他?"三马挑眉,立刻转身往回走。

"啧……"大头眼看劝不住,只好随三个河东人回去捞人。

吕富贵和冬生守在洞口,正等着上头的支援。然而他们没想到,大头居然带着三个河东人杀了个回马枪。

吕富贵立马举着铁钎,准备迎接一场恶斗。

"我知道你们是文保员,咱都是老百姓,谁也别为难谁,把我们的人放了吧!"大头喊话。

"我这儿有五百块钱,你放人,钱归你。"三马从裤兜里掏出揉得跟咸菜似的几张纸币,晃了晃。

吕富贵沉默不言,须臾,他灵机一动,对着黑魆魆的果园方向高喊一声:"宏福,富才,天友,这儿还有四个盗墓贼!快过来!"

大头一听吕富贵他们还有同伴,吓得魂都飞了:"妈的,还有人,快跑!"

三个河东人也被吓破胆,脚底抹油般拔腿就跑。

吕富贵见他们都跑得远远的,这才大舒了一口气,额头上挂着的汗也终于淌了下来。

"几个钟头了,文保员都该巡逻了,大头咋还没回来?"树林中,穆见晖盯着漆黑夜空,看遮蔽月亮的乌云已散开,不由喃喃道。

刘树生瞥了一眼表:"肯定是坑里货多,一下拿不完呗!"

"你们过来没叫虎娃吧,上哪儿找的下苦?"

"关你屁事。"

"确实不关我的事,我就是替你操心,虎娃和山娃也不跟你了,就剩个大头,靠得住不?成百上千万的货,万一大头叫钱迷了眼,也走了虎娃的老路……"穆见晖平静地说着,随意瞥了刘树生一眼,后者果然顿住了,背过身去,开始给大头打电话。

穆见晖继续补充:"我要是你,就多留个心眼,最起码下苦自己找,跟大头互相掣肘。要是大头找的,人家穿一条裤子,把货起出来连人带货跑了,把你一个人晾这儿,你哭都没地方哭去。"

听到大头手机关机的系统提示音,刘树生这下真有些慌了。

"啊，"穆见晖故作惊讶，"该不会真是大头找的下苦吧？"

"大头老实，绝对不会跟那两个鬼一样吃相难看。"

穆见晖轻飘飘道："再老实的人见钱也会变成鬼。"

不等他再说话，刘树生重新拿布堵上了他的嘴："叫你乱我军心，我就是给大头十个胆他也不敢！"

纵然嘴上这么说，刘树生却还是忍不住继续拨打大头的电话。

可，仍旧是关机。

刘树生彻底坐不住了，他正要起身，却见哭丧着脸的大头跌跌撞撞跑了回来。

"生哥，出事咧！"

刘树生心凉半截："出啥事咧？货呢？"

"咱挖了个空墓……"

刘树生破口大骂："狗日的，少日弄我，是不是你把东西藏起来了？"

穆见晖和黎远光笑起来，看着好戏。

"那真是个空墓，连个棺材都没有，我哪敢日弄你？！"大头急得快哭出来，"生哥，还有个麻缠事，有个河东人让村里的文保员扣下咧……"

刘树生火冒三丈，直接抽了大头一巴掌："瓜怂！人被抓了你还来找我干啥？还不赶紧找地躲！"

大头委屈："我怕你以为我吃里爬外，来跟你解释一下。"

"解释你妈！把嘴给我闭死！"刘树生怒骂，又用力踹了他一脚，"要是敢跟外面吐一个字，我把你的脑浆子打出来，滚蛋！"

大头赶紧跑开。

刘树生也迅速抓起包，拿过一个鸭舌帽戴好，准备跑。

见状，穆见晖赶紧呜呜叫着，刘树生只好折回，恶狠狠地把他嘴里的布抽出来。

"好兄弟，你还绑着我们，再叫吕家寨的人发现了咋办？我们进去了对你也没好处。"

刘树生只好不耐烦地替他松了绑。

"生娃，哥没骗你吧，确实没探过。"穆见晖还不忘见缝插针刺他一下，"心口窝里四两肉，下回该信哥了吧？"

"我信你妈！真他妈气运不好，喝口凉水都塞牙。"说着，刘树生骂骂咧咧离开了。

活动了几下手腕，穆见晖连忙上前给黎远光松了绑，两人也匆匆离开。

## 第五十三章 逼近

夜色浓重，齐大仓正驾车驶往水曲县，丁炎坐副驾驶，周永福坐后排。

"齐队，你这衣服几天没换咧？"丁炎忽然凑近闻了闻。

"咋？三四天吧，我也记不清。"

"三四天？三四十天还差不多。从上一个案子到现在，一个多月没回家，没换衣服。"周永福没忍住，吐槽了几句，"丁炎，是不是闻见味儿了？"

"我闻见没啥，你让嫂子闻见像啥话。"

"臭味你嫂子闻见了不怕，她就怕闻见香水味，那可就翻了天咧。"齐大仓漫不经心道，又笑了笑，"几年前，我跟一个女同志乔装夫妻，去市场上抓嫌疑人。回来之后你嫂子就不干咧，审了我三天，她那审人的能力可一点不比咱公安差，证据链不完整这事就不能完。最后我师父出马，这事才算了结。"

车内笑声一片。

"要不我跟我们杨队说说，直接给你在我们队弄个办公室，也省得你两头跑。"丁炎憋住笑意，提议道。

"永福你听出来了吗，这小子变着法地让咱给文物局打工。"齐大仓咧嘴一笑，"我可听说了，你们杨队已经往上打报告了，要成立个联合打击办。"

"对，能跟稽查大队的前辈一起办案，是我们全队人的心愿。"

"少戴高帽，说白了就是让我们给你们合法打工。"

"你没发现咱两家凑一块，那就是强强联合，说话间就把案子破咧。"

"拉倒吧，先把眼前案子破了再吹牛。"周永福接话，撇了撇嘴。

话音刚落，丁炎便接到了一个电话，神情一振："喂……行，我知道咧，我们马上赶过去。"

挂掉电话，他立马看向齐大仓："齐队停车，咱掉头去趟弭县。"

"咋？"

"我这张嘴准是开过光，刚才弭县的同志来电话，吕家寨两个群众文保员抓了个盗墓贼。"

齐大仓听完，掉转车头，直奔弭县。

穆见晖二人回到小旅馆中，无功而返，又浑身脏污，简直心力交瘁。

"哥，咱也赶紧走吧。"顾不上休息，黎远光舔舔干裂的嘴唇，立刻提议。

"不急，小光，你去找老板买两瓶酒。"穆见晖却十分淡定，坐到了沙发上。

"啊……要酒干啥？"

"我饿了，咱吃点饭。"

黎远光糊涂了。

"现在走太惹眼了，"穆见晖说，"警察正到处拿人呢。"

"哦！"

黎远光恍然大悟，于是换了身衣服出门买酒。

不多时，他拎着酒回来，穆见晖已泡好方便面，两人便在桌前弓着背吃喝。

"这一铲子挨得，到现在脑子都嗡嗡的……"黎远光揉着脑袋，"哥，你没事吧？"

"没事。"

"我真该给姓刘的来两下，解解恨！咱辛辛苦苦跑了这么长时间，他一铲子就给搅和黄了。"一回想刚才的遭遇，黎远光就气不打一处来。

"错了，"穆见晖却神秘一笑，"咱不但不该打他，还得好好谢谢他。"

"为啥？"

"他给咱俩挡了煞，要没有他掺和这一脚，进去的就是咱俩了。"

黎远光想了想："哦……也对。"

"来，小光。"穆见晖举起杯子。黎远光会心一笑，跟他碰杯。

"这一杯得有个说法。"

黎远光挑眉："庆祝咱命大？"

"咱的命是大，好几回死里逃生。但这一杯我就想跟你碰，小光，咱算是过了两回命的兄弟，比一个妈生的都亲，任谁一辈子也碰不上这种兄弟。"穆见晖语气温和，眼底却藏着更危险的野心，"你，还有小五，老天爷不让咱们仨走绝路，说明啥？他对咱还有安排，咱还有大事要干。"

"哥，你还想敲赵佑林的门？咱现在得是只能指着邢兆虎那批货了？"

"对，挖墓这条路老天爷不让咱走了，咱就走另一条。正好稽查队的人已经盯上他那批货了，他的货现在肯定没人敢要。"

"那我们要不要跟他砍砍价？"

穆见晖却突然问："看过《动物世界》没有？"

黎远光一愣："小时候看过一点。"

"我以前看过一只豹子捕猎一个动物，叫个啥……对，好像是叫黑斑羚的，一直跟了它好几天，我记得好像是第三天才出手，一招咬死。捕猎最讲究的是啥？时机！要找到最好的时机，就需要有足够的耐心。"

"我懂咧，邢兆虎就是那只黑斑羚，咱就是那只豹子。"

"对咧！"穆见晖嘴角上扬，"晾着他，晾到他底价出手，咱一招制敌。"

齐大仓一行走进了吕家寨村委会，杨青石离得近，已经赶来了，和吕富贵、冬生一起起身迎接他们。

"来咧。"杨青石朝齐大仓点头，介绍着在场几人，"齐队，这是咱吕家寨的群众文保员吕富贵和李冬生，人就是他们抓住的。富贵、冬生，这是咱们秦川公安局专门负责文物案件的齐大仓队长。"

吕富贵却一副很羞愧的模样，低着头，声音也像没底气："几位领导，我这文保员不称职，我要做检讨，五个盗墓贼，四个没撑上。"

见状，杨青石出声安慰："富贵，你忘了我给你们培训时说的啥咧？文保员一定要注意保护自己，要是咱四个，他也四个，咱还能拼一拼把他们控制住。像今天这种情况，双方力量悬殊，先保护好自己，不要硬冲，要智取。你们做得非常好，非常对，你不但不用做检讨，还得接受表扬，回头我跟上面申请一下，一定要好好奖励你们。"

"对，只要抓住一个，就能打开突破口。"齐大仓也肯定地冲他点头，又问，"人关在哪儿？"

"关在隔壁屋，我们村的后生们看着咧。这个盗墓贼嘴严实，问啥啥不说。我们听他那同伙口音，有一个本地的，剩下的都是河东口音。"

"河东口音？"

这倒有几分蹊跷……齐大仓总感觉前不久在哪里才听到过"河东"这个词。

——春花！

当时审问春花时，她曾说过找她留严守村睡觉的人说河东话！

齐大仓沉思片刻，说："行，这个线索很重要。"

"齐队，"吕富贵从口袋里掏出一张纸，"我们巡逻的时候看到一辆面包车，应该就是这伙人开来的，我们把车牌号记下咧。"

"干得好，富贵哥，不光他们文物局要奖励你们，我们公安局也得奖励你们。"齐大仓这才略微舒展眉头，爽朗一笑。

不论如何，这回总算有了更多线索！

透过村委会小屋的窗户，齐大仓几人看到了被关押的冯四宝。

"这个案子应该是本地人和外地人勾结。"齐大仓略一思索，立刻吩咐道,"永福,我交给你两个任务。第一,先把人带回去审一审,要是撬不开嘴,往周围县市和河东发一份协查通告,看看能不能确定这个人的身份,他有没有前科,再把跟严守村喝酒的那个春花带过来让她认一认。第二个任务,去查一下这个车牌,看看车主是谁。"

周永福点头:"明白。"

"齐队,给我派啥任务?"丁炎在一旁发问。

"丁老弟,我还真有个事要麻烦你跟杨队,咱得去看看盗洞。"

"啥叫麻烦,随便差遣。现在这案子变成了刑事案,我们稽查队给你们公安局打工,下回你再给我们打工,咱两家就像两口子过日子,狗皮袜子——没反正。"

齐大仓被逗笑:"你说得对,不等杨队的报告批下来,咱两家已经开始过日子了。这叫啥,试婚!"

两人都笑了,杨青石却盯着冯四宝,皱眉思考着什么。

"杨队,咋咧?"齐大仓察觉到他神色有异。

"我咋看着这人眼熟得很。"

"得是办案子碰到过?"

"岁数大了记性不好,死活想不起来……"说着,杨青石晃了晃脑袋,"算了,先不想了。走,上盗洞看看去。"

吕富贵把齐大仓和杨青石、丁炎带到了昨晚的盗洞处:"就是这儿。"

齐大仓低下头搜索现场痕迹,杨青石环顾四周,丁炎则掏出绳子绑在腰间,拿起手电。

"齐队、杨队,"丁炎说,"我先下去看看情况。"

齐大仓点头:"小心一点,有啥事赶紧喊我们。"

吕富贵帮忙拉拽,丁炎不磨蹭,很快便小心翼翼下了坑。

"富贵哥,"等吕富贵停下动作,齐大仓看向他,"你简单跟我说一下这片果园的情况。"

"这是吕氏家族墓,就是有名的郿县四贤的家族墓。这四兄弟聪慧好学,德才兼备,千年来在我们这一带出名得很。说起来,这四兄弟爱好金石,和文物渊源很深。我听我大说,四兄弟里的吕大临写过一本跟文物有关的书,叫《考古图》。"

说着,吕富贵眼里蓄起晶莹的泪,声音似有几分哽咽:"我先人是给吕氏看坟守墓的,因为这我也当了文保员,咱得守护祖宗的遗产。"

丁炎下到坑里,定睛一看,却忽然怔住。

咋是空的？

他疑惑地举起手电，围着墓走了一圈，仔仔细细看了个遍。

但他并没有看错，这确实是一座空墓。

很快，丁炎便攀着绳子爬了上来。

齐大仓忙上前问："咋样？"

"怪得很，这是个空墓，连棺椁都没有。"

"是被盗空的吗？富贵哥，他们是不是把文物拿走了？"

"绝对没有，"吕富贵摇头，"他们连家伙什都没带走。"

杨青石略一沉思，问："是不是以前被盗过？"

"这不可能，我们天天巡逻咧。"

"杨队意思是更早的时候……"丁炎说着，皱眉摇头，"我看不像被盗过，里面的土都是新土，明显是第一次被挖。这个盗洞深三四米，这墓从形制上看是个竖穴土坑墓，从地面往下挖竖坑，不用砖石，把棺椁放进去后填平，这种墓一般平民百姓用得多。但是这个空墓又没见着棺椁，也没见着尸骨。"

"这倒是个稀奇事。"齐大仓问，"哪个朝代的？"

"应该是宋，吕氏家族墓这片大多数是宋墓。"

听罢，齐大仓沉默片刻，道："杨队，丁炎，咱再在这周边仔细转转，看看还有啥线索。"

几人这便分散开，留意着脚下。

果园里的落叶在地上覆了厚厚一层。

齐大仓走走停停，拨开叶子，不断低头，观察脚底下。果然，他发现一小堆土明显和周围的土不同。再往前几步，一团杂草堆在一起。齐大仓拨开一看，居然有个草草掩埋的坑洞。

洞口用蛇皮袋子封住，他抄起手边的石头，划开了蛇皮袋，露出了黑黢黢的盗洞。

"杨队，丁炎！快来看！"

两人和吕富贵立刻闻声赶过来。

"又是个盗洞……"杨青石向内张望，"看这土色，被盗的时间应该不长。"

"嗯，但是也不像刚挖出来的，应该不是昨天盗的。"齐大仓说。

"这咋回事啊？"吕富贵万分懊恼，"我们天天巡逻，没耽误过一天，也没见过盗墓贼。"

"富贵，你先别着急，我跟齐队先下去看看情况。"杨青石宽慰道，"丁炎，你和富贵在外面守着。"

杨青石二人下到洞里一看，里面乱七八糟，一片狼藉。能拿走的文物都已被偷盗干净，只剩下一些残片碎瓦。

齐大仓注意到地上有脚印，蹲下采集证据。忽然间，他观察到一个陶片上也有个比较新的脚印。

"脚印还比较新，应该是最近才被盗的。"他朝杨青石分析道。

后者重重叹气："破坏得太严重了。"

"杨队，"齐大仓又捡起一块瓷器碎片，递给他看，"你看这像哪个窑口的？"

"釉色青黄，有点像宋代早期的耀州瓷。"

"如果是耀州瓷，那黑市上最近流出的那一批会不会就是出自这个墓？"

"有这个可能，但是我也不能说死，到底是不是耀州瓷得拿回去找专家们看。"

"行，咱先现勘取证。"

杨青石和丁炎返回稽查队的办公室。

"丁炎，你问齐队要几张今天在墓里拍的瓷器照片，去南市问一圈，最好再找线人问一下，确定是不是一批。"

"知道了。"丁炎答。

杨青石往自己办公桌前走，无意间瞥了一眼文件柜里堆积的这些年办过的案子的案卷。猛然间，他脑中灵光一闪，想起了什么，于是赶紧走到文件柜跟前，打开一个摘星古塔地宫案卷，翻开，嫌疑人一页贴着的赫然是冯四宝年轻时候的照片。

齐大仓回到队里，迎面遇到周永福。

"咋样，吐了吗？"

周永福摇头："问啥啥不说，就是一个装死。"

"春花过来认人了吗？"

"认了，说寻她的不是这个人。"

"河东那边有消息了吗？"

"协查通告已经发下去了，没有那么快。那个车牌也查了，是个假的，查不到车主。"

眼见原以为有用的线索又突然断了，齐大仓心如乱麻，皱了皱眉。

此时，电话忽然响了，他立刻接起："喂，杨队……真的？！……好，我等你。"

# 第五十四章 老友

讯问室中,冯四宝低眉垂眼,缄默无语,一副完全不想配合的样子。

齐大仓和杨青石一起走了进来。

冯四宝看了眼杨青石,猛然一惊,赶紧把头低下。

"冯四宝,还记得我不?"

冯四宝低头,装没听见。

"十几年没见,你得是吃哑药了,咋还变哑巴了?"

冯四宝还是不说话。

"要不要我去河东文溪县把你爸你妈跟你媳妇请过来,让他们亲口跟你说两句,看看能不能治好你的哑病?"

冯四宝这才抬起头,嬉皮笑脸地看向杨青石:"哎哟,想了半天我才想起来,是杨队吧。你这记性真够好的,都十几年了,还记得我。"

"没想到十几年了你还干老本行呢。"

"没有,改行了。"

"对,是改行了,"杨青石冷冷笑着,"不偷塔了,改盗墓了。"

冯四宝不好意思地笑笑。

"行了齐队,老熟人碰面,该说的旧嗑都说完了,你们聊正事吧。"说完杨青石便离开了。

齐大仓拿出空墓的照片,厉声质问:"这是不是你们昨天挖的?"

冯四宝又不开口。

齐大仓却不急:"不说也没关系,我们有证人、证物,证据链完整,法院那边该怎么判就怎么判。"

冯四宝这下慌了,支支吾吾道:"我,我冤枉!这就是个空墓,我们啥也没挖着……"

齐大仓挑眉:"咋,不装哑巴咧?"

"我就是个下苦,跟我没关系,我啥也没挖着,这不叫盗墓吧?"

周永福拍了拍桌子:"少在这讨价还价!"

"那……"

齐大仓又拿出承议郎墓的照片:"这个墓眼熟吗?"

冯四宝摇头。

"这个墓就在昨天那个果园,是不是你们挖的?"

"不是,这个绝对不是,我们昨天是第一次去。"

周永福见他似乎一口咬定,强调道:"你现在说的可都要负法律责任。"

"我懂法,我都进去好几次咧。"

"咋,"齐大仓无奈地看着他,"你还觉得光荣?"

"我不是这个意思,警察同志,我不敢撒谎!"冯四宝急急辩解,"这个墓绝对不是我们挖的。我们来你们秦川,就干了这一票,还让你们逮住了。"

"那说说你的同伙吧,河东人有谁,秦川本地的有谁。"

冯四宝自知瞒不住了,便开口:"河东的算上我一共四个,他们仨是没出五服的兄弟,我只认得老三,光知道他外号叫三马。秦川本地的有一个,是他找的我们,叫啥我不知道,没搭过话。"

"你们在哪儿落脚?"

"南康新村的汇安旅馆,那个秦川人安排的。"

"除了这处,还有别的落脚地吗?秦川人找过来之前你们住哪儿?"

"吉利村鸿运旅馆,当时那个秦川人如果不来,我们就走了。"

齐大仓眸光一闪:"去哪儿?"

"他们兄弟仨说话全都背着我,有次三马喝醉了,说他有一个姐夫在清源县卖化肥,私底下也干这活,要去找他。"

周永福问:"那个化肥店具体在哪儿?"

"人家咋会跟我说……我就是听他们谝了一嘴,叫啥家村。"

结束问话后,齐大仓在办公室向赵丰汇报:"我觉得冯四宝的口供可信度很高,他们极有可能只挖过这一个空墓。师父,咱推一下,如果先前被盗的墓是承议郎的墓,有人听到了风声,也想捞一把,于是组织了这伙河东人盗墓,结果挖到了空墓。"

"有这个可能,"赵丰认同地点头,"刚才文物局那边打来电话,说你们拿去的瓷片确实是耀州瓷。但是这个墓是不是承议郎的墓,还不好说,因为没有其他证据。"

"现在突破口就只剩河东人咧,我估摸着剩下三个河东人很可能已经去了清源县,咱们要不跑一趟清源县?"

"去一趟,永福和小杜也跟着。"

"师父,你给清源县公安局先打个电话,我们去了也方便。"

赵丰突然笑了:"清源县公安局的副局武振川不是你的老同学吗,还用得着我打招呼?"

"灵人不用说，闷人拿棍戳。"齐大仓咧开嘴，"这武振川你不戳一戳，他肯定先紧着他的案子办，晾着我们。"

尹村村口，方堃正在等车，看到几人朝他走来，正是雒青、郭士林和小白。

"才回来几天，又扔下我们这些人走了，良心都叫狗吃了。"郭士林数落他，"非要回榆塞干啥，秦川这么大咋就卧不下你这条龙……"

雒青忙打断他："行了，要走了你还给他心里塞砖。"

郭士林却还不解气："你要再像上回一走就是几年，我就当没你这个兄弟了。"

"好了，别再说了，"方堃笑了笑，"再说下去，我还以为你暗恋我呢。"

"滚尿！"

说着，一辆出租车在方堃面前停下。

雒青静静地注视着他，良久，开口道："上车吧。"

方堃也与她对视，十分不舍，手臂"蠢蠢欲动"，想拥抱她。

"方老师，你放心，我一定会替你照顾好雒老师的。"

小白一番话，又使方堃克制住了那份冲动。他收敛心绪，恢复轻松神情，弹了一下小白的脑门："先把你自己照顾好吧！"

不能耽搁太久，他又看了眼雒青，而后转身上车，对着他们挥手告别。

看着出租车开走，尾气渐渐消散，雒青在原地停留许久，忽然鼻头一酸，差点落下泪来。这一别，也不知何时才会再见了。

榆塞沙漠苍茫壮阔，沙丘连绵起伏，如金黄的海。天边纯净得几乎没有一丝云彩，红日似血，悬垂西边。方堃背着行李走来，留下一串脚印，他看到对面不远处，白榆生牵着两只大骆驼正在等他。

"方老师！"

听到他的呼喊，方堃快步过去："白老师……小雪！"

他惊喜地看着小雪，一把抱住它的脖子，小雪也亲昵地用头抵他。

"没想到离开这段时间，最想的居然是它。"方堃笑了笑，又问，"骆五呢？长多大了？"

白榆生眨眼："你看这是谁？"他从小雪身后牵过来一只小骆驼。

方堃顿时欣喜："骆五！"

"想着你肯定心心念念要见你孙子，就给你牵来了。"

"还是你懂我。"方堃朝他会心一笑，与他击掌，感慨起来，"哎呀，我这大孙子，才几天就长这么大个了。小雪，真是我的好女子，头回当妈就这么会带娃。"

他从包里取出两个仙人掌，迫不及待地喂给小雪和骆五。

"哎呀，这带刺的爱。"白榆生也调侃起来，"骆五、小雪，赶紧尝尝秦川来的仙人掌跟咱沙漠里的哪个香。"

过了一会儿，方堃和白榆生一人骑着一只骆驼，骆五乐悠悠跟在后面。

"听说你这次在秦川休假也有意外收获。咋样？在榆塞干了这几年，再回秦川工作，有没有啥区别？"白榆生扭头看方堃。

"我的感受就是，在沙漠的这几年足够我受益一生！现在我终于明白了当初昝教授为啥要来沙漠历练，很多工作，比如踏查、采集遗物、断面分析，看着是一些很寻常的重复性工作，其实已在不知不觉中提高了我们在具体实践中的效率。"

"方老师，我有幸见证了你这几年的成长。昝教授泉下有知，也会很欣慰的。"

话音刚落，两人都沉默了。

"对了，有个好消息，"白榆生连忙转换话题，"你走的这段时间，我们已经把资料整理得差不多了，咱们这几年的榆塞境内长城资源'大体检'工作已经基本结束。"

"你们的效率很高啊！"

"国家文物局准备启动全国范围内的长城资源调查项目，所里想推你当秦州长城资源调查队的项目领队。"

"我？"方堃惊讶不已，"不行不行，我的资历尚浅，你才是最合适的人。"

白榆生笑了笑："相信我，从经验、体力、协调能力等各方面来说，你都比我合适。能给你当副队，是我的心愿。"

方堃沉默不语，陷入长久的思考中。

清源县公安局外，齐大仓的车停下。秦川来的三人甫一下车，早就等候在此的武振川和下属刘刚就热情地迎了上来。武振川面相显老，个头不高，乍一看像是朴实的农民。

"大仓，你们路上辛苦咧。"

齐大仓一一介绍："老武，这是我们队的小周和小杜。"

"欢迎秦川的同志们来指导工作。"武振川和大家依次握手。

"老武，武局，你可别给我们戴高帽，指导不敢当，我们是觍着脸求你办事来咧。"齐大仓笑笑。

352

"你放心,我们一百个配合。先上我办公室,茶都泡好咧。"

将众人引到办公室后,武振川动作利落地端茶倒水。

"老武,你快别忙活了,"一心挂着正事,齐大仓连忙催促,"我们又不是来喝茶的,案件传真你看了吗?"

"看了。"

"看完就完咧?"

"你看你急啥,在警校就爱着急。你说的化肥店我已经安排人去查了,有结果马上跟你说。"

"你们这叫啥家村的有几个,这一查就查得到吧。"

"有周家村、张家村,还有个席家村,但化肥店多了去了,我们得一家家排查。"武振川略显无奈,"你放心,有线索第一时间通知你。你们大老远来肯定也累,去招待所歇歇,我都安排好了。"

招待所房间是个套间,带个会议室。周永福和小杜啃着武振川送的水果,对环境相当满意。

"这回出差美得很,平时都是一个屋挤四个人,哪住过带会议室的套间。"小杜啧啧感叹。

"咱求兄弟单位办事,回回得看人脸色。这回沾了齐队的光,武局大方得很,给咱忙前忙后,还送水果。"周永福也舒展手臂,在柔软的沙发上跷起二郎腿。

"他大方?"听到他们的对话,齐大仓挑起眉毛,"你们知道在警校的时候他外号叫啥不?"

"啥?"

"武啬皮,他是出了名的啬皮痂痂子!"齐大仓神色复杂,"认识快二十年,他就请我吃了一顿饭,那顿饭吃得我永生难忘。"

"咋个难忘法?"

"这事有机会再谝,"齐大仓收住话头,"他可从来不轻易大方。"

周永福问:"你俩在警校的时候是不是关系特铁?"

"我俩这关系,咋说呢……嘴里蜜蜜甜,心里锯锯镰。"

武振川办公室里聚了五六个同事。

"周家村那边几个人守着?"

"六个。"

"咱们再去六个,十二个人分成三组。大家回去做下准备,咱们一会儿楼下集合。"

刘刚正要走,又被武振川叫住:"刘刚别走,我有别的任务给你。"

"武局,啥任务?"

"你去买点好酒好菜,晚上到招待所,陪他们吃好喝好。"

"明白,"刘刚会意,"我保证让他们一觉到天亮。"

"我那老同学猴精,你可千万别让他看出猫腻。"

"你放心,保证完成任务。"

武振川从口袋掏出一百块塞给他:"去吧。"

定睛一看,刘刚不由感叹:"武局你也太啬皮咧,一百块能买啥好酒好菜。"

"你娃别废话,"武振川白他一眼,"懂不懂啥叫花小钱办大事。"

夜幕降临,刘刚提着酒和菜来到齐大仓他们的房门外,敲了敲门:"齐队?"

没回应。

"齐队在不?"他继续喊,"小周?小杜?"

依然没有回应。

天边黑色越来越深,周家村繁华的街道渐渐安静下来。街上有一家名为"阜丰化肥"的店,前店后院,此刻店门紧闭,似乎没营业。街对面,稀稀疏疏地停着三辆车,车上坐着的正是清源县公安局的侦查员,其中就有武振川。他手拿对讲机,紧紧盯着前方。车上每个人都特别紧张,像是预备狩猎的猎犬。

突然间,一阵电话铃声响起,武振川接起电话:"喂,啥事?"

"武局,我没寻到齐队,服务员说他们出去咧。"

"先别管咧,我这正蹲人。"说完,武振川立即挂断电话。

这时,透过车玻璃,武振川留意到一辆面包车停在了化肥店门口。

武振川拿起对讲机:"一组、二组注意,目标出现,目标出现。先不要轻举妄动,核查人数。"

武振川紧紧盯着那辆面包车,只见三个人相继从面包车上下来,而后敲了敲化肥店的门。不多时,店老板便从里面打开了门。

武振川数了数,对着对讲机说:"看清了,是四个,抓!"

三个侦查员立刻打开车门,冲了出去。

河东人团伙一看这阵势,立马如惊弓之鸟,冲进化肥店。

侦查员们眼疾手快,很快将其中三个擒住。三马身材矮小,动作敏捷,他抄起化肥包向侦查员砸过去,然后跳进柜台,向后院跑去。

武振川紧随其后,追了上去。

## 第五十五章 联合

化肥店后院里，武振川追上三马，一把抓住他的肩膀。

"小贼，我追了你好几个月！"

没想到，三马一个顺势下蹲，竟生生从武振川的掌下溜了出去。就在他以为自己逃脱了的时候，墙上突然跃下三个人影，堵住了他，其中一人一个擒拿手将其双臂反剪，牢牢控制住。武振川一怔，才看清这三个人就是齐大仓、周永福和小杜。

"武局，"齐大仓咧嘴一笑，"这人可就归我咧。"

武振川满脸意外："齐大仓，你咋找到这儿来咧？"

"你个嗇皮痂痂子，又是安排套间又是送水果，突然大方得很，我就觉得不对劲。我让我领导给你领导打了个电话，果然，你老小子背着我耍花活。老同学，你一撅腚我就知道你要放啥屁。当年就跟我玩这一套，一顿饭骗了我一辆自行车……"

武振川面上挂不住，连忙打断齐大仓："你别跟我翻这老皇历，人你不能带走，这个河东团伙在我清源县犯了案，为寻这几个人我们查了好几个月。"

"这化肥店的线索可是我们给你的，要是没有我的线索你能查到这儿来？"齐大仓笑归笑，把三马交给周永福和小杜的动作却一点不含糊，"老武，你拦着没用，我师父跟你领导都打好招呼咧，不光人我们带走，你们还得派几个得力干将给我把人送到秦川。"

武振川气得咬牙："齐大仓，你小子下次可别落我手里！"

"你啊，死心吧，我咋可能落你手里。"见他吃瘪，齐大仓得意不已，"对咧，那自行车的事算是扯平咧。"

齐大仓三人连夜驱车赶回秦川。

周永福仰头长叹："可惜了大套间，床还没躺就回来咧！"

"有啥好可惜的，套间咱也有，咱队里要办公有办公的地儿，要吃饭有吃饭的地儿，要行军床有行军床，整个队都是你的套间。"

"唉，跟了齐队，就是连轴转的命。"

"你以为跟了武嗇皮能好到哪儿去，"齐大仓没好气，"他是又让马儿不吃草，又让马儿跑得快。"

"哎，齐队，"小杜凑了过来，"你和武局是咋回事？"

"对对,讲讲那自行车的事!"周永福也帮腔。

见状,齐大仓笑了笑,说:"当年在警校,学校组织越野跑,奖品是辆自行车,当时班上数我和老武跑得快。我俩当时都有对象,都想赢了自行车送对象。结果比赛前一晚,老武请我吃饭,给我灌醉了。第二天等我醒了,这赛也比完咧。"

"那自行车武局赢去了?"

"赢了有啥用,人家那女娃最后也没跟他。还得说是你嫂子有眼光,觉悟高,没有自行车也让我拐回家咧。"

众人齐笑。

赶了一夜的路,黎明时分,几人终于风尘仆仆地回到了局里。

齐大仓敲了赵丰的办公室门。

"进。"

听到里面传出声音,齐大仓立刻开门进去:"师父,我们回来了。"

"人抢到手了?"

齐大仓嘿嘿一笑:"抢到了!"

赵丰忍俊不禁:"你小子,对付起同学也是一点不手软。"

"那还不是师父教导有方。"

"记得孙悟空下山时候菩提老祖说的话不?"

"以后闯了祸不要提师父。"

"对喽!"赵丰也笑了,"赶紧去把你这身脏皮脱了,换一身干净衣服。"

"干啥?"

"准备上花轿,出嫁。"

"啊?"齐大仓呆在了原地。

文物局大会议室内,局长成志正在主持会议:"同志们,为了严厉打击盗窃、盗掘、倒卖、走私文物及盗掘古文化遗址、古墓葬等违法行为,我市决定建立由秦川市文物局、秦川市公安局、秦川市自然资源和规划局等相关部门协作的文物安全联席会议制度,加大打击防范文物犯罪工作力度,探索出一套行之有效的工作方法。同时成立打击文物执法范围联合工作办公室,建立文物、公安联合执法机制,形成文物执法合力。"

话音刚落,杨青石、齐大仓等人高兴地连连鼓掌。

"建立联合打击办的目的,在于立足秦川,在全国范围内率先建立'文物安全大防控体系',开展主动性执法监管,公安部门协同文物部门对文物市场进行检查,文物部门配合省里的'鹰'系列专项行动,协助公安局侦破文物刑事案件，提高智慧化执法水平。"成志继续说，语气激昂，字字铿锵，"希望今后我们两个部门的同志通力合作，进一步提高秦川市执法水平，严厉打击文物犯罪行径！"

所有人起立鼓掌。

联合打击办崭新而宽敞，周永福、小杜、小贾在房间里转来转去，看得兴奋不已。齐大仓也很高兴，脸上一直挂着笑。

"齐队，你看看人家稽查队的气派，比咱以前那个小窝宽敞多了。"周永福不停感叹。

"都是穷兄弟，谁也不比谁气派，"杨青石无奈笑笑，"这是我们全队上下花了血本凑的。"

"可不是嘛，这真比娶媳妇都舍得下本。"丁炎挤眉弄眼，"杨队说了，兄弟单位过来，绝对不能亏待了，啥都要新的。为了置办家当，杨队把瞒着媳妇攒的私房钱都掏空了。"

杨青石给了他屁股一脚："啥时候变得这么贫！"

"本来心里还打鼓，过来一看放心了，看来我们是'嫁'对人了。"

齐大仓话音刚落，众人便哈哈大笑。

"说笑归说笑，真的是打心眼里高兴，"杨青石由衷笑了，"这是入行几十年来最让我高兴的事，有跨时代的意义。"

"秦川的文保是杨队一路见证走过来的，经历的跨时代的事太多了。往后大家都是一家人了，互相帮衬。"齐大仓看着他。

周永福插话："这回冯四宝的事，杨队不就帮衬上了嘛。"

"对，"齐大仓说，"以后我们再碰上像张所那种'听君一席话，如听一席话'的专家，你们也得帮忙啊！"

"一样一样，我们执法过程中再碰上硬茬，你们也得护着点。"

"兄弟齐心，其利断金。"

"那咱这就算是领证咧？"

"领证咧！"

齐大仓和杨青石的两双手紧紧地握在了一起。

讯问室内，齐大仓和周永福正抓紧时间提审三马。

"三马，知道我们为啥抓你不？"

"知道，盗墓。"

"盗的哪儿，说清楚。"

"弭县吕家寨。"

"盗出啥了?"

"啥也没有,那就是一个空墓。"

齐大仓把承议郎墓的照片拿给三马看:"是这个墓吗?"

"不是,绝对不是,"三马摇头,"这个墓明显是别人盗过的,我们那个墓就是一个纯空墓。"

齐大仓又给三马看空墓的照片:"是这个吗?"

"对对,就是这个!"

"点是你们踩的?"

"这咋可能,警察同志,我们就是下苦,人家喊我们来我们就来咧。"

齐大仓眸光一闪:"人家是谁?"

"我不知道他真名叫啥,光知道他是秦川的,叫大头。"

"大头是支锅?"

"反正我们是他找来的,他上面还有没有别人,我们也不知道。臭行也有臭规矩,我们不能随便打听。"

"在秦川,你们还盗过哪些墓?"

"没有了,就这一个,运气不好。"

"运气不好?"周永福忍不住在一旁插话,"你的意思,要是挖着了就是运气好呗?"

"不是,我不是这个意思。"三马摆手,"我已经知错咧,是我们运气好才没有酿成大错。"

"三马,你要真知错就实话实说,干过啥老老实实交代。你得明白,你不交代,你的同伙也会交代。"齐大仓直直盯着他,"冯四宝态度很好,该说的也说咧。你的态度咧?"

闻言,三马沉默了半晌,说:"我说。前几天我们想盗一个,但费死劲都没炸开,我们就撤了。警察同志,没盗成不算盗墓吧?"

齐大仓和周永福看了看彼此,心里有谱了。

"那个墓位置在哪儿?"

"尹村。"

"你得是事先还踩过点,让镇上一家理发店的老板娘把文保员给灌醉,还药了人家的狗?"

三马愣愣看着齐大仓:"你咋知道的?"

联合打击办这便派上了用场,杨青石等人在里面开案情讨论会。

"我们先汇总一下两边的进展。这个叫大头的身份确定了吗?"

"在押人员都说没听说过这个人，我们也问了几个有前科的，没提供啥有价值的线索，"小杜汇报，"看来这个大头没进入过我们的视野。"

齐大仓补充："我们又对这四个河东人交叉审讯了一遍，基本上可以确定只有空墓是他们盗的。尹村前几天的盗墓案也破了，就是他们干的。"

听罢，杨青石若有所思："现在南市也没有那批宋瓷的下落，不排除嫌疑人听到了风声，不敢出手……"

"我看过吕家寨文保员的巡逻排班，几乎全年无休。"齐大仓很是不解，"你说前一伙盗墓的这些人，是怎么在他们眼皮子底下挖坟掘墓的？"

"你的意思是……"杨青石眼色一敛，"前一伙盗墓的人跟文保员有关？"

"我不这么认为，上次去跟他们接触过，能看出来他们负责得很，警惕性也很强，看到一个陌生牌照都要记下来。所以……才更显奇怪。"

"我对吕富贵的判断也是一样的，吕氏家族墓里埋的是他的先人，现在遭了贼，他特别难受，为此还羞愧得病了一场。"丁炎也说，"这样的人，他怎么可能参与盗墓咧？"

"文保员绝对没有参与，这点咱们的看法一样。但是有没有一种可能，盗墓贼对文保员的巡逻时间非常清楚，避开了文保员作案？"杨青石一手托着下巴，"我问了他们的巡逻时间，虽然都是挑在盗墓高发时间点，但毕竟还是有空隙。"

"有这种可能，我们再跑一趟吕家寨，跟文保员们聊聊，看看有没有啥遗漏的地方。"齐大仓说，"小杜，你继续追大头这条线。"

"行。"

杨青石又道："我们继续盯黑市，看看那批瓷器的动向。"

齐大仓点头："好。"

月上树梢，穆见晖在废品回收站内等着。外面传来动静，他推门一看，是黎远光回来了。

"咋样了？"穆见晖问。

"我打听过了，邢兆虎跟山娃这几天都没回过砖窑。"

听罢，穆见晖思索着。

"他俩不会已经把货出掉，拿钱跑了吧？"黎远光问。

"不可能，现在这批货肯定没人敢收。"

"华南王呢？"

"他？没这个胆，又想吃鱼又怕腥的。"穆见晖皱着眉头，突然灵光一闪，想到了什么，"除非……"

"除非啥？"

"除非邢兆虎搭上赵佑林了……不过也不太可能，赵佑林揣了个曹操心眼，生性多疑，不知根知底的不会贸然上手。"

正说着，他的手机响了，穆见晖一看，是个陌生座机号，于是接起。

"是我。"对面传来邢兆虎的声音。

穆见晖露出了然的笑容："虎娃兄弟。"

"钱凑得咋样了？"

穆见晖立刻换了一副腔调："哎呀，兄弟，是哥把话说早了，怨哥没本事，才寻了百十来万。你这批货哥确实眼馋，但是壶里没酒难留客，有心没福，估计吃不下你的货了。你寻下买家了吗？"

"他妈的，我早料想到你是个日把欻！少跟我称兄道弟，我说你这个人一嘴蜜一肚脓说错了没有？把牛吹到天上去，到头来原是拿我当猴耍。"

电话那端，邢兆虎很是愤怒，仿佛下一秒就想撕碎他。

"不是吧，兄弟，你还没找见买家？"穆见晖却仍不紧不慢，"哎呀，怨我怨我，你有气尽管朝我撒，我没二话。不过现在也麻缠得很，你听说了吗？生娃带人去你起货的墓里下坑，结果叫人家文保员逮了一个。"

邢兆虎一愣："你说啥？"

"你不知道啊！那你可得多留神了，本身稽查队就盯上你的货了，现在警察再捋着线头一路查，万一再查到你……"话没说完，电话已经被挂断。

一直在旁边听着的黎远光想了想，道："都这个当口了，估计百十来万邢兆虎也认了，咱要不要准备一下，去收他的货？"

"他认了，我不认。他现在还没被撵到绝路，等他意识到这批货不卖的话，他连人带货都出不了秦川的时候，就会回头求我，到时随便咱开价。"

"万一他急了，卖给姓刘的咋办？"

"刘树生现在是泥菩萨过河——自身难保！"穆见晖冷笑，"就算他有心卖，也得能联系上刘树生才行。"

公用电话亭内，邢兆虎开机，在手机上寻找"生哥"的电话号码，屏幕上一下显示好几个。

"嘟……嘟……"他挨个拨打，却无一例外都已关机。

厚重的云缓缓移动，凝重得仿佛下一秒便大雨滂沱。邢兆虎咬牙切齿地一甩胳膊，冲出了电话亭。

## 第五十六章 逮捕

翌日，齐大仓寻到桃园，看见吕富贵跪在地上烧纸。

"富贵哥。"

吕富贵闻声抬头，齐大仓才发现他脸上流着两行浊泪，人也消瘦了不少。

"齐队，你把我带走吧，让我去蹲监狱……"他声音干涩低哑，透着深深的绝望和无助。

"这说的啥话，好好的我为啥要把你带走。"齐大仓连忙扶他。

"我对不起先人，对不起我大。我大临终前千叮咛万嘱咐，要我好好看护先人的墓，我没做到啊！我没有脸见先人，也没有脸在村里住，你让我去蹲监狱，让我赎罪……"

"我把你带走了谁来管这一大片？要是再遭贼，你心里难受不？富贵哥，我知道你心里煎熬，咱现在该做的是把盗墓贼抓住。"齐大仓叹气，而后坚定地看着他，"我来也是这个目的，你好好想想案发前看没看见过生人？"

吕富贵这才慢慢振作起来，恢复了些精神，回忆道："生人倒是不少，这一向是收核桃的日子，村里来过不少收山货的。"

"有没有听到过放炮声？"

"没有。"

"这段时间咱村上有没有办过喜事丧事？车来车往的有没有外地的？"

"喜事最近没有，要说丧事就是我大殁了。我家的外地亲戚都是当天来当天走，也没有生脸。"

"你大办丧事有没有放炮？"

"那自然得放鞭放炮。"

"富贵哥，有没有可能盗墓贼就是那个时候来的？"齐大仓略一思索，道，"你家放鞭炮，地里放鞭炮，谁都不会往盗墓那边想。"

"不可能，那天我虽然没有来巡逻，但宏福、冬生都来了，要是有异常他们早就发现咧。再说，那两天我表弟在这儿守墓，要有盗墓的他能没发现？"

刚说完，吕富贵突然意识到他一直以来都忽略了王太平作案的可能，神色一下子不对劲起来，这一反常表现当即就被齐大仓捕捉到了。

"你表弟在这儿守墓?他叫啥?哪个村的?"

"王太平,王家洼的。"

齐大仓的神经顿时绷了起来:"王太平,当年因为盗窃黑陶俑进去的大痦子?"

吕富贵忽然激动起来:"他是犯过错,可他在我大面前发了誓要好好过日子……我不信他还会干这事!"

"你别激动,我也没说是他。"齐大仓忙道,"富贵哥,咱现在得把一些情况核实清楚,也省得让你表弟背黑锅。你跑一趟王家洼,问问王太平那两天有没有见到可疑的人。"

"行。"

王太平大病初愈,正在家中照着镜子瞧那颗大痦子。

"俶式子,天天对着大痦子相面。"王妻端饭进来,"咋,相出钱咧?"

"别老张口闭口钱钱钱。"

"没钱我才提,要有钱谁还天天把钱挂嘴边。要不是卖了手机,我连病都给你看不起。"

王太平不耐烦,索性用被子蒙住头。

"太平在家吗?"吕富贵的声音从院里传进来。

王妻听见,赶紧把他迎了进来:"表哥来啦,太平在家。"

吕富贵踏入房门,见王太平面带病容,关切道:"太平,肺炎好些咧?"

"差不多咧。"

"弟妹,你给太平买个鸡补补身子,"吕富贵掏出两百块钱塞给她,"这肺炎是给你舅守墓得上的,我心里过不去。"

王太平神色复杂:"表哥……我给我舅尽孝是应该的。"

吕富贵捕捉到他脸上一瞬的尴尬,继续说道:"咱那吕氏家族墓被盗了,你知道吗?"

"啊?"王太平故作震惊,"有这事?"

"太平,你跟我说实话,你跟这事没关系吧?"

"当然没关系,我咋可能走老路!"王太平急急辩驳,"再说,那也是我的先人,我不会浑到去挖自家先人的墓。"

"那天你守墓见没见过可疑的人?"

"没有,连个兔子都没有。"王太平又想了想,说,"表哥,警察找你问话咧?"

吕富贵点头。

"警察问到我咧？"

"问咧，你有前科，人家都知道你。"

王太平顿时紧张起来："那你咋说的？"

"有啥说啥，照实说。"

与此同时，齐大仓的车停在王家附近的小胡同里，正好可以监视王太平家。他和周永福两人一直紧盯着屋内的动向。

"齐队，"周永福转头，"你说真是大痦子干的吗？"

"现在看来他的嫌疑最大。"

周永福无奈："这才出狱几天，怎么又重操旧业。"

"肯定还有其他人，我让吕富贵来给大痦子透点风，他背后要真有团伙，一定会跟同伙联系。"

齐大仓说着，眼眸中映着锐利如刀的光以及吕富贵从王家离开的身影。

天色渐黑，王家大门悄悄打开，王太平鬼鬼祟祟地离家而去。

"永福，下车跟上！"

齐大仓一个激灵，立刻下了车，和周永福一起谨慎地跟在王太平后面。

须臾，王太平拐进了小卖部。

他们躲在小卖部外，略微探出一点头来观察。王太平拨了电话，电话那端却提示拨打的电话已关机。

"妈的。"王太平愤怒挂断。

店主伸手："五毛。"

"没打通还要钱？"王太平骂骂咧咧，"想钱想疯咧，老子没钱！"

他又皱着眉头烦躁地出了小卖部，朝村口走去。

"永福，你去看他给谁打的电话，我继续跟着他。"

吩咐完，齐大仓继续猫在王太平后面。

王太平来到了邢兆虎在郊区的砖窑，然而大门紧锁，里面一片漆黑。他走也不是，不走也不是，犹豫了片刻，只好圪蹴在门前等待。

砖窑不远处，齐大仓和周永福隐蔽在沟里。

"看他的样子应该是等人，现在还不确定是不是等同伙……"齐大仓压低声音，"你去跟队里打个招呼，叫几个侦查员来支援，一定要注意隐蔽，千万不能打草惊蛇。"

"行。"

一夜过去，天光熹微，日头已渐渐浮现于原野之上，但山间温度未有回升，仍然寒冷彻骨，不知不觉灌木丛上挂了许多白霜。

砖窑门口，王太平冻得直哆嗦，揣着手直跺脚。

这时，一辆面包车驶来，王太平一看车上的人正是山娃，急忙迎上去。

"虎哥咧？"

山娃下车："你找虎哥干啥？"

"出大事了你们知不知道？盗洞让警察发现咧，那批货卖出去没有？"

"去去去，少打听，我现在也烦着咧！"

王太平急了："你们不能说话不算数，把钱给我结了，我去躲一阵。"

"狗日的，你管我要钱，我还不知道管谁要钱咧。"

"你不给我钱，信不信我去告发你们？"王太平把心一横，"我日子过不下去，你们也别想好过！"

"哟，说话硬气得很，你个烂怂扎起狼势子咧。"说着，山娃猛地抽了王太平一巴掌，"狗日的跟我叫板，你也不看看谁是爷。"

王太平受了侮辱，索性豁出去了，硬着头撞向山娃，两个人扭打在一起。

不远处的地沟里，蹲守在此的齐大仓和侦查员们见形势不对，直接冲了过来。

"都别动，警察！"

王太平和山娃吓得忙往车上跑，然而，还没关上车门就被齐大仓和周永福等人揪了下来。

齐大仓扬起眉毛："王太平，大痦子，还认得我不？"

王太平哇的一声哭了出来："咋又落你手里咧？！"

回到队里，齐大仓吩咐道："永福，先拿王太平开刀，挨了一宿冻估计心理防线快崩了。"

"明白。"周永福点点头，随后便把王太平领进了讯问室。王太平一进来就不停哆嗦。

"永福，"齐大仓笑了笑，从容道，"给大痦子倒杯热水。"

王太平被他的态度整得摸不着头脑，心里慌得很，直接咧开嘴哭："我真的知道错咧！"

周永福厉声道："你既然知道错了，就把你知道的都说出来。"

"都怪我这该死的大痦子！"王太平忽然抽了自己一巴掌，"我当年因为大痦子被你们认出来咧，吃了好几年牢饭。出来以后，我想着好好过日子，重新做人，谁知道又让邢兆虎认出来了。"

齐大仓眼神微变："邢兆虎是谁？"

"燕小五喊我去盗的白鹿原上的那个墓，是滤了别人的坑，那坑就是邢兆虎的。"

齐大仓一愣："你是说当年的黑陶俑案？"

"对，警察同志，我当时并不认识他。"

"燕小五当时认识邢兆虎吗？"

"应该不认识，我从来没听燕小五提起过，估计他也不知道滤的是邢兆虎的坑。"

"盗黑陶俑的时候，邢兆虎那边几个人？"

"天黑得很，我看不清，三四个吧。"

"好好想想，"周永福盯着他，"三个还是四个？"

王太平吞咽口水："好像是……四个。"

齐大仓又道："说说邢兆虎是怎么找上你的？"

"我前些日子找活干，好死不死撞上了他。就是这颗大痦子，让他认出了我。他说要弄死我，我为了保命只好告诉他吕家寨有大墓。"

周永福拿出承议郎墓的照片："是这个墓吗？"

"是。"王太平点头，"我没有办法，要不然他真会打死我。我舅出殡前一夜，他们盗了这个墓，我在上面望风。"

"盗墓的都有谁？"齐大仓追问。

"一个叫五龙的下苦，还有刚和我一起被抓的，他叫山娃，还有邢兆虎。"

周永福一边记录一边问："盗出了些啥？"

"我不知道，他们也不给我看，我当时又冷又害怕，直接晕过去咧。这帮狗日的没良心，直接不管我咧。"

齐大仓顿了顿："这些天，你们联络过吗？"

"没有，昨黑下给邢兆虎打了个电话，他关机咧。"

周永福又问："你来砖窑干啥？"

"砖窑是邢兆虎开的，我怕你们查到我，想找他要点钱躲一躲。结果没等到邢兆虎，等来了山娃。"

齐大仓若有所思，道："五龙在哪儿？"

"他有时候在砖窑，有时候在田家湾一个工地当小工。"

"认识大头吗？"

王太平摇头："不认识，我知道的就这些咧。"

从讯问室出来后，齐大仓对周永福说："安排小贾去抓五龙，抓紧拿口供。"

秦川市某工地上,五龙正推着水泥,见几个侦查员追过来,他撇下车拔腿就跑。

追了一段,小贾一个飞扑,直接将他按倒在地。

齐大仓和周永福又把山娃带到了讯问室。与心有亏欠的王太平不同,山娃摆出一副不想配合的样子。

"山娃,你真名叫啥?"

山娃突然操起了普通话:"就叫山娃。"

"还不老实!"周永福脾气更暴,已按捺不住,"姓啥叫啥,说清楚!"

"我说的是实话,这是我爹妈取的。"

"你是真顽固,你姓郭,叫郭峰山,五龙是你堂弟吧?"齐大仓双手支着下巴,"你知道我们为啥把你弄到这儿来不?"

山娃梗着脖子:"我还想问你们咧,平白无故凭啥把我抓来?"

"平白无故?"齐大仓轻轻一笑,"那你见着我们为啥跑?你心虚啥?"

"我……"

"张不开嘴我替你说——吕家寨桃园吕氏家族墓,是你们盗的吧?"

齐大仓把吕氏家族墓中承议郎墓被盗的照片亮出来。

"是你们干的不?"

山娃飞快瞄了一眼照片,沉默着。

"那……"齐大仓又亮出了吕氏家族墓中的空墓照片,"这个呢?"

山娃忙说:"这个真不是!我们就去过一次。"

"你好好看清楚。"

山娃只好把承议郎墓的照片挑出来:"我承认,这个是我们干的,我们真就干过这一次。"

"你们都有谁?"

"我和王太平,还有五龙。"

周永福挑眉:"你还挺仗义,邢兆虎认识不?"

山娃紧张,心跳得快,犹豫着要不要交代。

不等他开口,齐大仓继续问:"邢兆虎现在在哪儿?"

"我真不知道他在哪儿!"见瞒不过去了,山娃懊恼说道,"警察同志,这是真话。"

周永福又问:"你们盗出了啥?"

"有青铜器,还有一些我也不知道是哪个年代的铜镜,还有五六十件瓷器。"

周永福把黑市上流传的耀州瓷照片递给山娃看："这些瓷器是那个墓里的吧？"

山娃点头："是。"

"你去砖窑干啥？"齐大仓问。

"邢兆虎给我打电话，说让我把藏在砖窑的文物取出来。"

齐大仓跟周永福一对眼神，后者立马会意。

接到指令后，小杜忙带着同事赶赴砖窑，来到办公室后，几人便分头去找。

小杜四下打量，走到办公桌旁时，总觉得有些奇怪，便蹲下身细细查看。他忽然发现桌下有异常，于是赶紧移开办公桌，掀开地毯。

只见水泥地上有一个木板盖，拉开木板盖，露出了一个一米见方的地窖。里面放着一个个盒子，盒子里面全是青铜器皿。

小杜立刻朝其他人喊道："再看看其他地方，还有没有别的文物！"

## 第五十七章 绝路

审讯还在继续，周永福突然接到了小杜的电话。

"喂……行，我知道咧。"

挂完电话，周永福看着山娃："砖窑里没有瓷器，这是咋回事？"

"这我不清楚，你们也看见了，我连砖窑门都没进，就被你们逮了。"

齐大仓皱眉："邢兆虎原话怎么说的？"

"他说我们被警察盯上咧，现在没有人收货，他把一批货藏在了砖窑，让我取出来。没别的咧，是瓷器还是青铜他没跟我说。"

"你最后一次见到邢兆虎是啥时候？"

"嗯……"山娃想了想，说，"应该是上个星期天，有人约了我们看瓷器。"

"在哪儿？"

"南郊天桥底下，那人没来，邢兆虎很生气，他就自己走咧。这之后我们就再也没见过。"

"邢兆虎有没有跟你说取完货在哪儿见面？"

"他让我去酒店等电话。"

"你跟王太平咋认识的？"

"他来工地找活，遇见了五龙，五龙把他带到砖窑的。"

"以前不认识？"

"不认识。"

"山娃，我们问你的每一个问题都不是瞎问的，"齐大仓克制怒意，道，"你要是弄虚作假的话，后果你自己要想清楚。"

"真不认识！"

这下，齐大仓眼神凌厉，直直瞪着山娃："我再给你最后一次机会，你俩咋认识的？不要让我说一件，你坦白一件。"

山娃被看得发毛，低垂下头："黑陶俑……就是那事。"

周永福忍不住用力拍桌子："挤牙膏咧，说详细点！"

"我说，我说！"山娃吓得一激灵，"那年我们在白鹿原上踩了一个点，坑都掏好咧。狗日的燕小五跟王太平，装成文保员吓唬我们。我们跑了以后，他们滤了我们的坑。"

齐大仓问:"你们都有谁?"

"我,还有邢兆虎。"

"不要跟我耍小聪明。"

山娃只好继续交代:"还有俩人,一个管炸药,一个跟我下坑挖洞。"

"这俩人叫啥?"

"不知道,都是邢兆虎找的人,我们没搭过话,谁知道他们叫啥。"

"大头认识不?"

"不认识。"

联合打击办会议室内立着一块白板,上面写着"黑陶俑案""吕氏家族墓承议郎墓案""吕氏家族墓空墓案"几个关键词,另有一些潦草笔迹。

"王太平、山娃还有五龙的口供我们已经拿到了,现在我给大家做一下案情汇报。"齐大仓清了清嗓子,站在白板前做案情总结,"先从黑陶俑案说起。当年邢兆虎带着山娃等,共四个人,在尹村挖了坑,结果被燕小五和王太平吓跑,还被滤了坑,这一点和燕小五当年的口供能够相互印证。"

他边写边继续:"上个月,王太平出狱,结果被邢兆虎认出来。在邢兆虎的威逼利诱下,王太平带着他们去了吕家寨的吕氏家族墓,盗了其中的承议郎墓。承议郎墓失窃后不久,大头就带着四个河东人来了,结果没想到挖到了空墓。"

"我有个问题,"杨青石开口,"大头是怎么摸到吕氏家族墓的?"

丁炎说:"承议郎墓出土的瓷器在黑市上反响很大,会不会是大头听到了风声?"

"有这种可能,"周永福点头,又疑惑道,"但是大头怎么就知道这批瓷器来自哪儿?按照山娃所说,他并不认识大头。"

"大头身上的疑点很多,他在这次盗墓案中扮演了啥角色?是腿子还是支锅?如果是腿子,他背后还有啥人?这些情况我们都还没掌握。小贾去咱们以往办过的案子里找一找,看看有没有大头的线索。"

听完齐大仓的话,小贾点头:"明白。"

"被盗文物的情况呢?"杨青石又问。

"小杜,"齐大仓看向他,"给杨队介绍一下。"

"目前已知邢兆虎等人盗取了青铜器和汉唐文物六十余件,瓷器六十余件。青铜器和汉唐文物已经被我们收缴,瓷器还没找到。"

"行,"杨青石会意,"我联系文物局,尽快安排专家来做鉴定。"

"我怀疑瓷器还在邢兆虎手上,他和山娃最后一次见面是在天桥,看货的买家没来,他就自己开车走了。瓷器的价值那么高,加上最近风声紧,邢兆虎不可能把瓷器藏在砖窑,也不可能出手。山娃说邢兆虎让他取完砖窑的货,到酒店等他消息,我看咱们要不要将计就计?"

杨青石笑了:"齐队这个点子好,可以让山娃去酒店,钓一下邢兆虎。"

小杜乔装成服务员,陪同山娃回到了他们住过的酒店。

"老老实实等电话,别想耍花招。"

另一边,透过监听设备,齐大仓在车内听着酒店那边山娃的声音。

"我知道,"他依旧操着普通话,"我都落到你们手里了还能耍啥花招,我肯定好好配合你们公安的工作。"

套房内,山娃等了半天,还没有等来电话。

半晌,他支支吾吾问:"警察同志……我去尿个尿行不?"

"一个小时尿了五次,我看你是成心。"小杜横他一眼,"坐着。"

"我一紧张就憋得慌……"

小杜无奈:"动作快点!"

就在山娃转身去卫生间时,电话突然响了,小杜于是拉住他,示意他赶紧接电话。

"喂?"

邢兆虎操着秦川话:"山娃?"

"虎哥,"山娃却依旧用普通话,"是我。"

齐大仓和周永福在车上仔细听着。

"货我取到了,只有青铜器,没有瓷器。"

邢兆虎却突然改用普通话:"瓷器你别管了。"

此后二人都坚持说普通话。

"你在哪里?"山娃问。

"我的事少问。"邢兆虎有些不耐烦,"有没有被条子盯上?"

"没有,放心吧。虎哥,这青铜器放我这儿也不安全,要不你说一个地方,我去找你。"

"三峰村有个正在施工的工地,今天晚上八点,我在那儿等你。"

听罢,齐大仓立刻扭头看周永福:"永福,带几个兄弟赶紧去三峰村工地,提前埋伏好。"

"知道咧。"

南市未名轩。

手机铃响,穆见晖接起:"喂?"

"是我，邢兆虎。"

穆见晖嘴角上扬，这个电话，他已经等很久了。

看来，邢兆虎终于被逼上绝路了啊。

他故作意外："虎娃兄弟，你找我有事？"

"停车场见。"

邢兆虎不多说，草草挂了电话。

穆见晖刚坐到自己车上，邢兆虎便贼溜溜地过来了，打开车门，迅速坐了进来。

"咱闲话少说，你不是凑了百十万吗，今天晚上，一手交钱一手交货。"

"不是吧虎娃，你货还没出出去？"

"别废话，"邢兆虎瞪他，"你就说要不要？"

"我当然想要，但就是……"

"哪那么些废话，想要就买。"

穆见晖故作为难："我是想买，但恐怕给不了你百十万了。"

邢兆虎一怔："啥意思？"

"你也知道，我只是个中间商，拿了你的货也得寻买家。咱这行一向都是昨天毒太阳，今天风雨狂，你这批货现在烫手，只值二十万。"

"二十万？！"邢兆虎瞪大了眼睛，"穆见晖，我贼你个老瓜俫，把我当二锤子日弄呢！一口唾沫一口钉，说话不能跟放屁一样，这才几天，你就把我这批宝贝疙瘩说成了二元店的破烂货。"

"虎娃，我叫你一声兄弟，就是不想跟你结梁子。咱干这行都是拿命讨口饭，尽量修桥铺路，不要断桥绝路。我是诚心想跟你做买卖，但是现在业内都知道你的货叫警察盯上了，我高价买了，也没人敢高价收，你总不能叫你哥赔钱吧？"穆见晖又适时放缓语气，"虎娃，哥劝你一句，最好拿着这批宋瓷先出秦川，等将来风声过去了再卖。"

"我要是能把货带出去，还拉下脸跟你在这儿废话！"说着，邢兆虎猛然意识到了什么，"穆见晖，我算明白了，你是想趁火打劫，看我遇上麻缠事想捡个大便宜！"

"你可不敢胡给我头上抹屎，现在风头这么紧，我得担多大险才敢收你的货，收了以后也只能先压在手上，将来出不出得去还另说。我是捡你便宜，还是雪中送炭，你再吃摸吃摸。"

"你吃定我会卖给你是吧？做梦！"邢兆虎气冲冲地下了车，摔门而去。

穆见晖神色未变，只是默数了几秒。

果然，没走出几步，邢兆虎又折返回来。

"二十万就二十万！"邢兆虎咬咬牙，"但得现在给，鬼知道你会不会又变卦。"

"我一下哪有这么多现钱。"

"你有多少？"

"几千块吧。"

"少耍猴，你店里连几万块都拿不出？最少五万，没有的话就拉倒。"

"我不是已经给过五万了吗？"

"定钱最少十万，少一分都免谈！"

穆见晖想了说："得行。"

"今黑八点，三峰村，赛特网吧斜对面的工地。"邢兆虎说，"你带着剩下的钱，一手交钱一手交货。"

夜晚，水盆羊肉店里人满为患，外面还支着小桌。老肖在桌前坐下，而穆见晖已经在桌前吃着羊肉。

"听说那批宋瓷的事了吗？"穆见晖头也不抬。

"最近调子很高的那批？"

"在我手上。"

老肖有些意外。

穆见晖笑了："吃得下吗？"

老肖没立刻回话，起身走到一边，小声打了个电话，不一会儿，挂了电话走回来。

"馆长让你明天过去一趟，他亲自上上眼。"

三峰村是一座尚未拆迁的城中村，建筑杂乱，人群密集。

齐大仓开着便车来到村外一条商铺挨着商铺的大街上，不一会儿，他便看到了赛特网吧。网吧对面是一座正在施工的四层小楼，一楼尚未装门的毛坯门面房里，山娃正装成工人在干活。

齐大仓扫视一圈：工地左右两边不远处的路边，周永福和另一名警察各自缩在自己的便车里监视；工地二楼还没装窗户，小杜的头一闪而过，他埋伏在窗框底下；对面赛特网吧二楼大窗户后面，也伏着两个警察，假装上网，实际已经把这一片尽收眼底；工地旁边的饭馆里，也有一男一女两个警察，正扮成服务员，以便更近地看着山娃。

确保没有纰漏后，齐大仓把车停好，下车，快速闪进工地。

一走到二楼，齐大仓便看见小杜，他并未将自己隐藏得很好，反而头部露出很多。齐大仓便打趣道:"脑袋都快伸到天上去了,咋,想等邢兆虎来了跟他打招呼啊?"

小杜闻言,赶紧往黑暗里挪了挪。

齐大仓又看了看表:"还有半个钟头。"

穆见晖开着车,逐渐靠近工地。

眼看到了,他却没有停车,而是把车停到了对面一条黑暗的小巷边。从他的角度,能真真切切地看见工地全貌。

比如,工地一楼门面房里,山娃圪蹴在避风的角落等待着。

穆见晖观察了一会儿,看表,已经快八点了。

"喂,我看了,邢兆虎没在。"他拨通电话,"那货滑得很,估计不敢露面,使唤了山娃过来。你准备拿货。"

与此同时,齐大仓也看了下表的时间,叮嘱小杜:"你左我右,眼放亮,腚夹紧,人放跑了我拿你填坑。"

工地门前的通道上,黎远光蹬着他收废品的三轮车过来了。他戴着毛线帽子,浑身上下遮盖得严严实实,除了穆见晖,估计没人能认出他是谁。

黎远光骑到工地门口的垃圾桶边停下,佯装翻垃圾桶,不时偷偷观察,注意到了工地一楼山娃的身影。

他边捡废品边往工地走过去。

而这个动作,立刻引起了埋伏警察的高度警觉。

小杜刚想往前探身细看,就被齐大仓一把按住。齐大仓目不转睛,紧张地观察着这个形迹可疑的收废品的。

路边,周永福本来窝在车上,从外面看不到人影,但此刻为了看清黎远光长啥样,只好略微坐直了身子。可惜黎远光包裹得实在严实,他难以辨认。

片刻后,周永福从兜里拿出邢兆虎的照片,盯了一会儿,想对一下眼睛是不是一样。

穆见晖也紧盯着黎远光,并随时观察着四周。

然而,就在目光所过之处,他猛然发现工地旁边一辆原本无人的桑塔纳上,此刻竟坐着一个人,那人手里正拿着照片,隐约间能看出来是在拿照片与黎远光进行着对比。

这一刻,穆见晖猛然意识到危险,立刻拿出手机拨打电话……

# 第五十八章 逃亡

黎远光走到工地门口，再有几步就进去了，这时，手机却骤响。

他接起："喂……"

电话里传来穆见晖急促的声音："有条子！"

黎远光下意识地想往四周看。

"别乱看！……对，当没事人一样。"

"知道了。"

黎远光挂断电话，尽量控制自己，动作平稳地捡起了工地前的一个饮料瓶子，不紧不慢地走回自己的三轮车，骑车离开。

虚惊一场，齐大仓和小杜的神经略有放松。

齐大仓看表，已经过了八点。

"不会是耗子长了猫眼，发现咱们了吧？"

齐大仓皱眉思索着："是有些怪气，先继续盯着。"

穆见晖火急火燎地把车停在了一条小巷内，黎远光从暗处走出来，闪身上了车。

两人都有种劫后余生的感觉，长长出了口气。

"日他伯，挨千刀的邢兆虎敢害咱，找见他我非拿炸药把他轰成碎渣渣。"

"怪我大意了，没想到这万货还有点成色，能把咱给耍咧。"

"我去寻他。"黎远光面露凶狠，"等这货拿钱跑出秦川城，就逮不住了。"

"骗十万块钱就跑，那不亏死了？"穆见晖思索着，说，"那批宋瓷他带不出去，要是你，会咋处理那些宋瓷？"

"卖了，苍蝇腿也是肉，啥价都卖。"

"哎呀，我咋就没想到呢！"穆见晖猛然想到了什么，"一个萝卜两头切，他想两头占便宜。"

小杜提着两碗面上了工地二楼，跟齐大仓一人一碗。

齐大仓却没心思吃。

"我吃摸着，这邢兆虎估计叫啥事耽误了。不垫点儿吃的，一会儿抓人都没劲。"

听了小杜的话，齐大仓这才拿起筷子，眼睛却还死死盯着楼下。

小杜又给了他一头蒜："吃面不吃蒜，香味少一半。"

"一会儿抓邢兆虎,你一张嘴就行咧,生化武器直接制服。"

"都是秦人,还怕个蒜味?"

齐大仓笑了,猛咥了一大口面,咀嚼着,他猛然想到什么:"你刚说邢兆虎是秦人?"

"是啊,商县人。"

他回想起邢兆虎和山娃的通话,邢兆虎本来说着秦地方言,却在听到山娃说普通话后也快速转变为说普通话……

齐大仓如遭雷击,放下面,赶紧往外走。

小杜立马追上:"咋了,齐队?"

齐大仓快步下楼,边走边说:"两个秦人,为啥说普通话?"

"啥?"

"郭峰山也是商县人,商县人跟商县人说话还要用普通话吗?"

小杜也一下明白了:"你是说他俩通话的时候,郭峰山说普通话,是在给邢兆虎报信?"

此时,齐大仓已经看到了楼下的山娃,于是停步,示意小杜不要跟上。

他调整了下呼吸,径直向山娃走去。

山娃正心不在焉地蹲着。

"山娃,饿咧吧?"齐大仓的方言声在身后响起。

山娃条件反射地用秦地方言回答:"不饿。"

齐大仓继续用方言问:"都几点了,咋能不饿,我叫人去买,你吃啥?"

"来碗面就行。"

"炸酱,还是油泼?"

"有口热的垫一下就行,没那么些事。"

齐大仓扯了扯嘴角:"你平时跟邢兆虎都说秦地方言吧?"

山娃猛然意识到自己的花招被识破了,脸色骤变。

齐大仓快速拨打电话:"师父,邢兆虎已经惊了,我怀疑他要外逃……回去再跟你细说,你赶紧联系人,把出秦川的口子卡上……能卡多少算多少。"

讯问室内。

"郭峰山!"小杜大声呵斥,"你知道自己在干啥不?放跑了邢兆虎,你替他扛雷!"

山娃默不作声。

"山娃,你给邢兆虎打掩护,得是还指着那批瓷器能卖个好价?"

被齐大仓说中心事,山娃愣了一下。

"你家老大今年二十三，还没说下媳妇儿，没钱盖房拿彩礼。这批瓷器卖了，儿媳妇的事就了了，对不对？"

山娃不敢看齐大仓的眼睛。

"先不说邢兆虎那批瓷器能不能脱手，就算钱进了他口袋，你家里人能花上吗？真把我们当成吃干饭的了？你现在老实交代，帮我们抓住他，追回瓷器，还能戴罪立功，争取宽大处理，早日跟老婆、娃团聚。"齐大仓顿了顿，严肃地看着他，"要是让他拿着瓷器跑了，他该下的账，可全得算你头上，到时候别说你娃说媳妇，你还有没有机会出去见他都是两说。"

听罢，想了几秒，山娃哭丧着脸道："我知道错了。我也不是想要钱，我是怕他害我娃！"

"邢兆虎现在在哪儿？！"

"我是真不清楚他现在猫在哪达。"

"你俩在一块儿混了这么多年，你再想想，他还能藏哪儿？"

"他……他平时下半身不吃亏，倒是有几个相好，但是我一个也没见过啊。"

齐大仓思索半天，忽然灵光一闪，想到了什么，问山娃："你俩最后一次见面是带着瓷器的吧？"

"是。"

"南郊哪个天桥底下？"

"铁路新村那个。"

"几点分开的？"

"下午七点多。"

"他带着那么多瓷器，咋走的？"

"开车。"

齐大仓惊喜："车牌号记得不？"

"记得。"

离开讯问室，到了走廊里，齐大仓吩咐小杜："马上找交警部门，调18号下午七点铁路新村天桥底下的监控，查一下当天晚上邢兆虎开车去过哪儿。"

小杜赶紧领命，小跑着离开。

已近凌晨，刘树生家周围一片寂静，天气寒冷，连虫鸣都无半点。

忽然，咣咣咣的敲门声响起，持续了好一会儿还没停息。

何小凤被吵醒，听了半天发觉声音还没停，不耐烦地穿着睡衣开门："谁呀？大晚上的催人命。"

门打开，眼前站着神色狼狈的邢兆虎。

何小凤一愣，而后侧开身，让他进了客厅。

"生哥救我！"客厅里，邢兆虎扑通一下跪在地上。

"咋咧？"

"前阵挖墓叫警察盯上了。"

"咋那不小心呢。"

"哥，你不是要宋瓷吗？我全给你，只要你能把我送出去，钱我不多要，你给个保命钱就成。"邢兆虎卑微央求，一把鼻涕一把泪。

"用人朝前，不用人朝后。落难了才想起我！虎娃，浇树浇根，交人交心，我心寒了，你这忙我帮不上。"刘树生冷笑一声，"小凤，送客。"

"哥，哥，你再搭救我一回。不经冬寒，不知春暖，我肠子都悔青了。看在这些年我鞍前马后的情分上，你再拉兄弟一把！"

邢兆虎哽咽不已，想了想，试探着开口："再一个……我……我要是被逮了，人家一上刑，我怕扛不住，再把你牵连了。"

刘树生挑眉："你还敢吓唬我？"

"你给我一百个胆子我都不敢吓唬你！我这不是担心嘛，万一我进去了，警察手段多得很，哪句说得不对，不就叫警察钻了空子嘛……"

刘树生假意纠结。

邢兆虎见他仍不为所动，便拿出随身的袋子，取出那个葵口镶银扣钵："哥，你瞅瞅这大碗，我那批宋瓷里就它最值钱，穆见晖当时盯着这个碗，眼都看直咧，当时就给我开了五百万。"

刘树生忍不住眼馋地多瞅几眼，嘴里却仍拒绝着："再好的东西沾屎也不香，你惹上这事，谁还敢收你的货。"

看着邢兆虎逐渐绝望的模样，刘树生沉默片刻，终于松口："行咧行咧，虎娃，你真是拿住哥的脉了，哥就是心肠软，看不得兄弟受苦……小凤，咱家还有多少钱？"

何小凤解读他的眼色："十来万吧。"

"都给虎娃。"

"哥，等我躲过去，再给你当牛做马！"邢兆虎泣涕涟涟。

"一家人不说两家话，剩下的货呢？"

"我放在一个安全的地方，等我出了秦川，马上给你说。"

"贼娃子，你还留一手，"刘树生瞬间拉下脸，"怕我光拿货不办事？"

邢兆虎见心思被戳破，略微有些心虚和尴尬："哥，我也得给自己留条路。东西都在我一个相好的那儿，你放心，都归你，我拿着东西也出不去。"

"你一家子都在老家，敢跟我耍心眼，我把你家户口本清空了。"

邢兆虎胆战心惊地点头。

小杜匆匆跑回大队汇报："齐队，18号下午七点以后邢兆虎的行车记录全看完了，他那天离开天桥以后，在一家发廊门口停下，就再没动过车。"

"哪达的发廊？"

"沣荣镇梦丽发廊。"

齐大仓点头："通知杨队他们。"

一辆面包车在梦丽发廊附近停下，大头下车，走到店门口，敲了敲门。睡眼惺忪的洗头妹小丽隔着玻璃门骂道："天还没亮呢，洗啥头？！"

"不洗头，敲背多少钱？"

小丽睡意消了一半，打开门："那要看咋个敲法！"

"敲小背。"

小丽谨慎地关上门，从柜子里掏出一个大旅行包："东西在这儿。"

大头于是拉开拉链查看。

小丽在一旁看着，嫌恶地喷了一声："赶紧把这晦气东西拿走，搅得我整天心里不踏实。"

另一边，一家独门独院的小型物流公司内，一块铁质广告牌竖在显眼处——"树生物流，秦川、古越专线"。一辆装满货的车旁，邢兆虎已经准备就绪，只等着刘树生一声令下，送他出城。

邢兆虎心里忐忑，来回转磨磨："生哥，要不再给大头打个电话？"

"催啥？警察盯上的是你的货，又不是你的人，晚个一时半刻能咋？！"

话音刚落，大头打电话过来："哥，货取到咧。"

"件数对得上？"

"跟邢兆虎说的一样。"

刘树生挂断电话。

邢兆虎凑过头来："生哥，我没骗你吧？那咱发车吧。"

刘树生佯装不舍，拍了拍邢兆虎的肩膀："你这一走还不知道哪年月再见面，到了古越给哥来个话。"

"兄弟这次走得窝囊，只要秦川这边一消停，我肯定杀回来。"邢兆虎泪眼汪汪地看着刘树生，又愤恨又感动，"哥的恩我记下了，等我回来咱兄弟再一起谋大事，起大墓！"

刘树生并未多说，只是拉开车门："上车吧，兄弟。"

邢兆虎刚上车，一辆闪着大灯的轿车骤然间直逼过来，然后猛地刹住车。

车一停,穆见晖和黎远光下了车。

刘树生一愣:"你来弄啥?"

"这你得问问虎娃兄弟。"

穆见晖话音刚落,黎远光便上前一把将邢兆虎薅下来,对着面门抡起拳头。

"撒手,当着树生的面还轮不到你动手!"穆见晖喝了一声,"咱是来讲理的,不是来耍横动粗的。"

"姐夫,你这是唱的啥小戏?咋听着曲不是曲调不是调。"刘树生见状,玩味道,"虎娃咋碍着你了我不管,今黑下我兄弟要出城,谁也不能挡他的路。"

穆见晖笑了:"树生,看来虎娃做下的好事你还不知情。你别看他浓眉大眼,像个性情汉子,耍起阴招咱兄弟都不是对手。这万货玩了一把萝卜两头切,坑了我十万定钱,说要把那批货卖给我,结果转头又卖给了你,有没有这回事?"

"生哥,是有这回事,可我是为了给咱报仇咧!当年姓穆的滤了咱的坑,把你的财运劫了,害得你几年喘不过气。咱也是顶天立地的汉子,这口恶气咽不下呀。"邢兆虎急急解释,又恶狠狠瞪着穆见晖,恨不得生啖其肉,"十万定钱算个尿,我连你的命都想要!"

"对,你是想要我的命,要不是我祖上积德,刚才我就栽在条子手里咧。"穆见晖却神色不变,"树生,我就问你一句话,那批货到手了吗?"

刘树生被穆见晖冷不丁一问,心里生出一丝不安:"你啥意思?"

"要是到手了,那我恭喜你;要是还没到手,那你自求多福吧。山娃进局子了,他邢兆虎算是帮着条子布下了一张大网,就等咱们送死咧。"

邢兆虎慌得鼻尖冒汗:"生哥,山娃啥也不会说,他不知道我把货藏在哪达,大头那边绝对安全!"

大头刚把旅行包放到车后座,正准备打着车,就接到刘树生电话。

"生哥,咋?"

"屁股后面干净不?"

大头透过车窗和后视镜四下看了看,似乎没有异常。

"干净得很,咋?"

"山娃进去了,条子盯上虎娃咧,千万别大意。"

"能行。"

大头挂断电话,打着车,只见后视镜里两辆车在梦丽发廊门口停下,齐大仓和杨青石等人直接冲进发廊。

他一踩油门,加速离开。

## 第五十九章 阋墙

齐大仓一进发廊，小丽立刻就慌了。

他亮出证件："邢兆虎在哪儿？"

小丽目光躲闪："我不知道，我不认识。"

"我不想跟你浪费唾沫星子，是在这儿交代，还是去局里交代，你自己选。邢兆虎给了你啥东西，你心里清楚。"

"这事跟我不相干！"小丽颤抖着声音辩解，"东西他都叫人拿走咧。"

"谁拿走咧？"

"我不认识，进门就说混账话，还以为我这儿是鸡窝咧……"

"别废话，啥时候走的。"

"就刚。"

"开的啥车。"

"面包。"

杨青石在一旁猛地意识到什么，惊呼："刚才那辆！"

几人登时冲了出去。

大头的车已经往前开出去很远，两辆公务车全力追击。

行到分岔路口，大头透过后视镜一看，两辆车穷追不舍。他后背发凉，于是当即左转，向左边驶去。

车转过去没多久，大头发现走到断头路了，前面是一片树林，根本开不过去。情急之下，他立刻跳车，直奔树林。

紧随其后的齐大仓一行人发现大头的车停在一片树林边。

"齐队，"小贾指着前方，"就是这车！"

众人下车。

齐大仓一看："人跑了，文物在。"

杨青石环视周边环境："准是往林子里跑了。"

"杨队，你们留下守文物，我们追人。"

说罢，齐大仓拔腿就冲向杂草丛生、枝干横斜的树林。

物流站外。

大头那边的风暴还没刮到这里，刘树生自认为躲过了一劫，对穆见晖下起了逐客令。

"姐夫，货我吃下咧，你就是馋，也不能挖开我的肚子往外掏吧。"

"这批货让条子盯上了，我没你那个英雄胆，敢在鹞子窝掏雀儿，你能吃下是你的本事。再说，咱是一家人，你发财我当然高兴。我今天来是跟邢兆虎算账，不是冲你。"穆见晖说，"一句话，十万定钱还给我，我跟他的事就了了。"

"姐夫，这是你沟子底下的屎，你自己打撅净，别往我身上甩。"

"生哥，"邢兆虎连忙道，"这十万是我给咱出气的钱，我不可能吐出来。"

"你不要想着挑唆几句树生就上你的当，我们郎舅之间没有隔夜仇。"穆见晖伸手指他的鼻子。

"生哥，你不能不管，我可是把那大碗都给你咧！兄弟对你一片忠心，你可不能寒了兄弟的心！"

听到银扣钵落入刘树生之手，穆见晖心里冒起酸水，妒忌得很。

"算咧，没死在条子手上已是万幸，我就当花钱免灾。你邢兆虎好手段，我认栽。"

"穆见晖，老子还会回来的！"邢兆虎叫嚣，"咱俩的账还没清完咧。"

穆见晖阴鸷一笑，不再回应，临走前拍了拍刘树生的肩膀，俯在他耳边小声提醒："树生，你心太善，人无害虎心，虎有伤人意。邢兆虎是个人精，他这一走是鳌鱼脱却金钩去，摇头摆尾再不回。麻缠多得很，你早做打算。"

刘树生面不改色，但心里已敲起了鼓。

林子里，大头跑得太急，到了一个陡坡处，一个不留神便滚了下去，腿被枝蔓划出一个大口子，疼得他咬住胳膊，不敢叫出声。

此时，手机却响了，他手忙脚乱地接起电话，是刘树生打来的。

"有条子！"

说完，他干脆把手机扔了。

尽管是个晴天霹雳，刘树生依然面不改色心不跳，揉了一把邢兆虎："虎娃，上车，哥送你一程。"

邢兆虎战战兢兢，不祥的预感萦绕心头："哥，让司机送就行。"

刘树生咧嘴一笑："不，哥亲自送你。"

邢兆虎看出了他眼里的杀意，趁其不备，拔腿就跑。

孰料刘树生抄起手头的铁棍，一把丢过去，结结实实地打在了邢兆虎的后脑。闷哼一声后，邢兆虎便倒了下去。

紧接着，刘树生拔掉手机卡，狠狠将其掰裂。

透过茂密的草丛，能看到齐大仓等人朝这边赶来，大头猫着腰继续往前跑，终于看到了前面有条国道，便用尽全力加快速度朝国道跑去。

齐大仓发现了大头，大声喊道："人在那儿！"

然而大头继续不顾死活地横穿国道，刹那间一辆大货车疾驰而过，一声刺耳的刹车声划过天空，大头被撞飞了出去，身体飞得很远，又重重摔在地上，鲜血四溅……

随后赶来的齐大仓看到这一幕，震惊在原地。

技术人员正在拍照取证，旅行包里的文物摊在地上。

齐大仓回来了，心情很沉重。

杨青石问："人咋样？"

齐大仓摇了摇头："不行了。"

杨青石拍拍齐大仓："没法子，他们要钱不要命，都是亡命之徒，我们尽力了。"

"嗯……"齐大仓勉强点了点头，"文物保住了，不幸中的万幸。"

省市两级都派了文物专家前来会诊，众人看到收缴的文物，大受震撼。

张逢春啧啧感叹："你们看这西周乳钉纹铜簋、汉朝青铜镜、鎏金铜佛像，还有这个青釉刻花花口瓶，多么好的工艺，多么珍贵的文物。"

齐大仓却不解："各位老师，我不明白，这些铜器最早属西周，最晚也是唐朝制造，与北宋没有半点瓜葛，为啥被埋在北宋吕家人的墓葬中呢？"

"这就是文物的文化内涵，它反映的不光是当时的制造工艺，还能折射出当时不同阶层的审美情趣。"

雒青微微一笑，娓娓道来："宋朝的有志之士向往古代礼制社会，希望仿照古人过一种彬彬有礼、互敬互爱的和谐生活，我猜测弡县吕氏也不例外。他们对古物尤其是古礼器情有独钟，去世之后仿照古礼，把生前珍爱之物用来陪葬。吕大临写过一本《考古图》，算是我们考古界的鼻祖。"

"原来如此。"齐大仓若有所思。

"张所，这个鱼虎纹带盖小铜鼎，咋看着有点眼熟？"雒青又指了指一个铜鼎，"我要是没记错，应该出土过一个类似的。"

张逢春端详了片刻："雒青你没记错，五年前，凤县出土过一个小铜鼎，器形、纹饰跟这个如出一辙。这小鼎一看就是用来把玩的弄器，应该有一对。"

"您的意思是……"郭士林惊讶，"这件和凤县那件是一对？"

"极有可能出自同一工匠之手，一双器物千年来各分东西，归不同的主人所有，如今却不期而遇，共同现世，真算得上考古界中的一段旷世奇缘，也是祖师爷给咱的馈赠。"

雒青听罢，心潮澎湃，忙又问道："一共收缴多少件文物？"

"一百二十八件，还有一个碗流落在外，我们根据嫌疑人的描述画了一张草图。"

张逢春接过图一看："这哪是碗，这是个钵！你们看，还镶着银扣咧。我真是恨得牙痒痒，这些天杀的盗墓贼为了俩臭钱，把好好的文物全都糟践咧。"

"我们也担心这事传出去会引来更多盗墓贼……"杨青石眉头紧锁，"吕家寨的百姓自发组织了一支队伍巡逻，弭县文物局也派了专人昼夜看护墓地，但是长此以往不是办法，县政府压力也很大。"

"弭县吕氏家族影响深远，跟峨眉三苏齐名，他们的墓如果再遭破坏，那就是巨大的损失。"张逢春眼神坚定，"我看还是要进行抢救性发掘，耽搁不起了。"

"抢救性发掘的事我们院已经汇报上去了，估计很快就有结果。"雒青说。

郭士林疑惑地看向她："你们的田野考古队不是都有项目嘛，哪儿来的人？"

雒青笑道："我不是人？"

"小雒，"张逢春也笑了，"你们这一招'无影爪'，可是打了我们个措手不及。"

"张所，我们领导说了，毕竟事关祖师爷，单靠我们扛不起来。"雒青解释道，"这次我们打算牵头，联合你们市所一起对墓园做系统发掘。"

秦川市文物保护考古所所长办公室内。

郭士林正笑嘻嘻地给张逢春斟茶倒水："张所，您请喝茶。"

张逢春瞅他一眼："这殷勤献得也太明显了。"

"我怕不明显好事全让别人占了。"郭士林讪笑，"直说了吧，我想毛遂自荐，上吕氏家族墓项目。"

"年轻人长进是好事，吕氏家族墓也是个好项目，但是吧，也不好说……"

"张所，您就给个痛快话，行还是不行？"

"不行。"

郭士林笑意全消："为啥？咱市所这几年光跟着城建屁股后面跑，测测这儿有没有墓，那儿有没有墓，干的全是'扫雷'的活。好不容易迎来个吕氏家族墓，凭啥不让我去？论资历我也不差吧？"

"你先冷静下。"

"我冷静不了，今天你要不给我一个说法，我就……"

"咋，好言好语你不听，非得让我发火？"张逢春拍了拍桌子，"市文物局已经委托市所，准备对黑陶俑盗洞一带进行勘探了，这是刚下的通知，你去尹村。"

"尹村勘探你让别人去，我去吕氏家族墓。"

张逢春挑眉："全所上下，哪个能比你对尹村更熟？"

郭士林仍不甘心："这理由我不接受，您一碗水没端平。"

"士林呐，我是你的领导，也是你半个师父，哪次有好事没想着你？"

"从我进来，除了配合基建，就没啥好事。"

"你有怨言我理解，但是你想想，尹村的事几个月难道还干不完？"张逢春耐心看着他，做出让步，"把尹村弄清楚，你就上吕氏家族墓，能行？"

郭士林沉默。

榆塞沙漠中，小雪头上戴着花儿，缓步行走着，它的儿子骆五也戴着同款配饰，迈着小步嗒嗒地努力跟着它。它们头上的配饰正是雒青所赠。

方堃一身冲锋衣，斜挎工具包，骑着小雪，牵着骆五，正往考古工地赶去。

手机铃响，他勒停小雪，接起电话："喂……"

那边传来郭士林消沉的声音："堃……"

"咋，听着没精打采的，遇上事了？"

"唉，你说我咋点这么背，好事全都绕着我走。好不容易摊上个好项目，领导不让去，非让我上尹村做勘探。"

"尹村勘探项目通过咧？"方堃立刻激动起来，"太好了，啥时候动身？"

郭士林无奈："你会不会抓重点？现在是你兄弟怀才不遇！"

方堃敷衍地安慰一通："没事，尹村也好着呢，都是熟人……你们打算去几个人？初步勘探面积有多大？"

郭士林那边直接气得挂了电话。

榆塞长城蜿蜒匍匐在茫茫大漠中，原如长龙，但如今被漫天风沙摧了脊、剥了鳞，只剩下些断壁残垣。如今沙漠里除了依稀可辨的夯土痕迹，便是黄土一片，另外还零星生着些沙漠植物。

小雪正在吃草，方堃用胡萝卜喂着骆五，它噘着嘴吃得喷香。

方堃揉了揉它的头，笑道："多大的骆驼了，还不好好吃草。"

他走过去，给骆五梳毛，骆五好像感受到了他的情绪，用头抵着他。

方堃把头紧紧贴在骆五头上，闭上眼，沉默片刻。

"方老师，我还是想再劝一句，换课题在我们这行不是一件容易的事，长城资源你已经投入这么多心血了，这么放弃太可惜了。"白榆生在一旁迟疑许久，还是开口劝阻。

方堃睁开眼，坚定不移地看着他，字字铿锵："要做的事太多了，每个我都放不下，但是尹村多年前就在我心里种了个疙瘩，我得去解开。"

"我懂了。"白榆生叹口气，点了点头。

"它俩以后就交给你了。"最后，方堃抚摸着骆五和小雪油亮的毛发，不自觉扬起嘴唇。

"放心吧。"

白榆生注视着他，眼前人在宏伟长城边逆光而站，身影似要融入骆驼高大的阴影下，变成凝固了时间的剪影。

但他知道，这剪影会走出时间。

## 第六十章 追击

穆见晖在明德博物馆侧门等候，不多时，温玉和黑着脸迎过来："穆老板，今天你来得不巧。"

穆见晖报之一笑："温总，今天无论如何我得见赵总一面。"

"穆老板，我得劝你一句，你这张空头支票可是开得太大了。你走吧，就当没有这回事，再往前迈一步可真是骑在老虎脊背上下不来了。"

"你只管带我去，下得来下不来那是我的事。"

温玉和只得把穆见晖带到了餐厅，赵佑林正在吃饭。桌上菜式很简单，仅有几碟青菜和一碗白粥。

"赵总，穆老板来了。"

"赵总，叨扰了，"穆见晖恭敬道，"您先吃，我去外面等一下。"

"不用，穆老板，还没吃吧，坐，"赵佑林温和一笑，"玉和，帮忙添双筷子。"

穆见晖于是坐下："那我就不客气咧。"

温玉和端上粥。

"玉和，粥就算咧，给穆老板拿个馍。我爱喝烫粥，不习惯的人一口下去食道得烫坏。"

穆见晖却一把接过粥："不碍事，我也爱喝烫粥，跟赵总能吃到一块去。"

他吞咽口水，强忍着烫，闷下一大口粥。

"咋样，烫得很不？"

"不烫。"

"穆老板，你这嘴是石头雕的吧，硬得很。能吃就吃，吃不下就不要吃，人呐，得知分寸。"赵佑林幽幽地看着他，"你看上去也是个文化人，应该听说过关二爷大意失荆州。这'大意'两个字我不敢苟同，我看是天意。为啥？要不是前有刘备背信弃义借了荆州不肯还，咋会有后面的孙权跟曹操联合算计关羽。"

"赵总说得对，我受教了。那批宋瓷的事，您应该听说了，这事我没办下，我诚心给您道歉。但我不是言而无信的人，宋瓷这事还没算完。公安局是缴获了一批，但那不是全部，还有一个流落在外，在我小舅子手上。"穆见晖继续争取，"那是个耀州窑的钵，定窑的镶口器您指定见过，可咱耀州窑的您见过吗？这个钵不光镶口，镶的还是银口，绝对是一等一的佳品。"

赵佑林擦了擦嘴，准备撤了，并未正眼看穆见晖："我吃饱了，玉和，你陪穆老板慢慢吃。"

"赵总，"穆见晖又道，"我这次是倾力而为，一点后路也没留。"

"老弟，我送你一句话：知足不辱，知止不殆，可以长久。秦川城不是谁都能混的，往后退一步，起码还有路。"

"老哥，我也有句话，能豁得出去事就成了。事成了，我捧钵来见，事要是弄日塌咧，秦川城就不再有我这号人，你看能行？"

赵佑林意味深长地笑了。

回到车上，穆见晖揩了揩头上的冷汗，盯着明德博物馆的牌匾。

赵佑林城府极深，又心思缜密，并不好糊弄……他这步走得极为惊险。

但，一旦功成，便是长久的安稳。

不管他敢不敢，他都要冒这个险。

稽查大队储藏室里，从大头那儿缴获的文物已被排成一排。

山娃被齐大仓带了进来。

"好好看看，你们盗的是不是这些？"

山娃挨个看过去，点点头："大概就是这些。"

"啥叫大概，给我把眼珠子瞪圆，有一点差错这责任可是你来担。"

齐大仓一吼，山娃被吓得只好一个个仔细看过去："好像……少了一个。"

"啥？"

"是个碗，碗边边像是花瓣，上面镶着银。"

"知道咧。"齐大仓转头，"永福，把他带回讯问室。"

山娃离开后，他又交代小杜："小杜，你去找一下三马，盗洞里那个嫌疑人体貌特征很像大头，让他认一下。"

"明白。"

回到讯问室中，山娃犹豫半天，最终开口问道："警察同志，邢兆虎你们抓到没？"

"咋，"齐大仓看他一眼，"你是怕你交代的和邢兆虎的对不上？"

"不是，"山娃忙辩解，"他落了网，那我也算立功了不是？"

周永福板着脸："你要真有心立功，就不要藏着掖着。"

齐大仓想了想，问道："这批货你们给谁看过？"

"就是天桥下那次，他说约了人来看，结果人家没来。别的时候让谁看过我真不知道，邢兆虎防着我咧，他咋可能让我接触买主？"

小杜进来，对齐大仓耳语了几句。

齐大仓于是从文件夹里抽出大头的尸体照片："认识不？"

山娃一看，脸色登时一片煞白："我，我不认识。"

"既然不认识，那你害怕啥？"

"死人谁不怕。"

"我给你一个机会，说出他的名字。"

"我知道的事全坦白咧，你们总不能让我生编乱造吧？"

"你们地老鼠里流行一句话：坦白从宽，牢底坐穿，抗拒从严，回家过年。你以为你不说，我们就没办法。你错了，我们不是吃干饭的，这个人是谁我们有一百种办法查到。他叫大头，对不对？"

"不知道。"

"好，那我不妨给你透一点，大头还牵扯别的案子，同案犯已经落网咧。人家觉悟高，该说的都说咧，要不我们咋会知道他叫大头。真是可惜，这个机会本来是留给你的。"

这下山娃慌了："啊……啥案子？"

周永福立刻瞪他："那能告诉你？"

"我干文物警察也快十年了，你们这些人都是来回乱窜，跟在一张蛛网上一样，你的案子牵出他，他的案子牵出你，你不说总有人说。"齐大仓目光如炬地盯着他，"良言难劝该死鬼，人不自救天难佑，你非要往绝路上走吗？"

山娃明显动摇了。

周永福拍了拍桌子："郭峰山，最后问你一遍，大头和邢兆虎是啥关系？"

山娃被吓得一哆嗦，吞咽口水，小声道："黑……黑陶俑，当初他和我们一起挖的盗洞。"

齐大仓眸光一闪："哪里人？真名叫啥？"

"真不知道。"

"他为啥不跟邢兆虎干咧？"

"挣不下钱，穷得提不上裤腰，谁肯留下。我是没办法，跟邢兆虎是老乡，有这层面子在，他又是个狠人。"

周永福又问："大头这几年跟着谁干？"

"不知道，没联系。"

"你们去盗吕氏家族墓的事，"齐大仓皱眉，"大头是怎么知道的？"

"不知道，你去问邢兆虎。"

"还有一个管炸药的，叫啥？"

"炮手。"

"真名叫啥？"

"不知道。"

"还有没有别人？"

"就我们四个，不信你去问王太平和邢兆虎。"

几人聚到了联合打击办会议室内。

"齐队，"杨青石关切道，"吕氏家族墓的案子有啥进展？"

"大头的真实身份还没有落实，他开的车也在同步查。各大出入口那边还没有发现邢兆虎的线索……山娃这边倒是有大突破，他交代了参与黑陶俑案的四个人，其中之一是大头，另一个外号炮手，真名不详。"

"不过我觉得山娃还是没吐完，这家伙鬼得很，他也在摸我们的脉。"周永福补充，"我们掌握的他就说，没掌握的他就不撂。"

"这也是盗墓分子的惯例，多说怕牵出别人，遭到打击报复。有些人还抱有幻想，想着出来重操旧业。前些年我办过一个二'进宫'的，跟我说以前进去是铁，这次进去是钢。"杨青石无奈，"对待这种人，他摸咱的脉，咱也得摸他的脉，从他的只言片语里抠，看能不能抠出有用的线索。大头如果早就不跟邢兆虎干了，那昨晚去发廊取货，他是跑腿的还是买家？"

"照山娃说，大头以前就是个下苦，他上哪儿弄钱买下邢兆虎的货？我觉得顶多是个跑腿的。"齐大仓说。

"替谁跑？是替邢兆虎还是其他人？"

"大头背后应该还有一个人，这个人知道邢兆虎盗了吕氏家族墓，也知道邢兆虎马上要逃出秦川。我猜邢兆虎逃之前，把货卖给了这个人，就是这人指使大头去取货。"

"你是不是觉得这个人也和黑陶俑案子有关？"

"没有证据说不好，山娃那边我打算晾上一晾，等我们这边有了新线索再去审他。大头是现阶段的突破口，查车，查人，我们准备把他的照片发给各大派出所。重点留意一下打零工的、干建筑装修的，盗墓贼往往混迹在这些人里。"

夜色深沉，穆见晖带着黎远光来到一处故地，正是当年他差点被刘树生活埋的地方。

"兄弟，还记得这达吗？"

黎远光点头:"我一辈子都不会忘,在这达我认了两个兄弟。"

"远光,当年要不是你伸手相救,我早就下了黄泉。回想这些年,我做得不够,远远抵不上你对我的恩德。"

"哥,你这说的啥话,这些年你对我们还不够好吗?我下坑这么些年,从来没见过支锅跟下苦对半分钱,你是真把我们当兄弟。"

"正是因为把你们当兄弟,哥有个请求……"穆见晖深吸一口气,又道,"这些年也起了不少坑,赚了不少钱,够你们下半辈子花了。"

黎远光一惊:"哥,你要赶我走?"

"不是赶,是求。我现在让赵佑林逼到了悬崖边,要是拿不到钵,这些年的基业连着我这个人都要日塌。赵佑林是我惹上的,跟你们无关,我绝不能让你们跟着犯险。"

"哥,秦川别混了,咱去商邑,去河东,去陇山,去哪达都行,我就不信他赵佑林还能追杀咱?有兄弟这门手艺,你还怕不能东山再起?"

穆见晖苦笑:"你猜,哥为啥非得攀上赵佑林这棵大树?"

黎远光想了想:"钱。"

穆见晖却摇头:"我们干的是刀尖舔血、拿命换钱的活,你看山娃和大头,转眼就折进去了。你我还能活着,不是本事大,是运气好。这运气还剩多少,还能用多久,谁算得准?文物局和公安局的人不是吃干饭的,兴许明天就把我们一窝端咧。在大雨下起来之前,我得给兄弟们寻一把伞,这伞就是赵佑林。"

听他说完,黎远光沉默片刻,道:"我眼界窄,脑子笨,也许帮不上大忙。可这个时候让我撇下兄弟求活路,我黎远光干不出来。"

"这事没得商量,手底下的兄弟你安顿一下。远光,哥现在也没有别的东西能给你了,但是你放心,万一哥这次折了,进了局子,绝对不会咬出你们任何一个。"

穆见晖又看了看废弃的盗洞底,里面黢黑一片,碎石、杂草混成一片,乍看有如扭曲的人影。

他早已下定决心。

大头的死仿佛让刘树生老了几岁。他颓丧着,窝在客厅躺椅上打盹。

"树生,穷要精神富要稳,倒霉鬼没事光打盹。虽说十几万打了水漂,咱不还占下个碗吗?"

何小凤看不下去他整日昏昏沉沉,出声宽慰道。

"你懂个屁!大头死了,风声那么紧,别说这个碗,我的命都快保不住咧！"说到这儿，刘树生像是想到了啥，腾地站起来，冲向屋里。

"干啥！"

刘树生拎出一个行李箱："把能装的装上，今天就走。"

"你至于吗？"

"刀都快架到脖子上咧。"

正说着，穆见晖来了。

"树生，这是要出远门啊。"

"你咋又来了？咋，看我趴没趴下？"刘树生没好气道，"我好得很，吃得饱睡得着。"

"别嘴硬了，狼心兔子胆，风还没来就想跑。"穆见晖仍保持面上风度，"弟妹，你先进去，我跟树生谝一阵。对咧，这个行李箱你收起来。"

何小凤看了一眼丈夫，默默提着行李箱进去了。

刘树生这才停下手中动作，看向他："你啥意思？"

"你一跑，那不就是不打自招咧？净干此地无银三百两的事，你是上赶着给文物局和公安局送线索。再说你往哪达跑？离了秦川你能干啥？两年前有个同行栽了，知道警察在哪达寻下他的不？山沟养猪场！那可是一条呼风唤雨的好汉，他都落得这个下场，换成是你，恐怕养猪都轮不到你。"

被他这么一说，刘树生似乎有所动摇："你……少唱丧曲，你来干啥？"

"开门见山吧，那个钵我想要。"

"啥钵？"

"邢兆虎给你那个碗，那叫钵。"

"我就知道你没憋好屁，你打算出多少血？"

"一百万，钱就在车上，我是带着诚意来的。这个钵就算你给华南王，他顶多给你五十万。"

"少拿华南王说事，他算个屁。外面啥行情我知道，拍卖会上随随便便一个宋瓷都能卖到上千万！"

见他还在讨价还价，穆见晖笑了："你还想上拍卖会？别忘了，你就是一只地老鼠。当然，你要是把这个钵卖给我，那就不一定了。这些年你还看不出来吗？我跟你不一样。树生，钵给我，钱你拿，未来我谋了大业，你是头号功臣咧，姐夫还能怠慢你？"

"姐夫，我不是虎娃那个瓜俅，让你一顿迷魂药灌下去就五迷三道了。"刘树生不依不饶，"四百万，少一个子都不行。"

"不瞒你说，一百万已经是我这些年的全部身家咧。"

"原来我觉得你的话我应该反着听,在吕家寨栽了之后我反思了,你的话正着听反着听都他妈不对。"刘树生冷笑,"这些年起了不少大坑,才一百万家底,你觉得我信吗?"

"现金一百万,剩下的全花在车、房还有门店上,我已经把老底给你交代了,你要是再不信那我也没辙了。"

"那就卖房卖店,反正四百万我要定了。"

穆见晖想了想,竟一口答应了:"能行。"

"你别背着牛头不认账,一周之内见不到钱我可给别人咧。"

穆见晖笑了:"你就等着收钱吧。"说罢他便径直离开。

等听不到脚步声了,何小凤才从屋里出来。

"一个真敢要,一个真敢应!"她很是吃惊,"他哪儿来的四百万?!"

"他给咱就要,咱又不怕钱扎手。刚还担心这碗出不了手,这来了瞌睡马上就有人递枕头。"

何小凤犹疑:"你姐夫是个吃人不吐骨头的货,不会又憋啥坏水吧?"

"他妈的管屎咧,少一毛老子都不卖,看他能耍啥阴招!"